Patricia Mennen

Der Ruf des indischen Elefanten

MIX
Papier aus verantwortungsvollen Quellen
FSC® C083411
FSC www.fsc.org

5 4 3 2 1
ISBN 978-3-649-61755-6

Dieses Werk wurde vermittelt durch die Literarische Agentur
Thomas Schlück GmbH, 30827 Garbsen
Satz: Sabine Conrad, Rosbach
Umschlaggestaltung: Ute Kleim
Lektorat: Sabine Franz

Printed in Germany
www.coppenrath.de

Das @book erscheint unter der ISBN 978-3-649-62018-1.

Patricia Mennen

Der Ruf des indischen Elefanten

COPPENRATH

für Amelie

·∾ Prolog ∾·

Nordindien, 1837

Nicht der leiseste Windhauch strich über die weiten sandigen Ebenen der Wüste Thar. Kein Laut war zu hören, nicht einmal das einsame Krächzen eines Geiers am tiefblauen Himmel. Die Luft über der Wüstenstadt Sansara flirrte und sah aus wie geschmolzenes Glas. Häuser, Tempel und Paläste erinnerten an eine alte, schläfrige Schildkröte, die sich in ihren Panzer zurückgezogen hatte. Hinter ihr erhoben sich schroffe Berge. Die roten Lehmmauern der flach gedeckten Häuser speicherten die Hitze wie ein Backofen. Kaum ein Mensch war in den Gassen oder auf dem Basar zu sehen. Selbst die Wachposten auf den Stadtmauern waren nachlässig geworden und verbrachten die heißesten Stunden des Tages dösend im kühlen Schatten.

Ein zufriedenes Lächeln umspielte Shuh Khrans Lippen. Seine Männer und er hatten sich nahezu unbemerkt der Stadt genähert. Mehr als dreihundert Krieger hatten sich auf der

Rückseite einer Hügelkuppe versammelt. Sie waren bis an die Zähne bewaffnet. Shuh Khrans mit Kohle umrahmtes Auge funkelte voller Mordlust, während seine dunkel gekleideten Männer angespannt auf den Befehl zum Angriff warteten. Kopf und Gesicht der Krieger waren mit schwarzen Turbanen bedeckt, die nur die Augen frei ließen. Shuh Khrans Gesicht war dagegen unverhüllt. Ein schauriger Anblick. Während sein rechtes Auge hasserfüllt loderte, prangte dort, wo einst sein anderes Auge gewesen war, nur eine leere, mit blassrotem Narbengewebe überzogene Augenhöhle.

»Nieder mit dem Maharadscha!«, rief der Anführer der Räuberbande in die erwartungsvolle Stille.

»Nieder mit Sansara!«, antworteten seine Männer wie mit einer Stimme.

Unter wildem Johlen gaben die Bergräuber ihren Pferden die Sporen und galoppierten auf die Wüstenstadt zu. Die Hufe der Reittiere wirbelten den staubfeinen Sand so stark auf, dass es aussah, als würde ein Sandsturm heranrollen.

Der Angriff kam für die Bewohner der Wüstenstadt so überraschend, dass es in dem großen Durcheinander eine Weile dauerte, bis der Hauptmann der Stadtwache die ersten Befehle erteilte. Erst in allerletzter Minute gelang es den Soldaten, die Tore zu schließen. Da der größte Teil der Truppen des Maharadschas außerhalb der Stadt bei einer Militärübung war, bezogen nun die eilig herbeigerufenen Ersatzmannschaften ihre Stellungen auf der Stadtmauer.

Noch bevor diese ihre Kanonen in Schussposition bringen konnten, hatten Shuh Khrans Männer bereits ihre beiden leichten Kanonen aufgestellt und geladen.

»Zielt auf das Stadttor!«, befahl der Anführer.

Augenblicklich zerriss ein ohrenbetäubender Knall die Luft. Kurz darauf zerbarsten knirschend die schweren Holzbohlen und angstvolle Schreie hallten aus der Stadt. Ein weiterer Treffer ließ das Stadttor wie Schilf zerbrechen. Shuh Khran stieß ein wildes Lachen aus. Dann erteilte er den Befehl, die Stadt zu stürmen.

Unter den Bewohnern war indes Panik ausgebrochen. Auf der Suche nach einem sicheren Versteck flohen sie in alle Richtungen, während aufwirbelnder Staub und herabprasselnde Mauerstücke ihnen die Sicht vernebelten.

»Bringt euch in Sicherheit!«, gellte es durch die Gassen.

»Sie haben das Stadttor durchbrochen!«

»Rette sich, wer kann!«

Auf dem eben noch so ruhigen Basar herrschte jetzt heilloses Durcheinander. Marktstände stürzten um, Tonkrüge gingen zu Bruch, bunte Stoffballen landeten zerrissen im Staub der dreckigen Gassen.

Shuh Khran fühlte in seinem Herzen tiefe Befriedigung. Er hatte seine Drohung wahr gemacht. Endlich konnte er Vergeltung üben für das, was ihm der Maharadscha angetan hatte. Der Herrscher von Sansara hatte den Räuberhauptmann einst im Kampf schwer verletzt, woraufhin sich die Mitglieder seiner Bande in alle Winde zerstreut hatten. Shuh Khran hatte ein Auge verloren und war nur mit Mühe den Schergen entkommen. Seither war sein Herz von Rache erfüllt. Für all die erlittene Schmach sollten die Menschen von Sansara jetzt bezahlen.

Mit donnerndem Getöse galoppierten die Krieger durch

die Stadt und mähten jeden nieder, der sich ihnen in den Weg stellte. Der Überraschungsangriff war geglückt. Bis der Maharadscha seine Truppen vereinigt hatte, würde einige Zeit verstreichen. Zeit genug, um die Stadt zu plündern.

Sujata, die jüngste Tochter des Maharadschas von Sansara, saß in ihrer Sänfte, als der Tumult losbrach. Sie befand sich mit ihrer kleinen Eskorte gerade in der Nähe der Stadttore, als die Kanonenschüsse die friedliche Stille des Nachmittags wie Paukenschläge zerrissen. Ihre treue Dienerin Gola stieß einen spitzen Schrei aus, während Sujata hastig den Vorhang beiseiteschob, um den Hauptmann ihrer Eskorte nach der Ursache des Lärms zu fragen. Noch bevor er ihr antworten konnte, hörten sie von überall her Schreie. In panischem Schrecken hasteten Menschen an ihnen vorbei, wobei die Soldaten und Sänftenträger Mühe hatten, ihrem Ansturm standzuhalten. Der Hauptmann griff sich einen der Flüchtenden, einen Schneider, der noch Nadel und ein Stück Stoff in der Hand hielt.

»Was ist hier los?«, herrschte er den Zitternden an.

»Shuh Khran! Ein Überfall! Sie haben das Osttor bereits durchbrochen. Ihr müsst zurück in den Palast und die Soldaten des Maharadschas holen!« Dann riss er sich los und setzte seine kopflose Flucht fort. Der Hauptmann verlor keine Zeit.

»Zurück in den Palast!«, befahl er.

Eilig setzten sich die Sänftenträger in Bewegung. Sujata und die alte Gola wurden unsanft hin und her geschaukelt, während der Hauptmann und seine Soldaten ihren Rückweg zu sichern versuchten. Doch einige von Shuh Khrans Kriegern hatten die königliche Sänfte bereits entdeckt. Mit wildem Gejohle stürzten sie sich auf die Soldaten und verwickelten sie in ein heftiges Gefecht. Durch geübte Schwertschläge gelang es dem Hauptmann und seinen Männern, die Räuber für eine Weile auf Abstand zu halten. Doch dann tauchten aus einer der Gassen Bogenschützen auf und zielten auf die Gruppe. Sujata hörte hinter den dichten Stoffbahnen das Zischen von Pfeilen, gefolgt von lauten Schmerzensschreien, dann krachte die Sänfte zu Boden.

»Wir müssen raus hier«, rief Gola, die Sujata schon als kleines Kind umsorgt hatte. Sie versuchte, die Prinzessin aus der Sänfte zu bugsieren. Im selben Moment zerfetzte ein Eisenpfeil den Vorhang und drang mit einem hässlichen Zischen in die Brust der alten Dienerin. Mit einem gurgelnden Laut sank sie nieder. Voller Entsetzen sah Sujata, wie sich auf ihrem gelben Sari ein rotbrauner Blutfleck ausbreitete.

»Gola!«, jammerte Sujata. »Lass mich nicht allein!« Verzweifelt versuchte sie, die Dienerin aufzurichten, doch es gelang ihr nicht. Mit zitternden Händen wies Gola auf das Amulett, das Sujata um den Hals trug. Der Körper des kunstvoll gefertigten Jadeelefanten war mit zahlreichen magischen Sprüchen und Formeln bedeckt. Sie hatte ihn einst von einem Brahmanen bekommen, dem große magische Kräfte nachgesagt wurden.

»Er wird dich retten«, flüsterte sie mit schwächer werdender Stimme. »Auf dem Elefanten … ruht ein mächtiger Schutzzauber … Gib ihn …«, die Pausen zwischen ihren

Worten wurden immer länger, »... an den weiter, der bereit ist, dein Leben zu retten ... So entfaltet er seine Macht und er wird ...« Ihre Stimme brach mitten im Satz ab. Noch einmal fühlte Sujata die Augen der Dienerin auf sich ruhen. Dann brach ihr Blick und sie war tot.

Sujatas Augen füllten sich mit Tränen, während sie den Elefanten um ihren Hals umfasste. Sie spürte ein sanftes Pulsieren, das ihr half, nicht die Fassung zu verlieren. Aber einen Lebensretter brachte es ihr nicht. Im Gegenteil. Plötzlich wurde mit grober Gewalt der Vorhang ihrer Sänfte heruntergerissen, während mehrere Hände gleichzeitig nach der Prinzessin griffen.

Zitternd vor Anspannung, drückte sich der junge Engländer an die Wand seines Zimmers und hoffte inständig, dass man ihn nicht bemerkte. Die Situation überforderte ihn. Er war erst vor wenigen Wochen in Indien eingetroffen und mit seinen sechzehn Jahren reichlich unerfahren. Sein Befehl lautete, sich auf direktem Weg von Bombay zu seiner Garnison in den Norden zu begeben. Er sollte dort seine erste Dienststelle als Offizier in Indien antreten. Das Haus des Kaufmanns, in dem er gerade logierte, hatte man ihm als preiswerte Unterkunft auf seiner Reise empfohlen. Und nun war die Stadt überfallen worden. Kriegshandlungen kannte er lediglich aus Lehrbüchern und Abenteuerromanen. Der Vater hatte ihm das Offizierspatent gekauft. Das war üblich in seinem Stand. Im Grunde war das Offiziersleben nicht einmal sein größter

Wunsch gewesen. Es war nur die bessere Alternative zu einem Leben als Geistlicher. Als zweitgeborener Sohn eines Landadligen hatte man nicht sehr viele Auswahlmöglichkeiten. Jetzt fragte er sich, warum zum Teufel er nicht mit den anderen Hausbewohnern geflohen war. Er war drauf und dran gewesen, sich ihnen anzuschließen, doch dann hatte sein Instinkt ihm plötzlich geraten, als Fremder besser innerhalb der schützenden Mauern zu bleiben. Es war gut möglich, dass man ihn sonst als Geisel nahm.

Mit der Pistole in der Hand schielte er nun aus dem Fenster seines Zimmers, das sich im oberen der zwei Stockwerke befand. Kurz zuvor hatten die Angreifer den Innenhof des Hauses gestürmt. Mehrere Diener lagen bereits getötet im Hof, andere hatten sich noch verschanzt und versuchten verzweifelt, die Räuber zum Rückzug zu zwingen.

Ein pfeifendes Sirren und das Bröckeln von feinem Putz ließen ihn zusammenzucken. Eine verirrte Kugel war direkt neben seinem Kopf in die weiß gekalkte Wand eingeschlagen. Vor Schreck ließ er sich auf den Boden fallen. Er hielt sich nicht für einen Angsthasen, aber die Tatsache, dass die tödliche Kugel ihn nur um ein paar Zentimeter verfehlt hatte, verursachte ihm ein flaues Gefühl im Magen. Dann hörte er aus dem Hof Pferdegetrappel und weitere Schüsse. Einige der Banditen hatten offenbar beschlossen, das Anwesen des Kaufmanns als Lager zu benutzen.

»Wir haben Prinzessin Sujata gefangen genommen«, jubelten die Räuber. »Wir lassen uns ihren Körper mit Gold aufwiegen. Shuh Khran wird uns reichlich entlohnen. Wo ist er eigentlich?«

»Mohan ist schon losgezogen, um ihn zu holen! Wir erwarten ihn jeden Augenblick.«

»Shuh Khran wird sie seinem Harem einverleiben! Das wird dem Maharadscha eine Lehre sein«, grölte ein anderer Krieger. Er klang ganz benebelt von seinem Siegesrausch.

Der junge Engländer wagte erneut, einen kurzen Blick aus dem Fenster zu werfen. In diesem Moment traf der Räuberhauptmann ein. Er sprang von seinem Pferd und verlangte, die Prinzessin zu sehen. Seine Männer umringten ihn und führten eine tief verschleierte, sich heftig sträubende Gestalt zu ihm. Mit einer barschen Bewegung riss Shuh Khran ihr den Schleier vom Gesicht und lachte zufrieden.

»Sieh an, das Kronjuwel unseres Maharadschas«, gurrte er. Gleich darauf verfinsterte sich sein Gesicht und er deutete grimmig auf seine leere Augenhöhle. »Du wirst den Preis dafür bezahlen. Jeden Tag in meinem Leben wirst du mir die Wunde auswaschen und mir sagen, wie leid es dir tut, was dein Vater mir angetan hat!«

»Niemals«, begehrte die Prinzessin heftig auf, »ich will zurück zu meinem Vater!« Sie brach in Schluchzen aus, worauf Shuh Khran ihr eine heftige Ohrfeige versetzte.

»Bringt sie dort hinauf und bewacht sie!«, befahl er verächtlich.

Der junge Engländer zuckte vom Fenster zurück. Da hörte er auch schon Schritte von unten heraufkommen. Sie hielten direkt auf das Zimmer zu, in dem er sich aufhielt. In wenigen Augenblicken würden die Räuber die Tür öffnen und ihn entdecken. Das wäre sein sicherer Tod.

Hastig sah er sich um. In dem Zimmer selbst bot sich keine Möglichkeit, sich zu verstecken, denn außer einem Bett und einer kleinen Truhe gab es kein weiteres Mobiliar. Das Fenster, das auf den Hof hinauszeigte, kam als Fluchtmöglichkeit ebenso wenig infrage. Was sollte er nur tun? Sein Blick fiel auf das Erkerfenster zu seiner Rechten, das sich hoch über den darunterliegenden Stallungen befand. Mit dem Mut der Verzweiflung steckte er seine Pistole in den Hosenbund und kletterte auf den Fenstersims. Bis zum Boden waren es über sechs Yards. Zum Springen war die Distanz zu hoch, aber über dem Erker befand sich ein schmales Dach. Dort hinauf zog er sich, gerade noch rechtzeitig, denn nur einen Augenblick später öffnete sich die Tür und die Prinzessin wurde in den Raum gestoßen. Nur unter größter Anstrengung gelang es ihm, sein wild rasendes Herz zu beruhigen, während er auf allen vieren auf dem abfallenden Dach nach Halt suchte.

»Sieh nach, ob die Luft rein ist«, ertönte der Befehl eines Bewachers. Kurz darauf streckte ein Mann seinen Kopf durch das Fenster unter ihm. Hätte er auch nur einen Blick nach oben geworfen, so hätte er seine Stiefelspitze gesehen. Doch das Glück war mit dem jungen Engländer. Er blieb unentdeckt.

Festgekrallt an das kleine, abschüssige Dach, wartete er ab, bis die Männer den Raum wieder verlassen hatten. Bald war nur noch das Schluchzen der Prinzessin zu hören.

Vorsichtig ließ er sich von dem Dach zurück in den Raum gleiten. Auf dem Bett lag lang ausgestreckt eine zierliche, in rote Seidenschleier gehüllte Gestalt. Als Prinzessin Sujata ihn bemerkte, schrak sie auf. Ihr Schleier ließ nur einen Blick auf ihre weit aufgerissenen Augen zu. Der Engländer sprang rasch zu ihr und hielt ihr den Mund zu.

»Pscht«, zischte er ihr ins Ohr. »Ich will Euch doch nur helfen.«

Als Sujata sah, dass er ein Fremder und keiner der Räuber war, gab sie ihm durch ein Nicken zu verstehen, dass sie verstanden hatte. Der junge Engländer löste vorsichtig seine Hand von ihrem Mund. Dabei fiel der Schleier von ihrem Gesicht. Voller Erstaunen stellte er fest, dass die Prinzessin noch ein halbes Kind war. Sie war höchstens elf Jahre alt.

»Sie haben Gola umgebracht, meine Dienerin«, wisperte sie und wirkte in ihrem Kummer noch verletzlicher, als sie es ohnehin schon war. »Sie werden Lösegeld für mich fordern. Aber Shuh Khran wird mich niemals freilassen, selbst wenn sie das Gold haben.« Tränen stiegen in ihre großen, dunklen Kulleraugen. »Ich werde in Shuh Khrans Harem landen!« Ihr Körper bebte vor Entsetzen, während der Engländer sie mit sanften Worten zu beruhigen versuchte.

»Niemand wird dir etwas antun«, versprach er, »nicht, solange ich lebe.« Er wunderte sich über seine eigenen Worte, denn er hatte nicht die geringste Ahnung, wie sie unbemerkt von hier verschwinden konnten. Doch seine Worte verfehlten ihre Wirkung nicht. Sujatas Blick klärte sich plötzlich und sie sah ihm voller Vertrauen in die Augen.

»Es ist mein Schicksal, dass du mich rettest«, sagte sie leise. »Gola hat gesagt, du würdest kommen. Du wirst mich zu meinem Vater zurückbringen, nicht wahr?« Ungeduldig nestelte sie an dem Talisman um ihren Hals. »Nimm ihn«, forderte sie ihn auf. »Er wird uns beide beschützen.«

In ihrer Stimme klang so viel Hoffnung mit, dass er nicht anders konnte, als ihn anzunehmen. Schon während er sich das Lederband mit dem fein gearbeiteten Elefanten um den Hals legte, verspürte er neue Zuversicht, obwohl es ganz und gar keinen Grund dazu gab.

»Ich werde dir helfen, Sujata«, versprach er großspurig. Die Prinzessin hatte nicht nur seinen Beschützerinstinkt geweckt, sondern machte ihn auch mutiger, als er eigentlich war. »Ich werde dich von hier fortbringen!«

Sein Blick fiel auf das zerwühlte Bett und plötzlich fasste er einen irrwitzigen Plan.

Statt die eroberte Wüstenstadt nach dem Überfall wieder zu verlassen, hatte Shuh Khran sich entschieden zu bleiben. Seine wertvolle Gefangene hatte ihn alle Vorsicht vergessen lassen. Der Maharadscha würde es nicht wagen, einen Angriff zu befehlen, solange seine Tochter in der Gewalt des Feindes war. Diese Zeit konnten seine Männer in aller Ruhe nutzen, um sich an den Habseligkeiten der Stadtbewohner zu bereichern und ihren Sieg ausgiebig zu feiern. Und das taten sie auch.

Der junge Engländer und Sujata warteten derweil ungeduldig darauf, dass die Räuber unten im Hof endlich schläfrig wurden. Erst weit nach Mitternacht wurde ihr Gegröle leiser und verebbte schließlich ganz. Sie hatten Glück, denn selbst Sujatas Wachen hatten ordentlich getrunken, obwohl ihr Anführer es ihnen verboten hatte. Sobald der Engländer das gleichmäßige Schnarchen der Männer vor ihrer Tür vernahm, zerriss er die Bettlaken und knotete sie zu einem Strick zusammen. Diesen knüpfte er an den Fensterpfosten im Erker. Als die Prinzessin begriff, dass sie zum Fenster hinausklettern sollte, bekam sie es mit der Angst zu tun.

»Ich kann das nicht«, flüsterte sie mit bebender Stimme. »Mir wird schon schwindlig, wenn ich nur hinuntersehe.«

Der Engländer überlegte einen Augenblick, dann zog er seinen Gürtel aus den Schlaufen, bat die Prinzessin, auf seinen Rücken zu klettern, und sicherte sie mit dem Leder. Die Prinzessin eng an sich geschmiegt, ließ er sich vorsichtig an der Hauswand hinab. Sie kamen unbeschadet unten an.

In den Schatten der Hauswand geduckt, schlichen sie zu den Stallungen und durchquerten sie rasch, um durch einen Nebenausgang zu fliehen. Auf vielen Umwegen durch die Gassen der Stadt gelangten sie schließlich durch ein unbewachtes Palasttor in die Gemächer des Maharadschas.

Die Freude und Erleichterung des Herrschers, als er seine Tochter wohlbehalten wiedersah, war unermesslich. Noch in derselben Nacht ließ er seine Soldaten ausschwärmen und das Nest der ahnungslosen Räuber ausheben. Mit der gleichen Grausamkeit, die Shuh Khran an den Tag gelegt hatte, ging der Herrscher von Sansara nun auch gegen die Banditen vor. Shuh Khran konnte zwar entkommen, doch die meisten seiner Männer wurden gefasst und auf der Stelle getötet.

Der Engländer jedoch wurde wegen seiner Tapferkeit als Held gefeiert. Die Dankbarkeit des Fürsten war groß. Sujata war seine Lieblingstochter und ihre Entführung hatte ihm beinahe das Herz gebrochen. Also schenkte er dem jungen

Mann einen mit Rubinen besetzten Dolch und versprach ihm ewige Dankbarkeit. Auch die kleine Sujata zeigte sich erkenntlich. Als ihr der Engländer ihren Talisman zurückgeben wollte, bat sie ihn, er möge ihn behalten.

»Auf dem Elefanten ruht ein besonderer und sehr mächtiger Zauber«, erklärte sie mit ernster Überzeugung. »Seine Macht mag lange im Verborgenen liegen, doch eines Tages wird er zusammenfügen, was zusammengehört.«

1. TEIL
Der Aufbruch

1

Irland, 1855

»Mutter, sieh nur, was wir dir mitgebracht haben!«, rief Laoise voller Begeisterung. »Heute wird ein Festtag!«

Tara schloss rasch die Tür der ärmlichen Kate, bevor ihre kleine Cousine die Nachbarn mit ihrem Geschrei auf sich aufmerksam machen konnte. Auch sie strahlte vor Stolz, als sie die Schürze von dem Korb nahm und ihrer Tante das tote Kaninchen zeigte, das sie gefunden hatten. Schon bei seinem Anblick lief ihr das Wasser im Mund zusammen. Sie erwartete von Nell nicht gerade überschwängliche Freude – dazu war ihre Tante gar nicht fähig –, aber zumindest ein zufriedenes Lächeln. Doch statt sich zu freuen, ließ Nell den Löffel fallen, mit dem sie gerade in ihrer faden Kohlsuppe über dem offenen Torffeuer gerührt hatte, und schlug ihre knotigen Hände vors Gesicht.

»Was soll das?«, keuchte sie entsetzt. »Hast du nun völlig den Verstand verloren?« Ihr Vorwurf war einzig und allein gegen Tara gerichtet. »Ist das der Dank dafür, dass wir dich bei uns aufgenommen haben? Du stürzt uns noch alle ins Unglück! Weißt du nicht, dass das Diebstahl und Wilderei ist? Wir werden dafür alle ins Gefängnis kommen!«

Tara sah ihre Tante verständnislos an. »Aber das ist etwas zu essen und wir haben Hunger«, stellte sie nüchtern fest. »Außerdem hat uns niemand gesehen.«

Nell raufte sich die schütteren Haare, die sie zu einem dürftigen Knoten im Nacken geschlungen hatte.

»Ich habe immer gewusst, dass du uns nur Scherereien bringst«, beklagte sie sich erneut. Dann nahm ihre Stimme einen resignierten Tonfall an. »Weißt du, wann jemand hier im Dorf das letzte Mal Fleisch auf dem Tisch hatte?« Tara zuckte mit den Schultern. »Glaub mir, das ist schon viele Jahre her!«

»Na und?« Alles in Tara sträubte sich gegen Nells Einwände. Sie schob trotzig ihre Unterlippe vor, während sie die Schürze wieder über den Korb breitete. »Steht deshalb irgendwo geschrieben, dass im Dorf nun niemals mehr Fleisch gegessen werden darf?« Wieso konnte sich ihre Tante nicht einfach freuen? Stattdessen setzte sie bereits wieder zu neuem Wehklagen an. In diesem Moment ging die Tür auf und ein grobschlächtiger Mann betrat den Raum.

»Was ist hier los?«, knurrte Fergus Kelly ungehalten. Er warf einen kurzen Blick auf seine Frau und verzog sein Gesicht zu einer abfälligen Grimasse. »Macht die da«, er deutete verächtlich auf Tara, »etwa wieder Ärger?«

Tara spürte, wie ihre Enttäuschung langsam in Wut umschlug. Selbstbewusst trat sie ihrem Onkel entgegen. »Ich mache keinen Ärger«, stellte sie klar. »Laoise und ich haben im Moor ein Kaninchen gefunden. Es hatte sich in einer Schlinge verfangen und war schon tot. Hätten wir es etwa liegen lassen sollen? Es ist ein Geschenk des Himmels und wird uns alle endlich mal wieder satt machen!« Erneut zog sie die Schürze beiseite, unter der das tote Tier lag.

Als Fergus das Kaninchen sah, erschlafften seine Gesichtszüge für einen Augenblick, bevor sein Kopf vor Zorn rot wurde. Hastig bedeckte er das Tier und sah sich schreckhaft um, als befürchte er, es könnte jemand hinter ihm stehen. Dann trat er auf Tara zu und verpasste ihr eine so heftige Ohrfeige, dass sie gegen die Lehmwand taumelte.

»Du verdammter Wechselbalg«, polterte er los. »Ist das etwa der Dank dafür, dass wir dich hier durchfüttern? Willst du, dass ich wegen dir ins Gefängnis komme, hä?«

Taras linkes Auge begann sofort anzuschwellen. Sie hatte in den wenigen Monaten, in denen sie hier lebte, schon einige Male Fergus' Jähzorn zu spüren bekommen. Doch dieses Mal hatte er seine ganze Kraft in den Schlag gelegt. Tara kauerte auf dem Lehmboden, während warmes Blut aus ihrer Nase lief. An diese Demütigungen würde sie sich nie gewöhnen. Kein Mensch hatte das Recht, sie zu schlagen. Außerdem war sie sich keines Vergehens bewusst. Das Kaninchen war schon tot gewesen. Hätten sie es nicht gefunden, wäre es bestimmt Stapelton, dem Verwalter von Pulprigde Manor, in die Hände gefallen. Er und seine feisten Männer hatten solch eine Mahlzeit gewiss nicht nötig. Sie wollte gerade ihrem Unmut Luft machen, als sich Laoise zaghaft zu Wort meldete. Sie hatte sich längst in einen dunklen Winkel verzogen.

»Ich habe Tara überredet, es mitzunehmen«, piepste sie mutig aus ihrem Eck. »Niemand hat uns gesehen. Wir können es ohne Gefahr essen!«

»Du sollst deine Cousine nicht andauernd in Schutz nehmen«, grunzte Fergus ungehalten. Seine Stimme klang jedoch nicht mehr ganz so erbost. So hartherzig und brutal er selbst seiner Frau gegenüber war, so nachsichtig zeigte er sich, wenn es um Laoise ging. Sie war das einzige von fünf Kindern, das ihm geblieben war.

»Aber warum können wir das Kaninchen denn nicht behalten? Uns hat wirklich niemand gesehen«, schluchzte Laoise enttäuscht.

»Pst! Nicht so laut!« Nell sah sich ängstlich um. »Wenn wir das Tier braten oder kochen, werden es alle im Dorf riechen«, erklärte sie. »Die Nachricht würde sich wie ein Lauffeuer verbreiten und innerhalb einer Stunde wären die Rotröcke da. Sie würden behaupten, wir hätten die Falle aufgestellt, und Fergus dafür einsperren. Willst du das etwa?«

Tara wusste, dass man die englischen Soldaten wegen ihrer roten Uniformen so nannte. Sie waren bekannt dafür, dass sie nicht viel Federlesen mit den Iren machten, deren Land sie beherrschten.

»Wahrscheinlich war genau das ihre Absicht«, knurrte Fergus und warf Tara einen bösen Blick zu. »Schließlich ist sie selber der Bastard von einem verdammten Engländer. Aber ich werde mir diesen Schuh nicht anziehen. Du hast das Vieh hierhergebracht, also wirst du es auch wieder wegschaffen. Am besten, du bringst es dem Lord persönlich. Dann haben wir dich gleich mit los! Und jetzt verschwinde. Sofort!«

Tara zuckte zusammen. Wie konnte ein Mensch nur so gemein sein? Noch mehr als die Tatsache, dass ihr Onkel sie hinauswarf, traf sie der Umstand, dass er sie Bastard genannt hatte. Es kränkte sie tief, wenn er sie so bezeichnete, und das wusste Fergus, und so hörte er nicht auf, sie damit zu quälen. Einen schmerzlichen Augenblick lang verfingen sich Taras Gedanken in der Vergangenheit. Vor nur wenigen Monaten noch hatte sie mit ihrer Mutter in einer hübschen, kleinen Wohnung in Galway gelebt. Sie waren nicht reich gewesen, aber vermögend genug, um ein sorgloses, behagliches Leben zu führen. Ihre Mutter Lucy war eine geschickte Schneiderin gewesen, deren Dienste sogar bei den englischen Ladys gefragt waren. Ihren Vater hatte Tara nie kennengelernt. Ihre Mutter hatte behauptet, er wäre vor ihrer Geburt gestorben. Sie hatte ihn nie vermisst, denn ihre Mutter und sie waren immer bestens miteinander ausgekommen.

Doch dann brach mit einem Mal eine schlimme Grippeepidemie in Galway aus. In beinahe jedem Haus gab es Kranke. Viele von ihnen starben an den Folgen der Seuche. Eines Tages traf es auch ihre Mutter. Als die Epidemie schon überstanden schien, fing ihre Mutter plötzlich an zu fiebern und zu husten. Bald spuckte sie Blut und wurde immer schwächer. Sie schwand dahin wie ein welkendes Blatt.

»Tara«, wisperte ihre Mutter eines Abends. »Du musst nun tapfer sein. Ich werde bald von dir gehen. Doch vorher gibt es noch etwas, was du wissen musst. Ich hätte es dir schon längst sagen müssen …«

»Was redest du da?« Lucys Worte machten Tara panische Angst. »Du wirst bald wieder gesund sein!«

Ihre Mutter schüttelte schwach, aber bestimmt den Kopf. »Öffne bitte die obere Schublade der Kommode ... und bring mir das Samtsäckchen und den darunter liegenden Lederbeutel«, keuchte sie mühevoll.

Tara beeilte sich, ihrem Wunsch nachzukommen. Mit zitternden Händen zog ihre Mutter einen münzgroßen Anhänger aus dem Säckchen hervor, einen kunstvoll gefertigten Elefanten aus leuchtend grüner Jade. Sein Körper war durchscheinend. Schaute man jedoch genauer hin, sah man, dass er mit rätselhaften Zeichen übersät war. Augen, Stoßzähne und Schwanz des Elefanten waren aus ziseliertem Silber. Tara hatte noch nie etwas Schöneres gesehen.

»Er ist von deinem Vater«, flüsterte Lucy mit Tränen in den Augen. Ihre fiebrigen Augen glitten in eine ferne Vergangenheit. »Nimm ihn. Dein Vater hat immer behauptet, dass Magie in ihm steckt. Er wird dich beschützen!«

»Mutter! Was redest du nur?«, unterbrach Tara sie aufgewühlt.

Lucy versuchte, sie zu beruhigen, doch ein neuer, noch viel heftigerer Hustenanfall setzte ein. Er kostete sie mehr Kraft, als sie besaß. Kaum war der Anfall vorüber, sank sie zurück und schlief erschöpft ein. Mitten in der Nacht wachte ihre Mutter nochmals für einen kurzen, friedvollen Augenblick auf.

»Gott beschütze dich«, hatte sie mit ungewohnt klarer Stimme gesagt und dann die Augen für immer geschlossen.

Bei der Erinnerung an ihren Tod biss sich Tara fest auf die Lippen. Gleichzeitig fühlte sie bohrende Enttäuschung, denn ihr Tod war nicht der einzige Schmerz, den sie zu verkraften hatte. Aus dem Brief, der sich in dem fest verschlossenen Lederbeutel befunden hatte, hatte sie erfahren müssen, dass ihre Mutter sie angelogen hatte. Das Schreiben stammte von ihrem Vater und war eine Art Abschiedsbrief. Lucy hatte stets behauptet, mit Henry Harley verheiratet gewesen zu sein, einem englischen Offizier, der sein Leben für das Vaterland geopfert hatte. Die Wahrheit war jedoch, dass ihr Vater ihre Mutter vor fast sechzehn Jahren verlassen hatte. Er hatte ihr zwar versprochen, sie bald zu sich zu holen, doch offensichtlich hatte er dieses Versprechen nie eingelöst. Ihr Vater war weder tot noch hieß er Henry Harley. Sein richtiger Name lautete Henry Lawrence und er war Offizier der britischen Armee im fernen Indien. Allem Anschein nach hatte er nie von Taras Existenz erfahren. Diese Neuigkeit hatte Tara wie ein Erdbeben erschüttert. Dabei quälte sie weniger der Umstand, dass sie halbe Engländerin und noch dazu unehelich geboren worden war. Vielmehr grämte sie die Tatsache, dass ihre Mutter sie ihr ganzes Leben lang belogen hatte. Dieser Vertrauensbruch kam ihr immer noch wie ein Verrat vor.

Plötzlich verabscheute Tara dieses dämliche Kaninchen genauso, wie sie ihren Onkel und das armselige Leben in Kilkieran hasste. Sollten die Rotröcke sie doch ins Gefängnis sperren. Schlimmer als ihr jetziges Leben würde es dort bestimmt auch nicht sein. Trotzig nahm sie den Korb mit dem Kaninchen vom Tisch.

»Wo willst du damit hin?«, erkundigte sich Nell ängstlich.

»Ich werde den Braten Lord D'Arcy bringen, wie Onkel Fergus es wünscht«, antwortete Tara sarkastisch.

2

Kaum war sie an der frischen Luft, atmete Tara tief durch. Aus der kleinen Kate, die nun ihre Behausung war, hörte sie Fergus' Fluchen, das hin und wieder von Nells nörgelndem Gejammer unterbrochen wurde. Mit einer gewissen Befriedigung lauschte sie ihrem Wortwechsel.

»Sie wird doch nicht wirklich damit nach Pulpridge Manor gehen?«, klagte Nell. »Man wird sie einsperren. Die Schande könnte ich nicht ertragen. Sie ist immer noch die Tochter meiner kleinen Schwester!«

»So doof wird sie nicht sein. Außerdem hat sie sich die Suppe selber eingebrockt, jetzt soll sie sehen, wo sie bleibt!«

Danke für die Anteilnahme, dachte Tara grimmig. Sie war immer noch aufgebracht und wütend. Unschlüssig, was sie nun tun sollte, lief sie die Dorfstraße hinunter. Kilkieran lag etwa zwei Meilen von Pulpridge Manor entfernt, dem Herrensitz der englischen Adelsfamilie D'Arcy. Wie die meisten irischen Dörfer war es seit der großen Hungersnot bitterarm. Die Behausungen waren aus Ästen und Strohmatten errichtet, die man mit Lehm verschmiert hatte. Sie reihten sich wie aufgefädelte Perlen entlang einer schlammigen, kaum befahrbaren Straße. Einige der armseligen Katen hatte man einfach eingerissen und das Land dahinter zu Schafweiden gemacht. Ihre Bewohner waren entweder gestorben oder vertrieben worden, weil sie geschwächt von Hunger und Elend ihre Pacht nicht bezahlen konnten. An neuen Pächtern war Lord D'Arcy nicht interessiert. Das Ackerland der Bauern war als Schafweide für ihn mehr wert. In ganz Kilkieran gab es nur zwei gemauerte graue Steinhäuser: die Kirche und das Pfarrhaus, das der freundliche Pfarrer O'Bannion bewohnte. Doch selbst diese Gebäude machten einen verfallenen Eindruck. Die Bauern schlugen sich mit anderen Nöten herum, als die Gemeindegebäude instand zu halten.

Tara bemerkte O'Bannion erst, als er sie auf seine übliche fröhliche Art begrüßte. Er war ein kleiner, drahtiger Mann mit karottenroten Haaren.

»Nanu, jetzt noch unterwegs?«, fragte er sie mit einem Blick in den düsteren Abendhimmel. »Kein guter Zeitpunkt für einen Ausflug, wenn du mich fragst. Es sieht nach Regen aus.«

»Ich habe noch etwas zu erledigen«, antwortete Tara einsilbig und deutete mit dem Kopf in Richtung des Herrenhauses. Als sie dem nichts mehr hinzufügte, wechselte der Pfarrer das Thema. Im Unterschied zu den anderen Dorfbewohnern war er ein gebildeter Mann, den Tara sehr schätzte. Er war so anders als die restlichen Bewohner von Kilkieran. Alles an ihm strahlte Zuversicht und großes Gottvertrauen aus. In all der Not versuchte er immer auch, das Positive zu sehen.

»Wirst du am Sonntag nach dem Gottesdienst wieder die

Kinder unterrichten?«, fragte er. Als Tara mit den Schultern zuckte, runzelte O'Bannion erstaunt die Stirn. »Ich dachte, das Unterrichten macht dir Spaß?«

»Tut es auch«, gab Tara widerwillig zu. Sie wusste, dass er viel von ihr hielt. Einen Augenblick überlegte sie, ob sie ihm ihr Herz ausschütten sollte, doch dann ließ sie es lieber bleiben. Was konnte er schon für sie tun? Es schien ihr überflüssig, auch noch ihn in die Sache mit dem Kaninchen hineinzuziehen.

Sie wartete darauf, dass sich der Pfarrer wieder von ihr verabschiedete, doch stattdessen blieb er beharrlich an ihrer Seite. Gemeinsam liefen sie in Richtung des Herrenhauses, das oberhalb des Dorfes auf einem der Hügel lag. Mittlerweile war es fast dunkel, denn die untergehende Sonne wurde von einer dunkelgrauen Regenwand verschluckt.

»Willst du mir nicht endlich verraten, was sich in deinem Korb verbirgt?« O'Bannions Frage ließ Tara zusammenzucken. Sie wollte ihm gerade eine ausweichende Antwort geben, doch dann besann sie sich anders. Wortlos schob sie die Schürze beiseite und zeigte ihm das Kaninchen. Der Pfarrer pfiff durch die Zähne.

»Donnerwetter«, meinte er überraschend gelassen. »Dann hast also *du* heute meine Falle geplündert! Ich hatte schon befürchtet, Stapelton und seine Männer hätten sie aufgestöbert.« Er sah Tara mit gerunzelter Stirn an. »Wieso, um Gottes willen, willst du den Braten seiner Lordschaft bringen?« In seiner Stimme klang nun eindeutig Besorgnis mit. Er deutete auf Taras zugeschwollenes Auge. »Hat es etwa damit zu tun?«

»Laoise und ich haben das Tier heute Nachmittag gefunden«, brach es aus Tara heraus. »Aber das war wohl ein Fehler. Nell hat mir böse Vorhaltungen gemacht und Fergus ist völlig außer sich geraten. In seinem Ärger hat er von mir verlangt, dass ich das Tier seiner Lordschaft bringen solle. Und genau das werde ich jetzt auch tun«, verkündete sie trotzig. »Sollen sie mich doch einsperren. Alles ist besser als das öde Leben hier!« Sie marschierte entschlossen weiter. Ihre Wut war nun wieder größer geworden. Doch Pfarrer O'Bannion hielt sie am Arm fest.

»Da habe ich einen viel besseren Vorschlag«, meinte er. Auf seinem Gesicht tanzte ein verschwörerisches Lächeln. »Wir gehen in die Pfarrei und kochen aus deinem Kaninchen einen leckeren Eintopf.«

Tara sah ihn überrascht an. »Aber genau das geht ja nicht«, antwortete sie heftig, »der Fleischgeruch wird die Nachbarn anlocken!«

»Mein Haus ist aus Stein gebaut und der Kamin ist hoch. Glaub mir, keiner wird etwas bemerken«, fegte der Pfarrer ihren Einwand leichthin beiseite. »Aber am Sonntag nach der Kirche, wenn dein Unterricht vorüber ist, da bekommen alle Kinder eine nahrhafte Suppe. Na, was sagst du dazu?«

Tara wurde auf einmal viel leichter ums Herz. Sie musste sogar grinsen. Überhaupt ging ihr jetzt erst auf, was der Pfarrer ihr da gerade gestanden hatte.

»Heißt das … dass *Ihr* der Wilderer seid?«, fragte sie leise.

O'Bannion zuckte mit den Schultern und zwinkerte ihr zu. »Du wirst mich doch nicht verraten?«

»Natürlich nicht«, sagte Tara entrüstet.

»Dann lass uns endlich zur Pfarrei gehen und uns etwas aufwärmen«, schlug er vor. »Du kannst später nach Hause gehen. Ich wette, dein Onkel ist wegen der Angelegenheit im Moment nicht sonderlich gut auf dich zu sprechen. Besser, du wartest, bis er schläft. Außerdem habe ich heute einen Brief aus London erhalten. Ich hatte noch keine Zeit, ihn zu öffnen, aber ich hoffe, dass er auch Neuigkeiten bezüglich deines Vaters enthält.«

Tara zitterte plötzlich vor Aufregung. Sie hatte sich vor einigen Wochen O'Bannion während der Beichte anvertraut und ihm von dem Brief ihres Vaters erzählt. Daraufhin hatte der Pfarrer vorgeschlagen, sich nach seinem Verbleib zu erkundigen. Sie versprach sich nicht viel davon. Schließlich hatte Henry Lawrence ihre Mutter damals einfach verlassen. Doch etwas Hoffnung hatte sie schon. Die Art, wie ihr Vater den Brief verfasst hatte, ließ den Schluss zu, dass er ihre Mutter sehr geliebt haben musste. Es musste einen triftigen Grund geben, weshalb er nie zurückgekehrt war. O'Bannion war ebenfalls ihrer Meinung gewesen. Er fand außerdem, dass es die Pflicht eines Vaters war, sich um seine Tochter zu kümmern.

Das Pfarrhaus war zwar aus Stein gebaut und um einiges größer als die Bauernkaten, dennoch war es genauso ärmlich eingerichtet. Es bestand aus einem dunklen, ungemütlichen Wohnraum und einer Küche mit einem großen Kamin. O'Bannion legte etwas Torf auf die Glut und kurze Zeit später prasselte ein behagliches Feuer. Tara legte ihren Umhang ab und hängte ihn zum Trocknen vor den Kamin. Ihr Magen knurrte so laut, dass es ihr peinlich war. Sie hatte den ganzen

Tag noch nichts gegessen. O'Bannion kramte in einer Holzkiste und zog einen Kanten hartes Brot und eine Zwiebel hervor. Er brach Tara ein Stück Brot ab und reichte ihr die Hälfte der Zwiebel. Gierig griff sie zu.

»Mit der Zubereitung des Hasen warten wir besser, bis alle schlafen«, meinte er mit einem schiefen Grinsen. »In letzter Zeit patrouillieren die Rotröcke auch abends noch durch das Dorf. Obwohl ich nicht glaube, dass sie hier vorbeischauen werden, ich bin schließlich der Dorfpriester«, fügte er hinzu. »Auch wenn sie keine Katholiken sind, haben sie wenigstens Respekt vor der Geistlichkeit.« Vergnügt rieb er sich die Hände. »Und das ist auch gut so, denn so kann ich den Herrschaften doch hin und wieder ein Schnippchen schlagen. Glaub mir, diese Sonntagssuppe wird erst der Anfang sein.«

Tara musterte den kleinen Pfarrer überrascht. Sie hätte ihm diesen Mut nie zugetraut.

»So, nun lass uns mal nach dem Brief sehen!« Unvermittelt wechselte O'Bannion das Thema. Er griff nach dem versiegelten Briefumschlag auf dem Küchentisch und öffnete ihn mit dem Brotmesser. Eilig überflog er den Inhalt des nicht sehr langen Briefes und zog dabei kritisch die Stirn in Falten. Tara wurde zusehends unruhiger. Der Miene des Pfarrers nach zu schließen, war die Nachricht nicht sehr ermutigend ausgefallen. Endlich legte O'Bannion den Papierbogen beiseite und setzte sich wieder hin. Er versuchte ein tröstendes Lächeln, während er Tara geradeheraus ansah.

»Dein Vater lebt noch«, begann er vorsichtig. Tara spürte, wie ihr Herz einen kleinen, freudigen Hüpfer tat. Wenn ihr Vater lebte, dann bestand zumindest ein Fünkchen Hoffnung.

»Allerdings hält er sich nicht in England auf, sondern ist immer noch in Indien stationiert. Er ist dort ein bedeutender Offizier mit einer glänzenden Karriere. Seine Frau und seine beiden Söhne leben in England. Sie stammen aus hochadeligen Verhältnissen.« Er machte nochmals eine kurze Pause und seufzte. »Ich fürchte, genau das ist das Problem ...«

Tara schluckte schwer. Der Hoffnungsschimmer war erloschen. Sie wusste genau, was der Pfarrer meinte. Ein Offizier von seinem Rang, verheiratet mit einer angesehenen Adeligen, würde sich niemals zu einer unehelichen Tochter aus einfachsten Verhältnissen bekennen. Und selbst wenn! Wie sollte sie ihn schon von ihrer Existenz in Kenntnis setzen? Sollte sie einen Brief nach Indien schicken? Oder selbst dorthin reisen? Hier gab es zwar nichts, was sie hielt, aber eine Reise war für ein mittelloses Mädchen wie sie schlicht unmöglich ...

»Es tut mir leid, Tara«, murmelte O'Bannion voller Mitgefühl. »Ich hätte dir keine Hoffnungen machen dürfen.«

Tara sah ihn fest an. »Das muss es nicht, Pfarrer«, sagte sie leise. In Wahrheit fühlte sie sich fürchterlich. Die Gewissheit, nun weiterhin dieses schreckliche Leben führen zu müssen, raubte ihr mit einem Mal jegliche Zuversicht. Sie schwiegen eine Weile bedrückt und starrten in das glimmende Torffeuer. Doch dann hellte sich das Gesicht ihres Gegenübers plötzlich auf. O'Bannion lächelte sie an.

»Auch scheinbar schlechte Neuigkeiten müssen nicht unbedingt den Untergang bedeuten«, meinte er plötzlich ganz munter. »Wer weiß, wozu sie gut sind. Vielleicht tut sich ja für dich woanders etwas Neues auf! Ich hab da so eine Idee.

Was hältst du davon, mich morgen nach Pulpridge Manor zu begleiten?«

»Ich war noch nie dort«, gestand Tara, überrascht von seinem Angebot.

»Im Herrenhaus wird nach einem neuen Kindermädchen gesucht«, fuhr O'Bannion schon fast beschwingt fort. »Das jetzige hat sich vom Stallburschen schwängern lassen.«

»Und was hat das mit mir zu tun?«, fragte Tara. Insgeheim musste sie darüber schmunzeln, dass offenbar auch der Pfarrer dem Dorfklatsch nicht abgeneigt war.

»Nun, ich könnte ein gutes Wort für dich einlegen.«

Tara glaubte, ihren Ohren nicht zu trauen. »Ihr … Ihr meint, ich könnte das?«, fragte sie ungläubig. »Das wäre … nun ja … wunderbar!«

Allein die Vorstellung, sich nicht mehr mit Nell und Fergus auf dem Acker abrackern zu müssen, schien ihr wie eine Verheißung. Kein krummer Rücken mehr, keine eintönige Feldarbeit unter widrigsten Bedingungen und kein Genörgel, weil sie alles falsch machte. Voller Bedauern betrachtete sie ihre Hände. Sie waren im letzten halben Jahr arg in Mitleidenschaft gezogen worden. Überall hatte sie Schwielen und entzündete Risse. Die Nägel waren allesamt abgebrochen und schwarz unter den Rändern. Und erst ihre Haare. Strähnig und ungewaschen hingen sie ihr ins Gesicht. Wie stolz war sie einst auf ihre braunen Locken gewesen, die normalerweise rötlich schimmerten. Sie seufzte resigniert. Der Pfarrer, der ihre Gedanken zu erraten schien, munterte sie auf.

»Mit etwas Kernseife und frischem Wasser wirst du gleich viel manierlicher aussehen. Lady D'Arcy wird darüber hinwegsehen. Sie sucht jemanden, der ihrem jüngsten Sohn Daniel Manieren beibringt, seine Hausaufgaben begleitet und ab und zu Geschichten vorliest. Ich bin sicher, dass du genau die Richtige bist! Keiner im Dorf ist so gebildet wie du.«

·∾ 3 ∾·

Noch vor Sonnenaufgang stand Tara auf. Fergus, Nell und Laoise schliefen noch, als sie sich leise zum Bach hinter der Kate schlich, um sich zu waschen. Rasch legte sie ihre Kleider ab und stieg durch die neblige, herbstkalte Morgenluft in den Bach. Das Wasser war so eisig, dass es ihre bleiche Haut sofort knallrot färbte. Obwohl sie kaum Luft bekam, tauchte sie unter und schrubbte ihre Haut. Auch die Haare wusch sie sich. Als sie wieder in ihr graues, unscheinbares Kleid schlüpfte, schämte sie sich für ihr armseliges Aussehen. Ihr Onkel hatte die schönen Kleider, die ihre Mutter einst für sie genäht hatte, gleich nach ihrer Ankunft in Kilkieran an die Dienerschaft des Herrenhauses verkauft und den Erlös in Whiskey umgesetzt.

Tante Nell hatte sie vor Scham kaum angesehen, als sie ihr ein geflicktes Kleid aus grobem Wollstoff gereicht hatte. Es war fortan an ihre einzige Bekleidung, die sie tagein, tagaus trug.

Es war ein hartes Stück Arbeit, bis Tara die dichten Haare entwirrt und zu einem ordentlichen Zopf geflochten hatte.

Wenn sie sich früher bei ihrer Mutter über ihre Haare beschwert hatte, hatte diese nur gelächelt und mit versonnenem Blick geantwortet, dass ihr Haar zwar widerspenstig wie ihr eigenes sei, aber der rotgoldene Glanz, den sie von ihrem Vater geerbt hatte, ihm etwas ganz Besonderes verleihe. Von ihrer Mutter hingegen hatte sie die veilchenblauen Augen, in denen helle Flecken wie kleine Sternchen tanzten, wenn sie aufgeregt war.

Tara seufzte. Die Zeiten, in denen sie sich Sorgen um ihr Aussehen gemacht hatte, waren lange vorüber. Wen kümmerte es schon, wie sie heute aussah? Es wurde Zeit, sich auf den Weg zu machen. Leise schlich sie am Eingang der Kate vorbei in Richtung Pfarrhaus. Hauptsache, sie lief Fergus nicht in die Arme. Gut möglich, dass er sie sonst an ihrem Vorhaben gehindert hätte.

Es war ein schöner, sonniger Herbstmorgen, als Tara und Pfarrer O'Bannion vor der mächtigen, dunklen Eichentür von Pulpride Manor standen. Das Herrenhaus bestand aus einem dreiflügeligen Prachtbau aus grauem Granit. Das zweistöckige Gebäude hatte im Erdgeschoss große, kirchenähnliche Fenster. Eingebettet in eine weitläufige Parklandschaft, lag das Anwesen auf der Kuppe eines Hügels. In der Ferne schimmerte silbern das Meer. Rosenbüsche in allerlei Farben konkurrierten mit den sich bereits verfärbenden Blättern der Laubbäume. Tara war es, als käme sie zurück in die Welt, aus der sie vor einigen Monaten so hart hinausgestoßen worden war.

O'Bannion betätigte den Türklopfer, einen goldglänzenden

Löwenkopf mit einem Ring im Maul. Wenig später öffnete ein Butler ihnen die Tür und ließ sie ins Herrenhaus. In der herrschaftlichen Eingangshalle bestaunte Tara mit klopfendem Herzen die geschwungene Treppe, die von dunklen Holzvertäfelungen eingefasst war. Ein kleiner blonder Junge im selben Alter wie Laoise stürmte die Stufen herab und blieb dann am untersten Treppenabsatz stehen. Neugierig musterte er sie. Es handelte sich offensichtlich um Daniel D'Arcy, den Sohn seiner Lordschaft.

»Bist du das neue Kindermädchen?«, fragte er Tara. Den Mund zu einer Schnute verzogen, fügte er hinzu: »Nur dass du es weißt, ich kann es nicht leiden, wenn man mich beim Spielen immer gewinnen lässt.«

Tara musste lachen. »Das mag ich auch nicht!«

Daniel nickte zufrieden. »Magst du Ponys? Ich habe zu meinem letzten Geburtstag ein eigenes bekommen. Wir könnten zusammen ausreiten! Kannst du überhaupt reiten?« Er sah sie erwartungsvoll an.

»Nein, das kann ich nicht«, sagte Tara bedauernd, »aber wenn du möchtest, könnte ich es ja vielleicht lernen.«

»Eine prima Idee! Gleich morgen fangen wir damit an!«, rief Daniel begeistert. Dann sprang er auch die letzten Treppenstufen nach unten und griff vertrauensvoll nach Taras Hand. »Ich werde es dir beibringen.«

Ein leises Lachen ertönte von der Treppe und Tara zuckte zusammen. Lady D'Arcy war unbemerkt Zeugin ihrer Unterhaltung mit Daniel geworden. Sie war eine hochgewachsene, schlanke Frau mit aristokratischen Gesichtszügen.

»Ist das das Mädchen aus dem Dorf?«, fragte sie.

Der Pfarrer stellte Tara vor. »Sie ist eine Waise und lebt erst seit einem halben Jahr in Kilkieran, bei der Schwester ihrer verstorbenen Mutter. Ihre Mutter war Lucy Harley, eine geachtete Schneiderin in Galway. Ihr Vater war englischer Offizier.«

Lady D'Arcy hob angenehm überrascht eine ihrer fein geschwungenen Augenbrauen. »Sieh an! Du bist also die Tochter von Lucy Harley?« Tara fühlte sich geschmeichelt. Sie hatte nicht damit gerechnet, dass man ihre Mutter hier kannte. »Wie ich sehe, hast du dich schon mit meinem Sohn bekannt gemacht. Was, denkst du, werden deine Aufgaben sein?«, forschte Lady d'Arcy weiter nach.

Tara gab sich Mühe, ihre Worte sorgfältig zu wählen. »Nun, ich denke, Ihre Lordschaft wünschen, dass ich dem kleinen Lord den Tag über Gesellschaft leiste, mit ihm spiele, ihm vorlese, ihn dazu ermuntere, seine Aufgaben zu erledigen, und darauf achtgebe, dass ihm nichts geschieht.«

»Daniel hat keine Geschwister, er braucht Gesellschaft«, erklärte Lady D'Arcy. »Siehst du dich dieser Aufgabe gewachsen?«

Tara nickte ernsthaft. »Sehr wohl, Mylady.« Plötzlich hatte sie eine Idee. »Wenn der kleine Lord die Gesellschaft von Kindern vermisst, könnte ich das jederzeit ändern«, sprudelte es aus ihr heraus. »Falls Ihr gestattet, könnte ich meine Cousine Laoise mitbringen. Sie ist im selben Alter.«

Lady D'Arcy schien darüber nicht sehr begeistert zu sein. »Ich weiß nicht«, entgegnete sie zweifelnd. »Ich glaube kaum, dass die einfache Dorfbevölkerung der richtige Umgang für meinen Sohn sein dürfte.«

»Oh, Laoise ist durchaus gebildet. Sie kann schon lesen und schreiben. Ich habe es ihr beigebracht …« Tara verstummte abrupt, als sie bemerkte, wie Lady D'Arcys Gesichtsausdruck zunehmend versteinerte. Sie spürte, wie sie bis in die Haarspitzen errötete.

Doch nun mischte sich Daniel in das Gespräch ein.

»Bitte, liebe Mutter, gestatte es. Ich werde auch immer höflich und artig sein.« Er sah seine Mutter so eindringlich an, dass sie schließlich nachgab.

»Nun gut. Ich werde mir das Mädchen ansehen. Wenn ich befinde, dass sie ein guter Umgang für meinen Sohn ist, kann sie hin und wieder nach Pulpridge Manor kommen.«

Damit war für Lady d'Arcy das Gespräch beendet. Sie forderte Tara auf, am nächsten Morgen pünktlich zu erscheinen, und verabschiedete sich mit einem knappen Nicken in den angrenzenden Salon.

Nach Monaten der Trauer, der Entbehrungen und Demütigungen schien für Tara das Leben endlich wieder angenehmer zu werden. Voller Vorfreude machte sie sich auf den Heimweg und wurde prompt von Fergus mit einem riesigen Donnerwetter erwartet. Doch Tara hatte genügend Zeit gehabt, sich darauf vorzubereiten.

»Wo warst du?«, herrschte Fergus sie an. »Wenn du glaubst, dass du in meinem Haus noch mal was zu essen bekommst, dann …« Er hob seine Hand, um Tara zu schlagen, aber sie wich ihm geschickt aus.

»Warte!«, unterbrach sie ihn selbstbewusst. »Ich brauche dein Essen nicht mehr. Ich sorge von nun an für mich selbst.«

Fergus war so überrascht, dass er tatsächlich innehielt.

»Was meinst du damit?«, knurrte er misstrauisch.

»Ich meine damit, dass ich ab morgen eine Stellung auf Pulpridge Manor habe«, antwortete Tara und blitzte ihren Onkel triumphierend an. Nell, die gerade dabei war, den Gemüsegarten umzugraben, horchte ebenfalls auf.

»Was redest du da nur für einen Unsinn, Kind«, seufzte sie. »Damit machst du es uns auch nicht leichter.«

»Aber wenn es doch stimmt, Tante! Ich werde auf den kleinen Lord Daniel achtgeben. Pfarrer O'Bannion wird es euch bestätigen.«

»Du wirst was …?«

Tara wiederholte, was sie gesagt hatte. Sogar Fergus' Zorn verrauchte. Stattdessen begann er, sie wie ein wertvolles Stück Vieh zu mustern. Voller Widerwillen las Tara in seinem Gesicht wie in einem offenen Buch.

»Wie viel Lohn bekommst du?«, fragte er sogleich habgierig.

»Einen Shilling pro Woche«, antwortete Tara stolz, »dazu freie Kost und Logis. Lady D'Arcy wünscht, dass ich unter der Woche auf Pulpridge Manor wohne. Sonntags habe ich frei.«

»Gut, dann wirst du den Lohn jeden Sonntag hier abliefern«, meinte Fergus selbstzufrieden.

Tara öffnete den Mund, um ihm zu widersprechen. Doch der Onkel sah sie nur mit aufgeblähten Nasenflügeln an, sodass sie lieber darauf verzichtete.

»Du bist unser Mündel«, erstickte er jeden Widerspruch im Keim. »Was glaubst du, was du uns bislang schon gekostet hast? Jeder einzelne Pence, den du verdienst, steht mir zu! Sonst brauchst du gar nicht erst bei seiner Lordschaft anzufangen.«

Um Beherrschung bemüht, biss sich Tara auf die Unterlippe, bis sie Blut schmeckte. Fergus hatte ihr viel mehr genommen, als er ihr je gegeben hatte. Er hatte das Erbe ihrer Mutter versoffen, anstatt es für ihre Aussteuer aufzubewahren. Nicht nur das war eine schreiende Ungerechtigkeit. Weder Nell noch Laoise würden von ihrem künftigen Lohn profitieren, da war sie ganz sicher. Fergus würde ihren Lohn zweifelsohne im Pub versaufen. Doch wenn sie jetzt aufbegehrte, brachte der Kerl es glatt fertig, ihr die Arbeit auf Pulpridge Manor zu verbieten.

»Ich möchte nicht, dass Tara weggeht!«, mischte sich zu allem Überfluss nun auch noch Laoise ein. Sie hatte die Unterhaltung ebenfalls mitbekommen und wirkte ganz unglücklich. Tara beeilte sich, sie zu beschwichtigen.

»Aber wir werden uns doch ganz oft sehen. Der kleine Lord möchte gerne Gesellschaft. Man hat mir erlaubt, dich ab und zu nach Pulpridge Manor einzuladen. Du kannst gleich morgen mit mir gehen!«

Da strahlte auch Laoise.

Am Abend konnte Tara es kaum erwarten, dass endlich der neue Tag anbrach.

4

Tara fühlte sich auf Pulpridge Manor sehr schnell wie zu Hause. Im Vergleich zu der harten Feldarbeit kam ihr das Leben auf dem Landsitz wie das Paradies vor.

Nach dem Frühstück begaben sich Tara und Daniel für gewöhnlich in den Park, wo Laoise bereits auf sie wartete. Die beiden verstanden sich auf Anhieb. Auch für ihre kleine Cousine war das Leben nun viel angenehmer geworden. Tara steckte ihr hin und wieder kleine Leckereien zu, die sie von der Köchin erbat.

Nachmittags hatte Daniel Unterricht bei seinem Hauslehrer Mr Goldworthy. Tara hatte während des Unterrichts ebenfalls im Zimmer zu sein, damit sie mitbekam, welche Hausaufgaben zu erledigen waren. Der meiste Unterrichtsstoff war ihr bekannt und langweilte sie. Hin und wieder jedoch ließ sich Mr Goldworthy dazu hinreißen, über seine Soldatenzeit in Indien zu erzählen. Dann horchte Tara auf. Der Hauslehrer war während der Niederschlagung der Thug-Sekte verwundet worden und hatte seither ein Holzbein. Seine Schilderungen über das exotische Land waren so lebhaft und anschaulich, dass Tara manchmal das Gefühl hatte, selbst schon dort gewesen zu sein. Dabei dachte sie unwillkürlich an ihren unbekannten Vater und spielte mit dem Jadeanhänger, den sie seit dem Tod ihrer Mutter ständig um den Hals trug. Es war seltsam, aber wenn sie den Elefanten mit den Händen berührte, kam es ihr so vor, als wolle er mit ihr Kontakt aufnehmen. Sie glaubte, ein sanftes Pulsieren zu spüren, das ihr stets ein Gefühl der Geborgenheit und Zuversicht verlieh.

An den freien Sonntagen machte sich Tara auf den Weg nach Kilkieran. Nach wie vor unterrichtete sie die Dorfkinder nach der Sonntagsmesse im Pfarrhaus. Ab und an gab es im Anschluss eine kräftige Suppe für die Kinder. Der einzige Wermutstropfen war Fergus. Noch vor der Messe fing er Tara ab und strich ihren Lohn ein. Mit dem Geld verschwand er umgehend im Pub. Laoise hatte ihr erzählt, dass ihr Vater das meiste Geld versoff und zu nichts mehr nutze war. Die ganze Arbeit hing nun an der armen Nell. Tara machte das traurig und wütend zugleich. Aber sie wusste auch, dass sie nichts dagegen unternehmen konnte. Tatenlos musste sie mit ansehen, wie ihre ohnehin schon verhärmte Tante nun noch grauer und leidender aussah. Immer wenn sie dieses armselige Leben sah, schwor sie sich, dass sie so ganz bestimmt nicht enden wollte.

So vergingen die Wochen und Monate, dem Herbst folgte ein nasser und feuchtkalter Winter, der nicht enden wollte. Doch im März des Jahres 1856 breitete sich endlich wieder etwas Wärme und Sonnenschein in Irland aus. In der Woche vor Ostern feierte Daniel seinen siebten Geburtstag. Lord und Lady D'Arcy beabsichtigten, ihrem Sohn am Sonntag nach der Osterwoche ein standesgemäßes Fest auszurichten. Sämtliche Adelsfamilien aus der Umgebung wurden dazu geladen. Daniels Hauptwunsch war jedoch, dass auch die Pachtbauern an diesem Tag feiern sollten. Zudem wollte er Laoise einladen. Und so war das Ereignis in aller Munde, denn es kam nur selten vor, dass einer der Adligen seine Pächter mit Wohltaten bedachte. Wie versprochen hatte Lord D'Arcy am frühen Morgen zwei Wagenladungen voller Bier und Lebensmittel nach Kilkieran bringen lassen. Pfarrer O'Bannion sorgte dafür, dass jede Familie etwas von dem Mehl bekam. Die drei geschlachteten Schweine sollten für alle auf dem Dorfplatz gebraten werden. Dazu waren Tische und Bänke aufgestellt worden. Überall herrschte reges Treiben. Seit Langem hörte man endlich wieder einmal fröhliches Lachen und unbeschwerte Unterhaltungen.

Stolz betrachtete Nell Laoise, als diese sich von ihr verabschiedete. Sie trug das neue Kleid, das Tara ihr die Woche zuvor mitgebracht hatte. Die roten Locken hatte Nell ihr zu zwei Zöpfen geflochten.

»Wie sehe ich aus?«, fragte Laoise keck.

»Wie eine richtige Dame«, stellte Nell voll aufrichtiger Bewunderung fest. Verstohlen wischte sie sich eine Träne aus dem Augenwinkel. Es war auch für sie eine große Ehre, dass ihre kleine Tochter auf den Herrensitz geladen war. So manch einer im Dorf beneidete sie darum. »Dein Vater holt dich heute Abend ab«, schärfte sie ihr nochmals ein. »Du darfst in keinem Fall alleine im Dunkeln nach Hause laufen. Hast du mich verstanden?«

»Das habt ihr mir nun oft genug gesagt«, entgegnete Laoise lachend. Sie winkte noch einmal kurz, dann war sie verschwunden.

»Da bist du ja!« Tara fing ihre kleine Cousine am Eingang des Parks ab, um sie zu Daniel und der Geburtstagsgesellschaft zu führen.

Sie war mindestens so aufgeregt wie Laoise, weil sie fürchtete, sie könne etwas bei den Vorbereitungen vergessen haben. Doch vorher wollte sie noch wissen, was unten im Dorf los war.

»Überall duftet es nach gegrilltem Schwein«, plapperte Louise munter drauf los. »Alle sitzen auf dem Platz vor der Kirche und warten darauf, dass der Pfarrer das Essen verteilt. Kurz bevor ich ging, wurde gerade das erste Fass Bier angestochen. Der alte Cole hat auf seiner Fiedel gespielt und alle haben dazu getanzt.«

»Tante Nell und Onkel Fergus auch?«

Laoise schüttelte den Kopf. »Papa ist schon wieder betrunken«, meinte sie bedrückt. »Aber dafür hat Pfarrer O'Bannion Mama zum Tanz aufgefordert. Sie sah ganz glücklich aus!« Laoise machte sich von Tara los und stürmte auf Daniel zu, um ihm ihr Geschenk, einen selbst gepflückten Strauß Frühlingsblumen, zu übergeben.

Tara sah ihr glücklich hinterher. Alles hatte sich zum Guten gewendet.

∽· ·∾

Erst als es dunkel wurde und die letzten Bierfässer geleert waren, zogen sich die Dorfbewohner von Kilkieran in ihre Häuser zurück. Fergus war so besoffen, dass O'Bannion Nell helfen musste, ihn in ihre Kate zu schleppen. Sie legten ihn neben dem Feuer ab, wo er sofort einschlief.

Nell seufzte. »Jetzt werde wohl ich mich auf den Weg nach Pulprigde Manor machen müssen. Dabei bin ich selbst so müde«, meinte sie bitter. Sie zog ihr Schultertuch über und ging mit dem Pfarrer wieder nach draußen.

»Ich würde Laoise gerne für dich abholen«, meinte O'Bannion mitfühlend. »Leider habe ich Beth und Ben versprochen, beim Abbauen der Tische zu helfen.«

Nell brachte ein schiefes Lächeln zustande. »Schon gut, Pfarrer. Frische Luft hat noch keinem geschadet.«

Als Nell endlich in Pulpridge Manor ankam, ging Daniels Geburtstagsfest gerade zu Ende. Überall im Park waren Fackeln aufgestellt und die Festsäle im Erdgeschoss des Herrenhauses verströmten helles, freundliches Licht in die immer noch laue Frühlingsnacht. Die meisten Gäste standen bereits in der weitläufigen Auffahrt und stiegen in die bereitgestellten Kutschen ein. Neben schweren, vierrädrigen Kutschen gab es auch zweirädrige, moderne Hansome Cabs, in denen der Kutscher hinter den Passagieren auf dem Kutschbock stand, sodass die Fahrgäste einen freien Blick auf die Straße hatten. Nell fühlte sich inmitten der feinen Gesellschaft wie ein Fremdkörper. Ängstlich achtete sie darauf, dass niemand sie bemerkte. Hastig sah sie sich nach ihrer Tochter um und atmete erleichtert auf, als sie sie schließlich bei Tara entdeckte.

»Hab ich dich endlich gefunden«, begrüßte sie die beiden nicht eben freundlich, doch Laoise fiel ihr überschwänglich um den Hals.

»Es war einfach himmlisch«, begann sie zu schwärmen. »Es gab mindestens zehn verschiedene Kuchensorten, die Muffins und Scones gar nicht mitgerechnet – und ein richtiges Menü mit ganz vielen Speisen. Ich glaube, ich habe so viel gegessen, dass ich bald platze. Danach haben wir Blinde Kuh gespielt und …«

»Wir müssen nach Hause«, unterbrach Nell ungeduldig den Redeschwall ihrer Tochter. »Der Weg ist weit und ich bin müde!«

»Ich dachte, Fergus holt Laoise ab«, mischte sich Tara in die Unterhaltung ein.

Nell zuckte mit den Schultern. »Er schläft seinen Rausch aus«, meinte sie hart.

»Willst du dich nicht etwas ausruhen? Ich werde dir eine Erfrischung bringen.« Tara machte Anstalten, ihr ein Getränk zu holen, doch Nell schüttelte nur ungeduldig den Kopf. Als sie nach Laoises Hand griff, ertönte eine helle Stimme.

»Laoise! Warte!«

Nell sah, wie der junge Lord auf ihre Tochter zugestürmt kam. Er war völlig aus der Puste, erinnerte sich jedoch im letzten Augenblick daran, was man von einem Gentleman erwartete, und machte eine knappe Verbeugung.

»Ihr müsst Laoises Mutter sein«, stellte er freundlich fest. Dann wandte er sich jedoch sogleich an Laoise. »Du wolltest doch nicht etwa gehen, ohne dich von mir zu verabschieden?«, fragte er vorwurfsvoll. Er sah sich suchend um. »Wo steht euer Wagen?«

»Niemand in Kilkieran besitzt ein Pferdefuhrwerk«, klärte Tara ihn auf. »Unsereins ist es gewohnt, zu Fuß zu gehen.«

»Oh!« Daniel war sichtlich überrascht. »Aber der Weg ins Dorf ist weit.«

Nell wurde ungeduldig. »Verabschiede dich jetzt von seiner Lordschaft!«, drängte sie und stupste Laoise an.

»Wartet!« Daniels erhitztes Gesicht strahlte plötzlich. »Ihr müsst den weiten Weg nicht nach Hause laufen. Sam wird euch fahren.« Mit dem ihm anerzogenen Selbstbewusstsein winkte er eines der leichten Hansome Cabs zu sich heran.

Laoise kicherte. »Du bist verrückt, Daniel! Wenn das dein Vater erfährt, bekommst du Ärger!«

»Mein Vater würde genauso handeln«, meinte Daniel beleidigt. »Möchtest du etwa nicht mit der Kutsche fahren?«

»Lass uns laufen«, mischte sich Nell nun ein. Sie hatte Angst, sich Ärger einzuhandeln, auch wenn sie sich den weiten Weg gern erspart hätte.

»Lord D'Arcy hat bestimmt nichts dagegen«, meinte Tara. »Du siehst müde aus, Nell, und morgen ist wieder ein anstrengender Tag.«

Bevor sie etwas erwidern konnte, hatte sich Laoise von ihrer Hand gelöst und war in das Cab geklettert. »Los, Mutter! Zier dich nicht! Tara hat recht.«

Nell war immer noch nicht überzeugt. Nur unwillig nahm

sie neben ihrer Tochter Platz. Als die Kutsche anfuhr, winkte sie Tara knapp zum Abschied.

Ein energisches Klopfen an ihrer Kammertür schreckte Tara am nächsten Morgen aus dem Schlaf. Noch bevor sie richtig zu sich gekommen war, stand eines der Dienstmädchen neben ihrem Bett.

»Du sollst sofort bei seiner Lordschaft im Salon erscheinen«, richtete es aufgeregt aus.

»Jetzt sofort?« Tara rieb sich die Augen.

»Beeil dich«, drängte das Mädchen. »Die Herrschaft ist äußerst aufgebracht.«

Tara hatte plötzlich ein ungutes Gefühl. Sie überlegte, was sie falsch gemacht haben könnte. Die Feier war ein großer Erfolg gewesen. Daniel war so glücklich gewesen. Sie zog sich rasch etwas über, stopfte ihre dunklen Locken notdürftig unter die Haube und hastete nach unten.

Lord D'Arcy erwartete sie im Morgenrock. Er winkte sie wortlos zu sich herein. Erst auf den zweiten Blick erkannte Tara, dass sich auch Lady D'Arcy im Raum befand. Was, um Himmels willen, wollten die beiden zu dieser frühen Morgenstunde von ihr? Tara fühlte, wie sich ein Gefühl der Beklemmung wie ein Band um ihre Brust legte, als sie die angespannte Stimmung wahrnahm. Fragend sah sie Lord D'Arcy an, doch der wich ihrem Blick ebenso aus wie seine Frau.

Noch bevor ein Wort gesagt wurde, wusste Tara, dass etwas Fürchterliches geschehen war.

∾ 5 ∾

Immer noch fassungslos stand Tara vor dem frisch aufgeschütteten Grab. Trotz aller Gewissheit gelang es ihr nicht, sich vorzustellen, dass unter der lockeren braunen Erde Laoise und Nell begraben lagen. Das ganze Dorf hatte bereits Abschied von ihnen genommen – allen voran Pfarrer O'Bannion, dessen tröstende Worte in Tara keinen Nachhall gefunden hatten. Der Tod war in diesen Tagen nichts Ungewöhnliches. Deshalb hatte sich die Trauergemeinschaft schnell in alle Winde zerstreut. Allen voran Fergus, dem es gar nicht schnell genug gehen konnte, seinen Schmerz in Alkohol zu ertränken.

Tara hielt einen Strauß Narzissen und Bluebells in der Hand. Sie hatte sie kurz vor der Beerdigung noch gepflückt. Jetzt brachte sie es nicht übers Herz, sie als letzten Gruß auf die torfige Graberde zu legen. Ein kräftiger Windstoß fegte über die schief stehenden, verwitterten Grabsteine, fast so, als wollte er die Seelen der Verstorbenen zu einem Tanz einladen. Tara empfand es als Hohn, dass ausgerechnet heute die Sonne schien. Sie leuchtete so intensiv und hell, als gäbe es keinen Schmerz auf dieser Welt. Alles, was ihr jemals lieb gewesen war, hatte sie nun verloren. Erst die Mutter, nun auch Laoise und Nell. Dennoch konnte sie nicht richtig um sie trauern. Ihr Innerstes schien sich hinter eine dichte Watteschicht verkrochen zu haben, die den Schmerz von ihr fernhielt.

Tara schloss die Augen, während ihre Hand unwillkürlich das Amulett an ihrem Hals umfasste. Dieses Mal spürte sie es deutlich. Von dem Jadeelefanten ging ein warmes, wohltuendes Prickeln aus, das sich in Wellen in ihrem Körper ausbreitete. Ein leiser Schauer durchfuhr sie, als sie sanfte Saitenklänge vernahm. Eine fremdartige Melodie legte sich wie ein schützender Schleier auf ihr Gemüt und brachte das Eis in ihrem Innern zum Schmelzen. Langsam, ganz langsam tauten ihre eingefrorenen Gefühle auf und verwandelten ihren verhärteten Schmerz in erlösende Tränen. Sie wehrte sich nicht mehr dagegen, sondern ließ ihnen ungehindert ihren Lauf. Endlich begann sich der Knoten in ihr zu lösen und machte trotziger Zuversicht Platz. Eine Tara Harley ließ sich nicht unterkriegen, auch wenn das Schicksal es nicht gerade gut mit ihr meinte!

Fergus hatte nach dem schrecklichen Kutschenunglück, bei dem Nell und seine einzige Tochter ums Leben gekommen waren, von ihr verlangt, dass sie wieder zu ihm ins Dorf zog, um Nells Aufgaben im Haus und auf dem Feld zu übernehmen. Er war nun ihr einziger Vormund. Wäre Lord D'Arcy nicht gewesen, hätte sie ihm gehorchen müssen. Doch der Lord hatte sich für sie verwendet. Mit etwas Geld und dem Versprechen, dass Tara die Sonntage bei ihm im Dorf verbringen konnte, hatte ihr Onkel schließlich zugestimmt, dass Tara auch weiterhin auf Pulpridge Manor arbeiten durfte. Tara machte sich nichts vor. Fergus ging es nur darum, ihren Lohn einzustreichen, um ihn gleich wieder zu versaufen. Sei's drum! Sie wischte sich die Tränen aus dem Gesicht und holte tief Luft.

»Ich lasse mich nicht unterkriegen!«, murmelte sie mit fester Stimme. Ihre Hand umfasste immer noch das Amulett. Noch einmal spürte sie seine pulsierende Energie. Dann legte sie den Blumenstrauß auf das Grab und ging zurück ins Dorf.

»Tara, mein Trost! Ich habe auf dich gewartet.«

Die Art, wie Fergus sie anstierte, als sie die dunkle Kate betrat, ließ Tara sofort aufmerken. Der Onkel starrte sie an, als würde er sie zum ersten Mal sehen. Seine Stimme klang belegt, so anders, als sie es gewohnt war, nicht grob und aufbrausend, sondern auf eklige Art einschmeichelnd. Seine Augen schimmerten, als hätte er Fieber.

»Du siehst gar nicht so übel aus für 'nen englischen Bastard. Deine Haut ist weiß wie Milch und zart wie bei einer feinen Dame.«

Nun begann er auch noch, ihr anzügliche Komplimente zu machen. Tara rümpfte die Nase. In der Kate stank es nach Alkohol. Die Flasche auf dem grob gezimmerten Tisch war beinahe leer.

»Setz dich zu mir!« Mit einer besitzergreifenden Geste winkte er sie zu sich heran.

Tara fröstelte. Unwillkürlich schlang sie ihr Schultertuch enger um sich. Sie wagte es nicht, sich ihm zu widersetzen, weil sie seinen unberechenbaren Zorn fürchtete. Widerwillig steuerte sie auf die gegenüberliegende Seite des Tisches zu. Kaum war sie in seiner Reichweite, griff er nach ihr und zog sie auf seinen Schoß. Sein warmer, stechender Whiskeyatem stieg ihr in die Nase. Angewidert stieß sie ihn zurück und stand auf.

»Was soll das?«, rief sie aufgebracht. »Lass mich in Ruhe!« Vorwurfsvoll deutete sie auf die Whiskeyflasche auf dem Tisch. »Kannst du nicht wenigstens heute nüchtern bleiben? Denkst du denn gar nicht an Nell und Laoise?« Sie spürte, wie ihr wieder Tränen in die Augen stiegen. Hatte der Onkel wirklich so wenig Achtung vor dem Tod?

»Denkst du denn gar nicht an Nell und Laoise?« Mit unverhohlener Häme äffte Fergus ihren Tonfall nach. Seine Augen verengten sich zu schmalen Schlitzen, sodass sein Blick etwas Lauerndes bekam. »O ja, ich denke Tag und Nacht an meine Nell!«, sagte er gefährlich leise. »Weißt du eigentlich, wie kalt es in meinem Bett ist, seit sie tot ist, hä?«

Etwas Unbeherrschtes blitzte in seinen Augen auf, das Tara fürchterliche Angst machte. Sie wich einen weiteren Schritt zurück. Doch Fergus war längst noch nicht fertig mit ihr. »Nell würde sagen, dass du dich nicht so anstellen sollst.« Sein Tonfall bekam plötzlich etwas Forderndes. »Du bist mir etwas schuldig, Mädchen! Ohne dich würden Nell und meine kleine Laoise nämlich noch leben, verdammt!«

Tara mochte nicht glauben, was sie da hörte. Wie konnte Fergus nur so etwas sagen? Für einen Augenblick vergaß sie ihre Angst. »Du weißt genau, dass das nicht stimmt«, rief sie empört. »Wie kannst du nur so ungerecht sein?«

Doch seine Worte hatten ihre Wirkung nicht verfehlt. Sie hatte sich ja selbst schon Vorwürfe gemacht. Hätte sie Nell nicht dazu überredet, in die Kutsche zu steigen, dann wären sie und Laoise tatsächlich noch am Leben. Sie wären nicht vom Weg abgekommen und in diese schreckliche Schlucht gestürzt. Sie kämpfte erneut gegen ihre Tränen. Fergus ließ ihre Reaktion hingegen völlig kalt.

»Das Leben ist ungerecht«, knurrte er grimmig. »Wer sich nicht nimmt, was ihm zusteht, muss verrecken. Und jetzt komm endlich her und zier dich nicht länger!« Er sprang von seinem Schemel auf und streckte besitzergreifend die Hand nach ihr aus.

Als Tara zurückwich, packte er sie grob an den Schultern und zog sie gewaltsam zu sich heran. Sein massiger Körper roch nach abgestandenem Schweiß und Alkohol. Voller Abscheu und Ekel versuchte sie, sich von ihm lösen, doch Fergus' Umklammerung wurde dadurch nur noch entschlossener.

Helle Panik stieg in ihr auf.

»Lass mich los!«, schrie sie verzweifelt und hoffte, dass Beth im Nachbarhaus sie hörte. Sie sträubte sich mit aller Kraft, bis sie sich tatsächlich mit einer seitlichen Drehung seinem Griff entwinden konnte. Doch schon packte er sie erneut und schleuderte sie rücklings auf den Tisch. Mit seinem ganzen Gewicht lag Fergus nun über ihr. Taras Gedanken rasten.

Lieber, lieber Gott, wenn es dich gibt, lass das nicht zu. Bitte lass es nicht zu!

Plötzlich berührte ihre linke Hand die Whiskeyflasche auf dem Tisch. Sie tastete danach und bekam sie an ihrem Hals zu fassen. Halb wahnsinnig vor Angst und Verzweiflung holte sie aus und schlug die Flasche, so fest sie konnte, auf Fergus' Kopf. Dem dumpfen Schlag folgte ein Klirren, dann ein kurzes Stöhnen, gekrönt von einem Regen aus Glassplittern und scharfem Whiskey. Fast augenblicklich erschlaffte der Körper ihres Peinigers. Tara verharrte einen Augenblick bewegungslos. Doch dann kehrte das Leben wieder in sie zurück. Verzweifelt versuchte sie, sich von ihrer Last zu befreien, aber ihr Onkel war ein schwerer Mann und ließ sich kaum bewegen. Endlich gelang es ihr, sich unter ihm hervorzuzwängen. Dabei musste sie ihn von sich wegwälzen. Wie ein plumper Mehlsack rollte er vom Tisch und fiel polternd auf den Boden. Dort blieb er bewegungslos liegen. Seine Augen waren geschlossen, der Mund leicht geöffnet. Erst jetzt sah sie das Blut, das aus seinem Kopf strömte.

6

Was habe ich nur getan? Fergus rührt sich nicht mehr! Mein Gott! Ich bin eine Mörderin! Tara spürte, wie ihr abwechselnd heiß und kalt wurde. Das Blut schoss mit solcher Kraft in ihren Kopf, dass sie ganz benommen war. Kurz darauf begann sie, am ganzen Leib zu zittern. Nells und Laoises Tod, Fergus' Zudringlichkeiten und jetzt auch noch das.

Ich muss versuchen, einen klaren Kopf zu bewahren, versuchte sie sich immer wieder einzureden. Aber wie zum Teufel sollte das gelingen, wenn neben ihr der leblose Körper ihres Onkels lag, den sie soeben niedergeschlagen hatte? Die Blutlache breitete sich wie ein dunkler See um seinen Kopf aus und ließ das grobe Gesicht mit den geschlossenen Augen noch furchterregender aussehen. Taras Entsetzen war so groß, dass sie es nicht schaffte, ihren Blick von Fergus abzuwenden. Erst ein lautes Klopfen an der Tür brachte sie wieder zu Verstand.

»Fergus, Tara! Macht auf! Ich hab hier was zu essen!« Tara erkannte Beths Stimme und hielt entsetzt die Luft an. Gleich würde die Nachbarin die Tür öffnen und den toten Fergus entdecken …

»Nun helft mir doch mal!«, beschwerte sich Beth. »Ich habe beide Hände voll.«

Tara stürzte mit rasendem Herzen zur Tür, öffnete sie einen kleinen Spalt weit und streckte ihren Kopf hinaus. Beth sah sie mitleidig an.

»Du siehst ja ganz blass und mitgenommen aus«, meinte sie mitfühlend. »Ich weiß, du hast es nicht leicht, mein Kind. Hier, nimm!« Sie überreichte ihr eine irdene Schüssel mit Kohlsuppe und einen Kanten altbackenes Brot. »Das ist übrig.«

»Vielen Dank.« Tara griff nach dem Essen und schloss eilig die Tür hinter sich.

»He!«, rief die Nachbarin entrüstet. »Wo ist überhaupt Fergus? Ben will ihn auf ein Glas Whiskey einladen. Er soll rüberkommen.«

Tara wagte nicht zu antworten.

»Hast du mich verstanden?«, fragte Beths Stimme in die Stille.

»Ja, aber Fergus schläft schon«, log Tara in ihrer Not. »Ich lege mich auch gleich hin, sobald ich die Suppe gegessen habe.« Sie hoffte inständig, dass sich Beth damit begnügen würde und wieder nach Hause ging. Eilig schob sie noch ein »Gute Nacht!« hinterher.

Sobald die Nachbarin fort war, würde sie verschwinden und Kilkieran ein für alle Mal den Rücken kehren. Hastig stellte sie die Schüssel mit der Suppe auf den Tisch und fischte unter ihrer Strohmatratze den Lederbeutel mit dem Brief ihres Vaters hervor. Sie hatte ihn gerade in die Innenseite ihres Strumpfs gesteckt, als Beth entschlossen die Tür öffnete.

Verdammt! Warum hatte sie nur den Riegel nicht vorgeschoben? Ohne zu zögern, drehte Tara die Lampe an der Decke aus. Nun war es in der Kate völlig dunkel. Tara stand wie gelähmt da und rührte sich nicht vom Fleck.

»Was ist hier los?«, fragte Beth misstrauisch. »Wieso hast du das Licht gelöscht?«

Tara antwortete nicht. Vom Boden her erklang plötzlich ein leises Stöhnen. Tara war sich nicht sicher, ob sie sich darüber freuen sollte. Sie war immer noch unfähig, sich zu regen. Beth eilte zum Herd, um einen Kienspan zu entzünden. Kaum hatte sie es geschafft, fiel ihr Blick auf die Glasscherben und den massigen Körper auf dem Boden. Trotz des spärlichen Lichts war überall dunkles Blut zu sehen.

»Herr im Himmel! Was hast du getan?«, entfuhr es ihr entsetzt.

Ihr lauter Ausruf brachte wieder Leben in Taras erstarrte Glieder. Ehe Beth sie aufhalten konnte, setzte sie sich in Bewegung und stürmte an ihr vorbei in die dunkle Nacht.

Ich hatte keine andere Wahl! Ich musste zuschlagen!

Immer wieder tauchte Fergus' schrecklicher Anblick vor Taras innerem Auge auf. Auch wenn er nicht tot war, würde man sie doch für ihren Übergriff ins Gefängnis stecken!

Kopflos rannte sie durch die immer dunkler werdende Nacht. Sie lief über die Wiese hinter den Häusern auf den Weg, der in Richtung Norden führte. Ihre Lungen brannten und sie hatte schreckliches Seitenstechen, dennoch gönnte sie sich keine Pause. Sie werden mich einsperren, schoss es ihr wieder und wieder durch den Kopf. Beth wird die Rotröcke verständigen und dann werden sie mich jagen. Die Angst, von den englischen Soldaten aufgegriffen zu werden, beschleunigte nochmals ihre Schritte. Womöglich schickten sie ihr sogar Hunde hinterher. Irgendwann ließ ihre Kraft jedoch nach und zwang sie zu einer kurzen Rast. Jetzt machte es sich auch schmerzlich bemerkbar, dass sie den ganzen Tag noch nichts gegessen hatte. Ihr Magen knurrte erbärmlich, außerdem hatte sie brennenden Durst.

Sie kniete sich an einen Bach und trank gierig. Das frische Wasser half ihr, wieder etwas zur Besinnung zu kommen. Sie musste nachdenken. Bislang war sie einfach nach Norden gelaufen, parallel zum Meer. Bald würde sie die Straße nach Galway kreuzen. Natürlich konnte sie es nicht wagen, sie zu benutzen. Dort würden ihre Verfolger als Erstes nach ihr suchen. Dennoch musste sie nach Osten, nach Dublin. Das war ihre einzige Chance. Dort konnte sie erst einmal untertauchen. Vielleicht fand sie ja Arbeit in einer der dortigen Fabriken. Und wenn sie genügend Geld beisammenhatte, dann würde sie auf einem Schiff nach Indien reisen und ihren Vater suchen! Ein verwegener Gedanke, der nichts anderes als ein Anker im Meer ihrer Hoffnungslosigkeit war. Sie griff an ihren Hals und spürte die vertraute Wärme ihres Talismans. Sobald sie ihn berührte, fing er an zu pulsieren. Wieder fühlte sie das Kribbeln zwischen ihren Fingern. Wenn sie doch nur einen Weg finden könnte, um ihren Traum zu verwirklichen! Immerhin hatte sie noch den Brief ihres Vaters bei sich. Er bewies, dass sie die Tochter von Henry Lawrence war. Doch jetzt hieß es erst einmal, den Rotröcken zu entkommen. Tara hatte keine Ahnung, wie sie den weiten Weg nach Dublin schaffen sollte. Es mussten über hundertfünfzig Meilen bis dorthin sein. Sie besaß kein Geld. Außerdem war sie müde und ihre Füße brannten.

»Jammern nutzt nichts!«, schimpfte sie laut mit sich selbst. Der Klang ihrer eigenen Stimme gab ihr tatsächlich etwas Zuversicht. Entschlossen setzte sie ihren Weg fort. Erst als es dämmerte und leichter Nieselregen einsetzte, suchte sie sich einen Unterschlupf in einem kleinen Wäldchen. Sie fand eine Mulde unter den Wurzeln einer Buche und kroch dort hinein. Das Schultertuch eng um sich gezogen, schlief sie sofort ein.

Als sie erwachte, war es bereits Nachmittag. Der Regen war stärker geworden und fiel in grauen Schleiern vom wolkenverhangenen Himmel. Obwohl Tara wusste, dass sie in kürzester Zeit durchnässt sein würde, machte sie sich gleich wieder auf den Weg. Sie durfte keine Zeit verlieren, wenn sie nicht geschnappt werden wollte. Frierend und mit knurrendem Magen hielt sie sich weiterhin ostwärts. Dabei versuchte sie, alle Hauptstraßen zu umgehen. Allerdings konnte sie nicht vermeiden, dass ihr andere Menschen begegneten. Menschen, die noch ärmer waren als die Leute in Kilkieran. Seit der großen Hungersnot, die ganz Irland in ein Armenhaus verwandelt hatte, trieben sich auf den Straßen zahllose Landstreicher herum, Erwachsene wie Kinder. Sie bettelten um ein Essen in den Suppenküchen der Städte oder stahlen sich ihren mageren Unterhalt von denen, die noch etwas besaßen. So erzählte man es sich im Dorf.

An diese Geschichten musste Tara denken, als plötzlich

wie aus dem Nichts eine Bande vagabundierender Kinder vor ihr auftauchte. Es mochten etwa acht von ihnen sein, die von einem kräftigen Jugendlichen, der wie Tara etwa sechzehn Jahre alt sein mochte, angeführt wurden. Seine Begleiter folgten ihm. Sie waren allesamt jünger als er. Die selbstbewusste Art, wie die verlumpte Bande die gesamte Breite der Straße in Beschlag nahm, ließ nichts Gutes erahnen. Sobald sie Tara erblickt hatten, steuerten sie direkt auf sie zu. Tara hatte keine Möglichkeit, ihnen aus dem Weg zu gehen. Also beschloss sie, mit gesenktem Blick an ihnen vorüberzulaufen, um keinen Unmut auf sich zu ziehen. Tatsächlich zeigte der Anführer kein besonderes Interesse an ihr. Kein Wunder, schließlich trug Tara noch nicht einmal ein Bündel bei sich. Sie spürte lediglich seinen Blick, als er sie im Vorbeigehen kurz musterte. Erleichtert registrierte sie, dass er seinen Weg weiter fortsetzte. Tara wollte schon aufatmen, als sie plötzlich von einem mageren Mädchen mit zerzausten dunkelblonden Haaren angerempelt wurde, das etwas größer war als sie selbst.

»Kannst du nicht aufpassen!«, fauchte sie böse und stieß Tara kräftig vor die Brust. »Das lass ich mir nicht gefallen!«

Tara wusste, dass das Mädchen nur einen Grund suchte, um mit ihr Streit anzufangen. Den Gefallen wollte sie ihr nicht tun.

»Es tut mir leid«, bemühte sie sich, höflich zu sein. Gleichzeitig versuchte sie, ihren Weg fortzusetzen. Doch das zerlumpte Mädchen dachte gar nicht daran, sich damit zufriedenzugeben. Entschlossen hielt sie Tara am Ärmel fest.

»Deine Entschuldigung reicht mir aber nicht«, keifte sie

giftig. Sie musterte sie mit abschätzendem Blick. »Gib mir dafür dein Schultertuch!«

»Das brauche ich selber«, erklärte Tara mit fester Stimme. Dann griff sie nach der Hand des Mädchens und löste den Griff um ihren Arm. Im selben Moment wurde ihr klar, dass diese nur darauf gewartet hatte.

»Hey, Griff, hast du das gesehen?«, beschwerte sie sich in Richtung des Anführers. »Dieses Weibsstück hier hat es gewagt, mich anzufassen!«

Der Bursche, den sie Griff nannte, hob belustigt eine Augenbraue. Er hatte die Szene bislang nur aus der Entfernung beobachtet. »Ist das so, Maisie?«

»Wenn ich es dir sage!« Sie sah ihn herausfordernd an. Langsam kam Griff auf sie zugeschlendert. Auch die anderen näherten sich nun. Einige der zerlumpten Kinder feixten und schlossen flüsternd Wetten ab.

Tara begriff, dass sie nur dann eine Chance hatte, wenn es ihr gelang zu fliehen. Sie sah sich suchend um. Die Straße führte über einen Hügel geradeaus. Links und rechts gab es nichts als Wiesen. Ein einzelnes Gehöft befand sich in knapp einer Meile Entfernung. Sie würde es kaum bis dorthin schaffen, so müde und angeschlagen, wie sie war.

»Gib ihr dein Schultertuch«, verlangte nun auch Griff und baute sich drohend vor ihr auf. Plötzlich wurde Tara wütend. Sie blitzte abwechselnd Griff und dann Maisie an.

»Acht gegen einen«, empörte sie sich. »Wisst ihr eigentlich, wie feige ihr seid?«

Maisie grinste verächtlich. »Zählen kann sie auch schon!« Die anderen lachten beifällig.

»Ich will ihre Schuhe«, sagte ein etwa dreizehnjähriges Mädchen und stellte sich neben Maisie und Griff. Ihre Haare waren so schlammverkrustet, dass man ihre Farbe nicht erkennen konnte. Wie die meisten ihrer Freunde lief sie barfuß und war ausgemergelt vor Hunger.

»Verzieh dich, Kyra!«, raunzte Maisie sie barsch an. »Ich bin zuerst dran.« Sie schubste Tara nochmals an und versuchte, sich das Schultertuch zu schnappen. Doch die hielt es mit beiden Händen fest. Maisie fackelte nicht lange. Ehe Tara sichs versah, zerkratzte Maisie ihr mit den langen Nägeln das Gesicht.

»Verdammt!«, stöhnte Tara und ließ vor Schmerz ihr Schultertuch los, woraufhin Maisie es ihr entwand.

»Ich bekomm immer, was ich will«, rief sie und schwenkte das Tuch triumphierend durch die Luft.

Das konnte Tara sich nicht gefallen lassen. Ohne nachzudenken, stürzte sie sich auf Maisie und versuchte, ihr das Tuch wieder zu entreißen. Es war Frühling und nachts bitterkalt. Ohne das Wolltuch würde sie keine Nacht überleben. Bevor sie Maisie jedoch zu fassen bekam, wurde sie von Griff unsanft zurückgehalten.

»Das würde ich schön bleiben lassen«, warnte er sie und packte sie grob am Handgelenk. »Wenn du nicht willst, dass wir dich vermöbeln, solltest du dich an unsere Regeln halten!«

»Tolle Regeln sind das, Leute auf der Straße zu beklauen!« Taras Wut war nicht geringer geworden. Mit aller Kraft stieß sie Griff ihren Ellenbogen in die Seite. Augenblicklich ließ er ihr Handgelenk los und jaulte schmerzhaft auf. Dass dieser

Befreiungsschlag ein Fehler gewesen war, begriff sie spätestens, als sie plötzlich von hinten angesprungen wurde und sich unvermittelt mit dem Gesicht auf dem matschigen Boden wiederfand.

»Auf sie!«, brüllte Maisie, die für ihren Sturz verantwortlich gewesen war. Von allen Seiten prasselten nun Fußtritte und Schläge auf Tara nieder, dass ihr Hören und Sehen verging. So lange, bis Griff einen Pfiff losließ.

»Es reicht!«, meinte er. »Nehmt ihr ab, was ihr braucht, und dann verschwinden wir.«

Keine Minute später war sie ihre Schuhe, die Haube und ihr Kleid los. Nur mit ihrem Unterhemd und Strümpfen bekleidet, wurde sie von Griffs Bande zurückgelassen, die sich grölend und triumphierend aus dem Staub machte.

Jeder einzelne Knochen tat Tara weh. Als sie versuchte, sich aufzurichten, sackte sie prompt auf den Boden zurück. Erst beim dritten Anlauf gelang es ihr, wieder auf die Beine zu kommen. Ihre Wange blutete und ihr rechtes Auge war zugeschwollen. Zu allem Überfluss würde bald die Dämmerung hereinbrechen. Wenn sie keinen Unterschlupf fand, würde sie die nächste Nacht wohl kaum überleben. Die einzige Zuflucht, die es weit und breit gab, war das Bauernhaus, das auf der anderen Seite der Wiese lag. Es war ein größeres Anwesen mit mehreren Gebäuden und Stallungen. Vielleicht bot sich dort eine Möglichkeit, sich unbemerkt über Nacht zu verkriechen.

Mit zusammengebissenen Zähnen humpelte sie zu dem Gehöft. Das Glück war dieses Mal auf ihrer Seite. Niemand bemerkte sie, als sie über die Wiese hinter dem Haus schlich.

Dort hing Wäsche auf einer Leine, darunter auch eine Hose und ein warmes Hemd. Erst beim Anblick der Kleidungsstücke wurde ihr bewusst, dass sie am ganzen Körper zitterte.

Tara hatte noch nie in ihrem Leben gestohlen. Noch gestern hätte allein der Gedanke sie beschämt. Doch nun befand sie sich in einer Notlage, die ihr keine andere Wahl ließ. Sie würde erfrieren, wenn sie nichts zum Anziehen bekam.

Hinter einem Busch verborgen, beobachtete sie aufmerksam das Gehöft. Immer noch war niemand zu sehen. Kurz entschlossen huschte sie zu der Wäscheleine und entwendete Hose, Hemd und ein Halstuch. Als sie einen kurzen Blick in den Wäschekorb warf, der unter der Leine stand, entdeckte sie darin ein Küchenmesser und eine Mütze. Rasch griff sie auch danach. Jetzt war sie wenigstens nicht mehr wehrlos.

Als sie wenig später ihr Spiegelbild in einer Pfütze betrachtete, war sie erstaunt, welch große Veränderung die Männerkleidung an ihr bewirkt hatte. Wären ihre langen Haare nicht gewesen, so hätte jedermann sie für einen jungen Mann gehalten. Plötzlich wusste Tara, was sie zu tun hatte. Sie schluckte schwer, als sie die erste rotbraune Locke zu Boden fallen sah. Aber dann dachte sie an die Rotröcke und machte weiter.

Innerhalb weniger Minuten war aus Tara ein Junge geworden.

2. TEIL
Die Überfahrt

7

Hafen in Liverpool, Juli 1856 –
drei Monate später

»Du willst also tatsächlich abheuern?«

Kasim nickte, während er das Geld nachzählte, das Clinton ihm auf den Tisch gelegt hatte.

»Wieso bleibst du nicht weiter auf der Flying Spur? Hat es Ärger mit der Mannschaft gegeben?«

»Das ist es nicht, Sir«, antwortete Kasim ehrlich. »Wie Ihr wisst, muss ich zurück nach Indien zu meiner kranken Mutter. Sie braucht meine Hilfe und vor allem das Geld.« Er sah den Bootsmann des Teeklippers bedauernd an. »Leider segelt die Flying Spur in die falsche Richtung.«

»Verstehe«, brummte der Seemann. »Vielleicht überlegst du es dir ja noch mal anders. Wir laufen erst übermorgen aus. Kapitän Mirns ist bereit, dich als Jungmann anzuheuern. Bis wir aus den amerikanischen Kolonien zurück sind, bist du sogar Leichtmatrose! Das ist kein Angebot, das man ausschlägt.«

Kasim zuckte mit den Schultern. »Ich muss jetzt gehen, Sir.« Er griff nach seinem Bündel und machte Anstalten, den Mannschaftsraum des Schiffes zu verlassen. Vor dem Niedergang, der aufs Deck führte, hielt ihn Clinton nochmals auf.

»Sieh dich vor, wo du anheuerst, Junge«, gab er ihm einen guten Rat mit auf den Weg. »Nicht jeder Kapitän ist so ein feiner Kerl wie unser Mirns. Lass dich nicht übers Ohr hauen!«

Über Kasims olivfarbenes Gesicht huschte ein verschwörerisches Grinsen. »Ich bin Überlebenskünstler, Sir! Habt Ihr das schon vergessen?«

Clinton lachte rau. »Na, dann mal viel Glück, mein Junge!«

Nach fast sechs Monaten auf hoher See betrat Kasim zum ersten Mal wieder Land. Er hatte immer noch das Gefühl, dass der Boden unter seinen Füßen schwankte. Die harte Arbeit an Bord hatte seinen einst schmächtigen Körper gestählt. Im Vergleich zu anderen Siebzehnjährigen bewegte er sich leichtfüßig und elegant. Kasims Blick wanderte über die grauen, schiefen Steinhäuser an der Mole, aus deren Kaminen schwarzgrauer Rauch aufstieg. Dies also war das Land seines Vaters. Neugierig ging er weiter über die groben Pflastersteine, in deren nassen Zwischenräumen sich der trübe Himmel spiegelte. In diesem Land schien alles grau zu sein. Die Häuser, die Straßen, selbst der Himmel und die Menschen trugen nur gedeckte Farben. Kein Wunder, dass es die Engländer in die Ferne zog.

Kasim vermisste die bunten Farben Indiens. Nur gut, dass er dieses unwirtliche Land schon bald wieder verlassen würde, um zurück in seine indische Heimat zu segeln. Er musste nur noch ein geeignetes Schiff finden, mit einem Kapitän, der ihm einen ordentlichen Lohn bezahlte. Mit der ersparten Heuer konnte er dann endlich die Medizin kaufen, die seine Mutter, die er in Surat zurückgelassen hatte, so dringend benötigte. Kasim fuhr nicht freiwillig zur See. Ganz gewiss nicht. Er hasste Wasser, ja er konnte nicht einmal schwimmen. Aber nur als Matrose konnte er richtig viel Geld verdienen. Außerdem hatte er sich überraschend gut an das Leben auf hoher See gewöhnt. Die Matrosen waren raue Männer mit eigenen Vorschriften. Kasim hatte anfangs bittere Erfahrungen machen müssen, bevor er das begriffen hatte. Wer sich nicht an die Schiffsregeln und die Hierarchie an Bord hielt, dem machten die Kameraden das Leben schwer. Zum Glück war er nicht auf den Kopf gefallen und hatte sich schnell angepasst. Wenn er sich nun noch eine weitere Heuer auf der Reise zurück nach Indien verdiente, dann hatte er es geschafft.

Kasim hatte sein Geld vorsorglich im Bund seiner Hose versteckt. Wie in den meisten Häfen, die sie unterwegs angesteuert hatten, trieb sich auch in Liverpool allerlei Gesindel herum. Bettler, betrunkene Seeleute, Dirnen, aber auch Diebe und Gauner, die nur auf eine günstige Gelegenheit warteten, Wehrlose auszuplündern. Als in einer der Gassen ein Seemann seinen Weg kreuzte, fragte er ihn nach dem Blue Bird. Die Hafenkneipe hatte ihm Clinton genannt. Angeblich wusste der Wirt über alle auslaufenden Schiffe Bescheid.

Während er die Hafenmole entlangschlenderte, fiel ihm ein abgerissener Junge auf. Er war recht zierlich für sein Alter und einen guten Kopf kleiner als er. Kasim schätzte ihn auf höchstens sechzehn Jahre. Irgendwie passte er so gar nicht in die raue Welt am Hafen. Unschlüssig lehnte der Junge an einem Poller und beobachtete, wie die Schauerleute ein Schiff beluden. Kasim spürte die neugierigen Blicke des Jungen auf sich und nickte ihm im Vorbeigehen freundlich zu. Der Junge lächelte schüchtern zurück.

Zielstrebig steuerte Kasim auf das Blue Bird zu. Es war noch früh am Tag, als er das heruntergekommene Pub betrat. Nur ein einzelner Gast saß schlafend an der Theke, den Kopf zwischen den Armen vergraben. Der Wirt, ein bulliger Glatzkopf, rollte gerade ein neues Fass Branntwein aus dem Keller. In dem Schankraum roch es nach abgestandenem Tabak, würzigem Eintopf und altem Schweiß. Kasim hielt unwillkürlich die Luft an, sah sich kurz um und steuerte dann auf den Wirt zu, um sich nach einem Segler zu erkundigen, der in Richtung Indien auslief.

»Im Moment liegt nur die Pride of Slaves vor Anker«, bekam er die unfreundliche Antwort. »Ein Baltimoreklipper, der Handelswaren verschifft. Er liegt abseits hinter den Werften vor Anker. Soweit ich weiß, suchen die noch Leute für ihre Mannschaft, allerdings …« Der Wirt bohrte ausgiebig mit dem kleinen Finger in der Nase und schwieg.

»Allerdings?«, versuchte Kasim, ihm auf die Sprünge zu helfen.

Der Wirt zuckte mit den Schultern. »Nichts allerdings. Verschwinde jetzt oder bestell dir was zu trinken. Ich habe Besseres zu tun, als halbwüchsigen Taugenichtsen kostenlose Auskünfte zu geben.«

»Vielen Dank, Sir! Das ist genau das Richtige für mich!«

Der Wirt sah ihm offen ins Gesicht. »Hoffentlich bereust

du es nicht«, sagte er mit hochgezogener Augenbraue. »Die Pride of Slaves ist ein übler Seelenverkäufer.«

»Ich bin Überlebenskünstler, Sir«, sagte Kasim zum zweiten Mal an diesem Tag. Dann verließ er mit einem kurzen Gruß die Kneipe.

Tara war erst wenige Stunden zuvor als blinder Passagier mit einem Fährschiff in Liverpool gelandet. Geschickt hatte sie den Tumult beim Be- und Entladen des Schiffes genutzt, um sich unbemerkt zwischen den Kisten und Säcken im Stauraum zu verstecken. So weit, so gut. Sie hatte Irland verlassen und war den Rotröcken entkommen. Jetzt war es an der Zeit, neue Pläne zu schmieden. Seit sie als Junge verkleidet reiste, war vieles einfacher geworden. Sie wurde so gut wie nie belästigt und erregte weit weniger Aufmerksamkeit als ein allein umherziehendes Mädchen. Je länger sie unterwegs war, desto sicherer war sie sich, dass sie nach Indien wollte. Die letzten Monate hatte sie sich in Dublin mit Betteln und Gelegenheitsjobs durchgeschlagen. Geld hatte sie jedoch nach wie vor keines. Sie konnte sich immer noch keine Schiffspassage leisten. Die Idee, sich als blinder Passagier auf ein Handelsschiff zu schmuggeln, hatte sie verworfen. Die Überfahrt aus Dublin hatte nur einen Tag gedauert. Tara glaubte nicht, dass es möglich war, sich mehrere Monate unbemerkt auf einem Schiff versteckt zu halten. Also blieb nur eine einzige Möglichkeit: Sie musste es als Schiffsjunge versuchen.

Der Gedanke war ihr in dem Augenblick gekommen, als

ihr der indisch aussehende Bursche zugenickt hatte. Er trug Seemannskleidung und war in etwa in ihrem Alter. Während sie ihm neugierig nachsah, spürte sie, wie der Talisman auf ihrer Haut zu vibrieren begann. Es war nicht nur ein sanftes Leuchten und Kribbeln, wie sie es sonst gewöhnt war. Der Elefant wurde richtig heiß, sodass sie ihn unter ihrem Hemd hervorziehen musste. Sobald sie ihn umfasste, spürte sie seine Energie und wusste, dass sie dem jungen Mann folgen würde. Unter all den zwielichtigen Gestalten im Hafen war er der Erste, der etwas Freundliches, Vertrauenerweckendes an sich hatte. Sie schlich unauffällig hinter ihm in den Schankraum eines Pubs und verbarg sich hinter dem Vorhang neben der Eingangstür. Taras Herz klopfte, als sie mitbekam, dass der Junge ebenfalls nach Indien wollte. Wenn das kein Zeichen war! Sie durfte nur seine Spur nicht verlieren.

Kurz entschlossen heftete sie sich weiter an seine Fersen. Das war gar nicht so einfach. Immer wieder verschwand er im Wirrwarr der Gassen. Zudem herrschte reger Trubel im Hafen. Schwere, von Ochsen und Gäulen gezogene Lastkarren mit Fässern, Ballen und anderen Gütern pendelten zwischen den Lagerhäusern und den an der Mole liegenden Schiffen hin und her. Laut schreiende Fischhändler, streitende Matrosen und abgerissene Kinder tummelten sich dort genauso wie Lumpenhändler mit einrädrigen Holzkarren, Bettler und Strauchdiebe. Tara war froh, dass niemand sie beachtete.

Nach einiger Zeit verließ der fremde Junge den belebteren Teil des Hafens. Tara folgte ihm zu den abseits gelegenen Anlegestellen, wo auch die Werften lagen. Hier ankerten nur vereinzelt Schiffe. Tara war nun gezwungen, größeren Abstand zu wahren. Dabei verlor sie ihn plötzlich aus den Augen. Eben noch war er um die Ecke einer Halle gebogen. Jetzt war er verschwunden.

Kasim war auf dem Basar von Surat aufgewachsen. Er kannte sich nur allzu gut mit den Gefahren aus, die in einer großen Stadt lauerten. Als Sohn einer indischen Mutter und eines englischen Vaters war er es gewohnt, ein Außenseiter zu sein. Schon als kleines Kind hatte er sich vor den Kinderbanden, die ihn ständig piesackten und sich über ihn lustig machten, in den Winkeln und Ecken der Stadt versteckt. Aus diesem Grund war er ständig auf der Hut. Schon wenige Augenblicke, nachdem er das Blue Bird verlassen hatte, wusste er, dass er verfolgt wurde. Sein Verfolger stellte sich dabei nicht besonders geschickt an. Kasim fand schnell heraus, dass es sich um den Jungen handelte, den er vorhin am Poller gesehen hatte. Das Bürschchen dachte wohl, dass er leichte Beute für ihn wäre. Er beschloss, ihm eine Lehre zu erteilen. Sobald sie zu den Werfthallen kamen, hängte er ihn ab und versteckte sich hinter dem Pfosten eines Eingangs. Dort lauerte er ihm auf. In dem Augenblick, als der Bursche an ihm vorüberlief, trat er hervor, packte ihn unsanft am Kragen und drückte ihn gegen die Wand.

»Weshalb folgst du mir?«, fuhr er ihn an.

Dem Jungen blieb vor Schreck die Sprache weg. Kasim war überrascht, wie zierlich er war. Seine tiefblauen Augen, in denen helle Flecken wie Mücken tanzten, blickten ihn ängstlich an. Unwillkürlich lockerte er etwas seinen harten Griff. »Hattest du vor, mich auszurauben?«, fragte er grimmig.

Der Bursche lachte laut auf. Dabei erschienen sternförmige Grübchen auf seinen Wangen. »Sehe ich etwa so aus, als ob ich es mit dir aufnehmen könnte?«, fragte er beinahe belustigt.

Kasim musterte sein Gegenüber. Der Kerl war abgemagert bis auf die Knochen und sah wirklich nicht sehr gefährlich aus. Widerwillig ließ er ihn los, blieb aber dicht vor ihm stehen.

»Hm. Also raus mit der Sprache! Wer bist du und was willst du von mir?«

Der zierliche Junge fuhr sich selbstbewusst durch sein kurzes, strubbeliges Haar und musterte Kasim nun seinerseits. Der intensive Blick aus seinen tiefblauen Augen ärgerte Kasim. »Was ist? Hat es dir etwa die Sprache verschlagen?«, fuhr er ihn erneut barsch an.

Der Junge schüttelte den Kopf und errötete wie ein Mädchen. Aber dann antwortete er ihm doch.

»Mein Name ist George. Ich habe vorhin mitbekommen, dass du auf einem Schiff anheuern willst, das nach Indien fährt. Ich möchte auch dorthin.« Er sagte es, als wäre es das Selbstverständlichste auf der Welt.

»Und deshalb folgst du mir heimlich? Du hast doch was zu verbergen!« Kasim beschloss, fürs Erste misstrauisch zu bleiben.

Endlich rückte George mit der Sprache heraus. »Ich will als Schiffsjunge auf die Pride of Slaves – genau wie du. Ist das etwa ein Verbrechen? Es war wirklich nur Zufall, dass ich vorhin bei der Hafenkneipe stand, Ehrenwort!«

»Du, als Schiffsjunge?« Kasim bekam bei der Vorstellung fast einen Lachanfall. Er musterte George abfällig von oben bis unten. »Weißt du überhaupt, was dich auf so einem Schiff erwartet? Du musst schuften von morgens bis abends. Das Deck schrubben, Taue aufrollen, Segel hissen und all so einen Kram. Das stehst du doch keinen Tag durch! Vergiss es!«

»Und wenn schon«, entgegnete George trotzig. »Ich bin zäher, als die Leute denken.«

»Okay. Dann mal viel Glück!« Kasim ließ George stehen und wollte seinen Weg fortsetzen.

»Nun warte doch!« George hastete ihm hinterher und hielt ihn an seinem Ärmel fest. »Wir könnten es doch gemeinsam versuchen …«

Kasim schüttelte ihn ab wie eine lästige Fliege. Allmählich begann ihm dieser George auf die Nerven zu gehen. »Lass mich in Ruhe!«, zischte er ungeduldig und ging weiter. Aber George ließ nicht locker.

»Du könntest behaupten, dass wir bereits gemeinsam auf einem Schiff gesegelt sind«, bedrängte er ihn.

Diese Sturheit wurde langsam unerträglich. Was bildete sich dieser Hänfling nur ein?

»Verrate mir wenigstens, wie du heißt«, versuchte der es ein weiteres Mal.

Kasim setzte unbeirrt seinen Weg fort und tat so, als sei George Luft für ihn. Für eine Weile gab er tatsächlich Ruhe.

»Wenn du mir nicht hilfst, werde ich behaupten, dass du die irische Krätze hast«, meinte George plötzlich siegessicher. »Dann kommst du garantiert für ein paar Monate in Quarantäne.«

Kasim fuhr erbost herum. »Du willst mich anschwärzen?«, fragte er ungläubig. »Das wagst du nicht!«

»Und ob ich das wage!« Georges Augen blitzten kämpferisch.

Kasim fühlte sich verunsichert. Irische Krätze, davon hatte er noch nie etwas gehört. Aber er wusste, dass ein Kapitän nichts mehr fürchtete, als dass fremde Krankheiten auf seinem Schiff eingeschleppt wurden. Allein durch die Behauptung könnte dieser George ihm jede Menge Ärger einhandeln. Einen Moment lang überlegte Kasim, ob er den Kerl einfach über die Kaimauer ins Wasser stoßen sollte. Damit wäre er ihn ein für alle Mal los. Irgendwie brachte er es jedoch nicht übers Herz.

»Vor der irischen Krätze haben sie hier in Liverpool eine Heidenangst«, behauptete George noch einmal. »Also hilfst du mir? Bitte?« Dieses Mal klang seine Stimme fast flehend.

»Hm.« Kasim wusste, dass er einen Fehler machte. »Von mir aus … versuchen wir es«, brummte er ungnädig. »Es kann mir ja egal sein, wenn du an Bord vor die Hunde gehst. Sag nur nicht, ich hätte dich nicht gewarnt! Man nennt mich Kasim.«

»Freut mich, Kasim!« George strahlte und streckte ihm versöhnlich die Hand entgegen.

Kasim ignorierte sie und ging einfach weiter.

8

»Ihr wart also Schiffsjungen auf der Flying Spur?« Kapitän Slight war ein wortkarger, in sich gekehrter Mann mit schwarzem Vollbart und funkelnden, dunklen Augen. Sein Alter war schwer zu schätzen. Tara fand, dass er etwas Bedrohliches an sich hatte.

»Ja, Sir«, antwortete sie höflich, während Kasim nur nickte. Ihr Herz klopfte. Der erste Schritt war getan. Jetzt kam es nur noch darauf an, wie sie sich verkaufte.

Kapitän Slight wandte sich zunächst Kasim zu. »Du siehst recht geschickt aus. Warst du schon mal als Vortoppmann in den Rahen?«

»Kein Problem, Sir!« Kasim hielt selbstbewusst Slights Musterung stand. »Ich kann noch mehr. Mister Loopworth hat mir Spieren und Spleißen beigebracht und dem Schiffszimmermann bin ich auch zur Hand gegangen.«

Slight nickte zufrieden. »Okay, du bist als Moses angeheuert. Und nun zu dir.« Mit sehr viel weniger Interesse wandte er sich an Tara. »Was hast du bislang getan?«

»Mal dies, mal jenes, Sir«, antwortete Tara zögerlich. »Ich

war immer da, wo man mich gebraucht hat.« Sie hoffte, dass sie mit dieser vagen Auskunft durchkam. Slights Augenaufschlag verriet, dass er ihr nicht glaubte.

»Zeig mal deine Hände!«, befahl er. Zögernd streckte sie ihm ihre Hände entgegen. Unter all dem Schmutz und den eingerissenen Fingernägeln war dennoch nicht zu verbergen, dass sie keine harte Arbeit gewohnt war. »Du hast ja nicht mal richtige Schwielen an deinen Pfoten«, stellte Slight fest. »Man könnte fast glauben, das sind Weiberhände.« Seine dunklen Augen bohrten sich tief in ihre.

Tara biss sich auf die Zunge. Wenn ihr jetzt nichts Glaubwürdiges einfiel, würde der Kapitän sie bestimmt zum Teufel jagen.

»Ich kann lesen und schreiben«, stotterte sie hilflos, in der Hoffnung, dass sie ihn damit beeindrucken konnte. Doch Slight spuckte ihr nur verächtlich die Reste seines Kautabaks vor die Füße.

»Wir brauchen an Bord Matrosen, die anpacken können, keine verweichlichten Schreiberlinge«, knurrte er ungnädig. »Ich glaube nicht, dass ich mit dir etwas anfangen kann.«

Tara sank der Mut. Sie hatte es durch ihre eigene Dummheit vermasselt. Zu ihrer Überraschung mischte sich jedoch Kasim nun ein.

»George will nicht zugeben, dass er beim Smutje in der Kombüse war – Töpfe scheuern!« Er verdrehte die Augen und blinzelte dem Kapitän vielsagend zu. »Wer macht schon gerne Weiberarbeit in der Kombüse!«

Tara sah ein kurzes, schadenfrohes Blitzen in seinen Augen, als sein Blick sie kurz streifte. Sie begriff, dass er ihr zwar helfen, es ihr aber auch heimzahlen wollte, dass sie sich wie eine Klette an ihn gehängt hatte. Ihr blieb nichts übrig, als mitzuspielen.

»Kasim hat recht, Sir«, meinte sie mit gesenktem Blick. Kapitän Slight lachte kurz auf, gab sich aber mit Kasims Erklärung zufrieden.

»Okay, Junge! Du hast den Job. Black Jack wird froh sein, wenn er einen neuen Schiffsjungen bekommt.«

Er trug ihre Namen in das Schiffsbuch ein und befahl ihnen, ihre Habseligkeiten auf das Mannschaftsdeck zu bringen.

Tara konnte ihr Glück kaum fassen.

Mit frischem Wind und unter vollen Segeln verließ die Pride of Slaves am übernächsten Tag England in Richtung der französischen Küste. Während der ersten Tage brachten günstige Winde den wendigen Baltimoreklipper rasch voran. Am Pointe du Raz, dem westlichsten Zipfel der Bretagne, ließen sie den Ärmelkanal hinter sich und hielten Kurs auf das spanische Kap Finisterre.

Tara bekam von dem Leben an Deck zunächst nicht viel mit. Sie hatte alle Hände voll in der Kombüse zu tun. Der Smutje scheuchte sie von morgens bis abends herum. Er hatte einen verkrüppelten Fuß und war zudem ein fauler, missmutiger Geselle. Den Spitznamen Black Jack hatte er sich wegen seiner schwarzen Zähne eingetragen. Anfangs hatte Tara gedacht, sie seien verfault, aber dann hatte Jack ihr stolz erzählt, dass er von den Bewohnern der Insel Sumatra einen Brauch übernommen hatte.

»Der schwarze Lack auf den Zähnen macht nicht nur bei

den Weibern was her. Er ist auch der Grund dafür, dass sie immer noch vollzählig vorhanden sind«, meinte er stolz, bevor er sie barsch zu neuen Aufgaben antrieb.

Schon vor dem Morgengrauen, wenn die Tagschicht noch schlief, musste Tara Feuerholz aus dem Lagerraum heranschaffen und damit den Ofen anschüren. Sobald das Feuer brannte, schöpfte sie Trinkwasser aus den Fässern, um es in einem gusseisernen Topf für das Porridge zu erhitzen. Pünktlich zum Wachwechsel erwarteten die Männer eine Schale mit gekochtem Getreidebrei und etwas Pökelfleisch. Gleich am ersten Morgen war ihr ein übles Missgeschick passiert.

Sie war das Schwanken des Schiffes noch nicht gewohnt und geriet deswegen mit ihrem Tablett ins Stolpern. Um nicht zu stürzen, musste sie sich mit einer Hand abstützen. Dabei rutschte ihr eine Schale so unglücklich vom Tablett, dass ihr Inhalt mitten im Gesicht ihres Backvorstehers landete. Der Backvorsteher war verantwortlich für den Teil der Crew, der an seinem Mannschaftstisch saß und, wenn der Tisch nach dem Essen unter die Decke gezogen worden war, auch darunter schlief. Derjenige, dem sie zugeteilt war, war ein übellauniger Typ namens Stinky.

»Du verdammter Hurensohn! Das war Absicht!« Stinky sprang erbost auf. Natürlich lachten die Männer an seiner Back schadenfroh. Auch Tara konnte sich nach dem ersten Schreck ein Grinsen nicht verkneifen. Es sah zu komisch aus, wie der Haferbrei von seinem Kinn tröpfelte. Stinky war ein hagerer Kerl mit einem faltigen, unrasierten Gesicht. Das Porridge klebte in seinen rötlichen Barthaaren und überzog die Hälfte seines Gesichtes wie eine Maske. Die kleinen grauen Augen funkelten voller Zorn. Wütend stürzte er sich auf Tara. Doch diese wich rasch zurück und brachte das Tablett mit den Schüsseln geschickt zwischen sich und den aufgebrachten Seemann. Seine niedersausende Faust landete nicht in ihrem Gesicht, sondern erneut in einer Schüssel mit dampfendem Porridge.

»Aiihh! Verflucht! Du nach Pisse stinkende Pestbeule!« Mit schmerzverzerrtem Gesicht zog er die Faust wieder zurück. Die Männer lachten und verspotteten Stinky nun noch mehr.

»Ich wusste gar nicht, dass deine Arme kurz wie Wattwürmer sind, Stinky«, amüsierte sich Black Jack. Die anderen grölten und schlugen sich vor Vergnügen auf die Schenkel.

»Vielleicht solltest du dich damit an die Rah hängen, damit sie beim nächsten Schlag etwas länger sind«, schlug ihm ein anderer vor.

Stinky geriet außer sich vor Zorn. Er funkelte die Männer nacheinander wütend an, während das Porridge in seinem Gesicht langsam trocknete. Seine Hände waren immer noch zu Fäusten geballt.

»Ich mach dich fertig, du miese kleine Landratte!«, drohte er Tara. Mit einem Mal hatte er ein Messer in der Hand und stürzte sich erneut auf sie. Bevor er Tara jedoch gefährlich werden konnte, ging Rooth, der Bootsmann, dazwischen.

»Genug jetzt. Mach keinen Ärger, Stinky!«, polterte er. »George wird sich bei dir entschuldigen. Außerdem wird er den Dreck aufwischen und eine Sonderschicht Deckschrubben einlegen!« Er bedeutete Tara, einen Lappen zu holen.

»Nimm dich ja in Acht vor mir«, zischte Stinky, als sie sich an ihm vorbeidrückte. Seine Stimme bebte vor Hass.

Tara machte sich rasch wieder an die Arbeit. Kaum hatte sie den Porridge weggekratzt, rief Black Jack sie zurück in die Kombüse, wo sie das Geschirr abwusch und Kartoffeln schälte. Danach wurde sie an Deck geschickt, um ihre Strafschicht abzuarbeiten. Kasim, der ebenfalls zum Deckschrubben eingeteilt war, drückte ihr einen flachen Stein in die Hand, der an einer Eisenkette festgebunden war. Dieses Gewicht schleiften sie über die Schiffsplanken und glätteten sie. Danach wurden Eimer mit Sand an Deck gebracht. Damit wurde das Deck geschrubbt, bis es blitzblank war. Die Arbeit war nicht nur anstrengend, sondern auch fürchterlich eintönig. Hinzu kam, dass die Sonne kräftig schien und ihre zarte Haut verbrannte.

Tara war anschließend so erschöpft, dass sie sich einfach an der Reling auf den Boden sinken ließ. Ein derber Tritt brachte sie sofort wieder in die Realität zurück.

»Black Jack sucht dich schon!«, keifte Stinky schadenfroh. Tara rappelte sich auf und schleppte sich in die Kombüse, wo Black Jack sie für den Rest des Tages umherscheuchte.

Er selbst saß nur auf seinem Schemel und gab ihr Befehle. Ab und zu ertappte sie ihn dabei, wie er heimlich einen großen Schluck Branntwein nahm. Alkohol war an Bord nur dann erlaubt, wenn der Kapitän ihn ausschenken ließ. Die Fässer mit Whiskey, Branntwein und Bier befanden sich deshalb fest verschlossen in der Kapitänskajüte. Wer sich nicht an das Verbot hielt, dem drohten Schläge mit der neunschwänzigen Katze. Den Smutje schien das nicht zu kümmern. Tara wollte keinen Ärger, deshalb tat sie so, als hätte sie nichts bemerkt. Als sie spät am Abend des ersten Tages bleischwer in ihre Koje sank, kamen ihr trotz ihrer Müdigkeit große Bedenken. War die Hoffnung, ihren Vater zu finden, diese Plackerei an Bord wirklich wert? Die Feldarbeit, die sie für Nell und Fergus hatte leisten müssen, war im Vergleich zu dieser Schufterei das reinste Vergnügen gewesen. Überdies musste sie ständig darum fürchten, dass man entdeckte, dass sie ein Mädchen war. Was würden die Matrosen wohl dann mit ihr tun? Sie hatte schlimme Geschichten gehört …

Eines Tages bekam sie den Auftrag, Kapitän Slight seinen Nachmittagstee zu servieren. Black Jack gab ihr genaue Anweisungen.

»Der Kapitän kann recht ungemütlich werden, wenn du etwas falsch machst«, sagte er zum Schluss. »Die Teestunde ist ihm heilig. Das Service ist kostbar, es hat schon seiner Großmutter gehört. Also mach bloß keinen Fehler und halt vor allem deine Klappe. Der Kapitän hasst dummes Geschwätz.«

Tara versprach, alles zu beachten. Sie hatte sich inzwischen an das Schwanken des Schiffes gewöhnt und balancierte das Tablett einigermaßen geschickt über Deck zu der Kapitänskajüte, die sich im hinteren Teil des Schiffes vor der Brücke befand. Auf ihrem Weg kam sie auch an Kasim vorbei, der gerade mit einigen anderen Matrosen ein Segel eingezogen hatte.

»Na, wie gefällt dir die Weiberarbeit?«, zog er sie auf. Tara schenkte ihm nur einen gleichmütigen Blick. »Ich werd's überleben.« Als die anderen Matrosen unter Deck verschwunden waren, zog sie einen Apfel aus der Hosentasche, den sie am Vormittag aus dem Vorratsraum hatte mitgehen lassen. »Willst du?«

Kasim sah sie überrascht an, steckte den Apfel aber sogleich ein. »Lass dich bloß nicht erwischen«, sagte er grinsend und zwinkerte ihr zu.

Tara spürte, wie sie rot wurde, und wandte sich rasch ab. Dabei verschüttete sie fast etwas von dem kostbaren Tee. Kasim hatte etwas an sich, was sie immer wieder unsicher werden ließ. Jedes Mal wenn sie in seine grünen Augen sah, spürte sie ein Kribbeln im Bauch, das sich bis in den Magen hochzog. Sie bewunderte seine eleganten, weichen Bewegungen. Wie eine Katze bewegte er sich auf dem Schiff, während sie sich oft so ungeschickt vorkam.

Zur Kapitänskajüte waren es nur noch wenige Meter. Plötzlich hörte sie Kasim rufen. Ehe sie begriff, was mit ihr geschah, wurde sie von ihm gepackt und zu Boden gerissen. Das Teetablett entglitt ihren Händen und fiel mit einem lauten Klirren zu Boden. Brühend heißer Tee schwappte ihr ins Gesicht, während keine Handbreit neben ihr ein schwerer, massiver Holzblock auf dem Deck aufschlug. Er war Teil eines Flaschenzugs in den Rahen und musste sich gelöst haben. Bestürzt blickte sie in Kasims grüne Augen. Er lag immer noch auf ihr. Sein kantiges Gesicht war nur wenige Fingerbreit von ihrem entfernt. Sie konnte seinen warmen Atem auf ihrem Hals spüren.

»Das war knapp«, meinte er immer noch keuchend und rappelte sich auf.

Tara blieb noch einen Augenblick liegen. Der Holzblock hätte sie um ein Haar getötet. Fassungslos blickte sie zu den Rahen und Segeln empor, die sich dem blauen Nachmittagshimmel entgegenreckten. Wie hatte dieser Block sich nur lösen können? Kasim reichte ihr schließlich die Hand und zog sie hoch.

»Danke«, brachte sie mühsam hervor. »Ohne dich wäre ich jetzt wohl nicht mehr am Leben.«

Kasim grinste. »Kein Problem«, meinte er betont lässig. »Das war mein Dank für den Apfel.« Dann sah er hoch in die Rahen und wurde ernst. »Du musst dich vorsehen, George!«, warnte er sie eindringlich. »Ich glaube nicht, dass das Zufall war!« Er deutete nach oben. »Ich habe zwischen den Segeln einen Schatten gesehen. Mir kommt es fast so vor, als habe da jemand nachgeholfen.«

Tara wurde eine Spur bleicher. »Glaubst du, es war Stinky?«, fragte sie mit zitternder Stimme.

Kasim zuckte mit den Schultern. »Du hast ihn gleich an deinem ersten Tag auf dem Schiff vor den anderen blamiert. Er hat ziemlich heftig reagiert und sogar sein Messer gezogen. Wenn ich du wäre, würde ich mich vor ihm in Acht nehmen.«

»Was ist hier los?«

Wie aus dem Nichts stand Kapitän Slight vor ihnen. Allein durch seine Größe und die dunkle Kleidung machte er einen Ehrfurcht gebietenden Eindruck. Er warf Tara einen wütenden Blick zu.

»Du machst ganz schön viel Wirbel auf deiner ersten Fahrt, Schiffsjunge«, sagte er streng.

Tara sah betreten zu Boden. »Der Block ist einfach so runtergefallen«, meinte sie aufgewühlt. »Hätte Kasim mich nicht zu Boden gerissen, wäre ich jetzt tot!«

Slight schien wenig beeindruckt. Er deutete nur auf die kaputte Teekanne. »Die werde ich dir von deiner Heuer abziehen«, knurrte er ungehalten. »Und jetzt mach, dass du wieder in die Kombüse kommst!« Mit einem letzten finsteren Blick in ihre Richtung wandte er sich ab.

Tara fand das ungerecht. Trotzig schob sie ihre Unterlippe vor und wollte ihm etwas zur ihrer Verteidigung hinterherrufen, doch Kasim hielt sie zurück.

»Halt lieber deine Klappe, George«, zischte er ihr zu. »Du hast hier auf dem Schiff schon genügend Ärger. Leg dich nicht auch noch mit dem Kapitän an.«

»Aber er tut gerade so, als wäre ich schuld an diesem Anschlag«, protestierte sie. »Ich werde ihm sagen, dass Stinky es auf mich abgesehen hat!«

»Bist du wirklich so naiv?«, fuhr Kasim sie hart an. »Du hast keinerlei Beweise. Wenn du Stinky anschwärzt, wird die ganze Mannschaft gegen dich sein. Das verstößt gegen die Seemannsehre. Kapier das endlich!« Er war wirklich aufgebracht.

Seine Worte verletzten Tara. Doch so schwer es ihr auch fiel, sie musste einsehen, dass er recht hatte. Ich darf mein Ziel nicht aus den Augen verlieren, sagte sie sich mit aufeinandergepressten Lippen. Immerhin bin ich auf dem Weg nach Indien, und das ist mehr, als ich vor Kurzem zu träumen gewagt hätte. Also werde ich den Rest nun auch noch schaffen. Rasch sammelte sie die Scherben auf und eilte zurück in die Kombüse.

Nach diesem Vorfall gab sich Tara alle Mühe, möglichst unauffällig ihre Arbeiten zu verrichten. Wenn es sich irgendwie einrichten ließ, ging sie Stinky und seinen Kumpanen aus dem Weg. Black Jack hielt sie ohnehin bis spät in die Nacht auf Trab, sodass sie, wenn sie keine Wache hatte, völlig erschöpft in ihre Hängematte im Mannschaftsquartier kroch. Tara fiel es schwer, sich an die Nähe von so vielen Männern zu gewöhnen. Die Hängematten hingen dicht an dicht. Immer wieder bekam sie beim Schlafen den Ellenbogen oder das Knie ihres Nebenmannes zu spüren. Die Matrosen schliefen in ihren Arbeitskleidern. Dementsprechend roch es auch.

Als jedoch ihre Blutungen einsetzten, hatte sie ein neues Problem. Sie war gezwungen, wenigstens einmal täglich die Stofflappen, die sie als Binde benutzte, auszuwaschen. Natürlich durfte keiner etwas davon bemerken. Also musste sie warten, bis die meisten schliefen. Ihr Dienst in der Kombüse begann, wenn die Schiffsglocke acht Glasen zur Morgenwache läutete. Davor war die Hundswache, in der die Männer erfahrungsgemäß am schläfrigsten waren, natürlich auch Tara. An diesem Morgen schaffte sie es dennoch, etwas früher als gewöhnlich aufzustehen.

9

Die Hundswache zwischen Mitternacht und vier Uhr morgens war bei allen Matrosen die unbeliebteste. Es war die Zeit, in der der Schlaf versuchte, die Männer wie mit Senkblei in sein Reich zu ziehen. Kasim kämpfte gegen seine Müdigkeit, indem er in Bewegung blieb – anders als Stinky, mit dem er die Wache teilte. Ihre Aufgabe war es, auf und ab zu patrouillieren, um nach eventuellen Gefahren im Meer Ausschau zu halten. Entgegenkommende Schiffe musste er genauso melden wie Wetteränderungen oder Riffe, die in den Karten womöglich nicht verzeichnet waren. Während Kasim die Backbordseite der Pride of Slaves überwachte, war Stinky für die Steuerbordseite zuständig. Da sie sich in ruhigen Gefilden befanden, beschränkte sich Stinky darauf, nur hin und wieder nach dem Rechten zu sehen. In der Zwischenzeit würfelte er mit den Wachhabenden, die für die Sicherheit der Ladung verantwortlich waren, um Geld. Kasim teilte Georges Abneigung gegen den rothaarigen Waliser. Er war ein hinterhältiger, unberechenbarer Kerl. Nie war man vor seinen Launen sicher. Man musste sich vor ihm in Acht nehmen.

Als die Schiffsglocke sechs Glasen schlug, verstummte das Gemurmel der Würfelspieler, und er hörte ihr leises Schnarchen. Nur noch zwei Glasen, also eine Stunde, dann würde die Morgenwache sie ablösen. Kasim rieb sich die Augen, um die Müdigkeit zu vertreiben. Die anderen gingen selbstverständlich davon aus, dass er sie rechtzeitig wecken würde, falls der Bootsmann eine Runde drehte, um zu überprüfen, ob die Wache ihre Aufgaben gewissenhaft erledigte. Die Nacht war zum Glück angenehm warm. Sie hatten mittlerweile Spanien und die portugiesische Küste hinter sich gelassen und die nordafrikanische Küste erreicht. Das Klima wurde jeden Tag wärmer, wie Kasim dankbar feststellte. Wie so oft, wenn er einsam Wache hielt, dachte er an seine kranke Mutter und betete zu Shiva, dass es ihr besser ging. Sie hatte schon seit einiger Zeit eine Kräfte zehrende Krankheit, die sich schleichend in ihr ausgebreitet hatte. Im Laufe des letzten Jahres war sie immer schwächer geworden. Kasim hatte fürchterliche Angst um sie gehabt. Als die indischen Ärzte mit ihrem Latein am Ende gewesen waren, hatte er sich in seiner Not an einen englischen Doktor gewandt. Doch der wollte viel Geld für seine Behandlung. Um ihn zu bezahlen, hatte Kasim die einzige Milchkuh verkauft, die sie besaßen. Mit der neuen Medizin verbesserte sich der Gesundheitszustand seiner Mutter zunächst, doch kaum war sie aufgebraucht, ging es ihr wieder schlechter. Geld war keines mehr vorhanden. Wäre er nicht dem Quartiermeister der Flying Spur über den Weg gelaufen, wäre seine Mutter vielleicht schon gestorben. Der Mann hatte dringend einen Schiffsjungen gesucht und Kasim vorgeschlagen, ihm einen Teil seiner Heuer im Voraus auszuzahlen, falls Kasim mit ihnen segelte. Das Geld war ausreichend gewesen, um seine Mutter mit Medizin zu versorgen, bis er wieder zurückkam. Ein verlockendes Angebot, das Kasim bereitwillig angenommen hatte. Mit dem Rest der Heuer hoffte er nun inständig, das Leben seiner Mutter endgültig zu retten. Er liebte sie abgöttisch. Nachdem sein englischer Vater sie beide feige im Stich gelassen hatte, hatte er bei Shiva geschworen, immer für sie da zu sein.

Das Plätschern von Wasser und das Geräusch eines Gegenstandes, der über die Bordwand schrammte, riss Kasim aus seinen Gedanken. Versuchte da jemand, an Bord zu klettern? Er war sofort hellwach. Sie waren nicht allzu weit von der afrikanischen Küste entfernt. Es war durchaus möglich, dass es hier Piraten gab. Sollte er Alarm schlagen? Er verwarf den Gedanken und beschloss, erst einmal nach dem Rechten zu sehen. Bootsmann Rooth verstand bei falschem Alarm keinen Spaß. Um nicht unnötig auf sich aufmerksam zu machen, ließ er die Laterne stehen und tastete sich vorsichtig vorwärts. Es war stockdunkle Nacht. Kein Stern leuchtete am Himmel. Nur die Laterne am Topp des Großmastes spendete etwas diffuses Licht. In dessen Schein entdeckte er zu seiner Verwunderung George, wie er mit einem Wasserkübel herumhantierte. Bei allen Göttern und Dämonen! Wieso schlief der Bursche nicht?

»Hey, George, was soll das?« Er trat aus der Dunkelheit in das fahle Licht. »Hat das nicht bis morgen Zeit?«

George fuhr erschrocken auf. »Ich … ich … ich wasche ein paar Lappen aus, die … die wir in der Kombüse brauchen«, stotterte er herum. »Ich habe sie gestern vergessen. Und

Black Jack wird ziemlich sauer, wenn sie morgen früh immer noch schmutzig sind.«

Kasim kratzte sich verlegen am Kopf. Es tat ihm leid, dass er George so erschreckt hatte. Der junge Ire hatte es nicht leicht an Bord. Alle hackten auf ihm herum, weil er so klein und zierlich war. Im Grunde mochte er ihn ganz gern, auch wenn er anders war als alle Schiffsjungen, die er bislang kennengelernt hatte.

»Soll ich dir helfen?«, bot er sich großzügig an.

»Nein! Ich bin ohnehin fast fertig!« Mit einer Eile, die Kasim verwunderte, wrang George die Lappen aus, hängte sie an der Außenwand der Kombüse auf und schüttete das Restwasser über Bord. »Bis später«, sagte George und wollte sich in Richtung Mannschaftsdeck verziehen.

»Hast du Lust, mir etwas Gesellschaft zu leisten?«, schlug Kasim ihm aus einer Laune heraus vor. Er deutete auf den Horizont, wo die Dämmerung langsam heraufzog. »Es lohnt sich ohnehin kaum, sich noch mal aufs Ohr zu hauen.«

»Von mir aus.« George lächelte erfreut.

Kasim fielen einmal mehr die beiden Grübchen in seinen Wangen auf. Sie verliehen ihm etwas Weiches, fast Mädchenhaftes. Überhaupt hatte George einen schönen, fein geschnittenen Mund. Kasim erschrak über seine eigenen Gedanken. Was ging ihm da nur für ein Unsinn durch den Kopf?

»Warum willst du eigentlich nach Indien?«, fragte er, um seine Verwirrung zu überspielen.

»Ich suche meinen Vater«, gab George zögernd zu. »Er ist ein hoher Offizier bei der Armee.«

Kasim war überrascht. »Aber wieso reist du dann als

Schiffsjunge? Dein Vater hat doch sicherlich genügend Geld, um dir eine ordentliche Passage zu bezahlen.«

»Um ehrlich zu sein, weiß er gar nicht, dass ich komme«, gestand George.

Kasim meinte, einen trotzigen Unterton in seiner Stimme zu hören, aber auch Unsicherheit schwang in seinen Worten mit.

»Dann wird dein Besuch bestimmt eine große Überraschung für ihn sein.«

George lachte bitter auf. »Davon kannst du ausgehen! Er weiß ja nicht einmal, dass es mich gibt!«

»Willst du darüber reden?«

»Darüber gibt es nicht viel zu reden«, meinte George knapp. »Ich habe erst an Mutters Totenbett erfahren, dass mein Vater noch lebt. Er hat sie über alles geliebt und wollte sie heiraten. Doch dann ist etwas dazwischengekommen. Ich will herausfinden, was es war. Wenigstens das muss mir mein Vater sagen.«

»Und deswegen willst du bis nach Indien reisen? Du bist ganz schön verrückt, George Harley!« Kasim schüttelte den Kopf, aber er bewunderte auch Georges Mut. Plötzlich musste er an seinen eigenen Vater denken. Er hatte ihn und seine Mutter auch einfach im Stich gelassen. »Was macht dich so sicher, dass dich dein Vater nicht gleich wieder zum Teufel jagt?«

Georges Augen blitzten auf, als er ihm ungewöhnlich heftig antwortete. »Meine Mutter hat immer voller Hochachtung von ihm gesprochen. Sie sagte, mein Vater sei ein liebevoller und ehrenhafter Mann gewesen. Ich besitze seinen letzten

Brief an sie. Darin steht, wie sehr er meine Mutter geliebt hat. Ich fühle einfach, dass es stimmt!«

»Pah! Pfeif auf deine Gefühle. Sie werden dir nur Scherereien einbringen«, entgegnete Kasim abfällig. »Du solltest dir lieber eine eigene Zukunft aufbauen, als auf einen unbekannten Vater zu vertrauen. Glaub mir, ich weiß, wovon ich rede. Mein Vater war auch ein Engländer, dem seine Verantwortung zu groß geworden ist. Sie sind alle gleich!«

»Ich besitze aber nichts anderes als meine Hoffnung«, sagte George leise. »Solange ich sie habe, habe ich wenigstens noch ein Ziel.«

Kasim tat es plötzlich leid, dass er so barsch zu ihm gewesen war. Er hatte seine eigene Verbitterung auf George übertragen. »Nimm's mir nicht übel! Ich wollte dir nicht zu nahetreten. Aber mein Vater hat uns im Stich gelassen, weil meine Mutter Inderin ist und er durch uns Nachteile zu befürchten hatte. Als sein Vorgesetzter ihn vor die Wahl stellte, sich für uns oder für einen besseren Posten zu entscheiden, hat er sich für seine Karriere entschieden. Ich möchte nicht, dass es dir genauso ergeht.«

»Das wird es nicht«, meinte George mit neuem Selbstbewusstsein. Seine Augen leuchteten mit einer Zuversicht, dass Kasim für einen kurzen Augenblick ganz warm ums Herz wurde. Er konnte gar nicht anders, als Georges Lächeln zu erwidern.

·∾ 10 ∾·

Acht Wochen nach ihrer Abreise aus Liverpool hielt die Pride of Slaves auf die Südspitze des afrikanischen Kontinents zu. Wegen einer fast zweiwöchigen Flaute am Äquator hatten sie kostbare Zeit verloren, sodass Kapitän Slight nun unter vollen Segeln fahren ließ. Das Kap der Guten Hoffnung galt als tückisches Fahrwasser. Unter der Wasseroberfläche befand sich eine ausgedehnte Felsenlandschaft, deren schroffe Spitzen eine große Gefahr darstellten. Wollte man vermeiden, auf ein Riff aufzulaufen, musste man das Kap großzügig umsegeln. Doch auch starke, unberechenbare Winde und Strömungen sorgten dafür, dass immer wieder Schiffe gegen die Küste gedrückt wurden. Der Meeresgrund an dieser Stelle war übersät mit Wracks, die an den Felsen zerschellt und untergegangen waren.

Nachdem sie das Kap fast umschifft hatten, zogen unvermittelt Sturmwolken auf. Als typische Vorboten der für die Jahreszeit üblichen Stürme türmten sich schwarzgraue Wolkenberge zu einem gewaltigen Gebirge auf. Ihre Masse schluckte das Sonnenlicht und machte den Tag zur Nacht.

Grelle Blitze zuckten um die Mastspitzen, während grollende Donnerschläge den nahenden Weltuntergang zu verkünden schienen. Unberechenbare Winde und peitschender Regen nahmen einem jegliche Sicht, sobald man einen Fuß an Deck setzte. An den Masten knatterten die weißen Segel. Gegen das Tosen des Sturmes brüllte der Bootsmann eilig die Befehle zum Reffen der Segel. Während die Matrosen in die Wanten stiegen, wurde die Pride of Slaves immer mehr zum Spielball der Wellen. Tara wurde in der Kombüse durch die schlingernde Bewegung des Schiffes unsanft gegen den Herd geworfen. Dabei stieß sie gegen den heißen Kessel, in dem gerade Eintopf köchelte, und verbrannte sich den Oberarm. Selbst Black Jack geriet aus dem Gleichgewicht.

»Verdammte Pisslauge, das hat uns gerade noch gefehlt«, fluchte der Smutje. Tara fiel auf, wie bleich er war.

Dann ging ein Ruck durch das ganze Schiff und alles geriet in eine bedrohliche Schieflage.

»Beim Grab meiner Großmutter!«, krächzte Black Jack fast wahnsinnig vor Angst. »Sind wir auf ein Riff aufgelaufen?«

Tara fand, dass seine Gesichtsfarbe nun ins Grünliche tendierte. Mit zitternden Händen griff der Smutje in eines der Schubregale und zog eine Flasche Branntwein hervor. Hastig entkorkte er sie mit den Zähnen und nahm einen ordentlichen Schluck. In diesem Augenblick stürzte Kasim in die Kombüse. Er war bis auf die Haut durchnässt, obwohl er eine Segeltuchjacke übergezogen hatte.

»Komm, George! Wir brauchen dich im Lagerraum!«, rief er nervös. »Die Ladung ist verrutscht. Wenn wir sie nicht stabilisieren, kentert die Pride of Slaves. Draußen ist die Hölle los!«

Tara erschrak. War die Lage wirklich so ernst? Ihr blieb keine Zeit, weiter darüber nachzudenken, denn Kasim reichte ihr ebenfalls eine Jacke aus wasserdichtem Segeltuch.

Gemeinsam kämpften sie sich zum Niedergang vor, einer kleinen, schmalen Treppe, die an Deck führte. Sobald Kasim die Decksluke geöffnet hatte, peitschte ihnen der Sturm mit seiner vollen Kraft entgegen. Tara hatte Mühe, überhaupt an Deck zu kommen. Am Heck des Schiffes konnte sie die dunkle Gestalt des Kapitäns ausmachen. Wie ein Fels in der Brandung stand er am Ruder und versuchte, gemeinsam mit dem Steuermann das Schiff auf Kurs zu halten. Ein Großteil der Segel war mittlerweile gerefft. Doch die Pride of Slaves neigte sich immer noch bedenklich auf eine Seite. Ein greller Blitzreigen umtanzte zischend den Masttopp. Eiskalter Regen schlug ihnen wie Nadelstiche ins Gesicht. Tara hielt schützend eine Hand vor die Augen. Kaum hatte sie ein paar Schritte an Deck getan, rutschte sie aus und schlug der Länge nach hin. Das Schiff kippte in diesem Moment noch stärker zur Seite, sodass sie ungebremst auf das niedere Schanzkleid zurutschte. Plötzlich spürte sie, wie jemand sie am Fuß packte, gerade noch rechtzeitig, bevor sie über die Bordwand ins Meer gespült wurde.

»Verdammt! Das war knapp!«, brüllte Kasim gegen den Sturm an. Mit der einen Hand umklammerte er ein herabhängendes Tau, mit der anderen hielt er immer noch ihr Fußgelenk fest. »Du musst versuchen, dich wieder aufzurichten.«

Tara nickte benommen.

»Wir haben es gleich geschafft«, rief Kasim ihr aufmunternd zu. Er umfasste ihre zitternde, ausgestreckte Hand und bugsierte sie zu der Luke, die mittschiffs in den Laderaum führte. Tara brauchte ein paar Augenblicke, um ihr wild klopfendes Herz zu beruhigen. Am liebsten hätte sie sich irgendwohin verkrochen. Doch das ließ Kasim nicht zu. Er zog sie einfach mit sich unter Deck.

Dort herrschte bereits hektisches Treiben. Rooth schrie lauthals Befehle. »Ihr müsst die Ladung zurück in die Mitte bringen! Vertäut sie! Los! Bewegt eure verdammten Ärsche oder wollt ihr alle absaufen?«

Tara erkannte, dass Kasim nicht übertrieben hatte. Ein Teil der Ladung, die aus Fässern, Kisten und gebundenen Ballen bestand, war auf die Backbordseite verrutscht. Wenn es den Männern nicht rasch gelang, das Schiff wieder zu stabilisieren, würde die Pride of Slaves sinken. Fieberhaft machten sich alle an die Arbeit. An verschiedenen Stellen drang bereits Wasser in das Schiff. Gemeinsam mit den anderen versuchten Tara und Kasim, die Lasten in der Mitte des Lageraums zu vertäuen. Sie zogen und zerrten, schoben und rückten. Es dauerte nicht lange, bis Tara so erschöpft war, dass sie sich am liebsten auf den Boden gelegt hätte. Was zum Teufel machte sie nur auf diesem elenden Seelenverkäufer? Zweifel überkamen sie und nagten an ihrem Selbstbewusstsein. Was, wenn Kasim recht hatte und ihr Vater nichts von ihr wissen wollte? Dann war sie nicht nur menschenseelenallein auf dieser Welt, sondern auch noch auf einem fremden Kontinent voller wilder Tiere und großer Gefahren. Doch dann sah sie, wie Kasim scheinbar mühelos immer wieder mit anfasste und ihr dabei sogar hin und wieder aufmunternd zulächelte. Das verlieh ihr erstaunlicherweise neue Kraft und ließ ihre Zweifel verebben.

Ihr Verhältnis hatte sich während der Reise verändert. Kasim ging ihr nicht länger aus dem Weg, sondern suchte das Gespräch, wenn sie gemeinsam eine Freiwache ohne Aufgaben hatten. Sie genoss diese Momente mit ihm. Manchmal hatte Tara das Gefühl, als ob sie sich schon ihr Leben lang kannten. War die Vertrautheit nur deshalb möglich, weil Kasim nicht wusste, dass sie ein Mädchen war? Er hatte ihr viel von seiner Mutter erzählt. Er hing sehr an ihr und fühlte sich für sie verantwortlich. Seinen englischen Vater hingegen verachtete er. Tara kam darüber schon wieder ins Grübeln. Was, wenn ihr Vater sich ähnlich verhielt? Hatte Pfarrer O'Bannion nicht dasselbe gesagt? Würde er seinen gesellschaftlichen Ruf über die Tatsache stellen, dass sie die Tochter seiner großen Liebe war? Sie musste endlich aufhören, sich darüber den Kopf zu zerbrechen. Schließlich sprachen aus dem Brief ihres Vaters ganz andere Gefühle. In seinen Worten lag so viel Liebe und Zärtlichkeit, dass sie sicher sein konnte, dass er sie nicht zurückweisen würde.

Nach etlichen Stunden harter Plackerei hatten sie es endlich geschafft. Die Ladung war fest verzurrt. Das Schiff hatte sich wieder einigermaßen aufgerichtet. Dennoch war die Gefahr nicht vollends gebannt. An einigen Stellen drang immer noch Wasser in den Schiffsraum. Eilig machten sich die Matrosen daran, die Lecks abzudichten. Die Gefahr war groß, dass sie sich vergrößerten, und der Sturm ließ einfach nicht nach. Tara spürte kaum noch ihre Hände. Sie waren eiskalt, obwohl ihr von der ungewohnten Arbeit eigentlich heiß war.

George, hol dies, George, hol das! Rooth scheuchte sie unermüdlich von einer Ecke des Laderaums in eine andere. Taras

Erschöpfung war irgendwann so groß, dass sie nicht mehr denken konnte. Als sie sich für einen Augenblick unbeobachtet glaubte, ließ sie sich hinter einer der Kisten auf die Knie fallen, um etwas zu verschnaufen. Nur einen winzigen Augenblick wollte sie sich ausruhen. Sie war so kaputt, dass ihr die Augen einfach zufielen.

Sie wusste nicht, wie lange sie geschlafen hatte, als ein derber Tritt in die Nieren sie schmerzhaft aus ihrem Schlaf riss. Sie blinzelte. Nur langsam schärfte sich ihre Wahrnehmung. Über ihr stand Stinky. Seine kleinen Rattenaugen waren hasserfüllt auf sie gerichtet. Bevor sie aufstehen konnte, trat er nochmals kräftig zu. Sie keuchte auf vor Schmerz.

»Hab dich wohl erwischt, du faules Aas!« In Stinkys Miene lag ein heimtückischer, überlegener Zug, der Tara einen Schauer über den Rücken jagte. »Du glaubst wohl, du kannst dich drücken, während wir anderen uns abrackern, hä?« Seine Aussprache war so feucht, dass Tara sich die Speicheltropfen aus dem Gesicht wischen musste. Mühsam rappelte sie sich auf. Sie wollte den Seemann auf keinen Fall noch mehr reizen.

»Ich bin schon unterwegs.« Sie versuchte, so schnell wie möglich aus seiner Reichweite zu gelangen, doch er verstellte ihr den Weg.

»Nicht doch!« Stinky funkelte sie an. »Wir beide haben da noch eine Rechnung offen …«

Tara fühlte Panik in sich aufsteigen. Sie begriff plötzlich, dass Stinky nur darauf gewartet hatte, sie in solch einer Situation zu erwischen. Unauffällig sah sie sich um. Neben und hinter ihr standen Holzkisten, die ihr den Fluchtweg versperrten. Keiner der anderen Matrosen schenkte ihnen Beachtung. Sie waren zu weit entfernt. Stinkys faltiges Gesicht verzog sich zu einem hämischen Grinsen. Er hatte ihre Gedanken erraten. »Sieht schlecht aus für dich, hä?«

»Was willst du von mir?«, fragte Tara, obwohl sie genau wusste, dass es nichts Gutes war.

»Das fragst du?«, zischte Stinky aufgebracht. »Du hast mich vor den anderen lächerlich gemacht, du elender Hundsfott! Wird Zeit, dass du dafür bezahlst!« Er trat drohend einen weiteren Schritt auf sie zu. Augenblicklich wich sie noch eine Handbreit zurück. Plötzlich sah sie die Klinge eines Messers aufblitzen. Ihr Rücken stieß bereits gegen die Kisten. »Scheißt dir wohl vor Angst in die Hose, was?« Stinky grinste siegessicher. Er kostete seinen Triumph über sie in vollen Zügen aus.

Das machte Tara plötzlich wütend. Sie dachte an Fergus. Wieso geriet ausgerechnet sie immer an gewalttätige Männer?

»Du bist ein feiger, hinterhältiger Kerl«, spie sie ihm entgegen und versuchte, ihre Stimme fest klingen zu lassen. »Wenn du mich noch einmal anfasst, dann schreie ich!« Eine ziemlich lächerliche Drohung bei dem tosenden Sturm. Stinky zeigte sich dementsprechend wenig beeindruckt.

»Ich werde dem Kapitän erzählen, dass du unglücklich gestürzt bist. So was kommt vor bei einem Sturm …« Er sonnte sich geradezu in seiner Überlegenheit. Dann verhärteten sich seine Gesichtszüge, und Tara konnte den Hass, der in ihm loderte, geradezu spüren.

Als er sein Messer hob, um zuzustechen, schloss sie die Augen. Was hatte sie in diesem Leben denn noch zu verlieren?

Vielleicht ist es besser, wenn es endlich vorbei ist, schoss es ihr durch den Kopf. Doch plötzlich musste sie an Kasim denken. Seine warmen Augen und sein Lächeln kamen ihr in den Sinn. Tara spürte, wie sich ein wohliges Gefühl in ihrem Körper ausbreitete. Dann holte sie tief Luft.

11

Kasim half dem Zimmermann beim Abdichten des größten Lecks. Sie hatten mehrere Planken über die undichten Stellen genagelt und die Ritzen anschließend mit Werg und leeren Säcken notdürftig gestopft. Später würden sie die Stelle mit Pech abdichten. Nun konnten sie erst einmal durchatmen. Allmählich beruhigte sich die Lage an Bord wieder. Der Sturm hatte etwas nachgelassen, auch wenn der Wind noch gewaltig heulte. Mit dem Abebben der Anspannung setzte auch die Müdigkeit ein. Kasim spürte jeden einzelnen Knochen in seinem Körper. Er hatte Hunger und Durst und sehnte sich danach, sich ein paar Stunden in seine Hängematte zu verkriechen. Den Männern um ihn herum schien es ähnlich zu gehen. Wer nichts mehr zu tun hatte, setzte sich erschöpft auf den Boden.

»Wer keine Wache hat, kann sich Essen abholen und dann in seine Koje gehen«, rief ihnen Rooth von der Treppe der Ladeluke zu. »Der Küchenjunge soll Black Jack in der Kombüse zur Hand gehen.«

Erst jetzt fiel Kasim auf, dass er George schon länger nicht mehr gesehen hatte. Wo steckte er nur? Besser, er gab ihm Bescheid, bevor sich sein Freund neuen Ärger einhandelte. Er sah sich um, konnte ihn aber nirgendwo entdecken.

»Weiß jemand, wo George ist?«, fragte er in die Runde. Aber keiner der Matrosen hatte ihn gesehen. Dann ist er wahrscheinlich doch schon in der Kombüse, dachte Kasim und beschloss, dort nachzusehen, wenn er sich gleich sein Essen holte. Auf seinem Weg wurde er unabsichtlich Zeuge eines Gesprächs. Kapitän Slight und Bootsmann Rooth unterhielten sich unter der Treppe des Laderaums über ihn und George. Hastig versteckte er sich hinter einer Ecke und lauschte.

»Denkt Ihr, dass die beiden Schiffsjungen sich als Matrosen eignen?«, fragte der Kapitän.

»Nun, Kasim auf jeden Fall«, antwortete der Bootsmann. »George ist noch ein Grünschnabel. Aber er wird es auch noch lernen.«

»Wir brauchen jede Hand, Rooth!«, stellte Kapitän Slight fest. »Uns bleibt nichts anderes übrig, als die beiden Jungen bis Neuseeland als Matrosen einzusetzen. Wir haben ohnehin schon viel zu viel Zeit verloren und sind unterbesetzt. Und jetzt hat uns der verdammte Sturm auch noch drei Verletzte beschert. Wir werden in Bombay nur zwei Tage anlegen. Andernfalls schaffen wir unsere Verabredung in Wellington nicht.«

»Aber die Jungs wollten in Bombay abheuern«, wandte Rooth ein.

»Dann wird ihre Reise eben verdammt noch mal ein wenig länger dauern!«, knurrte Slight ungehalten. »Wir haben keine Zeit, um in Bombay eine neue Mannschaft zusammenzustellen. Sorgt dafür, dass die beiden nicht von Bord kommen. Habt Ihr verstanden, Rooth?«

»Aye, Sir!«

Kasim stieß mit dem Ellenbogen gegen eine Laterne, sodass sie scheppernd gegen die Holzwand prallte. Nur seinem schnellen Reaktionsvermögen war es zu verdanken, dass sie nicht herunterfiel.

Der Bootsmann sah sich um. »War da nicht was?«

Kasim zog sich rasch hinter ein Fass zurück. Er wollte auf keinen Fall gesehen werden. Zum Glück nahmen die Männer ihr Gespräch schnell wieder auf. Kapitän Slight und Rooth unterhielten sich noch über einige andere Dinge, dann stiegen sie an Deck. Kasim wollte ihnen gerade hinterher, als er einen gellenden Schrei hörte.

Tara umklammerte ihr Elefantenamulett und schrie, so laut sie konnte. Jemand musste sie hören! Sie hatte es geschafft, Fergus zu entkommen, nun würde sie nicht vor Stinky klein beigeben.

Plötzlich wurde Stinkys Gesicht leichenblass. Das Messer in seiner Hand zitterte. »Wa… wa…was ist das?«, stammelte er und wich vor ihr zurück.

Voller Staunen stellte Tara fest, dass sie von einer gleißend hellen Aura umgeben war. Ein strahlender Lichtschein, in dem merkwürdige Zeichen und Symbole pulsierten, ging von der Figur des indischen Elefanten aus und hüllte sie wie ein schützender Mantel ein.

Stinky ließ entsetzt sein Messer fallen und wich noch weiter zurück. Wie alle Seemänner schien er furchtbar abergläubisch zu sein. Tara sah, dass seine Augen vor Schreck geweitet waren und er am ganzen Körper zitterte.

»Heiliger Kla…Klabautermann, verschone mich!«, stieß er angstvoll aus. Dann stolperte er über ein Tau und fiel mit einem lauten Aufschrei auf die Decksplanken. Die Arme über den Kopf geschlungen, blieb er wimmernd liegen. In diesem Augenblick stürmte Kasim um die Ecke.

»Alles in Ordnung?«, fragte er und sah erst das Messer, dann Stinky und schließlich Tara an.

Tara musste an sich halten, dass sie ihm nicht vor Dankbarkeit und Erleichterung einfach um den Hals fiel. Das geheimnisvolle Licht, das sie eben noch umhüllt hatte, war bei Kasims Erscheinen umgehend verblasst. Nur ein feines Funkeln umgab sie noch für kurze Zeit. Hätte Stinky nicht immer noch wimmernd vor ihr auf dem Boden gelegen, hätte sie geglaubt, sich alles nur eingebildet zu haben. Kasims Blick wanderte verwundert von Stinky zu ihr.

»Was hast du denn mit dem angestellt?«, fragte er grinsend. »Hat der sich etwa in die Hose gemacht?«

Tara schüttelte benommen den Kopf. »Ich war für einen Augenblick eingeschlafen, da hat er mich überrascht. Er … er wollte mich umbringen.« Sie versuchte, Kasim anzulächeln, doch plötzlich begann sie, am ganzen Körper heftig zu zittern.

»Aber er hat es nicht geschafft, was?«, sagte Kasim mit einem schiefen Grinsen und legte seine Hand kurz auf ihre Schulter. Dankbar berührte Tara seine Finger mit ihrer Hand und kämpfte erneut gegen das Bedürfnis, sich in seine Arme zu flüchten. Nur ein letzter Rest von Vernunft hielt sie davon ab. Wenn sie jetzt ihre Tarnung aufgab, würde auch Stinky davon erfahren. Ihr blieb gar nichts anderes übrig, als ihre Rolle als George weiterzuspielen.

»Lass uns verschwinden!«, schlug Kasim vor und Tara zog verlegen ihre Hand zurück.

In der Zwischenzeit hatte auch Stinky sich wieder gefasst. Noch auf Knien begann er, Tara mit drohendem Zeigefinger zu beschimpfen. »Du bist mit dem Satan im Bunde«, rief er mit flackerndem Blick. »Aber ich werde dich dennoch zur Strecke bringen! Von nun an bist du nirgendwo mehr sicher!«

»Ich würde mich lieber nicht so aufplustern, Stinky«, riet Kasim ihm verächtlich. »So wie ich die Lage beurteile, hat George es dir ganz schön gegeben. Also lass ihn lieber in Ruhe! Oder soll ich den anderen davon erzählen?«

Stinky schwieg, aber sein Blick wurde mörderisch. Bevor die Lage erneut eskalierte, zog Kasim Tara mit sich zum Aufgang. Vor der Treppe hielt er sie nochmals kurz auf. »Keine Ahnung, was da eben vorgefallen ist, aber in Stinky hast du von nun an einen Todfeind.« Er sah sie aufrichtig besorgt an. »Du überraschst mich immer wieder, George. Ich will nicht, dass dir etwas zustößt.«

Tara wusste nichts zu entgegnen. Aber ihr Herz klopfte bei seinen Worten wie wild.

12

Der Sturm hatte seinen Höhepunkt überschritten, aber die See blieb weiterhin rau. Das Segelschiff tanzte wie eine Nussschale auf den kabbeligen Wellen. Sobald die See ruhiger wurde, mussten sie vor der afrikanischen Küste vor Anker gehen, um die Schäden zu reparieren, die der Sturm ihrem Schiff zugefügt hatte. Es vergingen Wochen, bis die Reparaturarbeiten an Bord so weit fortgeschritten waren, dass die Pride of Slaves wieder Segel setzen konnte. Hinzu kam, dass in den südlichen Gefilden mit dem November auch der Sommer begann und es immer heißer wurde. Die Stimmung an Bord wurde zusehends schlechter. Käpt'n Slight, der ohnehin nur selten lachte, schaute noch düsterer als sonst. Er verkürzte die Freiwachen und verlangte von seinen Männern das Äußerste. Das Brüllen seiner Befehle war Tag und Nacht zu hören. Wer aufbegehrte, bekam von Rooth die neunschwänzige Katze zu spüren. Zu der Auspeitschung musste die ganze Mannschaft antreten. Sie war als Abschreckung gedacht und verfehlte zumindest bei Tara ihre Wirkung nicht. Stinky hielt sich seit jenem Vorfall auffällig zurück. Doch jedes

Mal wenn Tara in seine Richtung sah, überkam sie ein leiser Angstschauer. Seine hasserfüllten Blicke waren stets auf sie gerichtet, ihm schien keine ihrer Bewegungen zu entgehen. Tara war klar: Er wartete nur darauf, dass sich ihm eine neue Gelegenheit bot, sie zu beseitigen.

»Wieso habe ich nicht über den Namen des Schiffes nachgedacht, bevor ich an Bord gegangen bin?«, klagte sie eines Tages mit schmerzendem Rücken. »Pride of Slaves – Stolz der Sklaven, dass ich nicht lache! Nur gut, dass die Plackerei bald ein Ende hat!«

Sie und Kasim waren seit Stunden dabei, das Deck in der glühenden Nachmittagshitze zu schrubben. Seit dem Sturm mussten sie beide als vollwertige Matrosen schuften.

»Ich muss mit dir reden«, sagte Kasim plötzlich. Er sah sich um. Niemand war in ihrer Nähe, dennoch flüsterte er. »In ein paar Tagen laufen wir Bombay an. Ich habe gehört, wie Slight mit Rooth darüber geredet hat.«

Tara seufzte erleichtert. »Na, endlich mal eine gute Nachricht! Aber wieso musst du deswegen flüstern?«

»Pscht!« Kasim trat noch einen Schritt näher an sie heran. So nah, dass sie seinen würzigen Geruch, der an Sandelholz erinnerte, in die Nase bekam. »Ich wollte schon länger mit dir darüber reden. Der Kapitän und Rooth denken gar nicht daran, uns in Bombay von Bord gehen zu lassen.« Er berichtete ihr, was er an jenem stürmischen Tag belauscht hatte. Tara war entsetzt.

»Das ist Freiheitsberaubung!«, entrüstete sie sich. »Dafür kommt sogar ein Kapitän ins Gefängnis. Wir werden ihm sagen, dass wir ihn verklagen, wenn er uns nicht von Bord lässt!«

Kasim sah sie mitleidig an. »Ach, George. Kein Gericht der Welt wird sich für uns interessieren. Und selbst wenn! Was denkst du, wem die Richter glauben werden? Dem Kapitän eines ansehnlichen Schiffes oder zerlumpten Schiffsjungen, wie wir es sind? Vergiss es! Wir werden uns mit unserem Schicksal wohl oder übel abfinden müssen. Unsere Reise wird noch mindestens ein Jahr dauern.«

»Willst du dir das etwa gefallen lassen?« Seine Reaktion enttäuschte Tara. »Wir müssen etwas dagegen unternehmen!«

»Und was, bitte schön? Etwa gegen die ganze Mannschaft kämpfen? Viel Vergnügen!«

»Wir könnten fliehen«, behauptete Tara selbstbewusst und versuchte, Kasims sarkastischen Ton zu ignorieren. Sie hatte es nicht bis hierher geschafft, um jetzt aufzugeben. »Wir schleichen uns nachts von Bord. Slight hat der Mannschaft Rum versprochen. Die werden alle sternhagelvoll sein!«

»Wenn das nur so einfach wäre«, seufzte Kasim bedrückt. »Rooth erwähnte beiläufig, dass wir nicht direkt an der Hafenmole anlegen werden. Bis an Land sind es gut und gerne ein paar hundert Yards. Wir müssten schwimmen. Das ist unmöglich!«

Tara ärgerte seine ungewohnte Verzagtheit. »Wenn es sein muss, wird es schon gehen«, entgegnete sie trotzig. »Auf jeden Fall werde ich auf diesem ollen Kahn keine Minute länger als notwendig schuften! Lieber ertrinke ich.« Sie streckte ihm herausfordernd die Hand hin. »Was ist, wollen wir gemeinsam fliehen?«

Kasim sah sie an, als wäre sie von allen guten Geistern verlassen. Er kaute eine Weile unschlüssig auf seiner Unterlippe, doch dann begegnete er entschlossen ihrem Blick. »Ich weiß, dass du verrückt bist, George Harley! Aber wenn du es wagst, dann bin ich dabei!« Mit einem schiefen Grinsen schlug er in ihre Hand ein.

Taras Herz machte einen Hüpfer. Schnell wandte sie das Gesicht ab, damit das Strahlen in ihren Augen sie nicht verriet.

Über das Arabische Meer näherten sie sich Anfang Februar 1857 der Bucht von Bombay. Die große Hafenstadt lag vor der Westküste des Marathenreiches auf der vorgelagerten Insel Salsette. An der Halbinsel Kolaba mit ihrer Sternwarte und dem Leuchtturm vorbei steuerte die Pride of Slaves in die Back Bay auf den Hafen zu. Tara hatte in den letzten Tagen alles über das Land wissen wollen, in das sie reiste. Bei jeder noch so kleinen Gelegenheit bat sie Kasim, ihr von Indien zu erzählen, und er kam ihrer Bitte mit Feuereifer nach. Dabei spürte sie, wie sehr er sich auf seine Heimat und das Wiedersehen mit seiner Mutter freute. Auf diese Vorfreude war sie fast ein wenig neidisch. Im Gegensatz zu Kasim erwartete sie nur Ungewissheit. Sie hatte ihre Heimat mit den grünen Hügeln und den saftigen Wiesen womöglich für immer verlassen. Nach Irland zurückzugehen, war für sie kaum vorstellbar. Und doch hatte Tara keinen Plan, was sie machen sollte, wenn sie ihren Vater nicht fand. Jedes Mal wenn ihr dieser Gedanke durch den Kopf schoss, zwang sie sich dazu, ihn wieder zu verdrängen.

Fast trotzig starrte Tara in der Ferne auf das mächtige, steinerne Fort, das die Engländer gegen Eindringlinge von außen schützen sollte. Die Stadt selbst verbarg sich in einem gelblichen Dunst aus Sand und Nebel. Gebäude, Paläste, Tempel und Moscheen waren nur als Silhouetten zu erkennen, wie ein sagenhaftes Märchenreich aus einer anderen Welt.

Kapitän Slight hatte bereits das Anlegemanöver befohlen. Unter geringer Besegelung fuhr der Baltimoreklipper zu seinem Ankerplatz etwa fünfhundert Yards von der Hafenmole entfernt. Mit rasselndem Getöse fiel der mächtige Anker an einer Eisenkette ins Wasser. Beim Anblick ihres lang ersehnten Ziels spürte Tara plötzlich einen Kloß im Hals. Das Land schien ihr unendlich groß und fremd. Selbst wenn ihnen die Flucht von dem Schiff gelang, wie sollte sie dort jemals ihren Vater finden? Was, wenn sie auf dem Kolonialamt nichts über ihn erfuhr?

»Bist du bereit?« Kasims Worte rissen sie aus ihren Gedanken. Er war unbemerkt neben sie an die Reling getreten. »Nach Anbruch der Dunkelheit lässt Kapitän Slight Rum ausschenken. Danach wird die Heuer ausbezahlt und die Mannschaft geht von Bord. Man wird sie mit Beibooten an Land bringen. Rooth und seine Männer werden verhindern, dass wir mit ihnen gehen. Wir müssen ihnen zuvorkommen. Am besten nutzen wir den Trubel während der Auszahlung und hauen ab. Ich habe alles vorbereitet.«

»Und unsere Heuer?«

Kasim zuckte nur mit den Schultern, dann machte er sich wieder davon.

Es war ihnen gelungen, aus der Schiffszimmerei eine lange Planke zu besorgen und sie an einem Tau vom Vorschiff aus unbemerkt ins Wasser zu lassen. Sie selbst wollten an der Ankerkette hinunterklettern und mithilfe der Planke an Land schwimmen. So weit der Plan. Und tatsächlich kam alles so, wie sie es sich erhofft hatten. Noch vor Sonnenuntergang ließ der Kapitän Rum ausschenken und die Männer stürzten sich voller Freude darauf. Die langen Monate der Enthaltsamkeit ließen sie jedes Maß vergessen. Selbst Rooth und der Kapitän tranken und prosteten den Männern zu. Schon nach kurzer Zeit war die Stimmung an Bord ausgelassen und fröhlich. Der Zeitpunkt für ihre Flucht war günstig.

Tara sah sich um. Sie wartete schon geraume Zeit auf Kasim. Wo war er nur? Sie hatten sich auf der Backbordseite, die dem Land abgewandt war, verabredet. Plötzlich hörte sie die Schritte von mehreren Männern. Tara drückte sich zwischen zwei Ladeluken, um nicht gesehen zu werden. Es waren Stinky und Rooth.

»Du sorgst dafür, dass die beiden Schiffsjungen nicht von Bord gehen«, hörte sie Rooth sagen. »Sperr sie im Mannschaftsquartier ein. Befehl vom Kapitän!«

»Und wenn sie nicht spuren?«, fragte Stinky arglistig.

»Dann sorg einfach dafür, dass sie es tun«, tat Rooth seinen Einwand ab.

»Aye, Sir, wird mir ein Vergnügen sein!«

Ihre Schritte verhallten, bis Tara vorne am Bug nur noch ihr Gemurmel vernahm. Sie fröstelte. Verdammt! Die Zeit wurde knapp. Hoffentlich verzogen sich die beiden bald. Unter dem Bug hatten sie die Planke befestigt. Dort war auch die Ankerkette. Plötzlich hörte sie weitere Schritte. Es war Kasim, der sich unbekümmert näherte. Wenn Rooth und

Stinky ihn bemerkten, konnte es gut sein, dass sie ihn sich gleich schnappten. Sie musste ihn warnen. Rasch krabbelte sie aus ihrem Versteck und schlich auf ihn zu.

»Wo bleibst du nur?«, zischte sie ungeduldig. »Da vorne sind Rooth und Stinky. Um ein Haar wärst du ihnen in die Arme gelaufen.« Sie wollte gerade Kasim mit sich in ihr Versteck ziehen, als plötzlich Kapitän Slights Stimme hinter ihnen ertönte.

»Hallo, Jungs«, sagte er freundlich. »Wieso feiert ihr nicht mit den anderen?«

»Wir haben uns hier nur ein wenig die Füße vertreten«, behauptete Kasim geistesgegenwärtig.

Slights schwarze Augen musterten sie eindringlich. »Ach ja? Wie auch immer! Ihr habt gute Arbeit geleistet. So jemanden wie euch beide kann ich gut gebrauchen. Was ist? Wollt ihr bei mir als Leichtmatrosen anheuern?«

»Das geht leider nicht, Sir«, meinte Kasim fest. »Ich habe anderweitige Verpflichtungen.«

»Ich auch, Sir«, schloss sich ihm Tara rasch an.

»Wirklich schade!« Slight lächelte scheinbar bedauernd. Während er mit ihnen sprach, winkte er Rooth und Stinky zu, die rasch auf sie zukamen. Dann wurde sein Gesicht hart und unnachgiebig. »Wirklich schade, dass ich euch mitteilen muss, dass ihr noch eine Weile bei mir an Bord bleiben werdet.«

Tara bekam plötzlich Panik, als sie sah, wie nah Rooth und Stinky bereits waren. Und dann tauchte auch noch Black Jack auf. Kasim war der Ernst der Lage ebenfalls bewusst. Er sah Tara kurz an.

»Wir müssen springen, George«, rief er ihr aufgeregt zu und war mit einem Satz auf der Reling. Schon brach der Tumult los. Käpt'n Slight versuchte, Tara zu ergreifen, doch sie entwand sich ihm geschickt, stieß ihm kräftig vor die Brust und kletterte schnell zu Kasim auf die Reling.

»Auf drei?«, fragte sie zitternd, während sie schaudernd in die dunkle Tiefe blickte. Sie war keine besonders gute Schwimmerin, aber in Anbetracht ihrer Lage blieb ihnen kein anderer Ausweg. Kasim zitterte noch mehr als sie.

»Ich ... ich kann nicht ...« Bevor er den Satz vollenden konnte, war der erste Verfolger bei ihnen. Es war ausgerechnet Stinky. Mit einem triumphierenden Grinsen versuchte er, Kasim zu sich herunterzuziehen.

Tara spürte flammende Wut in sich aufsteigen. Der über Monate aufgestaute Groll gegen den brutalen Seemann suchte sich endlich einen Weg. Sie trat ihm mit dem Fuß kräftig vor die Brust. Gleichzeitig riss sie Kasim zu sich herüber. Stinky heulte wild auf und ließ augenblicklich los. In diesem Moment verloren sie beide das Gleichgewicht und fielen mit einem lauten Schrei hintenüber.

Eine gefühlte Ewigkeit lang befanden sie sich im freien Fall. Dann durchschlugen sie mit einem lauten Platschen die Wasseroberfläche. Die Wucht des Aufpralls raubte Tara fast die Besinnung. Undeutlich nahm sie wahr, wie sie immer tiefer sanken. Allmählich wurde auch die Luft knapp. Tara ergriff Panik. Sie versuchte, sich strampelnd wieder zurück an die Oberfläche zu kämpfen. Kasim war immer noch dicht neben ihr. Auch er zappelte wie wild. Endlich erreichten sie beide die Wasseroberfläche. Mit einem tiefen Atemzug, der ihr wie ein köstliches Geschenk erschien, schöpfte Tara Luft. Wir haben es geschafft, jubelte es in ihr. Wir sind den verdammten Mistkerlen entkommen! Erleichtert sah sie sich nach Kasim um. Doch anstatt wie sie nach Luft zu schnappen, verschwand der gerade wieder neben ihr in der Tiefe. Reflexartig versuchte sie, nach ihm zu greifen, doch Kasim wehrte sie ab und stieß sie mit wilden Bewegungen von sich.

Mein Gott, er kann nicht schwimmen, schoss es Tara durch den Kopf. Das war es also, was er mir vorhin hatte sagen wollen! Ohne nachzudenken, tauchte auch sie wieder unter, legte ihren Arm um seinen Brustkorb und bot all ihre Kraft auf, um ihn nach oben zu ziehen. Wild japsend versuchte sie, sich zu orientieren. Das Salzwasser brannte in ihren Augen und trübte ihren Blick. Kasims schlaffer Körper zog sie immer wieder unter Wasser. Nur mit Mühe gelang es ihr, ihn hinter sich her Richtung Land zu ziehen. Bis zum Ufer waren es geschätzte dreihundert Yards. Tara kamen sie wie Meilen vor. Als sie endlich die rostige Leiter an der Kaimauer erreicht hatte, war sie am Ende. Sie besaß nicht einmal mehr die Kraft, sich selbst daran hochzuziehen, geschweige denn Kasim. Die Umrisse der Kaimauer verschwammen und lösten sich auf. Gleichzeitig lockerte sich der Griff ihrer Hände. Gemeinsam mit Kasim versank sie erneut in der Tiefe.

13

Als sie wieder zu sich kam, war es bereits dunkel. Sie lag an einem schmutzigen Strand. Zwei magere Männer mit Turbanen und einfachen Tüchern um die Hüften saßen in ihrer Nähe an einem kleinen Lagerfeuer und rauchten. Sie unterhielten sich in einer ihr unverständlichen Sprache und nahmen kaum Notiz von ihr. Ihr war so übel, dass sie heftig würgen musste und einen großen Schwall Meerwasser erbrach. Danach ging es ihr etwas besser. Aber wo war Kasim? Sie erinnerte sich verschwommen, dass sie ihn bis zur Kaimauer geschleppt hatte.

»Wo ist mein Freund?«, fragte Tara die Männer. Einer von ihnen schien sie zu verstehen. Er deutete auf eine reglose Gestalt, die ein Stück weit von ihr entfernt lag, und schüttelte dann bedauernd den Kopf.

»Heißt das, er ist tot?« Tara hatte das Gefühl, als würde ihr jemand den Boden unter den Füßen wegziehen. Fassungslos robbte sie zu Kasim, der reglos im Sand lag. Seine olivfarbene Haut schimmerte im Mondlicht ganz fahl, die Augen waren geschlossen. Tara schrie verzweifelt auf. Erst jetzt, wo sein

Verlust ihr schmerzhaft bewusst war, gestand sie sich ein, wie sehr er ihr ans Herz gewachsen war. All die letzten Monate hätte sie ohne ihn nie überstanden.

»Du darfst nicht tot sein«, schluchzte sie plötzlich auf und strich ihm sanft über das kalte Gesicht. Als sie über seinen mageren Hals fuhr, spürte sie ein leichtes Pochen. Sofort keimte ein Fünkchen Hoffnung in ihr auf. Was hatte Ben damals in Kilkieran gemacht, als er seinen Sohn Colin leblos aus dem Dorfteich gefischt hatte? Er hatte immer wieder kräftig auf Colins Brustkorb gedrückt. Danach hatte er Luft in seinen Mund geblasen, bis sich der Kleine schließlich erbrochen hatte.

Tara zögerte, als sie sich vorstellte, Kasims Mund mit ihren Lippen zu berühren. Ich versuch es erst einmal mit dem Druck, überlegte sie verschämt. Beide Handflächen übereinandergelegt, presste sie diese mehrmals hintereinander mit aller Kraft auf sein Brustbein. Nichts geschah. Sie versuchte es noch einmal und dann wieder. Kasim regte sich nicht. Sein Atem stand immer noch still.

Er braucht Luft, sonst stirbt er, dachte sie verzweifelt. Also öffnete sie seinen Mund ein Stück und blies dann in kräftigen Stößen Luft in seine Lungen. Mehrere Male wiederholte sie den Vorgang, bis sie sich endlich eingestehen musste, dass auch das vergeblich war.

»Bitte, bitte, du darfst nicht auch noch sterben!«, flehte sie ihn an. Mit dem Mut der Verzweiflung unternahm sie noch einen letzten Versuch. Sie öffnete erneut seinen Mund und legte ihre Lippen auf die seinen. Dann blies sie so fest hinein, wie die Kraft in ihren Lungen es zuließ. Plötzlich spürte sie, wie sich Kasims Körper aufbäumte. Sie zog sich schnell zurück und hob seinen Oberkörper an. Im gleichen Augenblick würgte er und ein Schwall Meerwasser sprudelte aus seinem Mund. Kasims Augenlider flatterten, als er heftig zu husten begann. Dann öffneten sie sich und er starrte sie verwirrt an.

»Was ist passiert?«, krächzte er benommen.

Tränen der Erleichterung rannen über Taras Gesicht, bis ihr bewusst wurde, dass sich das als Junge nicht gehörte. Sie räusperte sich verlegen und klopfte Kasim kameradschaftlich auf die Schulter.

»Wurde auch Zeit, dass du endlich wieder aufwachst«, meinte sie mit unterdrücktem Schluchzen.

»Du hast mir das Leben gerettet!« Kasim rappelte sich auf und sah sie merkwürdig an. »Das werde ich dir nie vergessen.«

Tara wich seinem intensiven Blick verlegen aus. Allein der Gedanke, dass sie vor wenigen Augenblicken seine Lippen auf den ihren gespürt hatte, brachte sie ganz durcheinander. Ob er sich noch daran erinnerte?

»Wir sollten zusehen, dass wir hier wegkommen«, meinte sie, um ihre Verlegenheit zu überspielen. »Bestimmt suchen Slights Männer schon nach uns.«

»Darauf kannst du wetten!« Kasim setzte sich auf und griff unter sein Hemd. Aus dem Hosenbund zog er ein Bündel Geldnoten, das in ein Stück Segeltuch gewickelt war. »Vor allem, wenn Slight merkt, dass ihm das hier fehlt!«

Tara war sprachlos. »Du hast ihn bestohlen?«, fragte sie entsetzt. »Aber …«

»Das ist unsere Heuer«, beschwichtigte er sie. »Ich habe

nur das genommen, was uns zusteht.« Er zählte die Hälfte des Geldes ab und reichte es ihr. »Nimm es, George«, forderte er sie auf. »Es gehört dir!«

Zögernd nahm sie das Geld entgegen. Gerade noch rechtzeitig entdeckte sie die drei Matrosen, die in dem Augenblick von der Mole auf sie zukamen. »Wenn man vom Teufel spricht! Los, wir müssen hier weg.«

»Dorthin!«, rief Kasim und deutete auf einige Lagerhäuser, vor denen Fässer und Kisten aufgestapelt waren. »Dazwischen finden sie uns nie!«

Die Matrosen hatten sie nun auch entdeckt und rannten lautstark diskutierend auf sie zu. Sie holten rasch auf, wie Tara mit einem Blick über die Schulter feststellte, obwohl der Alkohol in ihrem Blut ihren Gang etwas schwerfällig wirken ließ. Kasim war immer noch schwach auf den Beinen. Nur wenige Meter vor den Verfolgern erreichten sie keuchend die Lagerhallen, vor denen Hunderte riesiger Transportkisten in mehreren Lagen übereinandergestapelt waren. Zwischen den Türmen aus Kisten befanden sich jede Menge schmale Durchgänge. Sie flüchteten in den erstbesten, in der Hoffnung, ihre Verfolger abzuschütteln. Abwechselnd bogen sie mal links, dann wieder rechts ab. Allerdings verloren sie auf diese Weise auch die Orientierung. Bald hatte Tara keine Ahnung mehr, wo sie sich befanden. Sie spähte um eine Ecke und sah, dass die Matrosen sich aufteilten und in verschiedenen Gängen verschwanden. Über kurz oder lang würde einer von ihnen sie erwischen. Tara konnte schon jetzt nicht mehr. Sie hielt sich keuchend die Seite und lehnte sich an einen der Stapel, die mindestens sechs Yards hoch waren.

»Wir schaffen es nicht!«, japste sie verzweifelt. Nicht weit von ihnen waren Schritte zu hören.

»Wir müssen da hinaufklettern«, rief Kasim und trieb sie zur Eile an, während er das erste Querbrett erklomm, das man zur Stabilisierung zwischen die Kisten gelegt hatte. Tara wusste, dass sie keine Wahl hatte, also folgte sie Kasim.

Die ganze Angelegenheit stellte sich als ziemlich wackelig heraus. Als er die zweite Querstrebe erreicht hatte, sah er sich nach ihr um. Dankbar ergriff sie die Hand, die er ihr reichte, und ließ sich zu ihm hinaufziehen.

»Komm, wir schaffen das!«, ermunterte er sie weiter und stieg auf die nächste Etage.

Schließlich standen sie auf der obersten Kiste. Tara hatte das Gefühl, dass sie leicht schwankte. Schemenhaft nahm sie im gespenstischen Mondlicht die Umrisse der Lagerhäuser wahr. »Wir müssen dort hinüber«, flüsterte Kasim und zeigte in Richtung der Lagerhallen. Direkt unter ihnen stand einer der Matrosen, der sich ratlos umsah. Auf die Idee, nach oben zu schauen, kam er in seiner Trunkenheit nicht. Sie warteten still ab, bis er verschwunden war, dann sprang Kasim auf den angrenzenden Kistenturm. Der Abstand betrug mindestens drei Fuß. Tara überwand sich und sprang ihm hinterher. Der nächste Sprung fiel ihr schon leichter. So näherten sie sich, von einem Stapel zum anderen springend, den Lagerhallen.

»Siehst du den Pferdewagen dort in der Halle?« Tara nickte.

»Dort müssen wir hin!«

Nicht weit von ihrem Standort entfernt, befand sich ein Pferdegespann mit einem Lastkarren, der gerade mit Kisten beladen worden war. Darüber hatte man eine Plane gezogen, unter der man sich gut verstecken konnte. Anscheinend wurde in diesem großen Hafen die ganze Nacht gearbeitet. Die Frage war nur, wie sie ungesehen dorthin gelangen konnten. Zwei der Matrosen suchten immer noch innerhalb des Kistenlabyrinths nach ihnen. Der dritte lief außen herum. Als er um die nächste Ecke verschwunden war, beeilten sie sich mit dem Abstieg. Kasim war bereits unten, als Tara den Halt verlor und abrutschte. Zwar gelang es ihr, sich noch einmal kurz festzuhalten, doch dann sauste sie in die Tiefe.

»Autsch!« Ein stechender Schmerz durchzuckte Taras Knöchel und trieb ihr die Tränen die Augen.

Kasim, der den Pferdewagen schon fast erreicht hatte, drehte sich um. Als er sah, dass Tara kaum auftreten konnte, rannte er zurück, packte sie unter den Achseln und zog sie auf die Füße. Die Gefahr ließ Tara für einen Moment den Schmerz vergessen. Auf Kasims Schulter gestützt, humpelte sie zu dem Wagen, wo sie schnell unter die Plane schlüpften. Keine Sekunde zu früh. Die drei Matrosen waren inzwischen vor der Lagerhalle zusammengetroffen und berieten sich.

»Bestimmt versuchen sie, sich in den Lagerhallen zu verstecken«, vermutete der eine, den Tara sofort als Black Jack erkannte. »Stinky, du bleibst hier und versperrst ihnen von hier aus den Weg. Rooth und ich suchen die Halle ab.«

Kurz darauf hörten Tara und Kasim Schritte. Sie kamen direkt auf den Wagen zu. »Ich seh da mal nach«, ertönte Rooths Stimme und schon wurde die Plane ein Stück angehoben.

Taras Herzschlag setzte für einen Augenblick aus. Sie machte sich darauf gefasst, gleich in die triumphierenden Gesichter der Matrosen zu blicken.

»Lasst die Finger von meiner Ware, verdammtes Diebespack!«, polterte da eine tiefe Stimme. Die Plane vor Taras Augen fiel wieder herab.

»Wir suchen nach zwei jungen Burschen, die unsere Heuer geklaut haben«, mischte sich Black Jack ein. »Wir wollten nur nachsehen, ob sie sich hier versteckt haben!«

»Hier hat sich niemand versteckt«, schimpfte der Mann mit der tiefen Stimme. »Ich war die ganze Zeit beim Wagen und habe die Ladung überprüft. Und nun macht, dass ihr von hier wegkommt, sonst rufe ich die Wachleute.«

»Ist ja schon gut! Kommt, Männer, wir suchen dahinten weiter!« Damit entfernten sich die Matrosen.

Tara atmete erleichtert aus. »Das war knapp!«

Wenig später rumpelte der Pferdewagen aus der Lagerhalle hinaus in die Stadt. Kasim vermutete, dass das Fuhrwerk eines der Kontore der Ostindischen Handelsgesellschaft als Ziel hatte. Dort wurden die Waren aus England zwischengelagert, um dann an ihren Bestimmungsort transportiert zu werden.

Ihre Fahrt dauerte mehrere Stunden. Das Rattern der Räder und das ständige Geschaukel machten Tara müde und ließen sie in einen Halbschlaf fallen. Kasim lag so dicht neben ihr, dass sie seinen warmen Körper an ihrem Rücken spüren konnte. Als sie sich dem Gewimmel der Altstadt näherten, dämmerte bereits der Morgen. Kasim rüttelte sie sanft an der Schulter.

»Es wird Zeit, dass wir unser Versteck verlassen. Meinst du, du schaffst das mit deinem Knöchel?«, fragte er besorgt. Tara nickte tapfer. Kasim wartete ab, bis das Pferdefuhrwerk für einen Moment zum Stehen kam, dann schlüpfte er hinaus und half Tara beim Aussteigen.

Mit zusammengebissenen Zähnen humpelte sie Kasim hinterher. Er zog sie sofort hinter den Stand eines Brotverkäufers. »Lass mal sehen«, meinte er und untersuchte ihren Fuß. Ihr Knöchel hatte mittlerweile die Ausmaße einer Pampelmuse angenommen. »Bei Shiva, das sieht gar nicht gut aus. Du brauchst einen Verband und Medizin gegen die Schmerzen.« Er sah sich um und zeigte auf eine Blechschale und ein paar Pantoffel, die vor dem schmalen Eingang eines schmutzigen Hauses standen. »Das ist das Zeichen, dass in diesem Haus ein Arzt wohnt«, meinte er erleichtert. »Komm, dort wird man dir helfen!«

»Bist du sicher?«, fragte Tara entsetzt. »Es ist noch verdammt früh am Morgen!« Doch was sie noch viel mehr sorgte, waren der Schmutz und die Armut um sie herum. Sie konnte sich beim besten Willen nicht vorstellen, dass ihr dort jemand helfen konnte.

»Lass dich vom Äußeren nicht täuschen«, meinte Kasim und klang dabei ein wenig beleidigt. »Auch indische Ärzte können heilen.«

Tara wollte es auf einen Versuch nicht ankommen lassen. »So schlimm ist es gar nicht«, behauptete sie tapfer. »Machen wir, dass wir zum Kolonialamt kommen.« Sie humpelte ein paar Schritte weiter, doch dann fuhr ihr der Schmerz so heftig in den Fuß, dass sie erneut zusammensackte. Kasim hatte recht. So kam sie nicht weiter.

»Okay«, lenkte sie schließlich ein, »einen Versuch ist es vielleicht wert.«

Der Arzt war ein spindeldürrer alter Mann mit einer dicken Hornbrille. Um seine Hüften trug er ein verwaschenes, aber einigermaßen sauberes Hüfttuch, darüber ein langes Hemd. Auf seinem Hühnerkopf thronte ein riesiger grüner Turban. Er führte Tara und Kasim in das Innere seiner ärmlichen Behausung, die lediglich aus einem einzigen, dunklen Raum bestand. Dann befahl er Tara, auf der Matte am Boden Platz zu nehmen, und untersuchte ihren Fuß. Sie war überrascht, wie umsichtig und geschickt er dabei vorging. Während er sie untersuchte, schloss er seine kleinen Äuglein, als ob er in sich hineinhorchte. Dann lächelte er zufrieden.

»Es ist nichts gebrochen«, beruhigte er sie. Er kramte nach einer unansehnlichen Paste, die er in einem Tiegel auf seinem Regal aufbewahrte, und schmierte den Fuß damit ein. Aus mehreren Tütchen mischte er ein graubraunes Pulver, das er schließlich in einen Becher Wasser rieseln ließ und ihr zu trinken gab.

»Das ist gegen den Schmerz«, erklärte er, als Tara zögerte. Kasim nickte ihr aufmunternd zu. Widerwillig trank sie die bittere Brühe. Anschließend verband der Alte ihren Fuß fachkundig mit ein paar Stofffetzen.

»Dein Fuß ist sehr zart und klein für einen jungen Mann.« Die großen Augen hinter der dicken Brille des Arztes musterten sie so neugierig, dass sie unangenehm berührt zur Seite sah. »Fast wie der eines Mädchens.« Er kicherte anzüglich.

Tara erschrak und fürchtete, Kasim könnte darauf eingehen. Aber war es nicht an der Zeit, dass sie ihn über ihre wahre Identität aufklärte? Doch Kasim fuhr den Arzt ungnädig an. »Du sollst meinen Freund behandeln, nicht beleidigen.«

»Ja, sicher«, kicherte der Arzt erneut. Er zwinkerte ihr zu, als hätte er sie durchschaut.

Nachdem Tara den Arzt bezahlt hatte, brachen sie rasch auf. Die Schmerzen waren tatsächlich abgeklungen, sie konnte sogar wieder einigermaßen auftreten. Inzwischen war der neue Tag angebrochen und in der Stadt herrschte lebhaftes Treiben. Kasim führte sie zielsicher durch ein Gewirr von staubigen Straßen und dunklen, schmalen Gassen. Er schien sich in dem unübersichtlichen Labyrinth bestens auszukennen. Tara hatte noch nie so viele Gerüche auf einmal in ihrer Nase gehabt. Trockener Staub, der beißende Geruch von nassem, verbranntem Holz, fremdartige Gewürze und betörende Aromen vermischten sich zu einem Sammelsurium von Eindrücken. An einem Teestand direkt neben einem Tempel mit breiten Stufen aus weißem Marmor kaufte Kasim ihnen zwei Gläser Chai. Der mit Milch und Gewürzen versehene Tee schmeckte nicht nur wunderbar, sondern füllte auch angenehm Taras hungrigen Magen.

Staunend saugte sie das bunte Leben in sich auf. Neben ihnen boten Blumenverkäuferinnen Opfergaben für den Tempel an. Es handelte sich um ein Heiligtum der Göttin Parvati, wie Kasim ihr erklärte. Tara lauschte den feinen Glöckchen, die aus dem Inneren des Tempels erklangen. Dutzende von Gläubigen kamen und gingen, um sich von den Priestern den Segen der Göttin zu holen.

»Möchtest du mich begleiten?«, fragte Kasim. Er kaufte der Blumenverkäuferin einen Kranz aus weißen und orangefarbenen Blüten ab. »Parvati ist für uns Hindus die Leben erhaltende Göttin. Ich möchte sie um ihren Segen bitten.«

»Aber ich bin Christ«, wandte Tara unsicher ein. »Jedermann wird mich als solcher erkennen.«

»Kein Problem«, entgegnete Kasim und schenkte ihr ein kleines Lächeln. »Unser Glaube ist für alle Menschen da. Auch für Unberührbare wie dich und … mich.«

Tara sah ihn fragend an. Sie hörte wieder die leichte Verbitterung in seinen Worten. Sie klang jedes Mal durch, wenn er über seine Herkunft sprach. Doch offenbar wollte Kasim jetzt keine langen Erklärungen abgeben. Er fügte nur hinzu: »Der Segen soll für meine Mutter sein.«

»Ist sie wirklich so krank?«, fragte Tara betroffen, als sie nebeneinander die steilen Stufen zum Tempel hochstiegen.

Kasim zuckte mit den Schultern. »Sie sagt, in ihrem Körper wohne ein Tier, das sie von innen heraus auffrisst. Der englische Arzt in Surat hat ihr eine Medizin gegeben, die ihr geholfen hat. Ich hoffe, dass wir ihr Leben retten können, wenn sie mehr davon bekommt.«

Mittlerweile hatten sie die Plattform erreicht, auf der sich die Tempelanlage befand. Die Wände des Hofes waren aus poliertem weißem Marmor. Davor saßen ausgemergelte Gestalten in orangefarbenen Gewändern. Ihre zotteligen, langen Haare und Bärte waren mit Asche bedeckt. Kasim erklärte ihr, dass dies Sadhus seien, die durch ihre asketische Lebensweise den Weg der Erkenntnis suchten, aus dem ewigen Kreis der Wiedergeburt erlöst zu werden. »Die Mönche ziehen durch das ganze Land und beten. Ihren Lebensunterhalt erbetteln sie sich. Dafür geben sie dir ihre guten Wünsche mit.« Kasim holte mehrere Münzen hervor und warf sie in die Holzschüsseln, die vor den Sadhus standen, und erwies ihnen mit gefalteten Händen seine Ehrerbietung. Schließlich winkte er Tara, ihr in das Heiligtum zu folgen.

Wie eine Pyramide türmte sich der eigentliche Tempel vor ihnen auf. Seine weißen Außenwände waren über und über mit reliefartigen Skulpturen bedeckt. Sie stellten Szenen aus dem Leben von Parvati und ihrem Gemahl Shiva dar. Staunend bewunderte Tara die herrlichen Bildhauerarbeiten.

»Parvati ist die Frau von Shiva, dem Welterschaffer und dem Weltzerstörer. In diesem Tempel wird Parvati als Leben spendende und Leben erhaltende Mutter verehrt. Frauen, die sich Kinder wünschen, kommen ebenso hierher wie Kranke, die um ein gesundes Leben bitten«, erklärte ihr Kasim. Er führte sie in das dunkle Innere des Tempels, das aus einem Säulengang mit mehreren Schreinen bestand. In jedem der Schreine wurde ein anderer Gott verehrt. Im Zentrum der Pyramide war ein kleiner Schrein eingelassen, in der die bemalte und reich geschmückte Figur der Parvati stand.

Ehrfürchtig sah Tara sich die schöne Frau mit den vier Armen genauer an. Die Hände der oberen Arme trugen je eine rote und eine blaue Lotusblüte. Das untere Armpaar war zu einer Segen spendenden Geste ausgebreitet. Gespannt verfolgte sie, wie Kasim seinen Blumenkranz zu den anderen Opfergaben vor der Statue legte und betete. Als er fertig war, ließ er sich von einem Priester einen roten Strich auf die Stirn malen.

»Diesen Strich nennen wir Tikala und die rote Farbe bedeutet Kraft. Du solltest den Segen des Priesters auch annehmen«, neckte er sie und lächelte dabei schelmisch. »Oder glaubst du, dein Gott lässt dich dafür in der Hölle schmoren?«

Tara beeindruckte die friedliche Atmosphäre im Tempel zwar, aber das Tempelgeschehen zu beobachten und aktiv daran teilzuhaben, waren doch zweierlei Dinge.

»Besser nicht«, murmelte sie verlegen. Doch dann ärgerte sie sich über ihr zaghaftes Verhalten. War ein Segen denn nicht immer etwas Gutes? Vielleicht hätte Gott ja gar nichts dagegen gehabt?

Sie verließen den Tempel und mischten sich wieder unter die vielen Menschen, die sich auf dem Basar tummelten. Je näher sie den Prachtbauten kamen, die die Engländer in den letzten Jahren errichtet hatten, desto schweigsamer wurden sie. Tara war damit beschäftigt, sich auszumalen, was sie wohl in dem Kolonialamt erwartete. Würde man ihr überhaupt eine Auskunft über den Aufenthaltsort ihres Vaters geben?

Nach einer weiteren halben Stunde ließen sie das bunte Gewirr der engen Gassen hinter sich und stießen auf eine breite, staubige Straße, auf der zahllose Fuhrwerke und Kutschen fuhren. Ihre Ränder säumten großzügige Wohn- und Geschäftshäuser. Kasim blieb stehen und deutete auf ein großes Gebäude mit einem Säuleneingang.

»Da ist das Kolonialamt. Wir sind da.«

Tara nickte. Als sie das enge Gefühl in ihrer Brust bemerkte, wurde ihr mit einem Mal bewusst, dass die Zeit des Abschieds gekommen war. Kasim und sie würden von nun an wieder eigene Wege gehen.

»Ich wünsche dir und deiner Mutter alles Gute«, verabschiedete sie sich mit einem Kloß im Hals. Der Abschied fiel ihr schwerer, als sie gedacht hatte.

»Das wünsche ich dir auch«, antwortete Kasim. »Möge dein

Vater der sein, den du zu finden hoffst.« Er lächelte ihr aufmunternd zu und klopfte ihr zum Abschied auf die Schulter.

Tara straffte die Schultern und wollte gerade die Straße überqueren, als Kasim sie nochmals aufhielt.

»Was wirst du tun, wenn man dir keine Auskunft gibt?«

Verstimmt zuckte sie mit den Achseln. Sie mochte noch nicht einmal daran denken, dass dies hier eine Sackgasse sein könnte. Außerdem ärgerte es sie, dass Kasim ihr die Zuversicht nahm. Doch sie hatte sich getäuscht. Offensichtlich spürte er, dass er nicht die richtigen Worte gewählt hatte, denn er ruderte sofort zurück.

»Es tut mir leid, wenn ich dich gekränkt habe«, meinte er rasch. »Es ist nur so, dass ich die Dinge immer so sehe, wie sie sind, und nicht so, wie ich sie gerne hätte. Du wirst deinen Vater schon finden. Viel Glück, George!« Er knuffte Tara mit der Faust in den Oberarm und verabschiedete sich endgültig. »Mach's gut, Kumpel! Vielleicht kreuzen sich unsere Wege ja noch einmal.«

Tara sah Kasim hinterher, wie er in einer der Gassen verschwand. Das Ziehen in ihrem Magen versuchte sie dabei zu ignorieren. Dann ging sie mit entschlossenen Schritten auf den mit Säulen bestandenen Eingang des Kolonialamtes zu.

Kasim lief eine ganze Weile ziellos durch die Altstadt. Eigentlich hatte er vorgehabt, die nördliche Stadtgrenze noch vor Anbruch der Nacht hinter sich zu lassen. Doch irgendetwas hielt ihn zurück. Seine Gefühle für den irischen Jungen verwirrten ihn. Ob er wollte oder nicht, er fühlte sich für ihn verantwortlich. Aber weshalb? Warum, verdammt noch mal, scherte er sich um sein Schicksal? Sie waren eine Zeit lang Weggefährten gewesen, mehr nicht. Je länger Kasim nachdachte, desto mehr musste er sich eingestehen, dass er noch nie jemanden kennengelernt hatte, der ihm so nahestand. Mit Ausnahme seiner Mutter natürlich. George war ein ganz besonderer Kerl. Schlagfertig, klug und niemals oberflächlich. Seine klaren blauen Augen, in denen Schalk und Ernsthaftigkeit so schnell wechseln konnten, machten ihn einzigartig. Kasim schämte sich, sich einzugestehen, dass er sich wohl in seiner Nähe fühlte. Jedes Mal wenn er daran dachte, dass er nach ihrer Flucht vom Schiff Georges weiche Lippen auf den seinen gespürt hatte, fühlte er ein leises Kribbeln in seinem Bauch, was ihn sehr verwirrte. Normalerweise erfüllte ihn die Vorstellung, von einem Jungen geküsst zu werden, mit Abscheu. Doch bei George war das anders. Von ihm hatte er sogar schon geträumt. Ich sollte endlich aufbrechen, dachte er wütend. Und dennoch tat er es nicht. Stattdessen schlenderte er weiter durch die Gassen und stand unversehens wieder vor dem Eingang des Kolonialamtes. Dort setzte er sich auf eine der Stufen und wartete.

Ich will nur wissen, was er herausgefunden hat, versuchte er sich einzureden. Dann bin ich weg. Nach einer halben Ewigkeit kam George endlich heraus. Kasim fand es plötzlich peinlich, dass er immer noch hier war. Aber als er Georges strahlendes Gesicht sah, waren seine Bedenken schnell verschwunden.

»Du bist noch hier?«, begrüßte George ihn sichtlich erfreut.

»Reiner Zufall.« Kasim versuchte, seiner Stimme einen möglichst lässigen Tonfall zu geben. »Ich hatte in der Nähe noch etwas zu erledigen. Und? Hast du etwas über deinen Vater herausgefunden?«

»Er lebt tatsächlich in Indien«, erzählte George aufgeregt. »Erst wollte mir niemand Auskunft geben, aber als ich ihnen den Brief gezeigt habe, der immerhin einen amtlichen Briefkopf besitzt, haben sie sich erweichen lassen. Er ist Kommandant in Lucknow. Das muss irgendwo im Norden sein. Ich werde mich gleich auf den Weg zu ihm machen!«

Kasim sah George schief an. »Weißt du, wie weit das von Bombay entfernt ist?«, fragte er entgeistert.

George zuckte unbekümmert mit den Schultern. »So weit kann es ja nicht sein«, meinte er zuversichtlich. »Ich habe es von Irland bis hierher geschafft, also werde ich den Rest auch noch schaffen!«

»Bis Lucknow sind es mindestens siebenhundertfünfzig Meilen«, klärte Kasim ihn auf. »Du musst ein Stück durch die Wüste Thar und dann noch durch die Berge und den Dschungel. Da gibt es wilde Tiger und Räuber. Das schaffst du alleine nie!«

Georges Miene verdunkelte sich. »Fängst du schon wieder an, immer nur das Schlechte zu sehen?«, ging er auf ihn los. »Ich brauche niemanden, der mir meine Hoffnung nimmt. Außerdem geht es dich gar nichts an! Du musst die Reise schließlich nicht machen. Ich jedenfalls habe keine Angst davor. Ich bin nach Indien gekommen, um meinen Vater zu finden. Und genau das werde ich tun. Mach's gut!« Entschieden wandte er sich ab und humpelte davon.

Verblüfft und auch betroffen blieb Kasim zurück. Georges impulsive Reaktion hatte ihn verletzt. Aber er musste sich auch eingestehen, dass er dessen Mut und Zuversicht bewunderte. Abgesehen von den Gefahren der Reise, sprach er ja nicht einmal Hindi, geschweige denn eine der anderen vielen Sprachen. Und wenn er es genau bedachte, dann lag Surat ja auf dem Weg nach Lucknow.

»Warte, George«, rief er seinem Freund hinterher. »Du läufst in die falsche Richtung!«

George hielt tatsächlich inne. Kasim beeilte sich, zu ihm aufzuschließen, und streckte ihm versöhnlich die Hand entgegen. »Ich wollte dir nicht den Mut nehmen. Natürlich wirst du es bis zu deinem Vater schaffen. Vielleicht kannst du dich ja einer englischen Militäreskorte anschließen, die in diese Richtung zieht. In Surat gibt es eine Garnison. Da kannst du fragen.«

»In Surat?«, fragte George überrascht. »Aber das ist doch deine Heimatstadt!«

»Genau! Also haben wir noch ein Stück Weg gemeinsam! Nimmst du nun meine Entschuldigung an?« Seine Hand war immer noch ausgestreckt. George zögerte nicht und schlug ein.

14

Noch am selben Tag verließen Tara und Kasim Bombay in Richtung Norden. Sie waren noch nicht weit gekommen, als Taras Fuß erneut zu schmerzen begann. Die Wirkung des Schmerzmittels hatte nachgelassen. Sie konnte kaum auftreten. Jeder Schritt wurde ihr zur Qual. Dennoch versuchte sie tapfer, sich nichts anmerken zu lassen. Als sie die Stadtgrenze endlich hinter sich gelassen hatten, war es bereits dunkel. Tara sehnte sich nach etwas Ruhe und einem geschützten Platz, wo sie die Nacht verbringen konnten. Doch Kasim machte immer noch keine Anstalten, sich nach einem Nachtlager umzusehen. Zu allem Überfluss stolperte Tara über eine Wurzelknolle. Sie stürzte und in ihrem Knöchel explodierte der Schmerz.

»Ich glaube, ich brauche eine Pause«, stöhnte sie gequält. Kasim half ihr auf.

»Es tut mir leid, George, aber hier sind wir nicht sicher.« Er deutete auf einen Palmenhain, der dem Meer zugewandt war. »Den müssen wir noch durchqueren«, meinte er. »Dahinter liegt ein Fischerdorf, das ich kenne.«

»Aber das führt uns doch viel zu weit von unserem Weg ab«, wandte Tara ein. Die Aussicht, noch weiter laufen zu müssen, behagte ihr ganz und gar nicht. Doch Kasim ließ sich nicht erweichen. Er deutete auf ihren Fuß. »Mit der Schwellung kommst du morgen keine Meile weit. Wir brauchen einen Ort, wo du dich ausruhen kannst – mindestens einen Tag lang.«

»Du solltest allein weitergehen«, schlug Tara vor. Sie hatte ein schlechtes Gewissen, weil sie ihn unnötig aufhielt. Dabei hatte sie sich so gefreut, als Kasim auf den Stufen vor dem Kolonialamt auf sie gewartet hatte. »Mit mir verlierst du viel zu viel Zeit.«

»Und wenn schon«, antwortete Kasim unwirsch und setzte seinen Weg fort. »Los jetzt, sonst kommen wir nie an!«

Tara folgte ihm humpelnd. Jeder Schritt war eine höllische Qual. Dennoch beklagte sie sich nicht länger. Nach gut einer Stunde erreichten sie endlich ein kleines Dorf. Es bestand aus einer Handvoll Hütten, die im Schutz der Palmen direkt am Meer lagen. Im Schein des Mondes konnte Tara die Fischerboote sehen, die über Nacht an den Strand gezogen worden waren. Vor den Hütten brannten Kochfeuer. Kasim führte sie zu einer der Hütten und fragte eine Frau nach Jitendra. Sie deutete mit dem Finger auf eine Gruppe Männer, die im Fackelschein ein riesiges Netz zusammenlegten.

»Er wird gleich kommen«, erklärte ihr Kasim. »Seine Hütte ist die letzte im Dorf.«

Kasim und Tara trafen fast gleichzeitig mit dem Fischer vor dessen Tür ein. Er erkannte den jungen Mann sofort und lächelte ihn breit an.

»Nanu, willst du uns wieder helfen?«, fragte er. Kasim schüttelte den Kopf und deutete auf Tara.

»Mein Freund hat sich den Fuß verletzt«, erklärte er. »Und da wir in der Nähe waren, dachte ich, es wäre gut, um deine Gastfreundschaft zu bitten.«

Jitendra bat sie beide, Platz zu nehmen. Er rief seiner Frau etwas zu und wenig später brachte sie drei Schüsseln mit dampfendem Fischcurry und dünnen Brotfladen zu ihnen.

»Bedient euch«, forderte Jitendra sie auf.

Tara merkte erst jetzt, wie hungrig sie war, und griff sofort nach einer Schüssel. Voller Appetit tauchte sie ein Stück Brot in das cremige Curry und stopfte es sich gierig in den Mund. Verwundert registrierte sie, wie Jitendra und Kasim sich amüsiert zuzwinkerten. Noch im gleichen Augenblick wusste sie, warum. Eine höllische Schärfe machte sich in ihrem Mund breit.

»Was zum Teufel ist das?«, keuchte sie mit tränenden Augen. Um die Schärfe loszuwerden, schluckte sie das Essen rasch hinunter. Aber das machte die Sache nur noch schlimmer. Jetzt breitete sich das brennende Gefühl von der Speiseröhre bis in ihren Magen aus und ihre Augen tränten noch mehr.

Kasim und Jitendra hielten sich die Bäuche vor Lachen. Sie warf ihnen einen wütenden Blick zu, aber das Brennen wurde dadurch auch nicht besser.

»Wasser!«, japste sie nach Luft ringend. Sie griff nach der Karaffe in ihrer Nähe und trank daraus einen großen Schluck. Das Brennen wurde fast unerträglich. Kasim lachte lauthals, als Tara aufsprang und auf ihrem gesunden Bein eine Art

Veitstanz aufführte. Erst als sie mit rotem Kopf wieder zurück auf den Boden sank, reichte er ihr ein Stück trockenes Brot.

»Versuch es damit«, prustete er mit Lachtränen in den Augen. Sie riss ihm den Fladen aus der Hand und stopfte ein großes Stück davon in den Mund. Endlich ließ der Schmerz nach.

»Du hättest mich ruhig warnen können«, beklagte sie sich vorwurfsvoll. Kasim zwinkerte ihr schadenfroh zu.

»Willkommen in Indien, George! Sahanas Curry ist das beste und schärfste an der ganzen Küste. Du musst es mit viel Brot essen. So gewöhnst du dich am ehesten an die Schärfe.«

»Vielen Dank für die Belehrung«, brummte Tara, schaffte es aber nicht, böse auf Kasim zu sein. Zu aufregend war diese fremde Welt für sie. Und sie war dankbar und erleichtert, dass Kasim sie noch ein Stück auf ihrem Weg begleitete. »Ich glaube, ich hab genug für heute!« Sie nahm sich noch einen Brotfladen und begnügte sich damit, während Kasim und Jitendra genüsslich Sahanas scharfes Curry vertilgten. Danach suchten sie sich ein Lager unter den Palmen am Strand. Kasim wünschte ihr eine gute Nacht, drehte sich auf die Seite und schlief mit einem Lächeln auf den Lippen ein.

Zwischen den Palmwedeln funkelten die Sterne am Himmel und Tara fühlte zum ersten Mal seit ihrer Flucht aus Irland ein wenig Glück. Kasim lag direkt neben ihr. Sie spürte seine Nähe, und als sie seine gleichmäßigen Atemzüge hörte, wagte sie, ihn eingehend zu betrachten. Wieder spürte sie dieses Ziehen im Bauch. Konnte es sein, dass sie mehr in ihm sah als nur einen treuen Freund? Der Mond malte weiche Schatten auf sein Gesicht. Plötzlich sehnte Tara sich danach, es zu berühren. Ihre Hand näherte sich seinem Gesicht, doch dann zog sie sie rasch wieder zurück. Mein Gott, was tu ich nur?, dachte sie verwirrt. Es dauerte noch lange, bis auch sie endlich eingeschlafen war.

Noch bevor die Sonne aufging, wurde sie unsanft geweckt. »Wach auf, George.« Kasim rüttelte ungeduldig an ihrer Schulter. »Wir müssen los!«

»Aber es ist doch noch nicht einmal hell«, beschwerte sich Tara verschlafen. »Wollten wir nicht noch einen Tag Pause machen?«

»Nun komm schon, Jitendra und die anderen warten nicht auf uns!« Er deutete auf die Fischer, die gerade dabei waren, ihre Boote ins Meer zu schieben.

»Was sollen wir denn da?«, fragte sie immer noch schlaftrunken.

»Sie nehmen uns mit«, erklärte Kasim und drängte sie, mit ihm zu kommen. »Wir haben Glück, weil sie die nächsten Tage ihre Netze im Norden auswerfen werden. Dadurch kommen wir Surat ein ganzes Stück näher und du kannst deinen Fuß auskurieren.«

Endlich begriff Tara und beeilte sich, ihm zu folgen.

Wenig später, nachdem die Fischer ein Stück weit aufs Meer hinausgerudert waren, setzten sie die Segel. Verglichen mit der Pride of Slaves erinnerten die bunten, flachen Fischerboote an leichte Nussschalen. Das Boot, in dem Tara zusammen mit Kasim saß, tanzte auf den Wellen des Indischen Ozeans wie ein Spielzeug, und doch war es wendig und schnell. Mit geübten Griffen setzte Jitendra die Segel und nahm Kurs in

Richtung Norden, und noch bevor sich die Sonne über dem orange glühenden Palmenstrand erhob, hatten sie eine gute Strecke hinter sich gebracht.

Die Fischer blieben immer in Sichtweite des Strandes. Erst am Nachmittag warfen sie ihre Netze aus. Als sie sie kurze Zeit später vor der schnell hereinbrechenden Dämmerung wieder einholten, waren die Netze voller Fische. Sogar ein mannsgroßer Schwertfisch war dabei.

»Ihr bringt uns Glück«, lachte Jitendra zufrieden. »Wir werden den Fang auf dem Markt von Pindar verkaufen.«

Kasim knuffte Tara in die Seite und zwinkerte ihr zu. »Das läuft doch prima. Von Pindar aus ist es nur noch ein Katzensprung bis Surat. Wann werden wir dort sein?«, wandte er sich an Jitendra.

»Wenn der Wind so bleibt, werden wir morgen in aller Frühe ankommen.«

Jitendra und seine Männer machten sich sofort daran, die Fische auszunehmen. Tara und Kasim halfen ihnen dabei. Danach entzündeten sie auf einer Eisenschale ein kleines Feuer und grillten einige der kleineren Fische.

An diesem Abend wurde Tara richtig satt. Als sie sich später im Boot der Länge nach ausstreckte und den funkelnden Sternenhimmel über sich betrachtete, war sie dankbar, dass Kasim noch immer bei ihr war. Auch er blickte schweigend in den Himmel.

Ich muss ihm endlich die Wahrheit sagen, ging es ihr durch den Kopf. Er muss wissen, dass ich ein Mädchen bin! Der gestrige Abend stand ihr noch immer vor Augen, das Gefühl, mit dem sie eingeschlafen war. Ob er mich dann trotzdem noch mag? Der Gedanke war ihr schon öfter gekommen. Sie hatten so vieles gemeinsam durchlebt! Kasim hatte ihr Leben gerettet und sie seines. Sie konnte mit ihm über so vieles reden. Und wenn sie in seine hellen grünen Augen schaute, dann klopfte ihr Herz. War das Liebe? Tara wurde plötzlich verzagt. Kasim sah in ihr ja nur den mageren, kleinen Engländer. Er mochte sie vielleicht als George. Aber was hatte sie als Mädchen schon zu bieten? Er würde nie dieselben Gefühle für sie empfinden wie sie für ihn.

»Kasim?«, flüsterte sie in die Nacht. Bis auf Jitendra am Steuer schliefen die Fischer schon.

»Mmh?« Seine Stimme klang schläfrig.

»Ich muss dir etwas sagen.«

»Hat das nicht bis morgen Zeit?«

»Ich ... ich bin nicht der, den ...« Tara suchte nach den richtigen Worten. Bevor sie weitersprechen konnte, ging ein Ruck durch ihr Boot. Sofort sprangen die Fischer auf. Als ein weiterer Stoß das Boot erschütterte, griff einer nach der Laterne am Mast. Tara krallte sich an der Bordwand fest und versuchte zu erkennen, was los war. Nur zwei Armlängen von ihr entfernt, stieg plötzlich mit lautem Blasen ein Wasserstrahl in die Höhe. Sie konnte direkt unter der Wasseroberfläche einen riesigen, dunklen Körper ausmachen, dessen Haut mit Napfmuscheln bewachsen war.

»Ein Seeungeheuer«, schrie sie entsetzt. Sie dachte sofort an die Seemannsgeschichten, die sie an Bord der Pride of Slaves gehört hatte.

»Das ist kein Seeungeheuer! Das ist ein Wal!«, rief Kasim nicht minder aufgeregt. »Er spielt mit unserem Boot.«

Tara zitterte vor Angst. Als hätte der Wal ihre Worte verstanden, schwamm er erneut unter ihr Boot und tauchte direkt unter ihnen wieder auf. Wie mit einem Aufzug wurden sie nun emporgehoben. Das Boot geriet dabei bedenklich ins Schwanken, und Tara fürchtete schon, dass es gleich umstürzen würde.

»Wir müssen das Gleichgewicht halten«, rief Jitendra und versuchte, mit seinem Körpergewicht zu verhindern, dass das Boot zur Seite kippte. Die anderen taten es ihm nach. Einer der Männer hieb mit seinem Ruder auf den Rücken des riesigen Tieres ein. Kurz darauf tauchte es wieder ab. Für eine Weile blieb die Wasseroberfläche, die im Mondlicht silbern glänzte, ruhig.

»Meinst du, er ist weg?«, fragte Tara mit klappernden Zähnen. Sie ließ den Talisman los, den sie vor Angst fest umklammert hatte. Ein sanftes grünes Leuchten ging von ihm aus.

»Ich weiß es nicht.« Auch Kasim war kreidebleich. Da tauchte der Wal erneut neben ihrem Boot auf. Er war so nah, dass Tara nur den Arm auszustrecken brauchte, um ihn zu berühren. Das Tier lag auf der Seite und betrachtete sie aus seinem tellergroßen Auge. Von Nahem sah der Wal gar nicht so furchterregend aus. Im Gegenteil. Die Falten um sein Auge schienen sie anzulächeln. Die Bewegungen der riesigen, länglichen Seitenflosse sahen aus wie ein Winken. Dann ließ sich der Wal in die Tiefe gleiten und verschwand so plötzlich, wie er aufgetaucht war.

»Das war knapp«, keuchte Kasim, als sie sicher waren, dass er endgültig abgetaucht war. »Ich schwör dir, das war mein letzter Ausflug auf See!«

Auch Jitendra schnappte erleichtert nach Luft. »Ganesh sei Dank! Das war ein Jungtier«, meinte er atemlos. »Normalerweise sind diese Riesen vollkommen harmlos. Aber wenn sie zum ersten Mal in die Brunft kommen, sind sie unberechenbar. Er wollte uns beeindrucken. Bestimmt hat er uns für einen Konkurrenten gehalten.«

Nach diesem Ereignis war die Stimmung an Bord angespannt. Zwar blieb die Nacht ungestört, aber die Befürchtung, dass der Wal zurückkehren könnte, ließ alle nur unruhig schlafen. Vor allem Kasim, der nicht schwimmen konnte, sah man seine Angst an. Er blieb die ganze Nacht über ziemlich einsilbig. Tara unternahm deshalb keinen weiteren Versuch, mit ihm zu reden. Sobald wir an Land sind, spreche ich mit ihm, vertröstete sie sich.

Am nächsten Morgen erreichten sie Pindar und verabschiedeten sich herzlich von den Fischern. Taras Fuß war inzwischen deutlich abgeschwollen und tat kaum noch weh. Das Laufen fiel ihr zwar noch schwer, aber mit einem Stock als Gehhilfe ging es einigermaßen. Gemeinsam bahnten sie sich einen Weg durch den bevölkerten Hafen. Von überall her waren Menschen gekommen, um frischen Fisch zu kaufen. Es herrschte buntes Markttreiben. Vor jedem Fischerboot pries ein Fischer mit lauten Rufen seine Ware an. Dabei versuchten die Männer, sich gegenseitig an Lautstärke zu überbieten. Gleich hinter dem Hafen schloss sich der schmuddelige Ort an. Die heruntergekommenen grauen Lehmziegelhäuser hatten sicherlich schon bessere Zeiten gesehen. Viele der zweigeschossigen Häuser besaßen einen schmalen Balkon, auf dem die Frauen ihre Wäsche trockneten. Die Straßen waren schlammig und verdreckt. Unrat und stinkende Abfälle säumten ihren Weg. Kasim und Tara beeilten sich, diese Gegend schnell hinter sich zu lassen.

»Wie weit ist es noch von hier bis Surat?«, wollte Tara wissen. Auf dem freien Land war die Luft wesentlich besser. Auf ihrer rechten Seite wuchs lichter Urwald, während sich links von ihnen Reis- und Hirsefelder aneinanderreihten.

»Wenn wir gut vorankommen, sind wir übermorgen Abend da«, meinte Kasim gut gelaunt. Es war offensichtlich, dass er froh war, wieder festen Boden unter den Füßen zu haben.

»Wie konntest du nur so lange zur See fahren, wo du doch das Wasser so fürchtest?«, zog Tara ihn auf. Kasim setzte ein schiefes Grinsen auf.

»Oh, ich hatte auf der Pride of Slaves nie Angst«, behauptete er. »Die allermeisten Matrosen an Bord konnten ebenfalls nicht schwimmen. Mir kam ganz einfach nie der Gedanke, dass ich mal mit Wasser in Berührung kommen könnte.«

Tara lachte. »Vielleicht solltest du einfach schwimmen lernen!«

»Ja, vielleicht!« Er deutete auf einen Obststand am Rande der Straße, neben dem eine Frau über einem Feuer Brot buk. »Lass uns etwas Proviant besorgen.«

Die Frau verkaufte außer Brot herrliche Mangos und Bananen. Ganz in ihrer Nähe gab es auch einen Brunnen, wo sie ihren Durst löschen konnten.

»Wir sind jetzt bereits im Golf von Khambhat«, erzählte Kasim, als sie die staubige Straße entlanggingen. Rechts und links von ihnen befanden sich geflutete Reisfelder und Bananenplantagen. Immer wieder wurden sie von schwer beladenen Ochsenkarren überholt. Sie waren mit Säcken voller frisch gezupfter Baumwolle oder bereits versponnenem Garn beladen. Einige Wagen waren so voll, dass der Bauer kaum Platz auf seinem Kutschbock fand.

»Was geschieht damit?«, fragte Tara wissbegierig. Sie konnte sich gar nicht sattsehen an den vielen fremden Dingen um sie herum. Alles war neu und unbekannt für sie. Sie wollte so vieles wissen.

»In Surat gibt es einige Spinnereien und Webereien«, erklärte Kasim. »Dort werden Stoffe für England gesponnen und auch gefärbt. Aus der ganzen Umgebung bringen die Bauern ihre Baumwolle dorthin.«

In diesem Augenblick zockelte ein von einem Ochsen gezogener Wagen mit weniger Ladung an ihnen vorüber. Kasim hielt ihn an und fragte den Kutscher, ob er sie ein Stück mitnehmen könnte. Der Bauer hatte nichts dagegen. Kasim stieg neben ihn auf den Kutschbock, während es sich Tara auf der Pritsche zwischen den weichen Baumwollsäcken bequem machte. Der Mann fuhr allerdings nur bis zur nächsten Ortschaft. Von da ab mussten sie wieder laufen. Sie kamen gut voran, auch wenn Taras Fuß erneut zu schmerzen begann. Kurz vor Einbruch der Dunkelheit suchten sie sich an einem abgelegenen Strand einen Platz zum Schlafen. Während Tara ihren Fuß am Meeressaum kühlte, kletterte Kasim geschickt auf eine der Kokospalmen und pflückte ihr Abendessen. Mit seinem Messer bohrte er ein Loch in eine der grünen Nüsse und gab sie Tara. »Hier, trink! Es schmeckt süß!«

Gestärkt, aber hundemüde streckten sie sich nebeneinander auf dem weichen Sand aus. Es dauerte nur wenige Augenblicke, bis Tara Kasims gleichmäßige Atemzüge hörte. Plötzlich fiel ihr wieder ein, dass sie endlich mit ihm reden und die Wahrheit sagen musste. Der Tag war so voller aufregender Eindrücke gewesen, dass sie es ganz vergessen hatte. Doch innerhalb weniger Sekunden waren ihr selbst die Augen zugefallen.

Am nächsten Morgen wurden sie von hell klingelnden Silberglöckchen geweckt. Eine Gruppe weiß gekleideter Pilger zog an ihnen vorüber. Sie legten dabei ein recht seltsames Verhalten an den Tag. Jeder von ihnen trug ein weißes Tuch vor seinem Mund. Außerdem achteten sie bei jedem Schritt genau darauf, wohin sie traten. Kaum einer sprach ein Wort. Die Reicheren unter ihnen ließen sich sogar von Dienern auf Tragestühlen tragen.

»Was haben die nur?«, wunderte sich Tara. »Fürchten sie, in Dornen zu treten?«

»Das sind Jains«, erklärte Kasim. »Sie haben das Gelübde der absoluten Gewaltlosigkeit abgelegt. Ein Jain kann nur dann das Nirwana erreichen, wenn seine Seele ganz rein ist. Dabei muss er darauf achten, dass er niemandem etwas zuleide tut. Mit jedem Schritt, den er macht, könnte er ein Tier zertreten. Jains essen keine Tiere und selbst von den Pflanzen essen sie nur die Teile, die für deren Überleben entbehrlich sind. Sie würden niemals Möhren oder Knollengemüse essen, weil sie Wurzeln sind und damit die Lebensspender der Pflanze.«

Tara staunte über so viel Rücksichtnahme. Dieses Land

steckte wirklich voller Geheimnisse. Hier schien es mehr Religionen zu geben als irgendwo sonst auf der Welt. Sie war erst wenige Tage in Indien und hatte jetzt schon das Gefühl, mehr erlebt zu haben als in ihrem ganzen Leben zuvor. Die Gerüche, die Landschaft, die vielen Menschen und ihre ungewöhnlichen Sitten verwoben sich zu einem kunterbunten Flickenteppich, der an Mustern und Farben kaum zu übertreffen war. Voller Neugier nahm sie alle Eindrücke in sich auf und fragte Kasim dabei ein Loch in den Bauch. Sie genoss die selbstverständliche Vertrautheit zwischen ihnen. Das war auch der Grund, warum sie ihr klärendes Gespräch immer wieder aufschob. Je länger sie es hinauszögerte, desto mehr redete sie sich ein, dass es vielleicht so besser war. Sie hatte Angst, dass Kasim sie als Mädchen nicht akzeptieren würde. Außerdem kam hinzu, dass sie sich in wenigen Tagen ohnehin für immer trennen würden. Tara verspürte eine tiefe Traurigkeit in sich, wenn sie daran dachte, und so schob sie jeden Gedanken an den bevorstehenden Abschied schnell von sich.

Spät am Abend des nächsten Tages erreichten sie Surat. Kasim hatte George eingeladen, ihn nach Hause zu begleiten. Je mehr Zeit er mit ihm verbrachte, umso mehr wuchs ihm der Freund ans Herz. Die Vorstellung, ihm bald Lebewohl sagen zu müssen, schmerzte ihn mehr, als Kasim sich eingestehen wollte.

»Meine Mutter ist eine wunderbare Frau«, schwärmte er

stolz, »und noch immer schön wie eine Lotusblüte. Sie hat hart gearbeitet, um mich großzuziehen.«

»Du scheinst sie sehr zu lieben«, sagte George.

Kasim nickte. »Ich kann es kaum erwarten, sie endlich wiederzusehen.«

Er führte George zum Rande der Stadt, wo die einfacheren Menschen lebten. Das Haus, das er mit seiner Mutter bewohnte, lag auf einem kleinen Grundstück mit ein paar Mangobäumen und Bananenstauden und wurde von einer Mauer mit Hoftor eingefasst.

»Warum steht das Tor denn offen?«, wunderte sich Kasim. »Mutter?«, rief er besorgt und stürmte in den Hof. Er sah sich hastig um. Der sonst so sorgfältig gefegte Hof lag voller Blätter. Der Hühnerstall war leer und die Haustür klapperte im Wind. Voll banger Vorahnung stürmte Kasim ins Innere des kleinen Hauses.

»Mutter?«, rief er noch einmal. Niemand antwortete. Er eilte wieder hinaus, wo George auf ihn wartete. Da entdeckte er Gita, eine Nachbarin, die soeben den Hof betrat.

»Gita, wo ist meine Mutter?«, fragte er, während sein Herz hart gegen seine Brust schlug. Ihr trauriges Schweigen und das leise Kopfschütteln sagten alles. Kasim spürte, wie Tränen in ihm aufstiegen.

»Ist sie …?« Er brachte das endgültige Wort nicht über seine Lippen.

»Sie ist vor einigen Tagen gestorben«, antwortete Gita. »Es tut mir leid. Sie hat bis zuletzt gehofft, dich noch einmal zu sehen.«

»Ich bin zu spät gekommen«, schluchzte Kasim. Die Verzweiflung schnürte ihm die Kehle zu. Er fiel auf die Knie und hieb mit der Faust wieder und wieder auf den Boden. »Ich … ich habe versagt. Ich habe verdammt noch mal versagt!« Wäre er doch nur ein paar Tage früher nach Hause gekommen …

Plötzlich spürte er, wie George neben ihn trat und ihn leicht an der Schulter berührte.

»Es tut mir so leid für dich«, hörte er ihn flüstern. »Aber du trägst daran keine Schuld!«

Kasim blickte auf. Die Gedanken in seinem Kopf überschlugen sich. »Was verstehst du schon davon?«, fuhr er George voll wilder Empörung an. »Halte dich gefälligst aus meinem Leben raus … Engländer!«

Doch George ließ nicht locker. »Ich weiß, wie du dich fühlst. Ich habe selbst meine …«

Kasim konnte seine Gefühle nicht länger bändigen. »Du bist schuld, dass wir zu spät sind«, brüllte er ihn an. Seine ganze Trauer und Verzweiflung suchten sich in ungerechtem Zorn ein Ventil. »Wenn wir wegen deinem verdammten Fuß nicht so viel Zeit verloren hätten, wäre ich rechtzeitig hier gewesen und meine Mutter wäre noch am Leben!«

»Aber … mein Fuß … Das war doch keine Absicht! Ich wollte nicht, dass du auf mich wartest, du wolltest es …«, stammelte George.

Kasim konnte die Fassungslosigkeit auf seinem Gesicht erkennen, aber es kümmerte ihn nicht.

»Deine Mutter war schon seit Wochen bettlägerig«, mischte sich nun Gita ein. »Sie wurde mit jedem Tag schwächer. Niemand konnte ihr mehr helfen, Kasim.«

»Ich hätte sie retten können«, beharrte er verzweifelt.

»Wenn dieser verdammte Engländer hier nicht gewesen wäre, hätte ich sie gerettet.« All sein Schmerz und die hilflose Verzweiflung konzentrierten sich auf George. Ohne zu wissen, was er tat, sprang er auf die Füße und stieß ihm kräftig vor die Brust.

George verlor das Gleichgewicht und strauchelte. Bevor er auf dem Boden landete, griff Kasim nach ihm und zog ihn am Kragen zu sich heran. »Verschwinde!«, schluchzte er außer sich und versetzte ihm erneut einen Stoß. »Ich will dich nie wieder sehen!«

15

Wie betäubt wankte Tara davon. Sie verließ den Hof, ohne sich noch einmal umzudrehen. Kasims heftiger Gefühlsausbruch hatte sie tief verletzt. Sie hatte den Hass in seinen lodernden Augen gesehen. Er hatte ihr gegolten. Natürlich verstand sie seinen Schmerz und seine Verzweiflung. Es zerriss ihr das Herz, ihn so leiden zu sehen. Aber dass er sie für den Tod seiner Mutter verantwortlich machte, war einfach absurd.

Während sie die Stadt in Richtung Norden durchquerte, kämpfte sie gegen die Tränen an. Noch vor wenigen Stunden waren sie und Kasim die besten Freunde gewesen. Jetzt hatte er sie wie einen gemeinen Dieb davongejagt. Mit jedem Schritt, den sie sich von ihm entfernte, wuchs ihre Empörung. Sie rief sich ihr eigenes Schicksal in Erinnerung und fand nicht, dass sie solch eine Behandlung verdient hatte. Neigten wirklich alle Männer dazu, die Schuld stets auf andere abzuwälzen? Fergus hatte auch versucht, sie für den Tod von Nell und Laoise verantwortlich zu machen. Und jetzt tat Kasim dasselbe. Sie hatte geglaubt, in ihm einen ganz besonderen Menschen gefunden zu haben. Stets war er an ihrer Seite gewesen, hatte ihr geholfen und sie unterstützt. Unwillkürlich dachte Tara an die Nacht zurück, die sie am Strand vor Jitendras Haus verbracht hatten. Die Erinnerung traf sie wie ein Peitschenhieb. Wie konnte Kasim sie nur so zurückstoßen? Trotz und Empörung machten allmählich ihrer Enttäuschung Platz. Und daraus wuchs schließlich neue Entschlossenheit. Den Weg, der vor ihr lag, musste sie nun ganz alleine gehen. Sie würde Kasim vergessen müssen.

Die Nacht verbrachte Tara unter einem Banyanbaum. Die Luftwurzeln der Würgefeige, die sich weit um den Stamm herum verzweigten, nahmen die Grundfläche eines Hauses ein. Ein geeigneter Platz, um sich vor unliebsamen Blicken zu verbergen. Am nächsten Morgen brach sie früh auf. Als sie auf einen Bauern traf, der eine Schafherde vor sich hertrieb, fragte sie nach der englischen Garnison, von der Kasim ihr erzählt hatte. Sie erfuhr, dass sie außerhalb der Stadt lag.

Gegen Mittag erreichte sie eine Ebene, an die sich ein hügeliges Waldgebiet anschloss. Dort lag hinter rötlichen Lehmmauern verborgen die Garnison der britischen Soldaten. Das schwere Holztor war weit geöffnet, wurde aber von bewaffneten Soldaten bewacht. Dahinter konnte Tara einige flache Gebäude und Stallungen ausmachen, zwischen denen Soldaten zugange waren. Entschlossen steuerte sie darauf zu.

»Was willst du, Bursche?« Ein indisch aussehender Wachposten versperrte ihr mit seinem Gewehr den Weg.

»Ich möchte den Kommandanten der Garnison sprechen«, verlangte Tara selbstbewusst.

»So, so, den Kommandanten.« Der Wachposten grinste amüsiert. »Was willst du denn von ihm?«

»Das werde ich ihm schon selbst sagen.«

»Er hat keine Zeit für zerlumpte Gestalten wie dich. Scher dich davon.« Um seine Worte zu bekräftigen, stupste er sie mit dem Gewehr an. Tara ließ sich davon nicht einschüchtern.

»Aber ich muss nach Lucknow«, stellte sie klar. »Ich habe gehört, dass ständig bewaffnete Trupps dorthin unterwegs sind. Ich will mich einem von ihnen anschließen und werde auch dafür bezahlen.«

»Dieses Mal dürfen keine Zivilisten mit«, verriet ihr der Wachsoldat schon etwas freundlicher. »Weißt du denn nicht, dass es im Norden gerade recht ungemütlich ist?«

»Das ist mir egal. Ich muss zu meinem Vater. Er ist in Lucknow Kommandant.« Tara hoffte, dass diese Tatsache den Soldaten genügend beeindrucken würde.

»Und ich bin der Mogul von Delhi«, antwortete dieser amüsiert. Durchaus wohlwollend fügte er hinzu: »Die Reise dorthin ist gefährlich. Überall gibt es Unruhen und Überfälle. Wenn du Arbeit suchst, solltest du lieber nach Bombay.«

»Ich muss trotzdem dorthin.« Tara ließ nicht locker. »Wenn ich den Trupp nicht begleiten kann, dann versuche ich es eben auf eigene Faust.« Sie machte Anstalten zu gehen. Sie war noch keine zehn Schritte entfernt, da rief der Soldat sie zurück. Offensichtlich hatte sie Eindruck auf ihn gemacht.

»Wenn du dir unbedingt eine blutige Nase holen willst, dann musst du den da fragen.« Er deutete auf einen ranghöheren Soldaten, der gerade aus den Stallungen kam. »Soviel ich weiß, sucht Lieutenant Webster noch einen Burschen, der ihm zur Hand geht. Er gehört zu der Abteilung, die nach Norden zieht. Wenn er dich anstellt, bist du dabei.«

»Vielen Dank!«

Der Wachsoldat tippte mit seinem Zeigefinger an den Turban und ließ sie passieren. Tara überquerte den Exerzierplatz und ging auf den Lieutenant zu. Auf dem Weg dorthin überlegte sie, wie sie den Soldaten von sich überzeugen konnte. Webster war ein blonder Hüne mit einer tadellosen Uniform. Offensichtlich kam er aus gutem Hause. Tara beschloss deswegen, es mit Höflichkeit zu versuchen.

»Einen wunderschönen guten Tag, Sir!« Sie zog ihre Mütze vom Kopf und verbeugte sich tief. Der Lieutenant hob erstaunt eine Augenbraue.

»Was soll das denn?«, fragte er amüsiert. »Hältst du mich etwa für Queen Victoria?«

»Nein, Sir«, meinte Tara keck, »aber als Euer Bursche scheint es mir geboten, Euch standesgemäß zu begrüßen.«

Lieutenant Webster hob nun auch noch die andere Augenbraue an. »Wer sagt das denn?«

»Ich weiß von dem Wachposten dort drüben, dass ihr einen Burschen sucht«, antwortete Tara. »Ihr könnt keinen besseren finden als mich!«

Der Lieutenant musterte sie belustigt. »Kannst du denn auch etwas anderes, als Worte in süßen Honig zu verwandeln? Zum Beispiel Stiefel putzen und meine Sachen in Ordnung halten?«

»Selbstverständlich, Sir!«, entgegnete Tara selbstbewusst. »Ihr werdet es nicht bereuen.«

»Und wie steht es mit Pferden? Ich verlange von meinem Burschen, dass er mein Pferd mit der gleichen Gewissenhaftigkeit versorgt wie mich selbst.«

»Kein Problem«, versicherte Tara zuversichtlich. Jetzt machte es sich bezahlt, dass sie auf Pulpridge Manor ein paar Stunden Reitunterricht gehabt hatte, auch wenn seit ihrer Zeit in den Diensten der Familie D'Arcy inzwischen ein knappes Jahr vergangen war.

»Gut«, meinte Lieutenant Webster schmunzelnd. »Ich werde es mit dir versuchen – vorausgesetzt, Lola akzeptiert dich.« Er pfiff kurz mit den Fingern.

Tara erwartete, dass nun ein Hund angerannt kam. Stattdessen rauschte es in den Ästen des Baumes über ihnen und im nächsten Augenblick landete ein langschwänziger silbergrauer Affe direkt vor ihren Füßen.

»Das ist Lola«, sagte Lieutenant Webster grinsend und streckte die Hand aus. Sofort kam das Tier auf ihn zu und nahm ein Stück Zucker aus seiner Hand. Tara wunderte sich, wie zutraulich das wilde Tier war. »Sie ist mir vor einigen Tagen zugelaufen und weicht seither keinen Schritt mehr von meiner Seite. Keine Ahnung, was für einen Narren sie an mir gefressen hat«, erklärte Webster. »Allerdings hat sie mir meinen Burschen vergrault. Sie ist der Grund, weshalb ich einen neuen brauche. Lola ist ein Hanuman-Affe. Die Inder glauben, dass man ein Auserwählter ist, wenn es einem gelingt, das Vertrauen eines dieser Tiere zu erlangen. Versuch, sie anzulocken«, forderte er sie auf. »Aber sieh dich vor! Wenn sie dich nicht leiden kann, wird sie dich, ebenso wie meinen guten Sam, mit Bissen verjagen.«

Wie auf Kommando ließ Lola ihre weißen Eckzähne drohend aufblitzen. Tara zuckte kurz zurück. Sie hatte noch nie in ihrem Leben einen lebendigen Affen gesehen. Das merkwürdige Tier erinnerte sie entfernt an ein Kind.

»Kann ich ein Stück Zucker haben, Sir?«

Der Lieutenant lachte und reichte ihr eines. Behutsam ging Tara in die Knie und begann, sanft zu reden.

»Du bist mir aber eine schöne Affendame«, schmeichelte sie. Lolas Fell war langhaarig und schimmerte grauweiß. Mit ihrer zierlichen Gestalt und dem langen, äußerst beweglichen Schwanz war sie sehr anmutig. Im Kontrast dazu stand das schwarze Gesicht, aus dem zwei dunkle Knopfaugen sie neugierig musterten.

»Komm zu mir!« Sie streckte vorsichtig die Hand mit dem Zuckerstück aus. »Ich bin George. Was hältst du davon, wenn wir Freunde werden?«

Lola legte ihren Kopf schief, als müsse sie noch überlegen. Aber dann sprang sie mit einem Satz auf Tara zu und griff laut kreischend nach dem Zuckerstück.

Webster lachte laut auf. »Mir scheint, du hast gewonnen, George! So zutraulich ist Lola nicht mal zu mir. Du kannst gleich mit deinem Dienst beginnen!«

Mit grimmiger Zufriedenheit bedankte sich Tara. Sie würde auch ohne Kasim in Indien zurechtkommen.

Die nächsten beiden Tage verbrachte Tara im Quartier des Lieutenants. Als sein persönlicher Bursche musste sie seine Zimmer in Ordnung halten, Stiefel und Zaumzeug putzen und sein Pferd versorgen. Abends erwartete Webster, dass sie ihm eine gestopfte Pfeife mit einem Glas Whiskey brachte. Dafür erhielt sie eine eigene Kammer, Verpflegung und sollte darüber hinaus noch jede Woche zwei Shilling Lohn erhalten. Lola wurde schnell zu Taras ständigem Begleiter. Sie hatte herausgefunden, dass Tara meist ein Stückchen Zucker in ihrer Tasche trug. Nichts war vor dem Tier sicher. Einmal ärgerte Lola ein Rudel Straßenhunde, das in der Kaserne auf Futtersuche war. Von einem Baum aus bewarf sie die Hunde mit Steinen und Ästen und kreischte jedes Mal vor Vergnügen auf, wenn eines der Tiere vor Schmerz aufjaulte. Dabei wurde sie immer wagemutiger. Schließlich kletterte sie von ihrem Baum, schlich sich von hinten an den Leitrüden heran und zog ihn kräftig an seinem Schwanz. Der fuhr mit gefletschten Zähnen herum, woraufhin Lola ihr Heil in der Flucht suchte. Doch sie hatte nicht damit gerechnet, dass die anderen Hunde im Rudel kämpften. Ehe sie sichs versah, war sie von der Meute in die Enge getrieben worden. Wäre Tara nicht eilig mit einem Prügel dazwischengefahren, wäre sie womöglich von den Wildhunden zerfleischt worden. Nach dieser Begegnung wich Lola ihr kaum noch von der Seite. Tara hatte endgültig ihr Herz gewonnen. Diese Tatsache tröstete sie ein klein wenig darüber hinweg, dass Kasim nicht mehr in ihrer Nähe war.

Zwei Tage später brach ein etwa dreißig Mann starker Trupp unter Führung von Lieutenant Webster nach Nordosten auf. Die Soldaten hatten den Auftrag, die Steuern von säumigen indischen Gutsbesitzern einzutreiben. Es gab in letzter Zeit immer wieder Reibereien zwischen ihnen und den englischen

Besatzern, wie Tara erfahren hatte. Viele indische Fürsten und Landbesitzer fühlten sich von der Ostindischen Handelskompanie ausgebeutet und unterdrückt. Sie konnten nicht verstehen, weshalb sie in ihrem eigenen Land so hohe Steuern bezahlen sollten. Noch war es zu keinem offenen Aufstand gekommen, doch immer häufiger waren räuberische Überfälle auf britische Einrichtungen und sogar private Besitztümer an der Tagesordnung. Webster und seine Leute sollten mit ihrer Patrouille für Ruhe sorgen.

Während die Soldaten voranritten, folgten Tara und Lola in dem etwas langsameren Tross, der die Verpflegung und Zelte der Soldaten mit sich führte. Man hatte ihr ein eigenes Pferd gegeben, auf dessen Rücken sie sich mehr schlecht als recht hielt. Durch hügeliges Bergland und lichte Wälder zogen sie immer weiter in Richtung Norden. Tara war es nicht gewohnt, den ganzen Tag auf dem Rücken eines Pferdes zu verbringen. Ihr taten bald sämtliche Knochen weh. Auf Pulprigde Manor hatte sie das Reiten im Damensattel erlernt. Jetzt war sie gezwungen, wie ein Mann zu reiten. Schon am ersten Abend brannte ihr wund gescheuerter Hintern wie ein Höllenfeuer. Sie konnte kaum noch laufen, geschweige denn sitzen. Dazu hatte sie auch noch den Spott der anderen Burschen und Soldaten zu ertragen.

»Seht nur! George läuft wie Websters Affe«, grölten sie. Immerhin reichte einer der Burschen ihr ein Tontöpfchen mit Fett, mit dem sie ihr geschundenes Hinterteil einreiben sollte. Es linderte die Schmerzen allerdings nur wenig und sie musste die Nacht auf dem Bauch liegend verbringen. Als sie sich am nächsten Morgen wieder in den Sattel quälte, stiegen ihr vor Schmerz Tränen in die Augen. Gegen Mittag hing sie mehr auf ihrem Pferd, als dass sie noch saß. Es fehlte nicht viel und sie wäre wie ein nasser Sack von seinem Rücken gerutscht. Zum Glück war ihr Pferd gutmütig und trottete den anderen hinterher. Wie durch ein Wunder hielt sie bis zum Abend durch.

»Lass mich mal sehen«, forderte Webster sie am Abend unwirsch auf. Er hatte Verbandsmaterial und Salbe dabei. »Na los, Hose runter! Ich will sehen, ob ich was für deinen Hintern tun kann!«

Tara starrte ihn entgeistert an. Wenn ihr jetzt nichts einfiel, flog ihre Tarnung auf. »Ich … ich mach das allein«, stammelte sie und wollte nach der Salbe greifen. Doch Webster dachte gar nicht daran, es zuzulassen.

»Nun stell dich nicht so an!« Er versuchte, nach ihr zu greifen, aber sie entwand sich ihm geschickt.

»Es geht nicht!«, rief sie panisch. »Ich … ich habe ein Gelübde abgelegt!« Eine bessere Ausrede war ihr auf die Schnelle nicht eingefallen.

Webster brummte ungnädig. Immerhin lenkte er ein und überreichte ihr die Salbe. »Du wirst die nächsten Tage auf einem der Wagen mitfahren«, knurrte er und wandte sich von ihr ab.

Tara fiel ein Stein vom Herzen. Das war gerade noch einmal gut gegangen. Sie schob eine Hand unter ihren Hemdkragen, um den Talisman hervorzuholen. Sie sehnte sich danach, die tröstende Wärme des indischen Elefanten zu spüren. Entsetzt musste sie feststellen, dass sie ihn verloren hatte.

16

Seit nunmehr fast einer Woche saß der Nachbarjunge regungslos auf dem festgetretenen Lehmboden im leeren Haus seiner Mutter. Dabei starrte er unentwegt auf die gegenüberliegende, fleckige Wand. Er aß und trank nichts und legte sich auch nicht zum Schlafen nieder. Er überließ sich völlig seiner Trauer und den bitteren Vorwürfen, die er sich machte.

Am Abend beschloss Gita, ihm einen Besuch abzustatten. Wortlos stellte sie ihm ein Schälchen Gemüsecurry, einen Fladen Naanbrot und einen Krug Wasser hin. Ohne den Blick von der Wand zu nehmen, trank Kasim einen Schluck. Das Essen rührte er nicht an. Gita nahm es bedauernd zur Kenntnis, drängte ihn jedoch nicht. Sie kannte Kasim seit seiner Geburt und wusste, dass er über kurz oder lang wieder zur Besinnung kommen würde. Sein Wesen wurde im Augenblick von Shiva, dem Weltzerstörer, beherrscht. Man musste ihn gewähren lassen. Erst wenn sich der vernichtende Sturm in seinem Inneren gelegt hatte, konnte auch wieder die andere Seite von Shiva in ihm aufleben, die des Neubeginns. Gita warf noch einen letzten Blick auf den Jungen, dann schlurfte sie zur Tür. Kaum hatte sie die Schwelle übertreten, entdeckte sie auf dem Lehmboden des Innenhofes ein dünnes, gerissenes Lederband mit einem Talisman. Sie bückte sich danach und hob ihn vorsichtig auf. Neugierig betrachtete sie den fein gearbeiteten Jadeelefanten mit den seltsamen Zaubersprüchen auf seinem Rücken. Sie strich zaghaft mit ihren knotigen Fingern darüber. In diesem Augenblick spürte sie, wie eine mächtige Energie auf sie übersprang. Mit einem Aufschrei des Entsetzens ließ sie den Talisman fallen.

»Ehrwürdiger Ganesh, Herr der Hindernisse, Beseitiger der Hindernisse! Verschone mich!«, rief sie erschrocken. Ihre Finger waren gerötet, als hätte sie sich verbrannt. »Das ist ein mächtiger Zauber! Ganesh möge mich vor ihm bewahren.«

»Es gibt keinen Zauber!«, hörte sie plötzlich Kasims verbitterte Stimme. Er war neben sie getreten und warf nun einen Blick auf das Amulett, das auf dem Boden vor seinen Füßen lag. »Das ist nur ein bedeutungsloser Anhänger. George muss ihn verloren haben.«

»Bei Ganesh! Dann musst du ihm den Talisman wieder zurückbringen. Er ist überaus mächtig. Ich habe es am eigenen Leib gespürt«, sagte Gita mit bebender Stimme. »Tust du es nicht, wird dich seine Macht zerstören. Der Elefantengott kennt keine Gnade, wenn du ihm im Weg stehst.«

»So ein Unfug«, wehrte Kasim ungnädig ab. »Das ist abergläubisches Weibergeschwätz. Ich werde George wegen dieses Anhängers auf keinen Fall hinterherlaufen. Er ist Christ. Für ihn ist er völlig bedeutungslos. Außerdem habe ich mit ihm nichts mehr zu schaffen. Er ist schuld, dass meine Mutter nicht mehr lebt.«

»Du weißt genau, dass das nicht wahr ist«, widersprach ihm Gita sanft, aber bestimmt. »Deine Mutter stand schon lange am Ufer des Todes. Es war ihr vorherbestimmt zu sterben, bevor du zurückkamst. Als gläubiger Hindu musst du das akzeptieren. Weißt du denn nicht, dass du schlechtes Karma auf dich lädst, wenn du einen Unschuldigen für den Tod deiner Mutter verantwortlich machst?«

»Ich möchte meine Ruhe haben«, knurrte er unfreundlich und wandte sich von ihr ab, um wieder ins Haus zurückzugehen.

Mit einem letzten Blick auf den Talisman verließ Gita den Innenhof. Sie war sicher, dass Kasim bald einsehen würde, dass er nicht den Rest seines Lebens mit der Trauer um seine Mutter verbringen konnte.

Kasim biss sich trotzig auf die Unterlippe. Gitas eindringliche Worte hatten ihn wieder in die Wirklichkeit zurückgeholt. Ihm war ja selbst längst klar, dass Gita recht hatte. Außerdem hatte er Hunger. Der würzige Geruch des scharfen Gemüsecurrys stieg ihm schon viel zu lange verführerisch in die Nase. Er nahm sich Gitas Essen und setzte sich damit vors Haus. Als er es sich an der Hauswand bequem gemacht hatte, riss er sich ein Stück von dem Brotfladen ab und tunkte es in die lauwarme, cremige Sauce. Dabei musste er an George denken, wie er bei den Fischern zum ersten Mal indisches Essen gekostet hatte. Wie hatte er mit Jitendra gelacht!

George ist Vergangenheit. Ich habe ihn selbst davongejagt.

Auch wenn es ihm schwerfiel, es sich einzugestehen, empfand er sein Verschwinden als Verlust. Der irische Junge war mehr als nur ein Freund gewesen. Mit ihm hatte ihn etwas ganz Besonderes verbunden. Während er lustlos weiteraß, streiften seine Augen den Talisman. Seltsam. Er war ihm an George nie aufgefallen. Kein Wunder, schließlich knöpfte er sein Hemd immer bis ganz oben zu. Er hob ihn vorsichtig auf, um ihn näher zu betrachten. Warum hatte Gita sich nur so angestellt? Sie hatte gerade so getan, als hätte der Anhänger etwas Magisches an sich. In seinen Händen war er nichts anderes als ein einfaches Schmuckstück. Zugegeben, es handelte sich um eine wundervolle Handwerkskunst. Er hatte noch nie etwas feiner Gearbeitetes gesehen. Was mochten die seltsamen Zeichen auf dem Rücken des Elefanten wohl bedeuten? Sie waren in Sanskrit geschrieben, dennoch konnte er ihren Sinn nicht verstehen. Woher hatte George ein indisches Amulett?

In der Mythologie seines Volkes waren die Elefanten die Wächter und Träger des Alls. Ein Elefant war ein Glückszeichen und ein mächtiger Hüter des Wohlergehens.

Wohlergehen und Glück! Als ihm bewusst wurde, dass ihm genau das fehlte, spürte Kasim einen Schmerz, der sich wie die Spitze eines Dolches tief in sein Herz bohrte. Er vermisste seine Mutter so sehr. Nichts und niemand konnte sie ihm je ersetzen. Und seinen einzigen Freund hatte er durch sein grobes Verhalten für immer vertrieben. Mit dem Talisman in der Hand ging er zurück ins Haus. Er legte Georges Amulett auf den Boden vor seine Schlafstätte und rollte sich auf der Bastmatte an der Wand eng zusammen. Das Gefühl von Verlust und Trauer wurde so übermächtig, dass er zu schluchzen begann. Irgendwann, als die Tränen endlich versiegt waren, fiel er in einen unruhigen Schlaf.

Kasim erwachte auf seiner Bastmatte und entdeckte die Umrisse von George in der Tür.

»Ich habe meinen Talisman vergessen«, sprach er und trat ohne Aufforderung ein. Als er den Anhänger auf dem Boden liegen sah, bückte er sich danach und hob ihn auf. Dann wandte er sich zum Gehen.

»Bleib!«, forderte Kasim ihn zu seiner eigenen Überraschung auf. »Es tut mir leid, was ich zu dir gesagt habe.« Wie leicht ihm die Worte der Versöhnung jetzt über die Lippen gingen. George lächelte und Kasim freute sich über die Grübchen in seinen Wangen.

»Ich habe dir längst verziehen«, antwortete er und trat auf ihn zu.

Kasims Herz klopfte heftig, als George direkt vor ihm niederkniete. Das Licht der aufgehenden Sonne verlieh seinen veilchenblau leuchtenden Augen einen überirdischen Glanz. Die hellen Flecken darin tanzten wie Sterne am Abendhimmel. Seine Haut schimmerte so weich und makellos, dass Kasim nicht anders konnte, als mit seinen Fingern behutsam über seine Wange zu fahren. Er befürchtete, dass George ihn zurückstoßen könnte, doch der lächelte noch immer und schloss die zarte Hand um seine Finger. Ein Glücksgefühl so groß wie die Weiten des Ozeans durchströmte Kasim, als er auch noch die letzte Hürde nahm und es wagte, George zu küssen. Seine Lippen waren weich und nachgiebig. Sie schmeckten nach

Honigtau und süßen Versprechungen. Dann spürte er, wie Georges Zunge an seine Zähne stieß. Zögernd gewährte er ihr Einlass und genoss die wild verspielte Leidenschaft, mit der sie einander erkundeten. Kasim schloss die Augen und gab sich ganz Georges stürmischen Berührungen hin, bis sie von einem hämischen Lachen unterbrochen wurden. Erschreckt öffnete er die Augen und sah, dass es nicht George war, den er in seinen Armen hielt, sondern Stinky mit seinen fauligen Zähnen.

Kasim wachte schweißgebadet auf. Er wusste nicht, was schlimmer war. Die Scham, in seinem Traum einen Jungen geküsst zu haben, oder der Schrecken darüber, dass es in Wirklichkeit Stinky gewesen war. Er stand auf, um auf dem Hof Wasser aus dem Brunnen zu schöpfen. Nachdem er Gesicht und Hände benetzt hatte, fühlte er sich etwas besser. Es war nur ein dummer Traum, versuchte er sich einzureden. Das war sicherlich die Folge von den durchwachten Nächten, in denen er um seine Mutter getrauert hatte. Die Müdigkeit griff erneut nach ihm. Er wankte zurück ins Haus, um sich wieder hinzulegen. Das Letzte, woran er sich später erinnerte, war ein schwaches Leuchten, das von dem Amulett ausging.

Kasim saß auf dem Rücken eines Pferdes und beobachtete von der Kuppe eines Hügels aus eine bunte Karawane von Händlern und Bauern, die zum nächstgelegenen Markt strömten. Sie quälten sich mit ihren von Pferden und Ochsen gezogenen Wagen bei großer Hitze durch eine staubige Einöde. Die bunten Saris der Frauen waren die einzigen Farbflecke in der tristen Hügellandschaft. Mitten unter den Händlern mit den riesigen Turbanen der Rajputen entdeckte er George. Seine zierliche Gestalt wirkte so hilflos und schmächtig zwischen all den voll bepackten Wagen. Ein mit Säcken beladener Kamelhengst blies seine Nüstern auf, um mit einem gellenden Schrei eine Kamelstute auf sich aufmerksam zu machen. Niemand schenkte George Beachtung. An der Art und Weise, wie er lief, konnte Kasim erkennen, wie hungrig und durstig er war. Dennoch trottete er weiter, ohne eine Miene zu verziehen. Das war es, was Kasim so an ihm bewunderte. Sein irischer Freund ließ sich nicht unterkriegen, egal wie schwierig die Situation auch sein mochte.

Kasim erinnerte sich an den Schlauch mit Wasser und den Vorrat an Brot und getrockneten Früchten, den er bei sich trug. Er beschloss, zu George hinunterzureiten, um ihm etwas davon anzubieten. Doch bevor er seinem Pferd die Sporen geben konnte, sah er, wie berittene Räuber hinter einem Felsen hervorpreschten, um die Karawane zu überfallen. Mit lautem Kriegsgeschrei jagten sie mitten durch die Menge und hieben mit ihren Säbeln wild um sich. Während die Händler nach ihren Waffen und die Bauern nach ihren Heugabeln griffen, plünderten die Räuber bereits die ersten Wagen. Wer sich zur Wehr setzte, wurde erbarmungslos niedergestochen. Frauen, Kinder und Alte suchten im nahen Gehölz nach Deckung. Kasim sah, wie George einem gestürzten Kind aufhalf und es seiner Mutter reichte. Bevor auch er sich in Sicherheit bringen konnte, stürmte einer der Räuber mit gezücktem Säbel auf ihn zu. George bückte sich, sodass die Waffe ins Leere schlug. Bevor der Räuber nochmals nachsetzen konnte, wurde er von der Kugel eines Händlers niedergestreckt. Flink wie ein Wiesel versuchte George, sich unter einem der Wagen zu verstecken. Doch ein anderer Bandit hatte ihn ebenfalls entdeckt. Mit einem höhnischen Lächeln auf den Lippen zielte er mit der Pistole auf ihn. Alle Vorsicht vergessend, stieß Kasim einen lauten Warnruf aus, während er den Hügel hinabgaloppierte, doch in dem Moment, als sein Freund ihm in die Augen sah, ging der Schuss los. Mit einem ungläubigen Blick auf das Blut auf seiner Brust sank George in die Knie. Dann richteten sich seine Augen erneut Hilfe suchend auf Kasim. Er gab seinem Pferd die Sporen, doch je schneller es lief, desto langsamer kamen sie voran. Kasim hatte das Gefühl, in einem zähen Brei gefangen zu sein. Statt sich seinem Freund zu nähern, entfernte er sich von ihm. Dann stieg dichter Nebel auf und George verschwand darin hinter grauen Dunstwolken.

Mit klopfendem Herzen erwachte Kasim ein zweites Mal in dieser Nacht. Als er schlaftrunken die Augen öffnete, blendete ihn ein übernatürliches, strahlend grünes Licht. Es breitete sich im ganzen Raum aus. Auf seiner Oberfläche wirbelten magische Zeichen und Symbole durcheinander. Der Schein war so hell, dass er die Augen mit den Händen abschirmen musste. Das Leuchten ging von dem kleinen Elefanten aus. Gleichermaßen fasziniert wie eingeschüchtert, beobachtete Kasim, wie sich nun auch der Talisman zu verändern begann. Es schien, als würde plötzlich Leben in ihm erwachen. Ein immer heftiger werdendes Pulsieren ließ den kleinen Jadeelefanten größer und größer werden. Nach und nach nahm der flache Anhänger die Form eines richtigen Elefanten an.

Er wuchs und wuchs, bis er in etwa die Größe eines kleinen Pferdes erreicht hatte. Dann hörte er auf, sich zu verändern. Nun kam Leben in die Gestalt. Der kleine Elefant schüttelte sich leicht, woraufhin die leuchtenden Symbole wie Sternschnuppen um ihn herumstoben. Sein Körper strahlte nun sanft und warm. Schließlich richteten sich die klugen, dicht bewimperten Augen des Elefanten auf ihn. Sein Blick war ruhig und wissend. Kasim versuchte vergeblich, das Zittern, das ihn plötzlich befiel, unter Kontrolle zu bekommen. War er immer noch in einem Traum gefangen? Der Elefant hob seinen Rüssel und deutete zur Tür.

»Folge mir!«

Seine Stimme klang freundlich, aber bestimmt. Mit der lässigen Behäbigkeit, wie sie nur Elefanten zu eigen ist, drehte er sich um die eigene Achse und marschierte nach draußen.

Kasim erhob sich. Er folgte dem magischen Tier, als würde er wie eine Marionette an Fäden geführt. Das warme grüne Leuchten leitete ihn durch die dunklen Straßen von Surat. Es war die Zeit vor dem Morgengrauen, in der die meisten Lebewesen schliefen. Als sie die Mauern des englischen Forts erreichten, begann es zu dämmern. Die schwarze Nacht verwandelte sich in ein blaues Grau, das schließlich einem türkisfarbenen Himmel wich, dessen Horizont rosarot zu leuchten begann. Mit der aufkommenden Helligkeit ließ auch das Strahlen des Elefanten nach. Seine Gestalt schrumpfte immer mehr in sich zusammen, während das Leben in ihm wie die Flamme einer Kerze verglomm. Als die ersten Sonnenstrahlen auf die rötlichen Lehmmauern des Forts trafen, hatte der Elefant wieder die Gestalt eines leblosen Talismans angenommen. Unscheinbar, als wäre er nie etwas anderes gewesen, lag er vor Kasim im Staub. Behutsam und respektvoll hob er ihn auf und steckte ihn in seine Tasche. Ganesh, der Elefantengott, hatte ihm den Weg gewiesen.

17

»Falls du deinen Freund noch einholen möchtest, bräuchtest du ein schnelles Pferd«, verriet ihm ein leutseliger Soldat, der George vor einigen Tagen offenbar gesprochen hatte. »Lieutenant Webster und seine Männer reiten nicht auf dem direkten Weg. Sie treiben unterwegs noch Steuern ein.«

Mist! Kasim hatte nicht damit gerechnet, dass es George so schnell gelingen könnte, aus Surat zu verschwinden. Jetzt hatte er einen Vorsprung von einigen Tagen.

»Weißt du, welchen Weg sie nehmen?«

Der Wachsoldat zuckte mit den Schultern. »Sie reiten kreuz und quer. Allerdings wird der Tross sich auf der Handelsstraße, die ins große Gangesbecken führt, bewegen.«

Kasim bedankte sich und machte sich wieder auf den Weg zurück in die Stadt. Ohne Geld und Fortbewegungsmittel würde es nicht leicht sein, George schnell aufzuspüren. Als er in der Nähe der Handelsstation an zwei Männern vorüberging, die lautstark diskutierten, schnappte er zufällig das Wort »Kanpur« auf. Er stutzte. Kanpur war eine Stadt im Nordosten, nicht weit von Lucknow entfernt. Er musterte die beiden Männer. Ihre reich bestickten Gewänder und prächtigen Turbane wiesen sie als reiche Kaufleute aus. Gut möglich, dass sie eine Karawane in diese Richtung losschickten. Kasim beschloss, sie zu belauschen. Er verbarg sich unauffällig hinter einer Hausecke.

»Ali Babu liefert also pünktlich?«, fragte der eine. Er war ein hochgewachsener, schlanker Rajpute mit einem kräftigen schwarzen Schnurrbart, dessen Enden er gezwirbelt hinter seinen Ohren trug. Sein ausladender Turban hatte dieselbe nachtblaue Farbe wie sein langer, mit Silberfäden bestickter Mantel.

»Wenn ich es dir doch sage«, versicherte der Kleinere von beiden. Er war ein dunkelhäutiger, feister Tamile aus dem Süden Indiens. »Sobald er dein Geld in den Händen hat, wird er liefern.«

Der Rajpute grunzte ungehalten. »Wir machen es wie abgemacht«, fuhr er ihn an. »Die Waffen gegen das Gold. Ich kaufe doch nicht die Katze im Sack.« Der Kleinere versuchte sofort, ihn durch beschwichtigende Handgesten zu beruhigen.

»Pscht! Soll uns etwa jemand hören, Rahul?« Er sah sich ängstlich um.

Kasim presste sich unwillkürlich enger an die Hauswand. Das waren Waffenhändler! In Zeiten wie diesen bedeutete das, dass sie mit den Aufständischen zu tun hatten. Besser, er machte sich rasch davon, bevor sie ihn entdeckten. Er wollte sich gerade wegschleichen, als der Mann mit Namen Rahul etwas sagte, was ihn doch dazu veranlasste zu bleiben.

»Der Handel findet heute bei Sonnenuntergang statt. Wir brechen noch in dieser Nacht nach Kanpur auf. Ashok stellt drüben in der Handelsstation gerade die letzten Träger und Kameljungen ein. Ich habe es eilig. Die Rana von Jhansi wartet ungeduldig auf die Ware. Der Aufstand kann jederzeit losbrechen.«

Kasim kaute nachdenklich auf seiner Unterlippe. Auch wenn die Männer Gesetzlose waren, so war dies eine einmalige Gelegenheit, George rasch einzuholen. Wie zur Bestätigung spürte er ein heftiges Pulsieren in seiner Hosentasche. Georges Talisman, durchfuhr es ihn mit einem Schauer. Er gibt mir ein Zeichen! Er schluckte seine letzten Bedenken hinunter und machte, dass er zu der weiß gekalkten Festung kam, in der die Ostindische Handelsgesellschaft ihren Sitz hatte.

Durch ein großes, offen stehendes Tor betrat er den ausladenden Innenhof, wo englische Beamte und indische Kaufleute ihren Geschäften nachgingen. In den überdachten Ställen drängten sich Kamele, Pferde und Esel. Ihr Gestank schien die Händler nicht weiter zu stören. Sie standen in kleinen Gruppen beisammen und handelten. Einige Waren befanden sich auf Lastkarren in der Mitte des Hofes. Sie wurden gerade umgeschlagen und auf andere Transportmittel verteilt. Kasim sah sich um und fragte einen der Kameltreiber nach einem Mann namens Ashok. Der wies auf einen einäugigen, finster aussehenden Kerl, der gerade einen alten Mann auf spindeldürren Beinchen zum Teufel jagte.

»Ich brauch keine Alten und Krüppel. Scher dich davon! Du brichst mir ja schon am ersten Tag zusammen.«

»Versuch es wenigstens, gnädiger Herr«, bettelte der Alte, »ich werde dich nicht enttäuschen!«

Statt einer Antwort erhielt der Alte einen derben Fußtritt. Schließlich trollte er sich. Das war Kasims Gelegenheit. Er trat rasch vor.

»Ich habe gehört, du suchst Träger und Kameljungen?«, fragte er höflich. Ashok musterte ihn kritisch aus seinem funkelnden Auge.

»Was will einer wie du als Kamelbursche?«, fragte er misstrauisch. »Du siehst aus wie ein halber Engländer mit deinen grünen Augen. Für Bastarde wie dich haben wir keine Verwendung.«

»Du tust mir unrecht«, entgegnete Kasim grimmig. »Ich verabscheue die Engländer!« Er versuchte, dem kritischen Blick des Karawanenführers unerschrocken zu begegnen. »Ich will gegen sie kämpfen.«

»Und was geht mich das an?«, brummte Ashok missmutig.

Kasim hatte plötzlich eine gewagte Idee. »Ich möchte ins Fürstentum der Rana von Jhansi. Ich werde in ihre Dienste treten«, log er dreist und senkte dabei verschwörerisch die Stimme. »Kannst du mir nicht helfen?«

Ashoks finstere Miene hellte sich für einen kurzen Moment auf. Da sich einige Engländer in ihrer Nähe tummelten, sprach auch er nun leiser. »Dann bist du wohl einer von uns, was? Hast wohl auch genug von denen da?« Er deutete mit dem Kopf auf die Engländer.

Kasim nickte. »Sie rauben uns unser Land und nehmen uns unsere Freiheit«, behauptete er mit verächtlichem Blick. Die Worte kamen ihm erstaunlich leicht über die Lippen. Ein schmales, zustimmendes Lächeln erschien auf Ashoks Gesicht. »Deine Ansichten gefallen mir, du stehst auf der richtigen

Seite. Wir brechen heute Abend auf. Kannst du ein Kamel reiten?«

»Wie der Teufel«, versicherte Kasim und grinste zurück.

Lieutenant Webster und seine Soldaten ritten in forschem Tempo in Richtung Nordosten. Während die Soldaten die fälligen Steuern eintrieben, zogen die drei Planwagen mit der Verpflegung und den Zelten in Richtung Rajasthan. Es war unerträglich heiß. Die Sonne brannte so gnadenlos auf die staubige Erde, dass die Luft zu flirren begann. Während Tara neben ihrem Wagen hertrottete, hing sie meist trüben Gedanken nach. Was wohl Kasim jetzt machte? Gab er ihr immer noch die Schuld am Tod seiner Mutter? Sie hatte ihm jedenfalls längst verziehen. Fast bedauerte sie es, dass sie nicht noch einmal versucht hatte, mit ihm zu reden. Andererseits war es ihr nun erspart geblieben, ihm ihre wahre Identität zu verraten. Kasim hätte ihr bestimmt nur neue Vorhaltungen gemacht. Sie seufzte. Es war Zeit, dass sie sich endlich damit abfand, ihn nie wiederzusehen.

Mittlerweile hatten sie das fruchtbare Hügelland verlassen und gelangten nach Rajputana, was so viel wie Land der Könige bedeutete. Das Land bestand, wie sie erfuhr, aus neunzehn Königreichen, die von Fürsten, den sogenannten Rajas und Maharadschas, regiert wurden. Die einst mächtigen Fürsten waren jedoch längst zu Spielfiguren der Engländer geworden. Ihre prachtvollen Fürstentümer unterstanden dem Schutz der Ostindischen Handelsgesellschaft und damit indirekt der englischen Krone. Dafür, dass die britische Armee für Frieden im Land sorgte, mussten die Maharadschas hohe Steuern an sie bezahlen. Sie blieben zwar weiterhin die Herrscher in ihren Ländern, allerdings wurden sie von britischen Kolonialbeamten kontrolliert.

Die Landschaft im Nordwesten Rajputanas war karg und schroff. Je weiter sie vorstießen, desto mehr wurde sie zu einer unwirtlichen Wüste. Die sandigen Ebenen, durchzogen von Felsgruppen und Salzpfannen, boten kaum Schatten. Manchmal glaubte Tara, Wasserspiegelungen zu sehen, aber jedes Mal wenn sie sich ihnen näherte, stellten sie sich als Trugbilder heraus. Ihr Hals fühlte sich wie Sandpapier an. Wie gerne hätte sie mehr getrunken, aber die Tagesrationen waren streng eingeteilt. Selbst Lola war apathisch und hatte sich unter einer der Planen verkrochen. Erst gegen Abend, als die Schatten länger wurden, ließ die drückende Hitze etwas nach. Dann kamen meist auch die Soldaten von ihren Einsätzen zurück, und Webster ordnete an, wo das Lager aufgeschlagen werden sollte. Obwohl die Thar eine Wüste war, war sie doch bewohnt. Überall gab es kleine Dörfer mit Feldern, die mit Brunnenwasser bewässert wurden.

Am meisten staunte Tara, als sie einige Tage später die gelbe Wüstenstadt Jaisalmer erreichten. Von mächtigen Mauern und Türmen beschützt, lag die Stadt hoch über der Wüste auf einem riesigen Felsmassiv. Prächtige Paläste mit luftigen Pavillons, deren Pfosten und Dächer mit kunstvollen Bildhauerarbeiten verziert waren, kündeten ebenso von dem Reichtum und Geschmack ihrer Bewohner wie die erlesenen Havelis, die Wohnhäuser der wohlhabenden Händler. Die dunklen Durchgangstore, die in das Innere der Stadt führten, waren mit feinen Ornamenten geschmückt. Wie anders dieses fremde Land im Gegensatz zu Irland war. Tara stellte unwillkürlich Vergleiche zu ihrer alten Heimat an. In der Hitze vermisste sie manchmal die grünen, saftigen Weiden und den ausgiebigen Regen. Auf der anderen Seite war sie froh, dem allen entkommen zu sein. Vor allem dem gewalttätigen Fergus. Ob er noch lebte? Tara hoffte es von ganzem Herzen. Auch wenn ihr Onkel ein gemeiner, versoffener Kerl gewesen war, so konnte sie die Vorstellung nicht ertragen, womöglich an seinem Tod schuld gewesen zu sein.

Immer wieder versperrten ihnen Kühe mit langen Hörnern den Weg. Sie liefen überall frei herum. Keiner vertrieb sie, denn die Tiere waren den Hindus heilig. Mehr als einmal wurde ihr Tross in einer der engen Gassen aufgehalten, weil eine Kuh mitten auf dem Weg stand und genüsslich wiederkäute. Auch hier spielte sich das Leben auf den vielen Plätzen und Gassen der Stadt ab. Frauen in farbenfrohen Saris boten Obst und Gemüse feil. Aus dunklen Hauseingängen tönte das Klopfen und Hämmern von Handwerkern. Eine alte Frau kniete im Staub der Straße und bügelte auf einer Kiste Wäsche mit einem eisernen Bügeleisen, in dem Holzkohle brannte. Drei Musiker hatten sich in einer Mauernische niedergelassen und spielten mit Trommeln, einem Saiteninstrument und einer Tröte fremd klingende Melodien. Davor jonglierten Gaukler mit brennenden Fackeln und ein paar Artisten bauten menschliche Pyramiden. In eisernen Fettpfannen wurden würzige Samosas ausgebacken und am Straßenrand verkauft. Wasserträger und Teeverkäufer boten schreiend ihre Waren an. Dort, wo die Gassen weiter wurden, hatte man sie mit bunten Tüchern überspannt, um die heißen Sonnenstrahlen abzuschirmen. Es gab Gassen, in denen nur Goldschmiede wohnten. In anderen fanden sich Schneider, Gerber oder Gewürzhändler. Über allem schwebte ein kunterbuntes Gemisch von fremdartigen Gerüchen. Es roch nach Ingwer, Koriander, Minze, Fett, würzigem Tee, Kuhfladen, Urin und dann auch mal wieder nach duftendem Rosenwasser. Eine Welt voller Wunder und Farben, die Tara immer wieder aufs Neue beeindruckte und manchmal auch Angst machte. Wo war sie da nur hineingeraten? Würde sie ihren Vater in diesem riesigen Land überhaupt jemals finden? Und wenn ja, wie würde er sie aufnehmen? Trotz des prallen Lebens um sie herum fühlte sie sich oft einsam und schrecklich verlassen.

Von Jaisalmer zogen sie weiter in Richtung Osten. Mühsam erklommen sie einen Dünenkamm nach dem nächsten. In den tiefen Ebenen dazwischen gab es so gut wie keine Vegetation mehr. Ab und zu überholte sie eine Karawane mit Kamelen. Händler transportierten auf ihnen wertvolle Waren. Im tiefen Sand waren die hochbeinigen Tiere den Ochsenwagen weitaus überlegen. Selbst die Pferde kamen nicht so schnell voran wie diese Tiere, die aufgrund ihrer breiten, flachen Füße auf dem sandigen Untergrund nicht einsanken.

Tara sehnte sich danach, diese endlos scheinende Einöde mit all ihren Entbehrungen endlich hinter sich zu lassen. Der Soldat, dessen Wagen sie zugeteilt war, war ein schweigsamer Mann. Wenn sie ihn etwas fragte, antwortete er nur einsilbig. Von den anderen Burschen der Offiziere hielt sie sich lieber fern. Die Männer liebten zotige Sprüche und Raufereien und unterschieden sich nur wenig von den Seeleuten, die Tara auf ihrer Reise kennengelernt hatte. Nach einigen Tagen, die ihr wie eine kleine Ewigkeit vorgekommen waren, veränderte sich endlich die Landschaft. Es wurde wieder hügeliger. Dornige Büsche säumten nun ihren Weg. Dazwischen wuchsen hin und wieder Schatten spendende Bäume. Eines Morgens konnte Tara am Horizont die milchig blaue Silhouette eines Gebirges sehen. Es war das Aravalligebirge, welches die Wüste Thar im Osten begrenzte. Dahinter lag das weitläufige Flussbecken des Ganges mit seinen Dörfern und Städten. Und irgendwo dort lag auch die Stadt, in der Tara ihren Vater zu finden hoffte. In Lucknow würde sich ihr weiteres Schicksal entscheiden.

18

Noch in derselben Nacht zog Rahuls Karawane los. Kasim begleitete sie als Kameltreiber. Etwa zwanzig schwer beladene Lastkamele und noch einmal so viele Kameltreiber auf Reitkamelen zogen aus der Stadt. Ihre verbotene Fracht führten sie in Decken eingeschlagen unter harmlosem Tand mit sich. Der Umgang mit den oft widerspenstigen Kamelen war Kasim durchaus vertraut. Schon als Junge hatte er einem Nachbarn bei der Pflege seiner Kamele und Pferde geholfen. Er hatte ein gutes Händchen für Tiere. Das kam ihm jetzt zugute. Begleitet wurden sie von einer Gruppe bewaffneter Reiter auf Pferden. Rahul und Ashok gehörten dazu. Kasim bewunderte den herrlichen Rappen, auf dem der Waffenhändler ritt, eine temperamentvolle Stute namens Shakti, die elegant und anmutig unter ihrem Reiter tänzelte. Wenn die anderen Pferde nur noch müde vor sich hin trotteten, lief Shakti immer noch munter voraus. Die Stimmung unter den Männern war gut, obwohl viel von Mensch und Tier gefordert wurde. Rahul ließ seine Leute auch nachts marschieren. Nur alle zehn Stunden wurde eine mehrstündige Pause eingelegt, in der sie abwechselnd ein paar Stunden schliefen und Wache hielten.

Als endlich die erste längere Pause kam, war auch Kasim zum Umfallen müde. Dennoch trieb es ihn vor dem Schlafengehen noch einmal zu den Pferden. Man hatte ihre Vorderfüße zusammengebunden, damit sie nicht davonliefen. Im fahlen Licht des Mondscheins glänzte ihr Fell wie Seide. Shakti hielt sich abseits von den anderen Tieren. Den Kopf hoch erhoben, lauschte sie in die Nacht.

»Komm her, meine Schöne«, lockte Kasim sie mit leiser, freundlicher Stimme. Die Stute stand keine zehn Schritte von ihm entfernt. Neugierig richtete sie ihre Ohren auf ihn aus. Kasim trat langsam näher. Er sprach weiterhin auf sie ein. Sie blieb stehen und sah ihn ruhig an. Schließlich hatte er sie erreicht und tätschelte zärtlich ihren Hals. Shakti neigte ihren Kopf und stupste ihn an. Dankbar für ihre Zuneigung, kraulte Kasim sie zwischen den Ohren.

»Was für ein prachtvolles Tier du bist!«, murmelte er voller Bewunderung. Er war so versunken in diese Begegnung, dass er nicht bemerkte, wie sich jemand näherte.

»Shakti lässt sich nie von Fremden streicheln«, hörte er Rahuls leicht verärgerte Stimme hinter sich. Kasim zuckte erschrocken zurück.

»Verzeiht, Sahib«, sagte er unterwürfig und machte Anstalten, sich zu entfernen. Doch Rahul winkte Kasim zu sich.

»Komm mit!«, forderte er ihn auf. »Lass uns ein wenig reden.« Der Rajpute ging zu einem großen Stein und setzte sich darauf. Der Mond stand in seiner vollen Pracht über ihnen, sodass es beinahe taghell war.

»Ashok sagte mir, dass du in die Dienste der Rana von Jhansi treten möchtest?«, fragte er ohne Umschweife. Seine dunklen, bohrenden Augen blickten ihn dabei prüfend an. Kasim fiel es schwer, dem durchdringenden Blick standzuhalten. Der Mann hatte etwas Bezwingendes, dem er sich kaum entziehen konnte. Statt zu antworten, nickte er nur.

»Es kommt nicht alle Tage vor, dass sich ein Mischling, dem man seine indischen Wurzeln kaum ansieht, auf die Seite der Unabhängigkeit schlägt«, fuhr Rahul fort. »Wirst du mir verraten, weshalb du kämpfen möchtest?«

Seine Stimme klang weich und schmeichelnd, und doch spürte Kasim darin eine Härte, die keinen Widerspruch duldete. Der Rajpute wollte ihm genauer auf den Zahn fühlen. Darauf war er nicht vorbereitet gewesen. Politik war ihm im Grunde genommen herzlich egal. Die Anwesenheit der Engländer hatte er wie die meisten seiner Landsleute immer als notwendiges Übel hingenommen. Er hatte ja nie etwas anderes erlebt. Außerdem war er überzeugter Pazifist und verabscheute jegliche Art von Gewalt. Seine Mutter hatte ihn immer den Weg des Friedens und der Gewaltlosigkeit gelehrt.

»Ich möchte, dass unser Land frei ist«, behauptete er nun jedoch. »Die Engländer behandeln uns Inder wie Menschen zweiter Klasse.«

Auf Rahuls Gesicht erschien ein bestätigendes Lächeln.

»Die Engländer beuten nicht nur unser Land aus, sondern missachten auch unsere althergebrachten Traditionen.« Er fuhr sich nachdenklich über seinen kunstvoll gezwirbelten Schnurrbart. »Wir haben den Fremden viel zu lange vertraut. Als wohlmeinende Kaufleute getarnt, haben sie unser Land still und heimlich in Besitz genommen. Sie haben unser Vertrauen missbraucht. Bis unsere Fürsten gemerkt haben, dass sie uns dabei übervorteilen, hatten sie sich schon in unserem Reich festgesetzt. Nun haben sie ihre Macht wie ein Spinnennetz über uns gestülpt. Ist es nicht sonderbar, dass in einem englischen Heer fast nur indische Soldaten dienen? Aber sie sind nicht etwa Offiziere und Befehlshaber. Nein, es sind einfache Sepoys, die höchstens Unteroffiziere oder Feldwebel werden dürfen. Sie lassen sich von den Engländern herumkommandieren, obwohl sie erfahrene Krieger sind. Selbst unsere Herrscher haben ihre Macht verloren. Sie werden von den Engländern wie Untergebene behandelt. Ja, sie müssen sogar Steuern zahlen, obwohl ihnen das Land schon seit Jahrhunderten gehört. Damit haben die Engländer die Maharadschas zu Marionetten gemacht, die nur noch nach ihrer Pfeife tanzen können.«

Rahuls Augen bohrten sich erneut in Kasims, der seinem Vortrag betreten gefolgt war. Die Argumente des Rajputen hatten ihn durchaus beeindruckt.

»Was war dein Vater für ein Mann?«, wechselte Rahul plötzlich das Thema.

Kasim zuckte zusammen. Er mochte es nicht, wenn man ihn auf seinen Vater ansprach. Es hatte ihn Mühe genug gekostet, ihn aus seinen Gedanken zu verbannen. Vergeblich versuchte er sich einzureden, dass er nur noch Gleichgültigkeit für ihn empfand. Doch es gelang ihm nicht. Es hatte sehr wohl einmal eine Zeit gegeben, da hatte er diesen Mann geliebt.

»Er war ein erbärmlicher Feigling«, antwortete er verbittert. »Obwohl er meine Mutter geliebt hat, hat er sie verlassen. Er hat uns im Stich gelassen, weil er durch diese Beziehung Nachteile zu erwarten hatte.«

»Du musst ihn deswegen sehr hassen, nicht wahr?«

Kasim antwortete nicht. Er war plötzlich sehr aufgewühlt. Rahul klopfte ihm auf die Schulter und lächelte zufrieden.

»Du wirst ein guter Kämpfer werden«, meinte er, während er sich leichtfüßig erhob. Dann verschwand er grußlos in der Dunkelheit.

Das Gespräch mit Rahul hatte Kasim nachdenklich gestimmt. Auch wenn Rahul versuchte, ihm einzureden, dass er seinen Vater hassen müsste, so stimmte das nicht. Wenn er genauer darüber nachdachte, dann war er ihm nicht einmal gleichgültig. Es gab viel Gutes, was er mit seinem Vater erlebt hatte. Er hatte ihn lesen und schreiben gelehrt und sein Interesse an der Welt geweckt. Doch dann war er zum Spielball äußerer Zwänge geworden. Statt dagegen aufzubegehren, hatte er sich ihnen gefügt. Sein Vater war sicher ein Feigling, aber auch ein Opfer der arroganten englischen Gesellschaft, die sich stets für etwas Besseres hielt. Aber waren die Inder nicht ebenso verachtungswert? Sie waren doch die Schwächlinge, die sich das alles gefallen ließen!

Die Gedanken wirbelten nur so durch Kasims Kopf und ließen ihn lange nicht zur Ruhe kommen. Rahul hatte ihn beeindruckt. Menschen wie er wollten das alte Gleichgewicht wiederherstellen. Waren die Engländer erst mal aus Indien verschwunden, würden sie alle wieder frei sein. Doch würde dadurch das Leben für einfache Menschen wie ihn wirklich gerechter? Würde das Volk unter der Macht der alten Herrscher nicht genauso ausgebeutet werden wie unter den Engländern? Und waren es nicht die Engländer, die Eisenbahnstrecken bauten, Krankenhäuser und Schulen errichteten? Sie waren es doch, die Fortschritt und Wohlstand brachten. Er wusste plötzlich nicht mehr, was falsch und was richtig war. Das galt auch für die Tatsache, dass ihn die Bilder aus jenem Traum, in dem er George geküsst hatte, einfach nicht losließen.

In den folgenden Tagen lernte er Rahul noch besser kennen. Der Waffenhändler rief ihn häufig zu sich, um sich mit ihm zu unterhalten. Kasim schmeichelte die Zuneigung des Anführers und er lauschte gebannt seinen Erzählungen. Schließlich durfte er sogar gemeinsam mit ihm und Ashok an dessen Feuer rasten. Eines Tages um die Mittagszeit hatten sie das letzte Stück der Wüste Thar durchquert und sahen die waldigen Ausläufer des Aravalligebirges vor sich. Plötzlich näherte sich in einer Staubwolke ein Reiter. In rasantem Galopp preschte er auf ihre Gruppe zu und zügelte erst wenige Meter vor ihnen sein Pferd. Rahuls Männer empfingen ihn mit schussbereiten Gewehren.

»Vijay Hanuman!«, grüßte der Bote mit einer tiefen Verbeugung. Sobald die Losung gefallen war, befahl Rahul seinen Männern, die Waffen zu senken.

»Sprecht, mein Freund! Was gibt es für Neuigkeiten?«

»Ich komme von der Rana von Jhansi. Sie erwartet dich in ihrem Lager nicht weit von hier.«

»Warum ist sie nicht wie ausgemacht in ihrem Palast in Jhansi geblieben?«, erkundigte sich Rahul besorgt.

»Die Rana steht unter Beobachtung der Engländer. Sie

fürchtet, dass die Karawane durchsucht wird, bevor sie an ihrem Hof eintrifft. Die Engländer sind ihr gegenüber überaus misstrauisch geworden. Sie warten nur auf eine Gelegenheit, um sie von ihrem Land zu vertreiben. Seit der ehrwürdige Maharadscha tot ist, fordern sie ihr Land.«

»Wie können die Bastarde es wagen?«, erregte sich Rahul. »Sie hat einen Sohn, der in wenigen Jahren das Erbe seines Vaters antreten wird.«

»Salim ist nicht der leibliche Sohn des Maharadschas. Er wurde adoptiert. Nach ihren Gesetzen gibt das den Engländern das Recht, ihn nicht als rechtmäßigen Erben anzuerkennen. Sie fordern, dass das Reich von Jhansi unter englische Herrschaft gestellt wird. Bislang hat die Rana sich geweigert. Die Engländer ahnen wohl, dass sie mit den Aufständischen sympathisiert, und warten nur darauf, sie zu entlarven. Um keinen Verdacht zu erregen, gab die Rana vor, mit einigen Gästen auf Tigerjagd zu gehen. Zur Tarnung hat sie sogar Prinz Salim mitgenommen. Alles soll nach einer unverfänglichen Vergnügungsreise aussehen. Sie möchte, dass du ihr die Waffen so schnell wie möglich übergibst.«

»Wie weit ist es bis dorthin?«, wollte Rahul wissen.

»Bis zum Dschungel? Etwa drei Meilen von hier«, antwortete der Kundschafter. »Allerdings gibt es Schwierigkeiten. In der Nähe des Flusses, der aus den Bergen kommt, rastet ein Trupp englischer Soldaten. Die Rana fürchtet, dass es Spione sind.«

»Wir bleiben erst einmal hier und versuchen, die Absicht der Soldaten auszukundschaften«, entschied Rahul und entließ den Boten mit dieser Nachricht. Dann befahl er, im

Schutze einiger Felsen ein vorläufiges Lager zu errichten. Schließlich machte er Kasim ein Zeichen und winkte ihn zu sich.

»Ich brauche jemanden, dem ich vertrauen kann«, sagte er ernst. Kasim sah ihn überrascht an. In der Regel wurde nur Ashok mit wichtigen Aufgaben betraut. »Traust du dir zu, zu diesem Lager zu schleichen und herauszufinden, was die Engländer vorhaben?«

Kasim hatte bereits während des Gesprächs der beiden Männer überlegt, ob dies der Trupp sein könnte, dem sich George angeschlossen hatte. »Kein Problem«, antwortete er deshalb rasch.

Rahul bedachte ihn mit einem überraschten Blick. »Nun! An Mut scheint es dir jedenfalls nicht zu fehlen! Du weißt hoffentlich, dass mit den Engländern nicht zu spaßen ist? Falls du entlarvt wirst, werden sie kurzen Prozess mit dir machen.«

Kasim grinste zuversichtlich. »Ich werde mich einfach als Engländer ausgeben. Meine Augen sind hell und ich trage ihre Kleidung. Ich werde mich als Diener einer hochgestellten englischen Herrschaft ausgeben, der ich vorausreise, um ihre standesgemäße Ankunft in Kanpur vorzubereiten.«

»Das könnte klappen«, murmelte Rahul zufrieden. »Du bist ein cleverer Bursche, Kasim. Sobald du weißt, in welcher Mission die Soldaten unterwegs sind, wirst du direkt in das Lager der Rana gehen und ihr Bericht erstatten. Wenn du deine Sache gut machst, werde ich dich reichlich entlohnen.« Seine tiefschwarzen Augen musterten ihn eindringlich. »Ich hoffe, du enttäuschst mich nicht!«

Kasim lief bei seinen Worten ein eiskalter Schauer über

den Rücken. Er hatte die hinter Freundlichkeit versteckte Drohung durchaus verstanden.

»Damit du zu der Rana vorgelassen wirst, brauchst du die Losung«, fügte der Rajpute noch hinzu. »Sie lautet Vijay Hanuman. Präge dir die Worte gut ein und benutze sie nur, wenn du mit unseren Leuten zu tun hast.«

Kasim versprach es und machte sich sofort auf den Weg.

19

Nach der anstrengenden Wüstendurchquerung ließ Lieutenant Webster das Lager am Rande eines Dschungels aufschlagen. In dessen Nähe befand sich ein munter dahinplätschernder Fluss. Nach den langen Tagen voller Entbehrungen verkündete Webster seinen Leuten, dass sie an diesem Ort einen ganzen Tag verweilen würden, bevor sie wieder weiterzogen. Tara sehnte sich nach einem ausgiebigen Bad. Seit sie als Junge verkleidet umherreiste, war es um ihre körperliche Hygiene nicht besonders gut bestellt. Auf dem Schiff hatte sie immer die Nachtstunden dazu genutzt, sich heimlich zu waschen. Aber hier auf dem Land, in der ständigen Gesellschaft anderer Männer, fand sie kaum einmal die Gelegenheit dazu. Nicht dass dies besonders auffiel. Die meisten ihrer Mitreisenden hielten Körperpflege für etwas, auf das man leicht verzichten konnte. Kein Wunder, dass sie den scharfen Schweißgeruch der Männer schon gar nicht mehr wahrnahm. Doch nun war die Gelegenheit günstig. Als die größte Hitze vorüber war, begab sie sich an den Fluss. Um nicht von einem der Männer überrascht zu werden, lief sie ein gutes Stück stromabwärts, bis der Fluss eine scharfe Biegung machte. Das hohe Elefantengras zwischen Flussufer und Dschungel bot ihr einen guten Sichtschutz. Sie zog sich rasch die Kleider vom Leib. Endlich konnte sie auch das breite Stoffband abnehmen, mit dem sie ihre Brüste flach gebunden hatte. Darunter bewahrte sie auch das Lederbündel mit dem Brief ihres Vaters auf. Voller Vorfreude watete sie vom Ufer in das flache Wasser. Es war zwar nicht besonders kühl, aber dennoch herrlich erfrischend. Mit einem wohligen Seufzer tauchte sie unter, bevor sie sich daranmachte, sich mit einem Büschel Gras gründlich abzuschrubben. Danach ließ sie sich genüsslich auf der Wasseroberfläche treiben. Etwa zweihundert Yards entfernt begann der Dschungel. Am dunklen Saum des Regenwaldes wuchsen hohe Salbäume und Palmen. Unter ihren lichten Kronen wucherte dichtes Unterholz. Das Kreischen der Affen und die lauter werdenden Rufe unterschiedlicher Vögel ließen Tara aufmerken. Dann vernahm sie das laute Schlagen zahlreicher Trommeln. Sie waren noch weit entfernt, kamen aber beständig näher. Für Tara war das ein Zeichen, sich schnell wieder anzukleiden.

Kaum hatte sie ihr Brustband angelegt und war in Hemd und Hose geschlüpft, bemerkte sie, wie sich das Dickicht am Rande des Dschungels bewegte und ein kleiner indischer Junge von etwa acht Jahren auf die Lichtung hinaustrat. Er sah sich neugierig um und stapfte durch das hohe Gras in Richtung des Flusses. Aus dem Urwald drangen die aufgeregten Stimmen von Erwachsenen.

»Salim!« – »Salim!«, riefen sie sorgenvoll. Der Junge schien sich nicht darum zu scheren. So schnell er konnte, trabte er zum Flussufer. Plötzlich blieb er stehen. Offensichtlich hatte er etwas Aufregendes entdeckt, denn sie hörte einen begeisterten Ausruf. Von Neugier getrieben, schlich sich Tara im Schutz des Elefantengrases etwas näher heran. Der kleine Salim hatte sie noch nicht entdeckt. Der Junge musste aus wohlhabendem Hause stammen, denn er trug eine blütenweiße Hose mit einer knielangen nachtblauen Seidenjacke darüber. Seine Füße steckten in feinen hellbraunen Lederstiefeln und auf dem Kopf trug er einen ebenfalls weißen Turban mit einer kleinen Pfauenfeder daran. Allem Anschein nach war er ausgerissen. Jetzt bückte er sich und verschwand zwischen den orangefarbenen Halmen des Elefantengrases.

Tara kam noch etwas näher und konnte nun auch erkennen, was den kleinen Salim so entzückte. In einer Mulde zwischen dem hohen Gras hatten drei kleine Tigerbabys ihr Zuhause. Die Kätzchen schienen keinerlei Angst vor dem Jungen zu haben. Neugierig tapsten sie auf ihn zu. Eines von ihnen kletterte sogar auf seinen Schoß. Salim griff nach ihm, um es hochzuheben, doch das Kleine wehrte sich mit einem protestierenden Miauen und sprang wieder herab. Dafür ließ sich ein anderes willig von ihm streicheln. Salim war hingerissen und nahm es sogleich auf den Arm. Voller Stolz kraulte er das Kätzchen hinter den Ohren. Auch Tara war fasziniert. Sie kannte diese Tiere bislang nur von Zeichnungen in ihren Büchern. Fasziniert beobachtete sie das Treiben der verspielten Jungtiere.

Ein lautes Fauchen ganz in ihrer Nähe ließ sie herumfahren. Das musste die Mutter der Tigerbabys sein, schoss es Tara durch den Kopf. Bestimmt war sie nicht sehr erfreut, wenn

Menschen in der Nähe der Kleinen waren. Tara versuchte, die Umrisse der Raubkatze in dem mannshohen Gras auszumachen, konnte jedoch nichts erkennen. Ein neues, warnendes Fauchen, dieses Mal noch näher, ließ ihr Herz schneller schlagen. Der Junge hatte es wohl ebenfalls gehört. Er stand rasch auf und sah sich ängstlich um. Das kleine Tigerchen auf seinem Arm begann, wild zu zappeln. Es wollte zurück zu seinen Geschwistern. Als Salim es nicht losließ, schrie es kläglich. Ein markerschütterndes Brüllen war die Antwort. Fast im selben Augenblick entdeckte Tara den muskulösen Körper der Raubkatze, keine zehn Schritte von Salim entfernt. In ihren kühnsten Träumen hatte sie sich nicht vorstellen können, dass ein ausgewachsener Tiger so groß werden konnte. Sein langer, gelb-schwarz gestreifter Schwanz peitschte nervös hin und her. Er hielt seine Schnauze in den Wind und witterte. Jetzt hatte die Tigerin den Geruch ihrer Jungen und auch den von Salim in der Nase. Ein tiefes Knurren folgte, dann spannten sich die Muskeln ihres geschmeidigen Körpers und sie setzte zum Sprung an.

Salim stand ahnungslos auf der kleinen Lichtung, das Tigerkätzchen immer noch auf dem Arm, und sah sich ängstlich um. Tara erkannte die Gefahr und handelte, ohne nachzudenken.

»Lass das Kätzchen los!«, rief sie Salim laut zu und spurtete los. Der Junge war vor Schreck wie erstarrt. Er vermochte sich nicht zu rühren. Mit wenigen Schritten hatte Tara ihn erreicht. Sie ergriff seinen Arm und entriss ihm den kleinen Tiger. Kaum hatte sie das Kätzchen auf den Boden gesetzt, sprang die Tigerin heran. Das kleine Kätzchen schrie und lief auf seine Mutter zu. Die Tigerin unterbrach ihren Angriff und versicherte sich kurz, dass es ihrem Jungen gut ging. Tara nutzte die Zeit, um mit Salim zu fliehen.

»Da entlang«, schrie sie und zog Salim hinter sich her. Mehr stolpernd als rennend, schlugen sie sich durch das Dickicht zurück zum Fluss, während hinter ihnen ein wütendes Fauchen erklang. Tara und Salim rannten, so schnell sie konnten. Am Flussufer stand ein Baum, auf den Tara hoffte, sich retten zu können. Doch der Abstand zwischen ihnen und der Raubkatze verkürzte sich zusehends, wie Tara mit einem Blick über ihre Schulter feststellte. Endlich hatten sie den Baum erreicht. Ohne zu zögern, schob sie Salim auf einen der unteren Äste, und während er rasch nach oben kletterte, versuchte sie, sich ebenfalls hochzuziehen. Gerade als sie Halt an einem dicken Ast gefunden hatte, setzte die Tigerin zum Sprung an.

Das Lager der englischen Soldaten lag am Rande des Dschungels, nicht weit vom Ufer des Flusses entfernt. Kasim konnte schon von Weitem den Rauch von Feuer erkennen. Offensichtlich hielten die Männer es nicht für notwendig, ihre Anwesenheit zu verbergen. Er beschloss, sich vom Flussufer her den Soldaten zu nähern. Sie sollten nicht wissen, aus welcher Richtung er ursprünglich gekommen war. Also schwenkte er von seinem Weg ab und ging durch hohes Elefantengras auf das Ufer zu. Keine hundert Yards dahinter begann der Dschungel. Aus dem Dunkel des Urwalds vernahm er das dumpfe Schlagen von Trommeln. Das mussten die Treiber der Rana von Jhansi sein, die mit ihrem Lärm das Wild aus den Verstecken direkt auf die Jäger zutrieben. Kasim wollte sich gerade vom Fluss her wieder dem Lager der Engländer nähern, als er plötzlich den gellenden Schrei eines Kindes hörte. Er kam ganz aus seiner Nähe. Wie vom Donner gerührt, blieb er stehen. Kurz darauf hörte er das Knurren einer Raubkatze und dann den Hilferuf von einer anderen Person, die deutlich älter war. Ohne lange zu überlegen, griff er nach einem dicken Ast. Mit großen Schritten hastete er durch das hohe Gras. Ein kurzer Blick nach vorn genügte, um den Ernst der Lage zu erkennen. Ein kleiner, vornehm gekleideter Junge saß in den Wipfeln eines kümmerlichen Baumes und schrie aus Leibeskräften. Was ihn jedoch noch viel mehr erstaunte, war sein Begleiter, der gerade ebenfalls versuchte, sich an dem Baum hochzuhangeln.

»George!«, rief Kasim überrascht. Gleichzeitig nahm er aus den Augenwinkeln wahr, wie ein gewaltiger Tiger zum Sprung ansetzte. Er schnellte wie ein mächtiges Geschoss direkt auf George zu. Dieser versuchte noch auszuweichen. Doch während er sich zur Seite drehte, stolperte er über einen Ast, sodass eine Vordertatze des Tieres seinen Oberarm aufriss. Sofort quoll Blut aus der Wunde. Die Katze wandte sich um und machte sich zum nächsten Angriff bereit. Kasim zögerte nicht. Mit einem lauten Schrei stürmte er auf sie zu und rammte ihr seinen Ast mit aller Kraft in die Flanke. Die Katze stieß ein markerschütterndes Brüllen aus, taumelte und sank für einen Moment benommen zu Boden. Kasim ging auf Distanz und wappnete sich für ihren nächsten Angriff. Der Junge auf dem Baum schrie immer noch wie von Sinnen, während George regungslos auf dem Boden lag. Plötzlich ertönte ein Schuss und das laute, erregte Rufen herannahender Männer drang an Kasims Ohren. Die Raubkatze sah sich verwirrt um. Unschlüssig, was sie tun sollte, äugte sie erst in Kasims, dann in die Richtung, aus der die Geräusche kamen. Schließlich entschied sie sich für einen neuen Angriff. Noch einmal spannte sie all ihre Muskeln an und machte sich für den nächsten Sprung bereit. In diesem Moment erklang das klägliche Miauen eines Jungtiers.

Überrascht stellte Kasim fest, dass die Tigerin mit einem bösen Fauchen von ihrem Vorhaben abließ und sich umsah. Das Kätzchen hatte sich mittlerweile aus seiner Deckung gewagt. Warnend brüllte die Mutter auf. Die Angst um ihr Junges siegte über ihre Angriffswut. Mit einem Sprung war sie bei ihrem Kleinen, packte es am Genick und verschwand mit ihm im Dickicht des hohen Grases. Nur einen Augenblick später trafen die Männer der Rana von Jhansi ein.

20

Kasim stand wie betäubt da, während um ihn herum helle Aufregung herrschte. Der kleine Prinz war in der Zwischenzeit von seinem Baum heruntergeholt worden und spielte sich nun als ruhmvoller Held auf.

»Ich habe geholfen, den Tiger zu vertreiben«, prahlte er stolz. Das Abenteuer schien ihn in keiner Weise beeindruckt zu haben. Kasim hingegen war immer noch starr vor Schreck. Der Gedanke, dass er sich gerade gegen eine so mächtige Raubkatze gestellt hatte, ließ ihn schaudern.

Erst der Anblick von Georges reglosem Körper brachte ihn wieder in die Gegenwart zurück. Sein Freund blutete heftig aus einer Wunde am Oberarm. Die Tigerin hatte ihre Krallen tief in sein Fleisch gegraben. Außerdem schien er sich bei seinem Sturz den Kopf angeschlagen zu haben. Einer der Diener kniete bereits neben ihm, um ihn notdürftig zu versorgen.

»Lebt er?« Kasim hatte plötzlich fürchterliche Angst um ihn. Unwillkürlich griff er in die Hosentasche, in der er Georges Talisman verborgen hatte. Das sanfte Pochen des indischen Elefanten in seiner Hand beruhigte ihn. Tatsächlich regte sich sein Freund nur wenig später. Kasim ließ sich neben ihm auf die Knie fallen.

»Kann man dich denn keinen Augenblick aus den Augen lassen?«, schimpfte er erleichtert. George blinzelte ihn überrascht an. Ein gequältes, aber erfreutes Lächeln huschte über sein Gesicht.

»Kasim«, begrüßte er ihn stöhnend und versuchte, sich aufzurichten.

»Bleib liegen! Du musst erst mal ordentlich verbunden werden«, befahl Kasim ihm besorgt, doch George wollte davon nichts wissen.

»Mir geht es gut«, behauptete er. Dabei war er blass wie weißer Käse. Im nächsten Augenblick näherte sich die fürstliche Jagdgesellschaft. Ein lautes Tröten kündigte die Ankunft der Rana von Jhansi und ihres Gefolges an. Etliche Elefanten stampften von Mahouts gelenkt durch das hohe, wogende Gras. Auf ihren Rücken trugen sie in seitlich angebrachten Sänften die Jäger mit ihren Gewehren. Auf dem Rücken des größten Elefanten thronte eine mit Troddeln und Glöckchen verzierte Sänfte, deren duftige gelbe Seidenvorhänge zurückgeschlagen waren. Eingebettet zwischen bequemen Kissen, thronte die Maharani. Sie war eine schöne Frau mittleren Alters mit ebenmäßigen Gesichtszügen. Ihre mit Kajal umrandeten Augen hielten besorgt Ausschau nach ihrem Sohn. Sobald der Elefant der Maharani zum Stehen gekommen war, traten einige Männer vor. Sie führten den Fürstensohn zwischen sich. Nach einer tiefen Verbeugung berichteten sie ihr von Salims Abenteuer.

Die Rana hörte ihren Ausführungen mit versteinertem Gesicht zu. Als sie sich an ihren Adoptivsohn wandte, war nichts von ihrer Erleichterung zu spüren. »Wie konntest du dich unerlaubt von deinen Ajas und Dienern entfernen?«, begrüßte sie ihn tadelnd. »Ich hatte dir befohlen, bei ihnen zu bleiben. Weißt du nicht, dass meine Anweisungen auch für dich gelten?«

Von Salims eben noch gezeigter Großspurigkeit war nichts mehr übrig. Mit gesenktem Kopf und ziemlich kleinlaut bat er seine Ziehmutter um Verzeihung.

»Es tut mir leid, Mutter. Aber mir war so langweilig vom langen Warten. Da habe ich mich heimlich davongeschlichen. Als ich die jungen Tiger fand, dachte ich nur noch an dich. Ich wollte dir einen von ihnen zum Geschenk machen.«

Seine schräg geschnittenen Kulleraugen füllten sich mit Tränen. Dabei musterte er sie treuherzig. »Ich wollte dich nicht enttäuschen.«

Salims reuevolle Worte verfehlten ihre Wirkung nicht. Erstaunt beobachtete Kasim, wie sich der Unmut der Rana wie Nebel verflüchtigte, den die Sonne vertreibt. Sie lächelte ihrem Sohn gnädig zu. »Geh nun zu deinen Ajas. Sie sollen dir etwas zur Stärkung geben.«

Salim verbeugte sich vor seiner Mutter und verschwand eilig. Der Jäger, der Bericht erstattet hatte, wies nun auf die beiden Jungen. »Eure Hoheit. Euer Sohn hat sein Leben diesen beiden Burschen hier zu verdanken. Sie haben für seine Rettung ihr Leben gewagt. Nur ihrem Mut und ihrer Tatkraft ist es zu verdanken, dass der Thronfolger noch lebt. Der eine ist übrigens Engländer. Er wurde von dem Tiger verletzt.«

Die Rana hob erstaunt die Augenbrauen. »Ein Engländer! Sieh einmal einer an. Lass sie vortreten.«

Kasim half George, vor die Rana zu treten. Beide verbeugten sich und warteten darauf, dass man sie ansprach.

»Wer von euch hat meinem Sohn das Leben gerettet?«, fragte sie auf Hindi. Der Blick ihrer auffallend hellbraunen Augen wanderte neugierig von Kasim zu George. Da nur Kasim ihre Worte verstand, antwortete er für sie.

»Mein Freund George war es«, meinte er bescheiden. »Er hat Prinz Salim auf dem Baum in Sicherheit gebracht. Ich kam erst in dem Augenblick dazu, als die Tigerin ihn angriff, und konnte nicht sehr viel tun. Wären Eure Jäger nicht gekommen, wären wir beide nicht mehr am Leben.«

Die Rana nickte huldvoll lächelnd. »Das ist die Antwort eines edlen Freundes.« Halb spöttisch, halb bewundernd wandte sie sich an George. »Und warum hast du dein Leben für einen indischen Jungen gewagt?«, fragte sie nun in bestem Englisch. »Ist dein Leben nicht mehr wert als das eines einfachen Inders? Du siehst zudem nicht sehr kräftig aus.«

»Darüber habe ich nicht nachgedacht«, antwortete George, und Kasim bemerkte überrascht, dass ihn diese Antwort mit Stolz erfüllte.

Ein anerkennendes Lächeln umspielte den Mund der Fürstin. »Ich möchte euch meine Dankbarkeit erweisen«, fuhr sie an beide gewandt fort. »Salim ist meine Augenweide. Wäre er tot, so hätte mein Leben keinen Sinn mehr. Begleitet mich in mein Lager.« Mit einem Blick auf Georges Verletzung fügte sie hinzu: »Deine Wunde muss ordentlich verbunden werden, Junge. Mit Verletzungen dieser Art ist nicht zu spaßen.«

George wagte dennoch einen Einwand. »Verzeiht, Hoheit! Ich fürchte, ich muss zurück. Meine Truppe lagert nicht weit von hier. Man wird mich sicherlich schon vermissen. Wenn Ihr erlaubt …«

»Oh!« Die Rana tat überrascht. Kasim stellte fest, dass sie eine perfekte Schauspielerin abgab. »Wolltet ihr etwa zu mir?«, fragte sie scheinbar arglos. Kasim geriet ins Schwitzen. Was, wenn Georges Truppe tatsächlich feindliche Absichten hegte? Doch seine Furcht schien unbegründet.

George schüttelte den Kopf. »Die Soldaten treiben die Steuern von den umliegenden Grundbesitzern ein. Wir haben einen langen Weg hinter uns. Deshalb ließ uns der Lieutenant hier rasten.«

Das Gesicht der Rana hellte sich zusehends auf. Sie nickte George gnädig zu. »Bei deinen Leuten wird man dich kaum angemessen behandeln können«, meinte sie. »Lass mich einen Boten schicken, der deinem Lieutenant mitteilen lässt, dass du wieder zu seiner Truppe stößt, sobald du von deinen Verletzungen genesen bist.«

Kasim fing Georges unschlüssigen Blick auf. »Besser kann es nicht kommen«, raunte er ihm aufmunternd zu. »Das Fürstentum Jhansi liegt ganz in der Nähe von Lucknow.«

Tara gelang es kaum, sich auf dem Pferd zu halten, auf das man sie gehievt hatte. Weil sie sich geweigert hatte, sich anständig verbinden zu lassen, hatte sie bereits eine Menge Blut verloren. Auf dem Pfad, den die Elefanten durch den Dschungel getreten hatten, stolperte ihr Tier dem Gefolge der Rana hinterher. Die Wunde an ihrem Oberarm brannte wie Feuer und trieb ihr die Hitze durch den ganzen Körper. Kasim, der neben ihr ritt, sah sie besorgt an.

»Du hast Schmerzen! Außerdem blutet deine Wunde wieder. Lass mich endlich nach dem Arzt schicken.«

»Es ist nicht so schlimm«, behauptete Tara und zwang sich zu einem Lächeln. Sie wusste, dass Kasim recht hatte. Doch wenn man sie verband, musste sie dazu ihr Hemd ablegen. Das Pochen war mittlerweile so gewaltig, dass es ihr Bewusstsein trübte. Sie nahm Kasims Umrisse nur noch schemenhaft wahr.

»Wieso bist du überhaupt hier?«, fragte sie, um ihn abzulenken.

»Was soll ich noch in Surat?«, antwortete Kasim unwirsch.

Tara spürte, wie sich Enttäuschung in ihr breitmachte. Kasim hatte ihr noch immer nicht verziehen. Doch als sie sich resigniert von ihm abwenden wollte, straffte er seine Schultern und suchte ihren Blick.

»Ich bin deinetwegen hier, George! Du hast natürlich keinerlei Schuld am Tod meiner Mutter. Es war gemein von mir, es zu behaupten. Wirst du meine Entschuldigung annehmen?«

»Schon vergessen«, meinte Tara großmütig und gab sich Mühe, das freudige Zucken ihrer Mundwinkel zu verbergen. Nun war es Zeit, dass auch sie mit der Wahrheit herausrückte. Kasim hatte ein Anrecht darauf. Das Pochen in ihrem Oberarm wurde jedoch immer stärker. Es gelang ihr kaum noch zu reden. Als sie ihn ansehen wollte, verschwammen seine Züge immer mehr.

»Du … du … musst auch mir verzeihen«, murmelte sie benommen, »ich bin nicht so, wie du denkst …«

Weiter kam sie nicht. Schwarzer Nebel verengte ihr Blickfeld und umhüllte sie wie ein dichter Vorhang. Kasims Hilferuf drang nur noch wie eine ferne Botschaft zu ihr. Dann versank sie in der erlösenden Stille einer Ohnmacht.

»Der verletzte Engländer ist ein Mädchen?«, wiederholte die Rana überrascht. Geeta, ihre Dienerin und Vertraute, nickte. Sie hatte ihr gerade berichtet, was der Hakim bei der Versorgung von Georges Wunden herausgefunden hatte.

»Das hört sich nach einer abenteuerlichen Geschichte an«, bemerkte die Rana amüsiert. Sie liebte verwickelte Geschichten, in deren Verlauf sie womöglich eingreifen konnte. »Vielleicht ist das Mädchen von zu Hause weggelaufen? Ist sie die Freundin von diesem Kasim? Die beiden wirkten mir sehr vertraut.«

»Ich habe keine Ahnung«, meinte Geeta. »Allem Anschein nach hält Kasim seinen Freund für einen jungen Mann. Der Hakim hat ihm jedenfalls noch nichts von seiner Entdeckung erzählt. Er wollte, dass ich zuerst Euch davon unterrichte.«

»Eine weise Entscheidung«, befand die Rana. »Ich werde bei Gelegenheit nach dem englischen Mädchen sehen. Du kannst jetzt gehen.«

Geeta hatte jedoch noch etwas auf dem Herzen. »Dieser Kasim wartet übrigens vor Eurem Zelt. Er bittet um eine Unterredung.«

»Dann sorg dafür, dass er vorgelassen wird. Ich werde ihm ein wenig auf den Zahn fühlen.« Die Rana rieb sich vergnügt die Hände. »Was gibt es Schöneres als das Aufdecken von Geheimnissen?«

Kasim wurde endlich zu der Rana vorgelassen. Wie man es von ihm erwartete, faltete er die Hände vor der Stirn und verbeugte sich tief vor der Herrscherin.

»Setz dich zu mir, mein Freund«, forderte diese Kasim freundlich auf. Sie klatschte in die Hände, woraufhin man ihm sofort einen Becher mit gewürztem Tee überreichte, der nach Kardamom und Koriander duftete. »Du wolltest mich sprechen?«

»Ich habe eine Nachricht von Rahul für Euch«, begann Kasim ungeduldig.

»Ich kenne keinen Rahul«, behauptete die Rana mit undurchdringlichem Gesicht. »Wie kommst du darauf, mir von ihm zu erzählen?«

Kasim war einen Moment perplex. Erst dann erinnerte er sich an die Losung. »Sagt Euch Vijay Hanuman etwas?«, fragte er vorsichtig. Dabei senkte er seine Stimme, damit niemand anders als die Rana ihn hören konnte.

Sichtlich überrascht blickte die Herrscherin ihn an. »Sieh einmal einer an«, murmelte sie verblüfft. Dann hatte sie sich wieder gefasst und setzte ihre gewohnte, undurchdringliche Miene auf. »Berichte, was du mir zu sagen hast!«

Kasim übermittelte rasch Rahuls Botschaft. »Ihr könnt

Georges Aussage ruhig vertrauen«, fügte er hinzu. »Dieser Webster und seine Soldaten sind nicht wegen Euch hier.«

»Die Engländer sind harmlos«, bestätigte die Rana. »Ich habe die Gelegenheit genutzt, um es selbst herauszufinden. Mein Hauptmann hat den englischen Lieutenant davon unterrichtet, dass sein Bursche verletzt in meiner Obhut ist. Dieser Webster war froh, dass wir uns um ihn kümmern. Offensichtlich hat er den Befehl erhalten, sofort zu seiner Garnison zurückzukehren. Die Truppe ist längst wieder weg.« Sie betrachtete Kasim nachdenklich. »Sobald ich mich entschieden habe, wie wir vorgehen werden, werde ich es dich wissen lassen.«

»Sehr wohl, Majestät!« Kasim wartete ungeduldig darauf, sich entfernen zu dürfen. Doch die Rana hatte offensichtlich anderes mit ihm vor.

»Meine Höflinge werden gleich zu einem Festmahl erscheinen«, erklärte sie. »Ich möchte dir meine Dankbarkeit erweisen, indem ich dich dazu einlade.«

»Ihr seid zu gütig, Majestät«, antwortete Kasim höflich. »Gestattet Ihr mir wohl, vorher nach meinem Freund zu sehen?«

Die Rana hob neugierig eine Augenbraue. »Was hast du eigentlich mit einem Engländer zu schaffen?«, fragte sie.

Kasim geriet in Erklärungsnot. Die Rana war wie Rahul der Meinung, dass er auf der Seite der Aufständischen stand. Also war es nur schwer zu erklären, dass er einen Engländer zum Freund hatte. Nach kurzem Zögern entschied er sich, halbwegs bei der Wahrheit zu bleiben.

»George und ich arbeiteten beide als Schiffsjungen auf hoher See. Wir haben uns vor Monaten in England kennengelernt. Als uns der Kapitän nicht von Bord lassen wollte, sind wir gemeinsam geflohen. George versucht, in Indien seinen Vater zu finden. Er glaubt, dass er ein wichtiger englischer Offizier ist. Wir haben uns in meiner Heimatstadt Surat getrennt. Ich habe mich Rahul angeschlossen, er den Engländern. Es ist reiner Zufall, dass wir uns hier wieder begegnet sind.« Das seinen Worten folgende Schmunzeln der Rana verwunderte Kasim.

»Ja, die Engländer sind immer für eine Überraschung gut«, meinte sie vielsagend. Dann wandte sie sich von ihm ab und klatschte in die Hände. »Es wird Zeit, mit dem Festmahl zu beginnen!«

Augenblicklich füllte sich ihr Zelt mit Höflingen und Jagdgästen. Während sich alle auf reich verzierten Seidenkissen um niedere Tische setzten, brachten Dienerinnen auf silbernen Platten erlesene Köstlichkeiten herein. Kasim lief beim Anblick des Essens das Wasser im Mund zusammen. Es gab Schalen mit geröstetem Gemüsereis, scharf gewürzte Linsensuppe, Spinat mit weißen Käsestücken und safrangelb leuchtende Kartoffeln in Kokoscreme. Dazu wurden frisch gebackene Brotfladen und aus dem Fett gezogene, scharfe Pappadam gereicht. Für die Fleischesser unter den Gästen wurde ein kross gebratener Pfau angeboten, dessen blaugrüne Schmuckfedern wie ein Wagenrad hinter ihm aufgestellt waren. Außerdem gab es frisch geschossenes Wild und anderes Geflügel und zum Nachtisch Honigfeigen, kandierte Früchte und frisches Lassi.

»Hast du schon öfter einen Tiger mit einem Ast angegriffen?«, fragte Salim, der neben ihm saß. Er behandelte Kasim wie einen vertrauten Freund.

»Aber nein! Und ich möchte es auch ganz gewiss nicht noch einmal versuchen«, gestand er ihm.

Der Prinz kräuselte enttäuscht die Stirn. Dann zuckte er mit den Schultern. »Ich werde meine Mutter trotzdem bitten, dich als meinen Leibwächter einzustellen und den anderen Jungen auch. Wie geht es ihm?«

Kasim erzählte ihm, dass der Hakim gerade bei ihm war. Salim sah ihn abschätzend an. »Ich mag dich lieber leiden«, meinte er mit geschürzten Lippen. Dann kicherte er. »Als dein Freund bewusstlos auf dem Boden lag, sah er aus wie ein Mädchen.«

Kasim warf ihm einen befremdeten Blick zu. Doch Salim kümmerte sich nicht darum, sondern plapperte unbekümmert weiter. »Nun ja, im Gegensatz zu dir sieht er eher aus wie eine meiner Schwestern.«

Kasim wurde nachdenklich. War das vielleicht der Grund, weshalb er sich so von George angezogen fühlte? Weil er aussah wie ein Mädchen? Seit seinem ersten Traum war beinahe keine Nacht mehr vergangen, in der er nicht von ihm träumte. Seine Gefühle beschämten ihn. Gleichzeitig konnte er nichts dagegen unternehmen. George durfte auf keinen Fall davon erfahren! Wenn er doch nur endlich zu ihm könnte … Seine Geduld wurde jedoch auf eine harte Probe gestellt. Bevor die Rana ihre Gäste entließ, trat noch eine Gruppe Musiker auf und trug endlos lange Balladen vor. Als sie schließlich zum Ende kamen und das Publikum der Gruppe huldvoll applaudiert hatte, wurde die Tafel endlich aufgehoben.

Kasim stürmte förmlich zu dem Zelt, in dem George behandelt wurde. Doch als er es betreten wollte, hielt ihn ein Wachposten auf.

»Was soll das?«, fragte Kasim ungehalten. »Lass mich sofort durch.«

»Nein«, knurrte der Soldat. »Befehl des Hakims. Er hat angeordnet, dass niemand hineindarf.«

»Das gilt ganz sicher nicht für mich«, widersprach Kasim entrüstet. »Ich bin sein Freund.« Er versuchte, sich an dem Mann vorbeizudrücken, doch der nahm seine Lanze und verstellte ihm den Weg.

»Ich habe meine Anweisungen«, meinte er unnachgiebig. »Komm morgen wieder. Du kannst dein Nachtlager in einem der anderen Zelte aufschlagen.«

Kasim schäumte vor Wut. Doch es war bereits sehr spät, und er wagte nicht, den Hakim zu dieser Stunde noch zu stören. Widerwillig legte er sich schlafen.

Nach einer weiteren unruhigen Nacht versuchte er am nächsten Morgen erneut sein Glück. Doch als man ihm immer noch den Zugang zu George verwehrte, beschloss er, sich persönlich zu beschweren.

Der Leibarzt der Rana war ein hagerer, hochgewachsener Mann mit einer Adlernase und einem dünnen grauen Kinnbart. Freundlich lächelnd empfing er Kasim in seinem Zelt und bot ihm eine Wasserpfeife an.

»Ich rauche nicht«, knurrte Kasim ungeduldig. »Ich möchte viel lieber wissen, weshalb du mich nicht zu meinem Freund lässt.«

Der Hakim hob bedauernd die Hände. »Die Umstände lassen es im Moment nicht zu. Dein Freund ist noch nicht in der Lage, Besuch zu empfangen.«

Kasim erschrak. »Was soll das heißen?«, fragte er besorgt. »Geht es ihm denn so schlecht?«

Der Hakim wog nachdenklich den Kopf. Kasim wurde ganz eng ums Herz. Wenn man ihn nicht zu George ließ, konnte das nur bedeuten, dass seine Verletzung doch schlimmer war, als er befürchtet hatte.

»Bitte sag mir die Wahrheit«, bat er mit zitternder Stimme. »Wird er sterben?«

»Um die Gesundheit deines Freundes musst du dich nicht sorgen«, beschwichtigte ihn der Arzt. »George hat nur eine Fleischwunde davongetragen. Allerdings hat sie sich entzündet. Er braucht jetzt absolute Ruhe. In ein bis zwei Tagen wird es ihm sicherlich schon viel besser gehen. Bis dahin musst du dich gedulden.«

Kasim war frustriert. Er wollte seinen Freund unbedingt sehen. Die Rana konnte es ihm nicht verwehren. Als er jedoch vor ihrem Zelt um eine Unterredung bat, wurde er nur von dem Hauptmann der Palastwache empfangen.

»Ihre Hoheit wünscht, dass du zu deinem Herrn zurückkehrst und ihn hierherführst.« Als Kasim etwas einzuwenden versuchte, schnitt er ihm das Wort ab. »Die Rana möchte, dass die Karawane umgehend hierherkommt. Es ist deine Aufgabe, dafür zu sorgen.« Der breitschultrige Mann warf ihm einen unnachgiebigen Blick zu.

»Kann ich Ihre Majestät vorher noch sprechen?«, versuchte es Kasim dennoch. »Es ist wichtig!«

»Die Rana hat jetzt keine Zeit«, schnaubte der Hauptmann ungeduldig. »Du tätest besser daran, dich an ihre Befehle zu halten!« Er warf ihm noch einen letzten abschätzigen Blick zu, dann verschwand er wieder im Zelt. Kasim blieb nichts anderes übrig, als sich sofort auf den Weg zu Rahul zu machen.

21

Als Tara aus ihrer Ohnmacht erwachte, blickte sie verwirrt um sich. Sie hatte Mühe, sich an das Geschehene zu erinnern. Ihr Arm schmerzte kaum noch. Nur ein dumpfes Pochen war zu spüren. Auch das Fieber war beträchtlich gesunken. Dann kamen die Erinnerungen zurück. Es war ihr wieder nicht gelungen, Kasim endlich die Wahrheit zu sagen. Ein Geräusch machte sie darauf aufmerksam, dass sie nicht allein war. Eine Dienerin war damit beschäftigt, einige Sachen im Zelt zu ordnen. Als sie bemerkte, dass Tara wach war, kam sie an ihr Bett und flößte ihr etwas Wasser und eine übel schmeckende Medizin ein.

»Der Hakim sagt, du musst möglichst viel trinken, Sahiba«, meinte sie, ohne das Gesicht zu verziehen.

Sahiba! Tara verstand nicht viel Hindi, aber dass Sahiba Frau bedeutete, wusste sie immerhin. Sie erschrak, als ihr bewusst wurde, dass sie verbunden war. Das konnte nur eines bedeuten. Sie hatten erkannt, wer sie in Wirklichkeit war. Erschreckt wollte sie hochfahren, doch die Dienerin drückte sie energisch zurück in ihr Kissen.

In Taras Kopf schlugen die Gedanken Purzelbäume. Wusste Kasim etwa auch schon, wer sie war? Verachtete er sie nun wegen ihres falschen Spiels? Oder hasste er sie gar? Sie musste es unbedingt herausfinden.

»Wo ist Kasim?«, erkundigte sie sich vorsichtig.

Die ältliche Dienerin, die sich Geeta nannte, schüttelte den Kopf. »Er ist nicht mehr hier«, antwortete sie einsilbig.

Nun fuhr Tara doch hoch. »Was bedeutet das?«, fragte sie mit banger Stimme.

Geeta zuckte nur ungerührt mit den Schultern. »Ich weiß es nicht. Ich bin nur eine Dienerin.«

Tara redete sich sofort ein, dass Kasim ihretwegen verschwunden war. Sobald er herausgefunden hatte, dass sie ein Mädchen war, hatte er sich davongemacht. Er musste sie für eine üble Lügnerin halten. Natürlich verachtete er sie jetzt. Sie konnte es ihm nicht verübeln.

Traurig sank sie zurück auf ihr Kissen. Sie schloss die Augen, damit keiner die Tränen sah, die plötzlich in ihr aufstiegen. Sie hatte sich so über ihr Wiedersehen gefreut! Und nun war alles zu spät. Es war ihre Schuld, dass sie zu lange gewartet hatte. Sie hatte es vermasselt. Wie jedes Mal, wenn sie Trost suchte, fasste sie an ihren Hals, um ihren Talisman zu berühren. Doch statt seine tröstende Wärme zu spüren, griffen ihre Finger ins Leere. Es zerriss ihr fast das Herz, als ihr bewusst wurde, dass sie mit dem Talisman auch ihre letzte Erinnerung an ihre verstorbene Mutter verloren hatte. Mit einem Mal fühlte sie sich nur noch verzagt. Wie sollte es nun weitergehen? Kasim war auf und davon und die Suche nach ihrem Vater erschien ihr auf einmal wenig aussichtsreich.

»Majestät«, begrüßte Geeta ihre Herrscherin und riss Tara unvermittelt aus ihren Grübeleien. Sie öffnete die Augen und blickte in das ebenmäßige Gesicht der Rana von Jhansi. Sie hatte auf einem Stuhl neben ihrem Bett Platz genommen. Die hellbraunen, von Kajal umrandeten Augen musterten sie voller Neugier.

»Es freut mich, dass es dir besser geht«, begrüßte sie Tara. »Dein Fieber ist gesunken, wie ich hörte. Der Hakim meint, dass du in ein, zwei Tagen bereits wieder aufstehen kannst.« Ihre Stimme klang warm und freundlich, bis plötzlich ein spöttisches Lächeln ihre Mundwinkel umspielte. »Grenzt es nicht an Magie, dass der Angriff einer Tigerin aus einem mutigen jungen Mann so rasch eine reizende junge Frau zaubert?«

Tara spürte, wie sie errötete. Es fiel ihr beim besten Willen keine Erwiderung ein.

Die Rana legte amüsiert den Kopf schief.

»Dir hat es wohl die Sprache verschlagen, mein Täubchen? Das wundert mich nicht. Fürchtest du, dass ich unser kleines Geheimnis ausplaudere?« Sie schüttelte den Kopf. »Eine unbegründete Angst. Dein Lieutenant hat dich ohnehin entlassen. Er konnte keine Rücksicht auf einen einfachen Burschen nehmen. Ist das nicht undankbar? Doch keine Sorge! Die Rana von Jhansi weiß, was sich gehört. Als Dank für die Rettung meines Sohnes kannst du dir etwas wünschen.«

»Sehr großzügig, Eure Hoheit!«, war alles, was Tara dazu zu sagen vermochte. Sie hatte weiß Gott andere Sorgen als materielle Wünsche.

Die Rana beobachtete sie weiterhin mit neugierigem Interesse. »Willst du mir nicht deinen wahren Namen verraten?«, fragte sie schließlich. »Ich würde gerne ein wenig mit dir plaudern.«

»Tara Harley«, antwortete Tara zögernd. Ihr war das Interesse der Fürstin höchst unangenehm.

»Du scheinst eine Vorliebe für Geheimnisse zu haben«, stellte die Rana fest. »Manchmal können sie sehr bedrückend sein. Vielleicht hilft es dir, wenn du mir verrätst, weshalb du als Junge verkleidet durch Indien reist?«

»Ich hatte meine Gründe dafür«, wich Tara zögerlich aus. »Meine Geschichte ist lang und kompliziert. Sie würde Euch sicherlich langweilen ...«

»In Indien lieben wir Geschichten, deren Fäden sich in viele Richtungen verirren«, widersprach die Rana. »Dein Freund Kasim verriet mir bereits, dass du deinen Vater suchst?«

Bei Kasims Namen zuckte Tara zusammen. Sie fragte sich, weshalb er ihr davon erzählt hatte. Was kümmerte eine Fürstin schon ein mittelloses weißes Mädchen?

Die Rana schien ihre Gedanken zu erraten.

»Du hast meinem Sohn das Leben gerettet«, erinnerte sie Tara. »Nun wünsche ich, etwas über dein Leben zu erfahren. Du hast sehr uneigennützig gehandelt. Die meisten Männer hätten in dieser Situation die Flucht vorgezogen.«

Ihre Anteilnahme schien aufrichtig zu sein und Tara war ihr dankbar dafür. Vielleicht tat es ja wirklich gut, einmal über alles zu reden. Wie lange war es her, dass sie Zeit mit einer Freundin verbracht hatte? Das Leben in Galway lag eine gefühlte Ewigkeit zurück. Nun saß sie in einem Zelt in einem fremden Land und plauderte mit einer Fürstin.

Anfangs kamen die Worte nur stolpernd aus ihrem Mund, doch nach und nach flossen sie wie ein reicher Strom. Wie gut es tat, sich endlich einmal alles von der Seele zu reden. Sie hatte so vieles in sich hineingefressen. Die Rana erwies sich als eine überraschend geduldige Zuhörerin und so erzählte Tara ihr fast alles. Nur ihre Gefühle zu Kasim verschwieg sie. Doch die Rana war eine kluge Frau. Sie hatte sie längst erraten.

»Warum hast du Kasim nie etwas von deiner wahren Identität verraten?«, wollte sie wissen. »Mir scheint, ihr seid gute Freunde und habt viel Zeit miteinander verbracht.«

Tara spürte, wie sie erneut rot wurde und sich ihr Herz krampfhaft zusammenballte. »Irgendwie gab es dafür nie den richtigen Zeitpunkt«, gestand sie kleinlaut. »Und jetzt ist es zu spät. Geeta hat mir verraten, dass Kasim das Lager verlassen hat.«

Sie konnte nicht verhindern, dass ihre Stimme zitterte, als sie diese Worte aussprach. Befremdet stellte sie fest, dass sich die Miene der Rana dabei aufhellte, fast so, als würde sie sich darüber amüsieren. Machte sie sich etwa über ihre Gefühle lustig?

»Oh, Kasim wird in ein bis zwei Tagen wieder im Lager sein«, beruhigte sie die Fürstin schließlich. Dabei schenkte sie Tara ein verschwörerisches Lächeln. »Er macht gerade einen Botengang für mich.«

Tara ließ einen leisen Seufzer los. Sie würde Kasim also wiedersehen.

Die Rana tätschelte beruhigend ihre Hand. »Kasim weiß nicht, dass du ein Mädchen bist. Ich habe dafür gesorgt, dass er es nicht erfährt. Noch liegt es in deiner Hand, es ihm schonend beizubringen.«

Tara schwieg. Es war ihr peinlich, dass die Rana so deutlich ihre Gedanken zu lesen schien.

»Ich habe eine sehr gute Idee«, schmunzelte die Fürstin indes vergnügt. »Du wirst sehen, alles kommt, wie es kommen muss.«

22

Kasim erreichte Rahuls Lager noch im Schutze der Nacht. Der Rajpute empfing ihn an seinem prasselnden Feuer.

»Ich fürchtete schon, dass dich die Engländer erwischt hätten«, begrüßte ihn der Waffenhändler ungeduldig. »Hast du Neuigkeiten von der Rana?«

Kasim berichtete ausführlich, was vorgefallen war und dass er den Auftrag hatte, ihn und seine Männer in das fürstliche Lager zu führen.

Rahul nickte zufrieden. »Wir lassen die Kamele und Pferde hier«, befahl er seinen Männern und ließ sie die Kisten und Säcke mit den Waffen zusammentragen. Dann wandte er sich wieder an Kasim. »Lass dir was zu essen geben. Wir brechen noch heute Nacht auf. Was weißt du über die Engländer?«

»Sie sind längst abgezogen. Dennoch würde ich einen Bogen machen und vorschlagen, dass wir uns vom Fluss her und durch den Dschungel dem Lager nähern. Es ist gut möglich, dass noch andere Kundschafter unterwegs sind.«

Rahul klopfte ihm anerkennend auf die Schulter. »Mir gefällt, wie du denkst! Junge Burschen mit Köpfchen kann ich gut in meinen Reihen gebrauchen. Was ist? Willst du mit uns für die Freiheit Indiens kämpfen? Schließe dich mir an. Du wirst es nicht bereuen. Du bist ein hervorragender Kundschafter. Die Zeit ist reif, den Engländern endlich zu zeigen, dass sie hier nichts verloren haben!«

Rahuls Worte schmeichelten ihm. Der Rajpute behandelte ihn mittlerweile wie einen Freund, dem man vertrauen konnte. Dennoch zögerte Kasim mit einer Antwort. Er musste plötzlich an George denken. Was würde er davon halten, wenn er sich den Aufständischen anschloss? Er würde es mit Sicherheit nicht gutheißen. Er verabscheute Gewalt genau wie er selbst, mochte sie auch noch so gerechtfertigt scheinen.

»Die Götter mögen entscheiden, wohin mich das Schicksal führt«, antwortete er ausweichend.

Rahul warf ihm einen enttäuschten Blick zu, hüllte sich aber in Schweigen. Dann gab er den Befehl zum Abmarsch.

In der mondlosen Nacht stapften die schwer bepackten Männer durch das Elefantengras zum Fluss, überquerten ihn und schlugen schließlich einen Pfad in Richtung Dschungel ein. Kasim führte sie an. Damit der Feuerschein sie nicht verriet, zündeten sie keine Fackeln an, sondern marschierten durch die Dunkelheit. Kasim orientierte sich an markanten Stellen wie großen Bäumen und auffälligen Lichtungen, die er auf dem Hinweg markiert hatte. Am Nachmittag des nächsten Tages trafen sie auf die ersten Posten der Rana. Noch vor der Abenddämmerung hatten sie das Lager erreicht.

Rahul wurde von dem Hauptmann der Palastwache empfangen und sogleich in das Zelt der Rana geführt. Um Kasim hingegen kümmerte sich niemand. Er beschloss, die Gelegenheit zu nutzen, um George zu besuchen. Er hoffte, dass man ihn nun endlich zu seinem Freund vorließ. Doch als er dessen Zelt erreichte, fand er es leer vor. Er fragte einige der Diener nach Georges Verbleib. Keiner konnte ihm sagen, wohin er verschwunden war. Schließlich entdeckte er Geeta, die Vertraute der Rana, die gerade an einem Schrein der Göttin Lakshmi Opfergaben darbrachte. Er wartete, bis sie die Räucherstäbchen entzündet und ihre Gebete gesprochen hatte, bevor er sie ansprach.

»Verzeih, werte Geeta«, begrüßte er sie. »Kannst du mir sagen, wo ich den verletzten Engländer finden kann?«

Wie ertappt fuhr Geeta hoch. Sie erwiderte seine Begrüßung lediglich mit einem raschen Kopfnicken. Es war ihr sichtlich unangenehm, ihm zu begegnen.

»Dein Freund ist nicht mehr …«, brachte sie schließlich verkrampft hervor. Sie suchte viel zu lange nach den richtigen Worten. »Das Fieber, die entzündete Wunde …« Sie hob hilflos die Hände und schüttelte den Kopf. Ohne ein weiteres Wort zu verlieren, eilte sie davon.

Kasim hatte plötzlich das Gefühl, als hätte man ihm einen Dolch ins Herz gestoßen. Wollte Geeta ihm damit sagen, dass George gestorben war? Unmöglich!

Kurz entschlossen eilte er ihr hinterher. Doch sie war bereits zwischen den Zelten verschwunden. George konnte nicht tot sein! Der Hakim hatte ihm selbst versichert, dass die Wunde nicht lebensbedrohlich war! Was war während seiner Abwesenheit geschehen? Warum hatte man ihn nicht zu ihm vorgelassen? Die einzige Erklärung, die ihm dazu einfiel, war, dass er schon tot gewesen war, bevor er zu Rahul aufgebrochen war. Man hatte ihn belogen! Die Rana wollte sichergehen, dass er seinen Auftrag erfüllte und sich nicht in der Trauer um George verlor. Sie hatte ihm seinen Tod mit Absicht verschwiegen. So musste es gewesen sein!

Kasim fühlte mit einem Mal eine große Leere in sich. Da war so vieles, was er George noch hatte sagen wollen. Er hatte ihn mehr geliebt als einen Bruder. Ihm war, als fehle ihm ein wertvoller Teil seiner selbst.

Mit hängendem Kopf wankte er zu den Feuern, um die die Wachposten ihren abendlichen Tee tranken. Dort ließ er sich nieder und starrte trübsinnig in die verglimmende Glut. Irgendwann döste er ein.

Früh am nächsten Morgen schreckte er auf. Ein grobes Rütteln hatte ihn geweckt. Es war einer der Soldaten der Leibwache.

»Befehl der Rana. Du sollst mir folgen«, sagte er barsch.

Kasim tat so, als hätte er ihn nicht gehört. Mit dem Aufwachen war auch wieder die Trauer um George zurückgekehrt. Er sah keinen Grund mehr, der Herrscherin zu Diensten zu sein. Sie hatte ihn wie eine Schachfigur benutzt, ohne seine Gefühle für den Freund zu respektieren. Doch der Soldat ließ keinen Zweifel daran, dass er dafür sorgen würde, dass Kasim dem Befehl Folge leistete.

Lustlos rappelte er sich auf und folgte der Leibwache zu einem Zelt, das etwas abseits von den anderen lag. Vor dem Eingang blieb der Soldat stehen. »Geh hinein. Du wirst bereits erwartet.«

Kasim trat unwillig ein. Das Zelt war geräumig und mit samtenen Vorhängen abgedunkelt. Es dauerte einen Moment, bis sich seine Augen an das Dunkel gewöhnt hatten. Warum empfing ihn die Rana ausgerechnet hier? Hatte sie sich ein neues intrigantes Spiel für ihn ausgedacht? Er würde nicht darauf eingehen. Im diffusen Licht zweier Öllampen, die in flachen Schalen auf dem Boden flackerten, entdeckte er eine feingliedrige, weibliche Gestalt. Sie wandte ihm den Rücken zu. Ihre Haare waren unter dem Schleier ihres Saris verborgen. Kasim blieb unschlüssig stehen. Er hatte auf den ersten Blick erkannt, dass dies nicht die Rana war, auch wenn der silbern schimmernde Sari von erlesener Qualität war. Die Fremde war schlank und zart gebaut. Ihre Haltung war die eines jungen Mädchens. Da sie reglos sitzen blieb und ihn nicht zu beachten schien, räusperte er sich, um auf sich aufmerksam zu machen. Mit einer gleitenden, merkwürdig vertrauten Bewegung drehte sich die Gestalt ihm ein wenig zu. Im schummrigen Licht der Öllampen erkannte er nur ihr Profil. Die gerade Nase und die vollen Lippen kamen ihm ebenfalls vertraut vor.

»Wo ist die Rana?«, fragte Kasim verwirrt. »Sie hat nach mir geschickt.«

»Sie lässt sich entschuldigen.« Die Stimme des Mädchens klang schüchtern. Ihr Gesicht blieb weiterhin im Dämmerlicht verborgen. Kasim meinte, die Stimme zu kennen und dann doch wieder nicht. Verwirrt versuchte er, sich zu erinnern.

»Ich wollte es dir schon so lange sagen …«, fuhr die Unbekannte zögernd fort.

In diesem Augenblick traf ihn die Erkenntnis wie ein Blitzschlag.

»George?«, stammelte er ungläubig. Er starrte die Gestalt vor sich an, als wäre sie ein Geist. »Ich dachte, du wärst tot!« Ich bin verrückt geworden!, dachte er gleichzeitig und spürte, wie seine Knie weich wurden.

»George gibt es nicht mehr«, sagte das Mädchen leise. Ihre Stimme zitterte dabei. »Mein richtiger Name ist Tara.«

»Was soll dieser alberne Blödsinn, George? Wieso trägst du Frauenkleider?« Kasim griff sich verwirrt an die Stirn. Hatte er es nicht schon längst gefühlt? George war ein Mädchen!

Die Gestalt vor ihm rückte näher in den Schein der Lampen. Jetzt konnte er ihr Gesicht deutlich erkennen. Die blauen Augen mit den hellen Einsprengseln, die gerade Nase und der schöne, sinnliche Mund, der so spöttisch lächeln konnte. Wie Schuppen fiel es ihm jetzt von den Augen. Wie hatte er nur die ganze Zeit über so blind sein können? Was war er nur für ein Dummkopf gewesen! Er war so unendlich erleichtert, dass er am liebsten laut aufgelacht hätte. Doch gleichzeitig wallte noch ein anderes Gefühl in ihm auf. Es wurde immer stärker und gewann schließlich die Oberhand über seine Erleichterung. George hatte ihn all die Monate, die sie sich kannten, angelogen. Er hatte nie einen Versuch unternommen, ihm die Wahrheit zu sagen. Im Gegenteil. Er hatte sich wahrscheinlich sogar über ihn lustig gemacht. Wie eine glühende Nadel bohrte sich die Enttäuschung immer tiefer in sein Fleisch. Wieso hatte George oder Tara oder wer auch immer diese Person sein mochte ihn die ganze Zeit über getäuscht? Was war das für eine Freundschaft, die auf Lügen gebaut war?

»Was zum Teufel soll das?«, platzte es empört aus ihm heraus. »Was spielst du für ein grausames Spiel mit mir? Ich dachte, du wärst mein Freund! Dabei ist alles, was zwischen uns war, nichts als eine Lüge!«

»Lass es mich erklären«, flehte ihn das Mädchen an, das er einmal für seinen Freund gehalten hatte. »Mir blieb keine andere Wahl. Ich musste mich als Junge verkleiden. Als Mädchen hätte ich es nie bis nach Indien geschafft!«

»Du hast es mir aber auch nicht hier in Indien gesagt«, stellte Kasim wütend klar. »Du hattest auf unserer Reise genügend Gelegenheit dazu!«

»Das stimmt. Bitte verzeih! Ich … ich … hatte Angst. Außerdem habe ich es mehrmals versucht, aber dann kam immer etwas dazwischen. Es war nicht leicht für mich. Bitte verzeih mir. Es tut mir leid! Ich konnte nicht …«

»Du hast dich über mich lustig gemacht!« Kasim unterbrach sie mit einem harten Lachen. »Ich verachte dich! Du … du … bist bestenfalls eine miserable Lügnerin, aber niemals mein Freund. Wie konntest du mein Vertrauen nur dermaßen missbrauchen!«

Die Wut und sein verletzter Stolz waren nun so groß, dass er es nicht mehr aushielt. Er fischte den Talisman aus seiner Hosentasche und warf ihn Tara vor die Füße. Dann drehte er sich um und eilte mit großen Schritten aus dem Zelt.

»Das nennt man einen bühnenreifen Abgang«, ertönte eine amüsierte Stimme hinter dem Vorhang. Die Rana trat aus einer dunklen Nische des Zeltes hervor, in der sie heimlich Zeugin der Szene geworden war. »Der junge Mann hat Talent zur Tragödie.«

Tara nahm die Anwesenheit der Rana zunächst kaum wahr. Sie war viel zu aufgewühlt und verletzt, um sich darüber zu empören, dass man sie belauscht hatte. Alles war noch viel schlimmer gekommen, als sie es befürchtet hatte. Kasim verabscheute sie und wollte nichts mehr mit ihr zu tun haben. Wie hatte sie nur so naiv sein können, auf das Spiel der Fürstin einzugehen! Die hatte ihr eingeredet, dass Kasim auf ihre weiblichen Reize positiv reagieren und ihr so leichter verzeihen würde. Aber das Gegenteil war geschehen. Er verachtete sie und bezeichnete sie als gemeine Lügnerin. Jetzt war alles verloren. Sie kämpfte gegen die brennenden Tränen an, die ihr in die Augen stiegen.

»Wie rührend! Du bist verliebt!«, schmunzelte die Rana.

Ihre Worte machten Tara endlich bewusst, dass die Herrscherin von Jhansi dies alles nur zu ihrem persönlichen Zeitvertreib inszeniert hatte. Empört wandte sie sich ihr zu.

»Was macht Ihr hier? Ihr habt mir versichert, wir würden ungestört sein!« Sie erhob sich rasch. Dabei durchzuckte sie ein heftiger Schmerz in ihrem verletzten Arm.

»Nach all den Mühen konnte ich mir doch euer romantisches Tête-à-Tête nicht entgehen lassen«, entgegnete die Fürstin ohne einen Hauch schlechten Gewissens. »Nur schade, dass der junge Mann seinen Part vermasselt hat.«

Tara hielt sich die Ohren zu. Jetzt hatte sie die Bestätigung. Für die Rana war das alles nur ein amüsantes Schauspiel. Sie musste an sich halten, um ihre Wut und Enttäuschung nicht lauthals herauszuschreien. Sie sah keinen anderen Weg, als möglichst rasch von hier zu verschwinden. Sie raffte ihren Sari und ging auf den Zeltausgang zu.

»Wohin willst du, mein Täubchen?« Die Rana verstellte ihr den Weg und versuchte, ihr die Hand auf die Schulter zu legen. Tara wich unangenehm berührt zurück.

»Bitte lasst mich gehen«, bat sie schroff.

»Bist du etwa gekränkt, weil er dich abgewiesen hat?«, fragte die Rana interessiert. »Ich bin auch ein wenig enttäuscht. Ich hatte mir alles viel romantischer vorgestellt. Und dennoch habe ich mich gut unterhalten. Sein Gesicht, als er erkannt hat, wer du in Wirklichkeit bist, wird mir noch lange in Erinnerung sein.« Als sie Taras entsetzten Blick bemerkte, fügte sie beschwichtigend hinzu: »Ich werde dir ein wunderschönes Geschmeide schenken. Es wird dir helfen, den jungen Mann zu vergessen.«

»Ich brauche Eure Geschenke nicht!« Tara empörten die gefühllosen Worte der Fürstin zunehmend. Ihre Augen blitzten vor Verachtung, als sie weitersprach: »Ich hoffe, Hoheit, Ihr hattet dennoch Euren Spaß, auch wenn die Geschichte nicht so ausgegangen ist, wie Ihr es gewünscht habt.«

Die Rana warf ihr einen scharfen Blick zu. »Ich nehme dir deine respektlosen Worte nicht übel«, antwortete sie plötzlich distanziert. »Lass mich dir dennoch einen Rat geben. Die Liebe ist ein vergängliches Gefühl. Sie kommt rasch und verschwindet ebenso schnell wieder. Sie ist es nicht wert, dass man ihr zu viel Platz im Leben einräumt. So wirst du leichter über deinen Kummer hinwegkommen.« Mit einem gnädigen Nicken in Taras Richtung verließ sie das Zelt.

Tara biss sich auf die Unterlippe und ballte ihre Hände zu Fäusten. Die Zurechtweisung der Rana hatte sie wie einen Schlag ins Gesicht empfunden. Wie hatte sie sich nur einbilden können, dass ihr die Fürstin ernsthaft hatte helfen wollen? Sie benötigte einige Zeit, bis sie ihre aufgewühlten Gefühle wieder einigermaßen im Griff hatte. Der Schmerz über Kasims Zurückweisung saß jedoch wie ein tiefer Stachel in ihrem Herzen. *Weshalb hat er nicht einmal versucht, auch meine Position zu verstehen? Warum denkt er immer nur an sich?*

Tara war nicht länger imstande, ihre Tränen zurückzuhalten. Sie vermisste Kasim und war gleichzeitig wütend auf ihn. Dann fiel ihr Blick auf den Jadeelefanten, der immer noch unbeachtet vor ihr auf dem Boden lag. Ein sanftes, beruhigendes Glimmen ging von ihm aus. Sie bückte sich rasch, um ihn aufzuheben. Erst jetzt wurde ihr bewusst, dass es Kasim gewesen war, der ihn gefunden und wieder zurückgebracht hatte. Er musste geahnt haben, wie sehr sie an diesem Talisman hing. Er hatte sie wirklich gemocht, allerdings nicht als Tara, sondern als George. Tara rieb sich die Stirn. Sie war verwirrt von ihren eigenen Gefühlen. Für sie war Kasim schon lange viel mehr als ein Freund. Sie hatte sich in ihn verliebt. Aber er sich nicht in sie. Das sanfte grünliche Leuchten des Elefanten wurde stärker. Sie spürte seine Wärme und fühlte, wie sie trotzige Zuversicht erfüllte.

Ich komme ganz gut allein zurecht, redete sie sich ein. »Und wenn ich Vater erst gefunden habe, dann wird mein Leben auch wieder einen Sinn haben«, murmelte sie.

Tara beschloss, das Lager der Rana umgehend zu verlassen. Ohne sich von der Herrscherin zu verabschieden, packte sie ihre wenigen Habseligkeiten zusammen, die Geeta zu einem kleinen Bündel verschnürt hatte. Erleichtert stellte Tara fest, dass sowohl ihr Messer als auch der Lederbeutel mit dem Brief zwischen der frisch gewaschenen Kleidung lag, wenngleich das Schriftstück inzwischen ziemlich mitgenommen aussah.

Die Wachposten ließen sie ohne Weiteres passieren. Mit eiligen Schritten folgte sie dem Pfad, der sie ihrer Meinung nach aus dem Dschungel führte. Nach etwa zwei Meilen gelangte sie an einen kleinen, künstlich angelegten See, an dessen Ufer eine halb verfallene Ruine stand. Das Gebäude schien einst ein kleiner Jagdpavillon gewesen zu sein. Jetzt diente es nur noch als Unterschlupf für Fledermäuse und fliegende Hunde.

Tara setzte sich auf einen der grob behauenen Steine, um ein wenig auszuruhen. Sie überlegte, ob sie die Nacht hier verbringen sollte. Das Gebäude bot immerhin Schutz vor wilden Tieren, und sie konnte in Ruhe überlegen, wie es weitergehen sollte. Vielleicht sollte ich den Sari wieder gegen die Männerkleidung eintauschen, überlegte sie. So könnte ich noch einmal versuchen, mich einer englischen Truppe anzuschließen. Während sie dasaß und nachdachte, turnte eine Horde silberhaariger Hanuman-Languren laut kreischend durch das Geäst der Urwaldbäume. Als sie genauer hinsah, bemerkte sie, dass die Affen mit den schwarzen Gesichtern einen ihrer Artgenossen verfolgten. Mit wilden Sprüngen setzten sie ihm nach, bis sie ihn endlich erwischt hatten. Das Gekreische wurde nun so laut, dass Tara sich die Ohren zuhalten musste. Kleine belaubte Zweige prasselten aus der Baumkrone, während die Affenbande ungerührt auf den Eindringling eindrosch, bis er wie ein lebloser Sack durch die Äste keine fünf Schritte von Tara entfernt auf den Boden fiel. So schnell, wie das Affentheater begonnen hatte, so schnell war es auch wieder vorüber. Die Langurenhorde zog sich in das Dickicht des Dschungels zurück und ließ den Geprügelten unbeachtet liegen. Sobald sie verschwunden waren, begann sich der Affe auf dem Boden zu regen. Er öffnete die Augen und sah sich vorsichtig um. Tara hatte den kleinen Kerl für tot oder zumindest schwer verletzt gehalten. Doch jetzt stellte sich heraus, dass er seine Verletzungen nur vorgetäuscht hatte, um der Wut seiner Artgenossen zu entkommen. Mit erstaunlicher Behändigkeit richtete er sich auf. Dabei entdeckte Tara, dass der Affe ein ledernes Halsband trug. Freudige Erkenntnis durchzuckte sie.

»Lola?«, rief sie ungläubig.

Der Affe drehte sich sofort zu ihr um. Dann erkannte auch er sie und bleckte freudig seine spitzen Zähne. Unter lautem Begrüßungsgeschrei humpelte er auf sie zu. Tara schloss den Affen gerührt in die Arme und streichelte zärtlich sein silbern glänzendes Fell.

»Du glaubst gar nicht, wie froh ich bin, dich zu sehen!«, murmelte sie. Wenn Lola hier war, dann war Lieutenant Webster vielleicht auch nicht weit entfernt. Auf die Worte der Rana, dass er bereits wieder in seine Garnison zurückgekehrt war, wollte sie nach allem, was geschehen war, nicht mehr blind vertrauen.

23

Kasim tigerte unruhig durch das Lager. Er war viel zu aufgebracht, um zur Ruhe zu kommen. Am meisten ärgerte er sich darüber, dass er sich eben so kindisch benommen hatte. Anstatt Tara in Ruhe alles erklären zu lassen, hatte er sie beschimpft und war davongelaufen. Das tat ihm nun leid. George – ein Mädchen! Das Ganze war einfach zu verrückt, als dass er es begreifen konnte. Da hatte er monatelang hautnah mit einem Mädchen zusammengelebt und hatte es nicht bemerkt! Im Nachhinein fiel ihm dann doch so manches auf. Tara hatte sich nie mit den anderen Matrosen an Bord gewaschen. Außerdem hatte sie auffallend zierliche Hände gehabt, und er hatte sich immer gewundert, dass sie sich nie rasieren musste.

»Was war ich nur für ein Hornochse!«, schimpfte er vor sich hin. »Ich hätte es längst merken müssen!«

Je länger er darüber nachdachte, weshalb ihm Tara ihr Geheimnis nicht offenbart hatte, desto einleuchtender wurden ihre Gründe. Wahrscheinlich trug auch er Schuld daran, dass sie ihm nichts gesagt hatte. War nicht er es gewesen, der sie nach dem Tod seiner Mutter davongejagt hatte? Sie hatte ihm das Leben gerettet, als sie ihn nach ihrer Flucht vom Schiff aus dem Wasser gezogen hatte. Sein schlechtes Gewissen wurde schließlich so groß, dass er den Entschluss fasste, mit ihr zu reden. Sie hatte es nicht verdient, dass er sie ein weiteres Mal so grob verstieß.

Lola versorgte Tara mit Mangofrüchten, die sie ihr von einem Baum in der Nähe pflückte. Der Affe war in der Zwischenzeit wieder recht munter. Er schien sich über ihr Wiedersehen genauso zu freuen wie Tara. Unterdessen hatte sie beschlossen, die Nacht in der Ruine zu verbringen. Sie schnitt mit ihrem Messer einige Palmwedel ab und bereitete sich ein bequemes Lager. Ihren Sari hatte sie längst gegen Hose und Hemd eingetauscht. Sie glaubte, auch weiterhin sicherer reisen zu können, wenn sie als Junge verkleidet war. Lola ließ sie keinen Augenblick aus den Augen und folgte ihr auf Schritt und Tritt.

Die Sonne berührte bereits die Wipfel der Urwaldbäume und tauchte die Lichtung über dem See in ein sattes Orange. Ein mächtiger Banyanbaum streckte seine unzähligen Luftwurzeln wie ein Tausendfüßler in den fruchtbaren Boden, während sich sein dunkles Abbild auf der glatten Oberfläche des Sees widerspiegelte. Der klagende Ruf eines Käuzchens verkündete die nahende Nacht. Tara stand am Ufer des Sees und betrachtete gedankenverloren die Idylle. Plötzlich hörte sie eilige Schritte. Sie kamen aus der Dunkelheit des Waldes. Aus Angst vor Wegelagerern verbarg sie sich rasch zwischen den Wurzeln des alten Banyanbaumes. Von dort spähte sie auf die Lichtung. Als sie den Herannahenden erkannte, begann ihr Herz, schneller zu schlagen. Es war Kasim. Er atmete heftig, so als wäre er schnell gelaufen. Unwillkürlich drückte sie sich noch enger zwischen die verschlungenen Luftwurzeln. Sie wollte auf keinen Fall, dass er sie entdeckte. Was machte er bloß hier? Kasim sah sich suchend um. Dann entdeckte er die Ruine und ging darauf zu. Mist, dachte Tara, hoffentlich findet er nicht das Bündel mit meinen Sachen. Doch als Kasim wenig später aus der Ruine zurückkehrte, wusste Tara, dass genau das der Fall war.

»Tara?«, rief er und blickte sich suchend um.

Es klang fremd, ihren Namen aus seinem Mund zu hören. Fremd und schön zugleich. Dennoch wagte sie sich nicht aus ihrem Versteck. Noch einmal rief er nach ihr. Sie antwortete wieder nicht. Eine bange Scheu hielt sie davon ab, zu ihm auf die Lichtung zu treten. Vielleicht fürchtete sie sich davor, dass er sie erneut verletzen könnte. Dabei sehnte sie sich danach, ihm gegenüberzutreten und in die Augen zu sehen. Als Tara, nicht als George. Lola schien ihre Unruhe zu spüren. Sie befand sich in den Ästen über ihr. Plötzlich kletterte sie in Taras Versteck und zupfte an ihrem Hosenbein. Dabei keckerte sie, als wollte sie fragen, was mit ihr los sei.

»Sei um Himmels willen still«, zischte Tara erschrocken. Doch Lola verstand sie falsch. Sie begriff nur, dass Taras Aufregung etwas mit dem Fremden am See zu tun haben musste. Kurz entschlossen griff sie nach einem Stock und galoppierte laut schreiend auf Kasim zu. Dieser wurde von dem plötzlichen Angriff des Affen völlig überrumpelt. Er schrie auf vor

Schmerz, als ihn Lolas Stock am Rücken traf. Tara hatte Lolas Angriff entsetzt beobachtet. Nun konnte sie nicht länger in ihrem Versteck bleiben.

»Hör sofort damit auf!«, befahl sie der Affendame. Sie eilte auf Lola zu, die bereits zu einer weiteren Attacke auf Kasim angesetzt hatte. Bevor sie erneut zuschlagen konnte, hatte Tara sie erreicht und am Genick gepackt. Lola fletschte nochmals wütend die Zähne, dann ließ sie sich beruhigen.

»Alle Achtung! Ich hätte nicht gedacht, dass du es auch mit wilden Affen aufnehmen kannst«, schnaufte Kasim. Er rieb sich seinen schmerzenden Rücken.

Tara räusperte sich verlegen. »Der Affe ist ein Freund von mir«, gestand sie kleinlaut. »Genauer gesagt ist *er* ein Mädchen und war mit Lieutenant Webster unterwegs. Lola muss ihm davongelaufen sein.« Sie kraulte Lola hinter den Ohren, woraufhin diese ihr Köpfchen genussvoll in Taras Hand schmiegte.

»Du bist immer wieder für eine Überraschung gut«, meinte Kasim und setzte ein versöhnliches Grinsen auf. »Allerdings gefällst du mir in Frauenkleidern wesentlich besser als in dem Zeug, das du gerade trägst.«

Tara spürte, wie ihr das Blut in den Kopf schoss und sie puterrot wurde. Da ihr keine passende Erwiderung einfiel, schwieg sie. Nun wurde auch Kasim wieder ernst.

»Ich habe dich gesucht«, meinte er verlegen. »Es war nicht in Ordnung, wie ich dich vorhin behandelt habe. Ich war nur so sauer, weil ich nicht selbst gemerkt habe, dass du ein Mädchen bist. Wirst du mir verzeihen?« Sein Lächeln war so warmherzig, dass Tara ganz schwindlig wurde.

»Mir tut es auch leid«, antwortete sie leise. Der Kloß in ihrem Hals löste sich langsam auf. Lola saß immer noch zwischen ihnen und beobachtete sie abwechselnd. Schließlich schüttelte sie verärgert den Kopf und trollte sich mit lautem Geschrei.

»Was hat sie denn?«, fragte Kasim verwundert.

Tara kicherte unsicher. »Ich glaube, sie ist eifersüchtig.«

»Eifersüchtig?«

»Ja, weil wir uns unterhalten.«

»Das musst du mir erklären!«

Sie zuckte verlegen mit den Schultern und wagte einen scheuen Blick in seine grünen Augen. Kasim lächelte immer noch. Ganz selbstverständlich nahm er ihre Hand und führte sie zum Ufer des Sees. Schweigend beobachteten sie, wie die Sonne ihre letzten purpurfarbenen Strahlen durch das lichte Geäst der Bäume sandte, während sich der türkisfarbene Himmel in ein dunkleres Nachtblau verwandelte. Hoch über ihnen blitzte ein erster Stern. Tara genoss diesen magischen Augenblick und wünschte sich, dass er nie enden möge. Als Kasim seine Hand schließlich aus ihrer löste, empfand sie es wie einen Verlust ihrer wortlosen Vertrautheit.

»Bist du enttäuscht, dass ich ein Mädchen bin?« Die Frage zu stellen, kostete sie große Überwindung. Sie fürchtete sich vor seiner Antwort, und doch wollte sie wissen, woran sie bei ihm war.

Langsam wandte Kasim sich ihr zu. Im fahlen Licht des aufgehenden Mondes zeichneten sich die markanten Konturen seiner Wangenknochen wie ein Scherenschnitt ab. Statt einer Antwort strich er ihr zärtlich über die Wange. Seine Augen funkelten, als er sich zu ihr beugte und ihr einen sanften Kuss auf die Lippen gab.

»Beantwortet das deine Frage?«

»Beinahe.«

Tara war, als löse jemand die Fesseln, mit denen sie ihr Leben lang gebunden gewesen war. Mit einem Selbstbewusstsein, das sie selbst verwunderte, küsste sie Kasim ebenfalls. Seine Lippen lagen warm und weich auf den ihren. Einen Augenblick lang wirkte Kasim überrascht, aber dann spürte sie, wie er seine Arme um sie legte und sie nah zu sich heranzog. Gleichzeitig öffnete er seine Lippen und begann, mit seiner Zunge ihren Mund zu erforschen. Sie öffnete ihn bereitwillig und war erstaunt über die Heftigkeit ihrer Gefühle, als ihre Zungen aufeinandertrafen. Ihr war, als explodiere in ihr ein Feuerwerk aus tausend bunten Sternen. Ein Prickeln durchzog ihren ganzen Körper und füllte sie mit immer größer werdendem Verlangen. Sie umschlang ihn mit ihren Armen und wünschte sich, dass er sie überall berühren möge. Ihm schien es nicht anders zu gehen. Seine Berührungen wurden intensiver und unbefangener. Wie gern hätte sie sich ihm ganz hingegeben. Nur ein letzter Rest ihres Verstandes brachte sie endlich zur Vernunft. Sanft, aber bestimmt drückte sie ihn von sich weg. Kasim ließ sofort von ihr ab. Er wirkte beschämt.

»Verzeih! Ich wollte dich nicht bedrängen.«

»Du musst dich nicht entschuldigen«, flüsterte Tara nicht minder verlegen. Ihm nah zu sein, ihn voll und ganz spüren zu wollen, war reine Sünde und doch so schön.

»Ich liebe dich, Tara«, sagte Kasim mit rauer Stimme. »Verdammt! Ich liebe dich!«

24

Als Tara am nächsten Morgen erwachte, spürte sie als Erstes Kasims warmen Atem in ihrem Nacken. Seine Arme umschlangen im Schlaf ihren Körper und gaben ihr ein wohliges Gefühl von Sicherheit. Sie konnte sich nicht erinnern, jemals so glücklich gewesen zu sein. Vorsichtig wand sie sich aus seiner Umarmung und betrachtete sein Gesicht. Es wirkte entspannt. Auf seinen Lippen ruhte ein zufriedenes Lächeln. Ein klein wenig bedauerte sie es, dass sie und Kasim sich in der vorigen Nacht nur aneinandergekuschelt hatten. Als er sie nochmals geküsst hatte, war ihre Sehnsucht so groß gewesen, dass sie ihr fast nachgegeben hätte. Doch dann hatte sie an Pfarrer O'Bannion denken müssen. Was er wohl dazu sagen würde, wenn er wüsste, dass sie sich in einen Andersgläubigen verliebt hatte? War es nicht eine Sünde, wenn eine Christin einen Hindu liebte?

Als die Strahlen der Morgensonne durch den Eingang der Ruine nach ihrem Schlafplatz tasteten, erschrak sie beinahe über ihren eigenen Mut. Zwischen ihr und Kasim lagen so viele Welten. Kasim ist zur Hälfte Engländer, versuchte sie sich trotzig einzureden. Er wird bestimmt mir zuliebe Christ werden! Die Sonne fiel auf ihr Gesicht und sie seufzte. Was waren das nur für wirre Gedanken? Wie konnte sie so etwas von ihm verlangen?

Tara setzte sich auf und griff nach ihrem Bündel. Um Kasim einen Gefallen zu erweisen, zog sie wieder ihren Sari über. Sie war noch nicht damit fertig, als er erwachte.

»Guten Morgen, meine Schöne.«

Seine warme Stimme sandte ein wohliges Prickeln über ihren Rücken. Selbst die Härchen auf ihren Unterarmen stellten sich dabei auf. Sie lächelte ihm zu. Ihre verworrenen Morgengedanken waren wie weggeblasen, als er sie zärtlich auf den Mund küsste. Lola hingegen schien das nicht zu gefallen. Sie kam gerade von draußen herein und setzte sich leise schimpfend auf die Türschwelle. Kasim versuchte, sich mit der Affendame anzufreunden. Er lockte sie mit einer Nuss an, die er aus seiner Tasche zog, und tatsächlich ließ Lola sich von dem Angebot überzeugen. Sie griff nach der Frucht und schob sie sich rasch in den Mund.

»Ganz schön verfressen, dein Affe«, meinte Kasim lachend.

»Sie klaut alles, was nicht niet- und nagelfest ist«, bestätigte Tara. »Und das bringt ihr regelmäßig Ärger ein. Ich frage mich nur, weshalb sie hier ist. Normalerweise weicht sie Lieutenant Webster keinen Schritt von der Seite.«

»Das ist wirklich seltsam«, bestätigte Kasim ihre Gedanken. »Ich weiß nämlich aus sicherer Quelle, dass er und seine Truppe längst abgezogen sind.«

Tara überlegte, ob Kasim mit der sicheren Quelle die Fürstin meinte. Doch sie hatte keine Lust, das Thema weiter zu verfolgen. »Wie auch immer«, sagte sie deshalb. »Jetzt ist Lola jedenfalls bei uns und wird uns auf unserem Weg nach Lucknow sicherlich bestens unterhalten.«

Ohne darüber nachzudenken, hatte Tara »uns« gesagt. Sie spürte, wie sie rot wurde. Kasim hatte vermutlich andere Pläne. Sie hatten bislang keine Zeit gefunden, über ihre Zukunft zu reden. Es gab so vieles, was zwischen ihnen noch nicht geklärt war.

»Lass uns zurück zum Lager der Rana gehen«, schlug Kasim prompt vor. »Sie wird uns helfen.«

»Ich gehe nicht mehr zu dieser falschen Schlange zurück«, antwortete Tara energisch. »Ich habe keine Lust, weiterhin als Spielball ihrer Launen herzuhalten. Die Rana benutzt die Menschen, wie es ihr gerade einfällt.«

»Das muss dich nicht mehr kümmern«, versuchte Kasim, sie zu beschwichtigen. »Wir haben schließlich ihren Adoptivsohn gerettet. Und sie hat uns dafür eine großzügige Belohnung versprochen. Vielleicht verschafft sie dir ja eine Stellung an ihrem Hof. Rahul hat mir bereits einen Posten als Kundschafter angeboten. Ich könnte in seine Dienste treten oder in die der Rana. So hätten wir die Möglichkeit, uns häufig zu sehen.«

»Wie kommst du darauf, dass ich am Hof der Maharani bleiben will? Und wer ist überhaupt dieser Rahul?«, fragte Tara perplex. Allem Anschein nach hatte Kasim schon feste Pläne für sie beide geschmiedet.

»Rahul ist ein Freund. Er kämpft für ein freies Indien. Ich bin mit ihm hierhergekommen. Glaub mir, mein Plan ist gut. Lass uns gleich aufbrechen!« Er fasste nach ihrer Hand.

Doch Tara wehrte ab. Das ging ihr alles viel zu schnell. Zudem konnte Kasim nicht einfach so über ihren Kopf hinweg entscheiden. »Kasim, du weißt doch, dass ich nach Lucknow möchte. Ich muss erst meinen Vater finden, bevor ich solche Pläne machen kann!«

Kasim war offensichtlich anderer Meinung. »Tara, du hast dich da in etwas verrannt«, sagte er vorsichtig. »Glaubst du wirklich noch daran, dass du deinen Vater finden wirst?«

»Selbstverständlich!«, begehrte sie auf. »Die Beamten auf dem Kolonialamt haben mir selbst gesagt, dass er in Lucknow stationiert ist. Die Stadt ist nicht mehr allzu weit von hier entfernt. Ich gebe doch jetzt nicht so kurz vor meinem Ziel auf! Ich dachte, du wüsstest das.«

»Du verstehst mich falsch!« Kasim griff nach ihren Händen und zwang sie, ihm in die Augen sehen. »Ich möchte dich doch nur vor einer Enttäuschung bewahren, Tara«, sagte er zärtlich. »Du hast selbst gesagt, dass dein Vater ein hoher Offizier ist. Du kennst ihn nicht und kannst nicht einmal sicher sein, dass er dich überhaupt als seine Tochter anerkennt. Glaubst du ernsthaft, dass er dich mit offenen Armen aufnehmen wird? Ich kenne die Engländer. Sie sind feige, wenn es nicht um ihren eigenen Vorteil geht. Am Hof der Rana hingegen sind wir beide willkommen. Wir könnten dort glücklich sein!«

»Du machst es dir ja ganz schön einfach!«, entgegnete Tara und entzog Kasim ihre Hände. »Nur weil sich dein Vater feige aus dem Staub gemacht hat, muss meiner nicht auch so handeln!« Sie zog den Brief ihres Vaters aus ihrem Bündel und hielt ihn Kasim unter die Nase. »Hier, lies selber! Mein Vater hat meine Mutter geliebt. In jedem seiner Worte steckt Zuneigung und Aufrichtigkeit. Natürlich wird er mich akzeptieren. Ich muss und ich werde ihn finden. Mit dir oder ohne dich. Ich kann jetzt nicht aufgeben!«

Sie war enttäuscht, weil Kasim nicht an ihre Mission glaubte. Doch sie hatte sich getäuscht.

»Ich möchte doch nur nicht, dass du unglücklich wirst«, meinte er und sah sie dabei so treuherzig an, dass ihr Unmut sofort wieder verrauchte. »Du bist bis jetzt doch auch ohne einen Vater ausgekommen!«

»Aber ich muss ihn wenigstens kennenlernen«, antwortete Tara trotzig. Gegen ihren Willen musste sie auf einmal lächeln. »Vielleicht bin ich dann ja froh, wenn er nichts mehr von mir wissen will.«

Kasim verzog unwillig den Mund. Dann lächelte auch er. »Du lässt dich also nicht davon abbringen, nach Lucknow zu gehen«, stellte er fest.

»Ich bin so weit gereist und habe so viele Gefahren überstanden, ich kann nicht anders«, sagte sie matt. »Ich würde es mein Leben lang bereuen. Sei mir nicht böse, Kasim.«

»Dann muss ich mich wohl damit abfinden«, meinte er mit einem unglücklichen Lächeln.

Tara nickte bekümmert. »Was wirst du jetzt tun?«, fragte sie zaghaft. »Wirst du dennoch in Rahuls Dienste treten?«

Kasim sah sie überrascht an. »Aber nein! Wo denkst du hin! Ich komme selbstverständlich mit dir. Wenn du deinen Vater unbedingt finden willst, werde ich dir dabei helfen. Ich kann doch ein Mädchen nicht allein durch Indien ziehen lassen!«

»Dann lass uns sofort aufbrechen!« Tara schenkte ihm ein strahlendes Lächeln.

»Wir müssen dennoch kurz ins Lager der Rana zurück«, wandte Kasim ein. »Wir haben kein Geld und noch ein ganzes Stück Weg vor uns. Sowohl Rahul als auch die Fürstin schulden uns etwas.«

Obwohl Tara es kaum erwarten konnte, sich auf den Weg zu machen, hatte sie nichts dagegen. Sie war so glücklich, dass Kasim bei ihr war, dass sie dem warnenden Glimmen des indischen Elefanten um ihren Hals kaum Beachtung schenkte.

25

Im Lager der Rana herrschte Aufbruchsstimmung. Ein Bote aus Jhansi war soeben eingetroffen und hatte die Fürstin in helle Aufregung versetzt. Rahul und der Kommandant der Leibwache waren sofort in ihr Zelt bestellt worden.

»Es ist so weit! In der Garnison von Meerut gab es einen Aufstand der indischen Soldaten«, begrüßte die Fürstin die beiden eintretenden Männer. Obwohl sie keine sehr groß gewachsene Frau war, drückte ihre Haltung auf einmal etwas Kriegerisches aus. »Der zuständige britische Offizier hat die Hindus und Moslems, die sich geweigert haben, die neuen Enfield-Gewehre zu benutzen, in Ketten legen lassen.«

»Unerhört!«, empörte sich der Kommandant der Leibwache.

Die Rana bedeutete ihm mit einem ungeduldigen Wink, still zu sein, und fuhr fort: »Diese erneute Schmach und Demütigung haben sich die indischen Sepoys von den Engländern nicht gefallen lassen. Noch in derselben Nacht haben sie ihre Freunde befreit und die britischen Offiziere ermordet. Ihr Aufbegehren hat sich wie ein Lauffeuer herumgesprochen.

Immer mehr Einheiten der britischen Armee schließen sich mittlerweile den Aufständischen an. Das ist der Auslöser, auf den wir so lange gewartet haben!« Ihre hellbraunen Augen funkelten voller Kampfgeist. »Endlich ist die Zeit gekommen, die Engländer aus unserem Land zu vertreiben.«

»Dann haben die Gerüchte, dass die Patronenhülsen der neuen Enfield-Gewehre mit Schweine- und Rinderfett eingeschmiert sind, also ihre Wirkung getan?«, fragte Rahul erfreut, den die Neuigkeit wenig überraschte. »Damit war zu rechnen!«

»Welch ein Frevel«, rief der Kommandant entsetzt.

»Ja, damit haben die Engländer unsere werten Glaubensbrüder schwer vor den Kopf gestoßen«, klärte die Rana ihren Kommandanten mit einem verächtlichen Lächeln auf. »Die Ignoranz der englischen Offiziere war so groß, dass sie sich gar nicht vorstellen konnten, dass es für einen Moslem eine Todsünde ist, mit den Abfällen von getöteten Schweinen in Berührung zu kommen. Genauso wie es für einen gläubigen Hindu ein Sakrileg ist, das Fett einer getöteten Kuh anzurühren. Noch dazu mit dem Mund, denn beim Laden der Gewehre müssen die mit Tierfett eingeschmierten Patronenhülsen ja abgebissen werden.«

»Und wie soll es nun weitergehen?«, wandte Rahul ein. »Dieser Aufstand kommt reichlich früh. Wollten wir nicht abwarten, bis wir alle abtrünnigen Fürstentümer ausreichend bewaffnet haben? Wer ist nun unser Anführer? Wem sollen wir folgen?«

Die Rana hob beschwichtigend die Hände. »Das alles wird sich finden. Der Großmogul von Delhi hat sich bereit erklärt, die Aufständischen zu befehligen. Er wartet bereits auf unsere Unterstützung. Noch rechnen die Engländer nicht mit einem Flächenbrand. Sie haben immer noch nicht begriffen, wie viele ihrer Untertanen gegen sie aufbegehren. Wir haben den Vorteil der Überraschung auf unserer Seite. Jeden Tag laufen unseren Feinden mehr Soldaten weg. Die Engländer verlieren ihre besten Männer. Jetzt werden sie dafür büßen müssen, dass sie nur unerfahrene Offiziere in ihren Reihen haben. Wir werden sie zertreten wie lästiges Ungeziefer! Noch heute kehren wir nach Jhansi zurück. Meine Männer warten darauf, die Aufständischen zu unterstützen.«

Die Rana ließ den Kommandanten der Leibwache eine Landkarte der nordindischen Fürstentümer ausrollen und deutete auf die Regionen, die ihrem Fürstentum am nächsten waren. »Ich nehme an, dass sich der Aufstand von Delhi in Richtung Kalkutta ausbreiten wird. Wir sollten uns auf die Garnisonen von Kanpur und Lucknow konzentrieren. Wichtig ist nur, dass unsere Sache geheim bleibt.«

Sie besprachen ausführlich die strategischen Möglichkeiten eines Angriffs auf militärische Einrichtungen und weitere Waffenlieferungen. Rahul beteuerte, noch mehr Kämpfer und Waffen zu besorgen. Gemeinsam mit den Soldaten der Rana wollten sie sich dem wachsenden Heer der Aufständischen anschließen. »Eure Majestät! Da wäre noch etwas«, sagte Rahul, nachdem die Rana den Kommandanten entlassen hatte. »Kasim, der Bursche, der Euren Sohn vor dem Tiger gerettet hat, möchte uns verlassen. Er hat um seinen Lohn gebeten.«

Die Rana zog überrascht eine Augenbraue hoch. »Wollte der Junge nicht in deinen Diensten bleiben?«

Rahuls Miene verdüsterte sich. »Er hat sich offensichtlich in dieses englische Mädchen verliebt«, brummte er ungehalten. »Sie hat ihm den Kopf verdreht.«

Die Rana rollte vielsagend mit den Augen. »Dann hat die kleine Liebesgeschichte zwischen den beiden also doch noch zu einem guten Ende geführt. Wie anrührend!«

»Wir können die beiden nicht einfach ziehen lassen«, wandte Rahul grimmig ein. »Sie könnten zu einem Sicherheitsrisiko werden. Kasim weiß zu viel von unseren Plänen. Es könnte sein, dass er aus Liebe zu diesem englischen Mädchen verrät, auf welcher Seite Ihr steht.«

»Das ist nicht gut!« Die Rana rieb sich nachdenklich die Stirn. »Das müssen wir natürlich verhindern. Das Mädchen hat mir anvertraut, dass ihr Vater ein wichtiger Offizier in Lucknow ist. Er darf nichts über unsere Pläne erfahren. Uns bleibt keine andere Wahl. Die Kleine und ihr Freund müssen verschwinden.«

»Ich werde sie töten lassen«, versprach Rahul entschlossen. Doch die Rana winkte ab. »Ich möchte nicht schuld an ihrem Tod sein. Die Götter würden es nicht gutheißen. Schließlich haben die beiden meinem Sohn das Leben gerettet. Wir werden die Liebenden trennen und dafür sorgen, dass sie keine gemeinsamen Pläne schmieden können. Wirst du dich um den Burschen kümmern? Ich übernehme das Mädchen.«

Rahul lächelte verbindlich. »Es wird mir eine Ehre sein, Majestät.«

26

Tara marschierte am Rande des Lagers unruhig auf und ab. Sie wartete ungeduldig auf Kasims Rückkehr. Es wurde immer später. Sie hatten vorgehabt, noch heute ein gutes Stück Weg zurückzulegen. Es drängte sie, endlich von hier zu verschwinden. Die Aufbruchsstimmung steckte auch sie an. Zahlreiche Bedienstete eilten umher und verpackten emsig Möbel und Geschirr. Einzelne Zelte wurden bereits abgebaut. Einer der Diener hatte ihr im Vorübergehen verraten, dass die Jagdgesellschaft wieder zurück nach Jhansi zog. Warum sie es dabei so eilig hatten, konnte ihr jedoch niemand sagen.

Immer wieder warf Tara suchende Blicke über das Lager. Wo blieb nur Kasim? Wieso hielt Rahul ihn so lange auf? Taras Meinung nach hatte der finstere Rajpute etwas Verschlagenes an sich. Die Art, wie er sie gemustert hatte, als sie sich vorhin zum ersten Mal begegnet waren, war voller versteckter Feindseligkeit gewesen. Ein Glück, dass sie sich heute Morgen den Sari übergezogen hatte. So hatte sie ihr Gesicht unter dem Saum des Tuches verbergen können, um seinen unangenehmen Blicken auszuweichen. Sie konnte nicht verstehen, was Kasim an ihm gelegen war. Außerdem verabscheute sie es, dass er mit Waffen handelte. Ihr war gleich aufgefallen, dass Rahul an Kasims Mitteilung, er wolle nun eigene Wege gehen, keinerlei Gefallen fand. Doch dann war er plötzlich zur Rana gerufen worden und hatte sie eine ganze Zeit allein gelassen. Als er zurückkam, war er wie ausgewechselt gewesen.

»Kasim, komm mit mir zu den Pferden. Ich möchte dir zum Abschied eines von ihnen schenken«, hatte er ihm gut gelaunt zugerufen. Als Tara sich ihnen anschließen wollte, hatte er sie schroff zurückgewiesen. »Das ist Männersache«, hatte er ihr kurzerhand erklärt. »Du kannst so lange hier warten. Wir sind bald wieder zurück.«

Kasim war es sichtlich unangenehm gewesen. Sie hatte es an seinem entschuldigenden Blick gesehen. Doch dann hatte sie ihm beruhigend zugenickt und er war mit dem Rajputen verschwunden. Der einzige tröstende Gedanke war, dass sie mit einem Pferd viel schneller nach Lucknow kommen würden. Als er nach einer weiteren halben Stunde immer noch nicht aufgetaucht war, beschloss sie, ihn suchen zu gehen. Bei der Gelegenheit wollte sie auch nach Lola Ausschau halten, die sich irgendwo zwischen den Zelten herumtrieb. In eben diesem Augenblick erschien Geeta, die oft so mürrische Dienerin der Rana. Zu Taras Überraschung lächelte sie dieses Mal.

»Ich soll dich zu Kasim bringen«, meinte sie fast unterwürfig. »Du sollst bei den Speisezelten auf ihn warten. Du kannst bestimmt eine kleine Stärkung vor eurer Abreise gebrauchen.«

Tatsächlich knurrte Taras Magen heftig. Außer ein paar Nüssen und Früchten hatten sie heute noch nichts zu sich genommen. Also folgte sie der Dienerin quer durch das schon fast abgeschlagene Lager. Viele Zelte waren bereits abgebaut und wurden nun samt den übrigen Habseligkeiten auf zahlreiche Lastkarren und Elefanten verladen.

»Wieso hat es die Rana plötzlich so eilig, von hier aufzubrechen?«, versuchte Tara erneut, den Grund für die überstürzte Abreise herauszufinden.

Doch Geeta schüttelte nur den Kopf. Sie hielt es nicht einmal für nötig, ihr zu antworten. Tara ärgerte sich über ihre Arroganz, hakte aber nicht weiter nach. Sie waren mittlerweile zu einer Reihe von Kochfeuern gelangt, die zwischen den brokatbehangenen Sänften des fürstlichen Gefolges brannten. Mehrere Dienerinnen waren dabei, ein letztes, reichhaltiges Mahl vor der Abreise zuzubereiten. Geeta bot Tara einen weichen Platz im Innenraum einer der Sänften an. Die Seitenwände waren zurückgeschlagen, sodass ein angenehmer Luftzug durch das Innere wehte.

»Mach es dir dort bequem. Ich werde gleich wieder zurück sein.«

Wohlig ließ sich Tara auf einem der Kissen nieder und beobachtete das geschäftige Treiben der Köchinnen. Als ihr Geeta wenig später eine dampfende Schüssel mit gebratenem Gemüsereis, einige Brotfladen und ein Schälchen mit Linsensuppe reichte, machte sie sich sofort hungrig darüber her. Wie aus dem Nichts erschien nun auch Lola und sah sie mit schief gelegtem Kopf an.

»Du möchtest wohl auch etwas haben?«, sagte Tara lachend

und bot dem Affen etwas Brot an, das er sich rasch in die Backentaschen schob. Wenig später musste sie gegen eine bleierne Müdigkeit ankämpfen. Ihre Augenlider wurden immer schwerer. Ich darf jetzt nicht einschlafen, schalt sie sich und rieb fest die Augenlider, um wieder klarer sehen zu können. Lola hüpfte plötzlich vor ihr herum und versuchte, sie mit sich zu zerren. Doch sie nahm die Affendame nur als undeutliche Gestalt wahr. Auch die bunten Saris der Frauen an den Kochfeuern verschwammen zusehends zu einem farbenprächtigen Kaleidoskop. Wie bunte Schnipsel vermischten sich ihre einzelnen Körperteile vor Taras Augen. Aus Köpfen wuchsen schlanke braune Arme. Die Beine trugen Hände, während tanzende schwarze Kochkessel durcheinanderwirbelten. Das Essen! Irgendwas war mit dem Essen! Tara versuchte aufzustehen, konnte sich jedoch vor Schwindel nicht auf den Beinen halten. Verschwommen sah sie, wie Geeta mit zwei Männern herbeieilte und sich an ihr zu schaffen machte. Sie versuchte, sich zu wehren, doch dann tauchte sie in undurchdringliche Schwärze ein.

Als Tara wieder zu sich kam, befand sie sich in einer hölzernen Sänfte auf dem wiegenden Rücken eines Elefanten. Bis auf einen schmalen Schlitz in dem elegant ausgestatteten Holzkasten war es dunkel. In ihrem Kopf pochte es dumpf. Nur mit Mühe gelang es ihr, sich etwas aufzurichten. Was war geschehen? Warum hielt man sie gefangen? Je klarer sie im Kopf wurde, desto wütender wurde sie.

»Lasst mich sofort hier raus!« Sie trommelte wild gegen die Holzwand ihres Gefängnisses. Ihr Zorn wurde immer größer und sie schrie nach Leibeskräften um Hilfe. Doch niemand kümmerte sich darum.

Sie gab ihren Widerstand erst auf, als ihre Fäuste blutig waren. Wo war nur Kasim? Hielt man ihn auch gefangen? Sie versuchte, einen Blick durch den schmalen Sehschlitz der Sänftenwand zu werfen. Das Einzige, was sie erkennen konnte, waren Soldaten, die neben ihrem Elefanten ritten. Sie reagierten weder auf ihre Rufe noch auf ihr Klopfen. Wohin wurde sie gebracht? Zweifelsohne steckte die Rana hinter dem Anschlag. Doch was wollte sie von ihr? Sie war nur ein unbedeutendes Mädchen, das niemandem gefährlich werden konnte. Oder doch? Hatte Kasim nicht erzählt, dass Rahul der Fürstin Waffen geliefert hatte? Wofür benötigte sie diese? Plötzlich fiel es ihr wie Schuppen von den Augen. Natürlich! Die Rana plante einen Aufstand gegen die Engländer. Aber was hatte sie selbst damit zu tun?

Sie fand keine plausible Erklärung, egal wie lange sie darüber nachgrübelte. So blieb ihr nichts anderes übrig, als sich zunächst mit ihrem Schicksal abzufinden. Wenigstens ihr Bündel mit dem Brief war ihr geblieben.

Gegen Abend machte der Jagdtross der Rana Halt und sie wurde aus ihrer Sänfte befreit und in ein kleines, bewachtes Zelt geführt. Man gab ihr etwas zu essen und zu trinken und erlaubte ihr, ihre Notdurft zu verrichten. Danach musste sie sich gefesselt auf ein einfaches Lager legen. Auch am folgenden Tag musste sie wieder in die düstere Sänfte steigen. Kaum hatte sie Platz genommen, brachen sie zu einem weiteren monotonen Reisetag auf. Inzwischen hatte sie jede Hoffnung auf Rettung aufgegeben. Ihre Sorge galt einzig und allein Kasim. Was war mit ihm geschehen? Hatte man ihm womöglich Schlimmeres angetan als ihr? Tara mochte nicht daran denken! Als sie abends erneut gefesselt worden war und dumpf in ihrem Zelt vor sich hin brütete, teilte sich plötzlich der Eingang ihres Zeltes, und Prinz Salim schlüpfte zu ihr herein. Dabei achtete er sorgfältig darauf, dass ihn niemand sah.

»Psst!«, machte der kleine Junge und legte einen Finger an seinen Mund. »Niemand darf wissen, dass ich hier bin!«

Tara richtete sich verstimmt auf. »Was willst du hier? Macht es dir Spaß zu sehen, wie hilflos ich bin?«

Salim verzog beleidigt das Gesicht. Doch dann besann er sich, kam etwas näher und begutachtete ihre Fesseln. »Tut das weh?«, fragte er neugierig.

Tara grunzte ungehalten. »Ja, allerdings!«, antwortete sie.

»Ich finde es nicht gut, dass man dich gefesselt hat«, meinte Salim bekümmert. »Deswegen hatte ich sogar Streit mit meiner Mutter. Sie will unbedingt, dass du so lange in Fesseln bleibst, bis wir die Festung von Jhansi erreicht haben. Dann werden sie dir abgenommen.«

»Wie tröstlich!«

»Nicht wahr? Mutter hat mir sogar versprochen, dass du ein Zimmer in der Nähe meiner Gemächer bekommst. Dann werden wir uns jeden Tag sehen. Wir können zusammen spielen.«

»Mir ist nicht nach Spielen zumute«, sagte Tara ungehalten. »Schon gar nicht mit einem unerzogenen kleinen Jungen wie dir!«

»Ich bin nicht klein«, protestierte Salim gekränkt. »Sobald

wir die Engländer vertrieben haben, werde ich der Herrscher von Jhansi sein.«

»Du wirst sicherlich ein großartiger Herrscher werden«, lenkte Tara ein. Nach kurzer Überlegung war sie zu dem Entschluss gekommen, dass es schlauer sein mochte, sich etwas freundlicher zu verhalten. Vielleicht verriet ihr der Prinz ja, weshalb man sie hier festhielt.

»Wie wollt ihr denn die Engländer verjagen? Sie sind doch in der Überzahl.«

»Nicht mehr lange«, antwortete Salim stolz. »Es hat einen Aufstand der Sepoys gegeben. Den Engländern laufen ihre eigenen Soldaten davon und schließen sich uns an.« Er kam richtig in Fahrt. »Wir werden sie alle niederkämpfen und töten. Schon bald werden Lucknow und Kanpur in Schutt und Asche liegen. Die dummen Engländer wissen es nur noch nicht.«

Bei der Erwähnung von Lucknow hielt Tara den Atem an. Wenn es stimmte, was der Prinz sagte, dann war auch ihr Vater in Gefahr. Da sie schwieg, dachte Salim offenbar, dass er sie gebührend beeindruckt hatte.

»Sobald wir die Engländer aus Lucknow vertrieben haben, bist du wieder frei«, versprach er großzügig. »Ich habe das Wort meiner Mutter.« Dann schien er sich an den eigentlichen Grund seines Besuchs zu erinnern. »Bist du sehr böse auf mich?«, fragte er unglücklich.

Tara sah ihn überrascht an. »Kümmert es dich denn, ob ich auf dich böse bin?«

Salim nickte entschieden. »Der Brahmane hat gesagt, dass es schlechtes Karma bringt, wenn jemand auf einen böse ist, der einem das Leben gerettet hat.«

»Hat er das gesagt?«

Salim nickte nochmals. Seine Großspurigkeit war wie weggeblasen. »Wenn du mir böse bist, kann es sein, dass ich als Wurm wiedergeboren werde«, schluchzte er plötzlich. »Das kannst du doch nicht wollen!«

»Ich bin nicht böse auf dich«, versicherte Tara ihm rasch und schon strahlte der Prinz sie wieder zufrieden an.

»Ich werde dir morgen meine Lieblingssüßigkeiten bringen lassen«, versprach er treuherzig. Dann verschwand er so schnell, wie er gekommen war.

Tara rollte sich auf ihrem Lager zusammen. Irgendwann fiel sie in einen unruhigen Schlaf, aus dem sie jäh erwachte, als jemand sie an der Schulter rüttelte und ihr den Mund zuhielt. Erschreckt riss Tara die Augen auf. Ungläubig starrte sie auf die Gestalt, die neben ihr kauerte. Es war Kasim! Die Hand auf ihrem Mund lockerte sich.

»Wir haben nicht viel Zeit«, flüsterte er, während er ihr eilig die Fesseln durchschnitt. »Die Wachen können jeden Augenblick zurückkehren.« Er zeigte auf einen Schlitz, den er mit seinem Messer in die Zeltwand geschnitten hatte. »Da entlang.« Er schob die Zeltplane auseinander und sah sich um. Dann winkte er ihr. Tara griff rasch nach ihrem Bündel und folgte ihm.

Draußen war es stockdunkel. Der Mond war noch nicht aufgegangen. Tara versuchte, möglichst dicht hinter Kasim zu bleiben. Es fiel ihr schwer, denn die Fesseln an ihren Füßen hatten ihr das Blut abgeschnürt. Keine zwanzig Schritte von ihnen entfernt, hörte sie lautes Schimpfen und keckerndes Affengeschrei.

»Das ist Lola«, raunte Kasim, während er sie mit sich ins schützende Gebüsch zog. »Sie hat einem der Wachposten seinen Turban geklaut. Jetzt versucht er, ihn sich wiederzuholen! Schnell, da entlang!« Er führte sie zu einem bewaldeten Hügel. »Nicht weit von hier wartet ein Pferd auf uns.«

Ohne Pause hasteten sie weiter, bis sie schließlich vor einer massiven Felswand standen.

»Und nun?« Tara sah sich ratlos um. Der Weg endete hier. »Wir haben uns verlaufen!«

Kasim grinste. »Komm mit! Du wirst staunen.« Er nahm Taras Hand und zog sie mit sich zu einer Ansammlung dorniger Büsche, die einen Teil des Felsens bedeckten. Dahinter befand sich ein kaum sichtbarer Pfad, gerade breit genug, um sich an die Felswand gedrückt vorwärtszutasten, ohne dabei den spitzen Dornen zu nahe zu kommen. Schließlich tat sich eine schmale Felsspalte auf. Tara zögerte einen Augenblick, bevor sie Kasim folgte. Ein vertrautes Zupfen an ihrem Bein, das von freudigen, keckernden Lauten begleitet war, ließ sie innehalten. Es war Lola. Tara war erleichtert und erfreut, dass sie wieder zu ihnen gefunden hatte. Gemeinsam betraten sie die enge Höhle, in der Kasim ungeduldig auf sie wartete.

»Von hier ist es nicht mehr weit«, ertönte seine Stimme in der Dunkelheit. »Wenn wir uns beeilen, haben wir schon ein paar Meilen hinter uns, bevor die Männer der Rana dich suchen werden!«

Sie fühlte, wie sie am Ärmel gepackt und weitergezogen wurde. Ihr blieb nichts anderes übrig, als sich von Kasim durch den Höhlengang führen zu lassen. Nach einiger Zeit, die ihr wie eine Ewigkeit vorkam, wurde es wieder heller, und sie traten auf der anderen Seite des Hügels ins Freie. Über ihnen funkelten die Sterne am Himmel. Ungeduldiges Schnauben war zu vernehmen.

»Das ist Shakti.« Kasim grinste vielsagend und deutete auf die Silhouette eines Pferdes. »Ich habe sie Rahul gestohlen. Sie ist eine reinrassige Marwaristute, schnell wie der Wind und zäh wie die Wüste. Siehst du ihre Sichelohren? Man sagt, dass Marwaripferde die Befehle ihres Herrn auch dann noch hören, wenn er viele Meilen von ihnen entfernt ist.« Zärtlich tätschelte er den Hals der Stute, die vertraulich den Kopf an seiner Schulter rieb.

»Sie mag dich«, stellte Tara fest. Sie war fast ein wenig eifersüchtig auf das Pferd. Sie sehnte sich plötzlich nach Kasims zärtlicher Zuneigung. Doch stattdessen faltete er die Hände ineinander und half ihr beim Aufsteigen. Sobald sie sicher auf Shaktis Rücken saß, sprang er auf einen Felsvorsprung und schwang sich vor sie in den Sattel. Lola, die keinesfalls zurückbleiben wollte, tat es ihm nach. Sie landete mit Schwung vor Kasim und krallte sich sofort in Shaktis Mähne fest. Die Stute schnaubte erschreckt und stieg. Um ein Haar wäre Tara von ihrem Rücken gerutscht, wenn sie sich nicht an Kasim festgehalten hätte. Kasim griff nach den Zügeln und beruhigte das Pferd mit sanften Worten. Kurz darauf setzte sich das Tier in Bewegung.

Inzwischen war der Mond aufgegangen und beleuchtete mit seinem fahlen Licht ihren Weg. Vorsichtig lenkte Kasim Shakti über schmale Pfade den Hügel hinab. Sie schwiegen und lauschten nach Geräuschen in der Dunkelheit. Es war noch immer still. Anscheinend hatten die Wachposten Taras

Flucht noch nicht bemerkt. Tara spürte, wie ihre Anspannung nachließ. Sie genoss es, hinter Kasim zu sitzen. Der vertraute, würzige Duft seines Körpers stieg ihr in die Nase. Es war eine aufregende Mischung, die sie an fruchtbare Erde und Wacholder erinnerte mit einer kleinen Note von Zimt und Sandelholz. Sie überlegte, ob sie ihre Wange an seinen Rücken legen sollte.

»Wir werden die ganze Nacht reiten müssen«, unterbrach Kasim ihre zärtlichen Gedanken. »Die Rana wird sicherlich nach uns suchen lassen.«

Tara seufzte. Dann fiel ihr ein, was Salim ihr erzählt hatte. »Wir müssen so schnell wie möglich nach Lucknow und die Menschen dort warnen«, erklärte sie. »Salim hat mir verraten, dass die Stadt angegriffen werden soll. Es soll einen Aufstand gegeben haben.«

»Überall gibt es Überfälle«, bestätigte Kasim ihre Befürchtung. »Ihnen habe ich es auch zu verdanken, dass ich Rahul entkommen konnte.«

»Du warst auch gefangen?«

»Ja, der feige Sohn eines Hundes hat mich hinterrücks überfallen lassen, kurz nachdem wir uns getrennt hatten. Er hatte mir angeboten, eines seiner Marwaripferde auszusuchen. Dann tauchten plötzlich ein paar seiner Männer auf und schlugen mich bewusstlos. Als ich wieder zu mir kam, saß ich gefesselt und geknebelt auf dem Rücken eines Pferdes. Wir hatten den Dschungel längst verlassen und befanden uns auf dem Weg nach Rajasthan. Rahul stellte mich vor die Wahl. ›Entweder schließt du dich meinen Männern an‹, sagte er, ›oder ich sorge dafür, dass du in einem Kerker landest.‹«

»Und wofür hast du dich entschieden?«

Kasim zuckte mit den Schultern. »Wäre ich einer seiner Männer geworden, hätte ich gegen die Engländer kämpfen müssen – und …«, er machte eine kleine verlegene Pause, »… und ich hätte dich verloren.«

Tara schmiegte sich gerührt an ihn.

Taras Berührung machte Kasim verlegen. Er musste an Rahuls eindringliche Warnungen denken, als er noch geglaubt hatte, ihn für sich gewinnen zu können. Der Rajpute hatte immer wieder versucht, ihn davon zu überzeugen, dass seine Liebe zu Tara hoffnungslos war. Es gäbe zu viele Unterschiede zwischen ihnen. Natürlich hatte Kasim ihm heftig widersprochen. Aber im Nachhinein waren Rahuls Worte doch auf fruchtbaren Boden gefallen. Sie hatten bewirkt, dass Kasim mutlos geworden war. Er machte sich keine Illusionen mehr. Sobald Tara ihren Vater gefunden hatte, würde sie sich von ihm verabschieden. Herkunft, Stand, Religion – das alles trennte sie wie der Ozean die Kontinente. Doch bevor es so weit war, wollte er Tara helfen, ihr Glück zu finden. Er war der festen Überzeugung, dass dies der Pakt war, den er damals in Surat mit Taras indischem Elefanten geschlossen hatte.

»Erzähl mir, wie du geflohen bist!«

Dieses Mal war es Tara, die die Stille durchbrach. Bei ihren Worten versteifte sich Kasims Körper. Sofort hatte er wieder jene schrecklichen Bilder von dem Tag vor Augen, an dem ihm die Flucht gelungen war. Mochte er jemals mit dem Gedanken gespielt haben, sich den Aufständischen anzuschließen, so hätte er spätestens an jenem Tag erkannt, dass Gewalt niemals gerecht war. Stockend begann er mit seiner Erzählung.

»Wir stießen gleich am folgenden Tag nach meiner Entführung auf einen Trupp Aufständischer, die vorhatten, eine englische Baumwollplantage zu überfallen. Rahul und seine Männer berieten sich nur kurz, dann schlossen sie sich ihnen an. In ihren Augen funkelte blanke Gier. Die Aussicht auf schnelle Beute ließ sie mir gegenüber nachlässig werden. Sie banden mich in der Nähe an einem Baum fest, sodass ich notgedrungen Augenzeuge ihrer schrecklichen Taten wurde. Ich habe niemals Schlimmeres gesehen. Die Aufständischen waren außer sich, als sie sich auf die armen Engländer und ihre indischen Bediensteten stürzten. Der Besitzer der Plantage und seine Familie wurden völlig überrascht, sie hatten keinerlei Gelegenheit mehr, nach ihren Waffen zu greifen. Sie haben alle getötet. Männer, Frauen, sogar die Kinder und Alten. Überall war Blut …« Kasim schauderte, als ihm das Grauen erneut vor Augen stand. »Danach haben sie die Häuser geplündert und niedergebrannt. Während sie sich sinnlos betranken, hatte ich genügend Zeit, um die Knoten, mit denen sie mich festgezurrt hatten, zu lösen. Sobald ich frei war, schlich ich zu den Pferden, die sie nach dem Gemetzel zum Weiden im Garten der Plantage angebunden hatten. Ich nahm mir Rahuls Lieblingspferd und floh. Von Rahul hatte ich erfahren, dass die Rana auch dich festhielt. Es war nicht schwer, ihre Spur zu verfolgen. Noch während sie das Nachtlager aufschlugen, erkundete ich die Umgebung und entdeckte den versteckten Weg durch den Hügel. Dabei stieß ich auch auf

Lola. Sie war plötzlich bei mir und furchtbar anhänglich. Sie muss dir die ganze Zeit über gefolgt sein. Den Rest kennst du ja!«

»Rahul wird sehr zornig darüber sein, dass du ihm sein Lieblingspferd gestohlen hast«, meinte Tara nicht ohne Schadenfreude.

»Es geschieht ihm ganz recht. Auch wenn ich damit seine Gräueltaten nicht ungeschehen machen kann, so verschafft es mir doch eine gewisse Befriedigung, Rahul das genommen zu haben, was er am meisten liebt.« Die letzten Worte stieß er mit großer Bitterkeit aus. An Taras Zittern hinter sich erkannte er, wie erschüttert sie war. Dann legte sie zärtlich ihre Hand auf seine Wange und er schmiegte sich dankbar hinein.

Sie hatten unterdessen den Fuß des Hügels erreicht und waren auf eine Art Straße gestoßen. Kasim gab nun mehr Schenkeldruck, sodass Shakti in eine schnellere Gangart verfiel. Tara drückte sich enger an Kasim und umklammerte ihn fest. Es tat so gut, ihre Berührung zu spüren. So ritten sie die ganze Nacht. Erst als die Morgendämmerung ihr erstes zartgelbes Licht über den Horizont sandte, ließ er Shakti langsamer gehen.

3. TEIL

Der Aufstand

27

Während ihrer langen Reise nach Lucknow, das im Nordwesten Indiens lag, erzählte Kasim Tara, dass die Herrscher des Königreichs von Avadh von dort aus das Land über hundert Jahre lang regiert hatten. Tara hörte ihm aufmerksam zu, als er berichtete, dass der Reichtum und die Prunksucht der Nawabs in aller Munde waren. Während ihrer Regierungszeit hatten die Könige nicht nur unzählige prachtvolle Paläste, Moscheen und Tempelanlagen erbaut, sondern hatten rauschende Feste gefeiert, die an Luxus und Verschwendungssucht kaum zu überbieten waren. Die Maßlosigkeit und Willkür des letzten Nawabs hatte schließlich dazu geführt, dass Wajid Ali Sha von den englischen Streitkräften vertrieben und ins Exil geschickt worden war. An seiner Stelle hatten englische Offiziere und Zivilbeamte die Herrschaft über das Land übernommen. Das hatte zu großem Unmut bei der indischen Bevölkerung geführt. Hinzu kam, dass die strenge englische Steuergesetzgebung viele reiche Familien in die Armut trieb. Ein großer Teil der aufständischen Soldaten, die in der Garnison von Merath die englischen Offiziere getötet hatten, stammte aus Avadh. Die Soldaten, die Sepoys genannt wurden, wollten nun endlich ihr Land von den englischen Besatzern befreien. Rahul hatte Kasim berichtet, dass sie noch in der Nacht des Aufstands nach Delhi gezogen waren und Großmogul Bahadur Shah Zafar II. zu ihrem Anführer erkoren hatten. Der zweiundachtzigjährige Herrscher besaß zwar kaum Einfluss im Land, aber er wurde als letzter Nachfahre der einst mächtigen Großmoguln zur Symbolfigur für den sich immer schneller ausbreitenden Aufstand. Zahllose Soldaten desertierten aus den britischen Armeen und liefen zu den Rebellen über. Auch viele Zivilisten schlossen sich dem stets größer werdenden Heer an. Es war die Gelegenheit, sich aus dem englischen Joch zu befreien. Als Kasim schilderte, dass in den letzten Wochen und Monaten überall Aufstände losgebrochen waren und Städte, Dörfer und Garnisonen überfallen und die Bewohner getötet wurden, spürte Tara Angst in sich aufsteigen. Schließlich bekamen auch sie beide die Unruhen am eigenen Leib zu spüren. Mehrmals wurden sie zu Umwegen gezwungen, weil marodierende Banden die Gegend unsicher machten. Jeder, der in dieser Zeit auch nur im Entferntesten an einen Engländer erinnerte, war seines Lebens nicht mehr sicher. Zudem fürchteten sie während der ersten Tage ihrer Flucht auch die Soldaten der Rana. Immer wieder kamen ihnen diese gefährlich nahe, bevor sie endlich ihre Spur verloren.

Tara wusste, dass Kasim sich sehr um sie sorgte. Sie fiel wegen ihrer hellen Haut besonders auf, auch wenn sie indische Kleidung trug. Aus diesem Grund, aber auch, weil die Hitze Ende Juni allmählich unerträglich wurde, beschlossen sie, hauptsächlich nachts zu reisen. Es war die heißeste Jahreszeit, in der alle sehnsüchtig auf den Monsun warteten. Die Luft war so heiß und mit Staub gesättigt, dass sie wie gelbe Nebelschwaden die Sicht trübte. Tagsüber suchten sie sich einen schattigen Unterschlupf, meist etwas außerhalb von Siedlungen. So fiel es auch weniger auf, dass zwei mittellose Jugendliche ein so wertvolles Pferd besaßen. Dank Shakti kamen sie rasch voran. Die Marwaristute schien über unerschöpfliche Kräfte zu verfügen.

Auf diese Weise waren sie nun schon über sieben Tage unterwegs. Dann kam endlich Lucknow in erreichbare Nähe. In einem Dorf erfuhren sie, dass die Rebellen bereits Teile der Stadt eingenommen hatten. Genaueres war den Dorfbewohnern jedoch nicht bekannt. Es war später Nachmittag. Während Kasim Shakti aufzäumte, packte Tara ihre Sachen zusammen. Es war immer noch so heiß, dass jede Bewegung zur Qual wurde. Die Stute tänzelte unruhig. Kasim gelang es kaum, sie zu beruhigen. Auch Lola war gereizt und versuchte immer wieder, Taras Sachen in Unordnung zu bringen.

»Schluss jetzt!«, schimpfte sie und riss Lola ärgerlich zum dritten Mal ihr Bündel aus der Hand. In der Nähe lag ein Bauer dösend im Schatten eines Mangobaumes. Sein Ochse trottete unablässig im Kreis. Das Joch, unter dem er lief, bewegte ein gewaltiges Wasserrad mit Schöpfeimern, deren Wasser sich in eine Rinne entleerte. Am anderen Ende dieser Rinne warteten Frauen in bunten Saris darauf, ihre Tonkrüge zu füllen. Menschen und Tiere bewegten sich unendlich langsam. Die Luft knisterte vor Spannung. Hörte diese dämliche Hitze denn nie auf? Tara fühlte sich schon vor ihrer Weiterreise wie gerädert. Als Kasim ihr gut gelaunt zulächelte, sah sie verstimmt zur Seite. Es ärgerte sie, dass seine Kraft immer noch ausreichte, während sie sich zunehmend quälte. Wie um sie zu ärgern, drängte er jetzt auch noch zum Aufbruch.

»Was ist? Hast du Wurzeln geschlagen?«

Es war nicht böse gemeint, doch seine lässige Art verstimmte sie. Gerade wollte sie ihm eine patzige Antwort geben, da spürte sie einen dicken Regentropfen auf ihrer Nase. Ihm folgten weitere. Tara sah erstaunt auf. Über ihnen war der Himmel noch blau und dennoch regnete es. Nur im Osten schimmerte es leicht grau. Die einzelnen Tropfen waren groß wie Mandarinen. Ihr Aufprall auf der Erde war so heftig, dass sie Staubwolken aufwirbelten.

»Kasim, was ist los?«, wollte Tara wissen, als mit einem Mal Bewegung in Menschen und Tiere kam. Shakti wieherte erregt und versuchte, sich aus Kasims Hand zu lösen, sodass er sie festbinden musste. Unterdessen keckerte Lola, weil sie Opfer mehrerer fetter Regentropfen geworden war. Die Frauen und Kinder, die eben noch geduldig am Brunnen auf ihr Wasser gewartet hatten, ließen ihre Krüge fallen. Freudig breiteten sie ihre Arme aus und versuchten, die Regentropfen zu fangen, die nun immer dichter fielen. Von einem auf den anderen Moment öffnete der Himmel seine Schleusen. Ein Wolkenbruch, so heftig, wie ihn Tara noch nie erlebt hatte, ergoss sich über die staubige Landschaft. Innerhalb weniger Minuten stand alles unter Wasser. Heftige Windböen peitschten durch das Geäst der Bäume. Blitze durchzuckten den gelbgrauen Himmel und grollende Donnerschläge ließen die Erde erzittern. Trotz des Unwetters waren alle vergnügt.

Der Bauer, die Frauen und die Kinder begannen plötzlich, im Regen zu tanzen. Auch Kasim kam lachend auf sie zu und nahm sie an den Händen.

»Genieß es, Tara!«, rief er ihr freudestrahlend zu und wirbelte sie wild im Kreis herum. »Schon bald wird dir der Regen fürchterlich auf die Nerven gehen. Aber heute ist der erste Schauer des Monsuns eine wahre Wohltat!«

Tara zierte sich erst. Dieser Übermut war ihr fremd. Doch als Kasim sie nicht losließ, gab sie schließlich nach und begann ebenfalls zu tanzen. Mit jedem Schritt, den sie tat, fühlte sie sich etwas leichter. Es war herrlich, den erfrischenden Regen auf der Haut zu spüren. Sie öffnete den Mund und streckte weit die Zunge raus. Kasim lachte und tat es ihr nach. Dann nahm er sie fest in die Arme und küsste sie mit einer Leidenschaft, die ihr den Atem raubte. In diesem Augenblick war sie der glücklichste Mensch der Welt.

Die Ernüchterung kam mit der Erkenntnis, dass sie inzwischen bis auf die Haut durchnässt waren und das Unwetter keine Anstalten machte, sich rasch zu verziehen. Ihnen blieb nichts anderes übrig, als sich notdürftig zwischen den Luftwurzeln eines Banyanbaumes unterzustellen und darauf zu warten, dass der Regen nachließ. Der Bauer und die tanzenden Frauen und Kinder waren längst in ihr Dorf zurückgekehrt, während sich die eben noch staubtrockene Landschaft allmählich in ein Meer roter Schlammpfützen verwandelte. Obwohl die Sonne noch nicht untergegangen war, war es fast so dunkel wie in der Nacht.

»Komm, lass uns aufbrechen«, drängte Kasim, als er sah, dass Tara vor Kälte zu zittern begann. »Vielleicht lässt uns ja jemand im nächsten Dorf in seinem Stall übernachten. Heute Nacht kommen wir ohnehin nicht voran.«

Tara willigte gerne ein. Patschnass zogen sie los. Shakti führten sie mit hängendem Kopf hinter sich her. Selbst Lola war nur noch ein trauriges Fellhäufchen Affe. Schließlich erreichten sie einen abgelegenen Bauernhof, bei dem sie um Unterkunft für die Nacht baten. Die Bauern, ein älteres Ehepaar, verhielten sich zunächst abweisend. Vor allem die Frau beäugte sie äußerst misstrauisch.

»Es sind Fremde! Wer weiß, was sie im Schilde führen. Schick sie weg!«, keifte sie. Ihr Mann sah seine Frau strafend an. Er hatte wohl mehr Mitleid mit ihnen.

»Hast du schon vergessen, was Gastfreundschaft ist, Padma? Heute beginnt der Monsun. Da weist man keine Fremden ab! Wir sind ehrbare Leute.« Er wandte sich an Kasim. Tara streifte er nur mit einem kurzen, abfälligen Blick.

»Ein schönes Pferd hast du da! Willst du es mir verkaufen?«

»Shakti ist nicht zu verkaufen«, antwortete Kasim stolz. »Schade. Ich hätte dir einen guten Preis gemacht«, bedauerte der Bauer. »Führ dein Pferd in den Stall dort drüben. Dort findest du auch Heu und genügend Stroh, um euch ein Lager für die Nacht herzurichten. Später könnt ihr ins Haus kommen. Padma und ich teilen gerne unser bescheidenes Mahl mit euch, falls ihr dafür bezahlen könnt!«

Er warf seiner Frau einen vielsagenden Blick zu, woraufhin die sich leise protestierend, aber folgsam in ihre Küche verzog. Tara beobachtete sie mit einigem Unbehagen. Sie mochte diese Leute nicht.

Nachdem sie Shakti im Stall angebunden hatten, gingen

sie in das Haus und setzten sich in die Nähe des wärmenden Kochfeuers, um ihre Kleider zu trocknen.

»Greift zu«, forderte sie der Bauer auf. Er hieß Vinod und erwies sich als außerordentlich geschäftstüchtig. Er war ein hagerer Mann mit kleinen, etwas trüben Augen in einem faltigen Gesicht. Sein langes Haar, das er verknotet unter einem Turban trug, und der hochgebundene Bart wiesen ihn als Sikh aus. Seine Frau brachte gerade frisch gebackenes Fladenbrot und etwas gewürzten Joghurt mit Linsensuppe herein.

»Heute ist ein Festtag. Wir haben lange genug darauf gewartet, dass sich unsere Wasserspeicher wieder füllen. Für zwei Rupien könnt ihr daran teilnehmen.«

»Zwei Rupien?« Tara fand den Preis reichlich überzogen. Doch Kasim gab ihr ein Zeichen und bedeutete ihr zu schweigen. Er kramte ein paar Münzen aus seiner Hosentasche und gab Vinod das Geld.

Während sie aßen, glitten Padmas, aber auch Vinods neugierige Blicke immer wieder von Tara zu Kasim. Es war offensichtlich, dass sie wissen wollten, wohin ihre Reise sie führte. Schließlich kam es in diesen Tagen nicht oft vor, dass ein weißes Mädchen in so dürftiger Begleitung über Land unterwegs war.

»Wir wollen nach Lucknow«, erklärte Kasim schließlich. »Dort lebt der Vater meiner Herrin. Ich bringe sie zu ihm.« Er warf Tara einen bedeutungsvollen Blick zu.

Auf dem Gesicht des Bauern zeigte sich sofort Besorgnis. »Nach Lucknow? Das ist keine gute Idee. Dort ist es im Augenblick viel zu gefährlich. Habt ihr denn nicht gehört, dass die Stadt belagert wird? Selbst in unserem abgelegenen Dorf fürchten wir uns vor den umherziehenden Soldaten. Die Burschen nehmen sich, was sie brauchen. Deshalb war Padma erst auch so abweisend. Nicht weit von hier, in Chinhat, gab es bereits eine Schlacht. Der neue englische Kommandant hat versucht, die Aufständischen in einem offenen Kampf zu besiegen.«

»Weißt du mehr darüber?«

Vinod zuckte mit den Schultern. »Es wird gemunkelt, dass die Engländer verloren haben«, meinte er. »Sie hatten schlimme Verluste, waren schlecht ausgerüstet und mussten sich wieder in ihre Residenz zurückziehen.«

Tara sah Kasim besorgt an. Er versuchte, sie mit einem Lächeln zu beruhigen, doch die Angst in ihr wurde immer größer. »Gibt es dennoch einen Weg, in die Stadt hineinzukommen?«

»Unmöglich! Die Rebellen sind überall«, wiegelte Vinod ab. »Ihr müsstet unauffällig durch ihre Linien schleichen.« Er warf Tara einen skeptischen Blick zu. »Mit einem weißen Mädchen ist das nahezu unmöglich. Kehrt lieber wieder um. Das ist sicherer!«

»Aber wir müssen in die Stadt«, beharrte Tara. »Es muss doch einen Weg geben!«

Plötzlich huschte ein hinterlistiges Lächeln über Vinods Gesicht. »Vielleicht kann ich euch doch helfen. Mir fällt gerade mein Cousin Chandra ein. Wir gehören beide zur Glaubensgemeinschaft der Sikh und haben keine Sympathie für die aufständischen Sepoys. Er kennt jeden Weg nach Lucknow, weil er für die Engländer hin und wieder Botengänge übernimmt. Er könnte euch unter gewissen Umständen helfen.«

Tara fiel ein Stein vom Herzen. Auch Kasim wirkte erleichtert. Doch dann nannte Vinod seinen Preis, und Tara sah, wie sich Kasims Gesicht schlagartig verdüsterte.

»Wenn ihr mir eure Marwaristute überlasst, werde ich dafür sorgen, dass Chandra euch ungesehen in die Stadt führt.«

Vinods Cousin Chandra führte sie am nächsten Morgen nach Lucknow. Er war ein mürrischer kleiner Mann, der kaum ein Wort mit ihnen sprach. Er eilte ihnen mit wieselflinken Schritten voraus, sodass selbst Kasim Mühe hatte, ihm zu folgen. Sie hielten sich abseits der großen Straßen und achteten darauf, dass sie von niemandem gesehen wurden. Chandra machte keinen Hehl daraus, dass er seinen Auftrag möglichst schnell hinter sich bringen wollte. Tara blieb bald hinter den beiden zurück. Kasim vergewisserte sich zwar hin und wieder mit einem kurzen Blick, ob sie noch folgte, machte sich aber nicht die Mühe, auf sie zu warten. Überhaupt verhielt er sich ihr gegenüber recht abweisend. Sie ahnte wohl, dass es mit Shakti zu tun hatte. Kasim liebte das Pferd und hatte sich nur schwer von ihm getrennt. Seit dem letzten Abend hatten sie kaum miteinander gesprochen. Er hatte sich, nachdem sie ihren Handel mit Vinod abgeschlossen hatten, sofort in den Stall zurückgezogen. Als Tara ihm wenige Minuten später gefolgt war, hatte er sich schlafend gestellt. Selbst als sie sich eng an ihn geschmiegt hatte, hatte er nicht reagiert. Voller Sehnsucht hatte sie an die Nacht in der Ruine gedacht und kaum Ruhe gefunden. Als sie am Morgen aufgewacht war, war Kasim schon mit Lola draußen bei Shakti gewesen. Sie war enttäuscht. Wie gerne hätte sie jetzt, wo sie so kurz vor ihrem Ziel war, seinen Rat gehört. Je näher sie Lucknow kamen, desto unsicherer wurde sie. Was würde ihr Vater nur sagen, wenn er von ihr erfuhr? Um sich zu beruhigen, hatte sie seinen Brief heute Morgen ein weiteres Mal gelesen, obwohl sie die Zeilen längst auswendig konnte. Bislang war sie felsenfest davon überzeugt gewesen, dass ihr Vater ihre Mutter aufrichtig geliebt hatte. Nun war sie sich plötzlich nicht mehr sicher. Hatte sie sich das alles vielleicht nur eingebildet? Kasim hatte nie einen Hehl aus seinen Zweifeln gemacht. Was war, wenn er recht hatte? Tara fühlte sich mit einem Mal richtig mies.

Am späten Nachmittag näherten sie sich auf Schleichwegen der Stadt. Sie durchquerten ein verlassenes Dorf. Umgestoßene Krüge, noch glimmende Kochfeuer, offene Türen und auf dem Boden liegende Kleidungsstücke verrieten, dass seine Bewohner vor kurzer Zeit überstürzt geflohen sein mussten. Dann hörten sie in der Ferne Kanonendonner und das schrille Sirren von Musketenkugeln. Je näher sie den Stadtmauern kamen, umso lauter wurde es. Als sie etwa noch eine Meile von der englischen Festung entfernt waren, blieb Chandra stehen.

»Weiter gehe ich nicht«, meinte er entschieden.

»Aber wir sind noch nicht da! Dein Auftrag lautet, dass du uns bis in die Residenz führst«, wies Kasim ihn empört zurecht. »Der Lohn dafür war mehr als reichlich«, schickte er mit grimmiger Miene hinterher.

Tara blickte ihn erstaunt an. In der Sache gab sie ihm recht, doch sein heftiger Ausbruch überraschte sie.

»Es ist zu gefährlich.« Chandra deutete mit dem Kopf in

Richtung des Kanonenfeuers. »Hört doch selbst! Wir laufen Gefahr, zwischen die Linien zu geraten. Wegen euch setze ich nicht mein Leben aufs Spiel. Ich kehre um!«

»Wir können warten, bis es dunkel wird«, schlug Tara vor. »Dann lassen die Kämpfe bestimmt nach und wir können weiter.«

»Wir können genauso gut auch gleich weiter«, entgegnete Kasim. »Die Schüsse kommen doch aus einer ganz anderen Richtung! Los, gehen wir!« Er trat einen drohenden Schritt auf Chandra zu. Doch der Sikh ließ sich davon nicht beeindrucken.

»Ihr könnt allein gehen«, blieb er beharrlich bei seiner Meinung. »Der Weg ist von hier aus leicht zu finden. Ihr müsst euch nur nördlich halten. Wenn die ersten Bastionen und Verteidigungsgräben kommen, haltet ihr euch westlich, bis ihr zu dem bewachten Durchgang kommt. Für eine Weiße wird es nicht schwierig sein, Einlass zu erhalten. Die Götter mögen mit euch sein!«

Mit diesen Worten machte er auf dem Absatz kehrt und verschwand. Kasim wollte ihn aufhalten – er war außer sich vor Zorn –, doch Tara hielt ihn zurück, indem sie ihre Hand auf seine Schulter legte.

»Es hat keinen Sinn, Kasim«, versuchte sie, ihn zu beschwichtigen. »Wir schaffen es auch allein!«

Kasim riss sich unwirsch von ihr los. »Chandra hat uns betrogen«, fuhr er sie an. »Wer weiß, ob wir überhaupt richtig sind? Er ist bestimmt ein Gauner, der uns in eine Falle locken wollte, genau wie Vinod.«

»Ich denke nicht, dass uns Chandra oder Vinod betrogen

haben«, widersprach Tara energisch. »Warum bist du nur so misstrauisch?«

»Ich ärgere mich, weil all das es nicht wert ist, dass ich Shakti verloren habe!«, stieß Kasim hervor.

»Wir hätten Shakti ohnehin nicht mit in die Stadt nehmen können.« Tara versuchte, ruhig zu bleiben. Kasim wirkte fast so außer sich wie damals in Surat, als er vom Tod seiner Mutter erfahren hatte. »Das Pferd wird es bei Vinod gut haben. Wer weiß, vielleicht wird mein Vater es dir sogar wieder auslösen.«

Doch Taras Worte schienen Kasim nicht zu trösten. Im Gegenteil. Seine Stimme bebte plötzlich vor Zorn. »Für dich ist immer alles ganz einfach! Für dich ist Shakti nur ein Pferd. Du kannst dir einfach nicht vorstellen, was sie für mich bedeutet.«

»Das hört sich ja gerade so an, als wäre dir das Pferd mehr wert als ich«, rief Tara empört. Sie konnte ihren Unmut nicht länger zügeln. »Wieso hast du Shakti dann Vinod überlassen? Ich habe dich nicht gezwungen!«

»Mir blieb ja keine andere Wahl«, presste Kasim hervor. Der Blick aus seinen flackernden Augen versetzte Tara einen schmerzhaften Stich. »Und das alles bloß, damit du deinen Träumen hinterherlaufen kannst. Das sind doch alles nur Luftschlösser!«

»Dann tut es mir leid, dass du überhaupt auf den Handel eingegangen bist.« Tara fühlte sich zutiefst verletzt. »Wenn dir so viel an dem Pferd liegt, dann kehr doch um und hol es dir wieder. Ich werde dich jedenfalls nicht daran hindern!«

Als Kasim nicht reagierte, machte sie auf dem Absatz

kehrt und marschierte in die Richtung, die Chandra ihnen gewiesen hatte. Als sie noch mal einen Blick über die Schulter warf, stellte sie fest, dass weder Lola noch Kasim ihr gefolgt waren.

28

Mit Einbruch der Dunkelheit kehrten die Soldaten unter der Führung ihres Kommandanten Henry Lawrence in die Residenz zurück. Es war ihnen zwar gelungen, die Aufständischen wieder hinter die Bastionen zu treiben, doch die Gefahr von neuen Überfällen bestand weiterhin. Thomas Henry Kavanagh wusste, die Lage wurde immer brenzliger für die Belagerten von Lucknow. Sobald die Kanonen verstummt waren, hörte man weithin die Schreie der Verwundeten. Sie hatten bei dem Gefecht mehr als zwanzig Leute verloren. Dieselbe Anzahl Soldaten war verwundet worden. Thomas kümmerte sich um die Verletzten und sorgte dafür, dass man ihnen umgehend half. Er war Zivilbeamter der Ostindischen Handelsgesellschaft und hatte normalerweise andere Aufgaben zu erledigen. Ohne es zu wollen, war er nun doch wieder an Kriegshandlungen beteiligt. Dabei waren seine aktiven Zeiten als Soldat längst vorüber. Sein Blick ging sorgenvoll zum Himmel. Bald würde es wieder regnen.

»Bringt die Verwundeten ins Lazarett. Und sorgt dafür, dass die Toten rasch auf dem Friedhof beigesetzt werden!«

Die schlechten hygienischen Bedingungen in der Residenz waren eine seiner Hauptsorgen. In den sechzehn Gebäuden, die sich innerhalb der Festung befanden, waren viel zu viele Menschen untergebracht. Das Wasser war knapp und die Jauchegruben quollen längst über und verpesteten mit ihrem Gestank die ganze Gegend. Thomas machte sich keine Illusionen. Mit dem gerade einsetzenden Monsun würde die Gefahr von Seuchen noch größer werden. Er strich sich fahrig durch sein dichtes rotbraunes Haar, in dem sich bereits einzelne graue Strähnen zeigten. Er war müde und sehnte sich nach einer guten Tasse Tee. Doch zuerst musste er eine letzte Bestandsaufnahme der verbliebenen Lebensmittel machen.

Das Ergebnis war ernüchternd. Wenn nicht ein Wunder geschah, würden die Vorräte bald aufgebraucht sein. Er musste unbedingt mit Kommandant Lawrence darüber reden. Seit der Belagerung war er zu einem seiner engsten Berater geworden. Was für eine Ironie des Schicksals. Thomas hasste das Soldatenleben, obwohl er selbst einmal zu ihnen gehört hatte. Als junger Offizier war er sogar ausgezeichnet worden. Beflügelt von dem Lob und der Ehre, hatte er sich eine Zeit lang eingeredet, dass er mit seinem Schicksal zufrieden war. Doch das eintönige Alltagsleben in der Kaserne mit seinem Drill und den vielen unsinnigen Befehlen hatte ihm schnell vor Augen geführt, dass das Soldatendasein nichts für ihn war. Sein Geschick für Organisation und Handel ließ in ihm den Wunsch aufkommen, Zivilbeamter der Ostindischen Handelskompanie zu werden. Doch die Ausbildung war teuer, und sein Vater war nicht bereit gewesen, sie ihm zu finanzieren. So war er in Zugzwang geraten und hatte eine vermögende Frau geheiratet, die ihm seine Wünsche bezahlt hatte. Thomas seufzte. Die Heirat mit Elizabeth war der größte Fehler seines Lebens gewesen.

Entschieden schob er den Gedanken beiseite. Es war Zeit, nach Hause zu gehen. Er packte seine Jacke und machte sich auf den Weg zur Kommandantur, in der sich sein Quartier befand. Unterwegs traf er auf einen der Wachposten, der ein junges Mädchen in einem hellen, schmutzigen Sari vor sich herschubste. Sie protestierte heftig dagegen. Erst auf den zweiten Blick erkannte er, dass es sich nicht um eine Inderin, sondern eine Weiße handelte.

»Wen habt Ihr da, Myers?«, fragte er den jungen Soldaten. Bevor dieser antworten konnte, antwortete das Mädchen für ihn.

»Mein Name ist Tara, und ich habe einen weiten Weg auf mich genommen, um Sir Henry Lawrence zu sprechen.« Ihre veilchenblauen Augen funkelten ihn selbstbewusst an. Überrascht stellte Thomas fest, dass sie für ein Mädchen erstaunlich kurze Haare trug. Überhaupt schien diese Tara recht ungewöhnlich zu sein. Unwillkürlich musste er grinsen. Ihm gefiel ihre forsche Art.

»Sie hat versucht, sich an der Westflanke durch unsere Linien zu schleichen«, erläuterte Myers beflissen. »Bestimmt ist sie eine Spionin.«

»So ein Blödsinn«, widersprach Tara heftig und funkelte den Soldaten böse an. »Sobald ich mit Sir Lawrence gesprochen habe, wird sich alles aufklären.«

»Wie bist du überhaupt hierhergekommen?«, wollte Thomas wissen. »Woher wusstest du, dass die Westflanke am sichersten ist?«

»Ein Bauer, der hin und wieder den Boten für Euch spielt, hat mir den Weg gezeigt«, antwortete sie ungeduldig. »Könnt Ihr mich jetzt zu meinem …« Sie biss sich rasch auf die Lippen und ließ ihren Satz unvollendet.

Thomas hob fragend eine Augenbraue. »Was willst du denn von Sir Lawrence?«, hakte er nach.

»Das muss ich ihm schon selber sagen!«

Thomas schüttelte den Kopf. Die Beharrlichkeit des Mädchens strapazierte allmählich seine Nerven. Außerdem erinnerte ihn sein knurrender Magen daran, dass er seit dem gestrigen Tag nichts mehr gegessen hatte und hundemüde war.

»Hör mal zu, Tara«, meinte er geduldig. »Sir Lawrence hatte einen sehr anstrengenden Tag. Die Rebellen haben uns seit heute Morgen unter Dauerbeschuss gehalten. Morgen früh, fürchte ich, werden sie wieder angreifen. Der Kommandant hat also weiß Gott andere Sorgen, als sich mit einem wildfremden, dahergelaufenen Mädchen zu unterhalten, das nicht einmal sagt, weshalb es ihn sprechen will. Gute Nacht!« Im Gehen wandte er sich an den Soldaten. »Myers, zeigt der jungen Lady die Quartiere. Sie kann sich dort auch eine Suppe geben lassen.«

»Bitte, Sir! Gebt mir eine Chance!« Das drängende Flehen in ihrer Stimme ließ ihn doch noch einmal innehalten. Er drehte sich zu ihr um. Das Mädchen hatte nun Tränen in den Augen. »Sir Lawrence allein kann mir helfen, meinen verschollenen Vater zu finden«, fügte sie leise hinzu. »Legt für mich ein gutes Wort ein!«

Ihre Verzweiflung ließ Thomas nicht kalt. Das Mädchen hatte etwas an sich, was ihn rührte. »Also gut«, versprach er schließlich. »Morgen früh werde ich Sir Lawrence sehen. Ich werde ihm von dir berichten. Ob er dich dann jedoch auch sehen will, kann ich nicht beeinflussen. Komm morgen Mittag in die Kommandantur und melde dich bei mir. Mein Name ist Thomas Henry Kavanagh.«

»Danke, Sir.« Ihr erleichtertes Lächeln wärmte ihm das Herz.

Der Gestank, der Tara aus der schlichten Unterkunft entgegenschlug, raubte ihr fast den Atem. Der Geruch von Schweiß, Erbrochenem und Urin hing wie eine Wolke in dem niederen Gemäuer. Über vierzig Frauen und kleine Kinder teilten sich den Raum, den man ihr zugewiesen hatte. Er war kaum größer als zehn mal zehn Schritte. Auf einfachen Strohlagern befanden sich Decken und das wenige Hab und Gut, das die Menschen auf ihre Flucht hatten mitnehmen können. Ihre Männer hatte man in einem anderen Gebäude untergebracht. Obwohl alles fürchterlich eng war, machte man ihr höflich Platz. Eine stattliche, rundliche Frau, die sich als Sibyl vorstellte, erklärte ihr, wo sie Decken und Geschirr bekommen konnte.

»Hol dir zuerst was zu essen«, riet sie ihr freundlich. »Die Küche macht gleich zu. Die Suppe, die dort ausgeteilt wird, hat zwar mehr mit heißem Wasser als mit einer nahrhaften Brühe zu tun, aber wenn du dich sputest, dann bekommst du noch einen Brotfladen dazu. Vor morgen Mittag wird es nichts anderes geben.«

Tara folgte ihrem Rat und reihte sich mit ihrem Blechnapf in die Schlange der Wartenden vor der Küche im Hof ein. Unterdessen fing es wieder an zu regnen. Wie auch am vorigen Tag öffnete der Himmel seine Schleusen. Der Gedanke, dass sie erst gestern mit Kasim lachend im Regen getanzt hatte, ließ heiße Tränen in ihr aufsteigen. Wie unnötig ihr Streit doch gewesen war! Ob er wohl tatsächlich umgekehrt war, um Shakti zurückzuholen? Sie war mit Absicht langsam gegangen, in der Hoffnung, dass er ihr doch noch folgte. Aber er war nicht gekommen. Genauso wenig wie Lola. Sie bereute längst, nicht noch einmal mit ihm geredet zu haben.

Innerhalb weniger Minuten war sie bis auf die Haut durchnässt. Fröstelnd zog sie sich mit ihrer Suppe und dem Brot in die Unterkunft zurück. Die dünne Brühe schmeckte fad und reichte kaum aus, um ihren Hunger zu stillen. Dafür war das Brot frisch, wenngleich der Fladen nicht sehr groß war. Sie aß ein Stück davon und steckte den Rest in ihren Sari. Sibyl setzte sich zu ihr und fragte sie neugierig aus. Tara erzählte nur das Notwendigste. Sie sei mit dem Schiff aus Irland angereist, um ihren Vater zu besuchen.

»Wie heißt der denn?«, wollte Sibyl wissen. »Vielleicht kenne ich ihn ja.«

Tara war die Neugier der älteren Frau unangenehm. Sie wollte kein Gerede, bevor sie nicht mit ihrem Vater gesprochen hatte. »Er heißt Harley, Henry Harley«, log sie.

Sibyl schüttelte enttäuscht den Kopf. »Noch nie gehört! Ist er ein Soldat?«

»Ja. Morgen rede ich mit Sir Lawrence. Er weiß bestimmt mehr!«

»Na dann mal viel Glück!« Sibyl lächelte ihr ermunternd zu. Anschließend begann sie, ihr von den Menschen in der Residenz zu erzählen. Die meisten Familien hatten schon seit Mitte Mai in der Garnison Zuflucht gesucht.

»Anfangs war es bis auf die Hitze noch gut auszuhalten. Wir hofften alle, dass die Belagerung schnell vorüber sein würde. Aber dann erreichten uns immer schlimmere Nachrichten aus der Gegend. Hast du schon von dem schrecklichen Massaker in Kanpur gehört?«

Tara schüttelte den Kopf. Sibyl erschauerte, als sie mit ihrer Erzählung begann.

»Die Stadt Kanpur wurde ebenfalls wochenlang belagert. Allerdings hatte Brigadegeneral Wheeler nicht genügend vorgesorgt. Schon bald wurden die Lebensmittelvorräte knapp und die Menschen mussten hungern. In ihrer Not blieb Wheeler keine andere Wahl, als das Angebot der Aufständischen anzunehmen und zu kapitulieren. Ihr Anführer war Nana Sahib, ein eiskalter Mörder. Er versprach den britischen Bürgern und Soldaten freien Abzug auf Booten, wenn sie ihm und seinen Leuten die Stadt überließen. Während die Menschen die Boote am Gangesufer bestiegen, brach er sein Versprechen und befahl seinen Leuten, das Feuer zu eröffnen. Unsere Soldaten und Männer hatten gegen diese hinterhältigen Verbrecher keine Chance. Sie wurden in dem folgenden Gemetzel allesamt getötet. Nur vier Männern gelang es, sich schwimmend zu retten. Die hundertfünfundzwanzig überlebenden Kinder und Frauen wurden zurück nach Kanpur gebracht und dort eingesperrt. Neue britische Truppen unter Generalmajor Havelock wurden entsandt. Er eroberte die Stadt zurück, doch bevor sich Nana Sahib mit seinen Männern zurückzog, ließ er alle Frauen und Kinder töten. Mit ihren Leichen vergiftete er die Brunnen. Meine Schwägerin und ihre drei Jungen waren auch darunter«, schluchzte Sibyl plötzlich auf. Taras Kehle wurde eng und sie schluckte betroffen. Nach einer Atempause fuhr Sibyl mit brüchiger Stimme fort: »Mein Gott, wenn nicht ein Wunder geschieht, wird es uns ebenso ergehen. Unsere ganze Hoffnung ruht auf Sir Havelock. Wir warten jeden Tag darauf, dass er uns befreit.«

Die Nachricht hatte Tara tief erschüttert. Hilflos legte sie ihren Arm um Sibyls Schulter. Sibyl warf ihr einen dankbaren Blick zu, rieb sich energisch die Tränen aus den Augen und stand auf.

»Was soll's«, meinte sie tapfer. »Jammern hilft nichts. Ich muss jetzt ins Lazarett gehen. Dort sind eine Menge neuer Verwundeter eingeliefert worden. Was ist? Möchtest du dich mir anschließen? Wir brauchen jede helfende Hand!«

Tara war dankbar, dass sie etwas tun konnte. Sie war zwar müde von dem anstrengenden Marsch, aber schlafen würde sie jetzt ohnehin nicht können. Dafür gingen ihr viel zu viele Gedanken durch den Kopf.

29

Kasim sah Tara fassungslos hinterher. Weshalb reagierte sie bloß so empfindlich? Nur weil er Shakti vermisste, nahm sie gleich an, dass sie ihm nicht mehr wichtig war? Das konnte verstehen, wer wollte. Er kapierte es nicht. Natürlich ärgerte es ihn sehr, dass Vinod und sein Cousin sie übervorteilt hatten. Sie hatten ihre Notlage schamlos ausgenutzt. Das Pferd war ein viel zu hoher Preis für die Gefälligkeit, die sie ihnen erwiesen hatten. Und jetzt hatte Chandra sie nicht einmal hinter die Linien geführt, wie es ausgemacht war. Es war sein gutes Recht, dass er sich darüber aufregte. Wieso verstand Tara ihn nicht? Waren Mädchen immer so kompliziert? Oder hätte er sich mehr zurückhalten müssen? Wie dem auch sei. Er war immer noch viel zu sauer, um ihr hinterherzulaufen.

Lola keckerte leise und schob ihre feinen schwarzen Finger in Kasims Hand. Ihre klugen Knopfaugen blickten ihn herausfordernd an. Warum nur gab ihm der Affe das Gefühl, dass er genau das von ihm erwartete?

»Dieses Mal muss sie sich bei mir entschuldigen«, brummte er ungnädig.

Er setzte sich in den Schatten eines Baumes und wartete. Vielleicht ist es gut so, dass wir uns hier getrennt haben, versuchte er sich einzureden. Rahul hat recht gehabt. Tara und ich passen nicht zusammen. Ich bin Inder und sie ist Engländerin. Diese beiden Welten sind so weit voneinander entfernt wie die Magnetpole der Erde. Das habe ich schließlich schon bei meinen Eltern gesehen. Wieso warte ich hier überhaupt? Tara wird nicht zurückkommen. Es ist aus!

Je länger er sich das einredete, desto mehr glaubte er daran. Schließlich entschloss er sich dazu, wieder zurück nach Surat zu gehen. Er stand auf. Dabei fiel sein Blick auf Lola, die immer noch seelenruhig neben ihm saß und ihn aufmerksam betrachtete. Ihre Augen übten eine magische Faszination auf ihn aus. Ihm war, als sogen sie ihn immer mehr in sich auf. War es Wirklichkeit oder Illusion? Die Affendame wurde plötzlich immer größer. Sie wuchs und wuchs, bis sie ihn weit überragte. Dabei fixierte sie ihn weiterhin und bannte seinen Blick. Ihre Augen leuchteten wie schwarze Seen, auf deren Oberfläche goldene Sonnensprenkel tanzten. Dann teilte sich die goldfunkelnde Schwärze, und Kasim sah, wie der prächtig aufgezäumte Jadeelefant in ihrem Grund erschien. Er hob seinen Rüssel, als wolle er auf etwas deuten. Kasim zuckte zusammen. Plötzlich sah er Tara und sich in einem Hain. Es waren Bilder aus der Vergangenheit. Noch vor wenigen Tagen hatten sie genau so auf einer Wiese gelegen. Ihre Hände waren ineinander verschränkt gewesen. Ansonsten hatten sie sich nicht berührt. Trotzdem waren sie sich in diesem Moment näher gewesen als je zuvor. Damals waren sie sich beide einig gewesen, dass sie alle Rassenunterschiede überwinden konnten. Sollte ein dummer Streit sie wirklich auseinanderbringen? Kasim schloss beschämt die Augen. Was waren sie doch alle beide für Dummköpfe. Als er die Augen erneut öffnete, war Lola wieder auf ihre ursprüngliche Größe geschrumpft und sah ihn an, als wäre nichts geschehen. Verwirrt schüttelte er den Kopf und stand auf.

»Also gut«, gab er schließlich nach. »Wir gehen auch in die Stadt.«

Kasim erkannte gleich, dass die Residenz durch eine Reihe von Bastionen und Verteidigungsgräben geschützt wurde, die von patrouillierenden Wachposten kontrolliert wurden. Da die südwestliche Seite für einen Angriff ungünstig war, hatte man dort weniger Wachen postiert. Mit etwas Glück sollte es ihm gelingen, hinter die Linien zu gelangen. Lola half ihm dabei. Hinter Büschen versteckt, begann sie aus dem Hinterhalt, den Wachposten mit Steinen zu bewerfen. Danach stürmte sie laut kreischend auf ihn zu, wendete, bevor der Soldat sein Gewehr auf sie richten konnte, und verschwand im Geäst eines anderen Baumes. Dieses Ablenkungsmanöver wiederholte sie mehrmals. So hatte Kasim genügend Zeit, um ungesehen über den mannshohen Wall und die niedere Palisadenmauer zu klettern. Der plötzlich heftig einsetzende Regen bot ihm zusätzlichen Sichtschutz.

Sobald er die andere Seite erreicht hatte, versteckte er sich, bis Lola zu ihm stieß. Mittlerweile war es dunkel geworden. Kasim konnte nur grob die Umrisse der Festungsanlage erkennen. Von Chandra wusste er, dass zu ihr die mehrstöckige Residenz sowie sechzehn weitere Gebäude gehörten.

Der Kommandant hatte den Platz gut gewählt, denn die Gebäude waren relativ leicht zu verteidigen. Außerdem gab es auf dem Gelände ausreichend Trinkwasser und sogar einen Friedhof. Weil Kasim fürchtete, dass man in der Dunkelheit auf ihn schießen könnte, beschloss er, erst am nächsten Tag nach Tara zu suchen. Er stieß auf einen leer stehenden Geräteschuppen und verkroch sich darin. So baufällig er auch sein mochte, bot er doch etwas Schutz vor dem Regen.

Noch vor Sonnenaufgang wurde er unsanft von Lola geweckt. Mit wildem Gekreische riss sie an seinem linken Ohr und versuchte, ihn mit sich zu ziehen. Bevor er wusste, wie ihm geschah, vernahm er das Sirren von Kanonenkugeln, gefolgt von heftigen Detonationen. Als ein Geschoss ganz in ihrer Nähe einschlug, stolperte Kasim, so schnell es ging, hinaus ins Freie. Keine Sekunde zu früh, denn schon landeten zerfetzte Baumstämme, Dreck und Steine prasselnd auf dem baufälligen Schuppendach, das unter der Last augenblicklich in sich zusammenfiel.

Lola galoppierte an ihm vorbei und suchte Schutz zwischen den Bäumen. Kasim konnte nicht länger auf sie achten. Die Arme schützend über den Kopf gebreitet, rannte er, so schnell ihn seine Füße trugen, auf das nächstbeste Gebäude zu. Unterdessen kam Leben in die Residenz. Soldaten stürmten aus ihren Unterkünften und machten ihrerseits die Kanonen bereit. An den Wällen wurde wild geschossen. In schneller Folge waren neue Detonationen zu hören. Eine Kugel schlug in den Turm der Residenz ein, und auch das Gebäude, in dem Kasim Schutz suchen wollte, wurde getroffen. Sirrend traf das Geschoss auf die Außenmauer und durchschlug sie mit einem ohrenbetäubenden Knall.

Überall hörte man Schmerzensschreie und lautes Wehklagen. Unzählige Frauen und Kinder rannten aus dem einstürzenden Haus. Viele bluteten und waren verwundet. Nur wenige konnten ohne fremde Hilfe gehen. Sie flohen in wilder Panik auf die Residenz zu, wohl um sich dort im Innenhof zu verstecken. Unwillkürlich hielt Kasim nach Tara Ausschau. Was, wenn auch sie sich in dem Gebäude aufgehalten hatte? Der Gedanke schnürte ihm die Kehle zu. Ich muss sie finden, schoss es ihm durch den Kopf. Ohne auf die Gefahr zu achten, stürmte er ins Innere des Gebäudes. Eine Staubwolke schlug ihm entgegen, und er hatte Mühe, etwas zu erkennen. Als er einige leblose Gestalten entdeckte, die unter Schutt und Geröll begraben lagen, sah er mit klopfendem Herzen nach, ob noch jemand lebte. Sie waren alle tot. Tara schien nicht unter ihnen zu sein. Gott sei Dank. Kasim hatte sich bereits von dem schrecklichen Anblick abgewandt, als er ein klägliches Wimmern hörte. Obwohl ihm übel war und er nur noch wegwollte, hielt er inne und sah sich um. Unter einem Schuttberg begraben, entdeckte er ein kleines Mädchen. Sie lebte noch. Die Kleine war bei Bewusstsein und stöhnte vor Schmerz. Ihr linkes Bein war unter einem herabgestürzten Dachbalken eingeklemmt. Mit flinken Händen begann Kasim, das Geröll von ihrem kleinen Körper zu schaufeln. Dann versuchte er, den mächtigen Balken anzuheben. Er war viel zu schwer für eine Person.

»Hilf mir«, jammerte die Kleine. Ihr blondes Haar war ganz verstaubt. Kasim streichelte beruhigend darüber.

»Ich bin gleich wieder da. Alles wird gut!«

Hastig suchte er nach etwas, was er als Hebel benutzen konnte, um den Balken hochzuwuchten. Schließlich fand er eine Eisenstange.

»Kannst du dich bewegen?«, fragte er das Mädchen. Sie nickte schwach. »Sobald ich es dir sage, musst du versuchen, dich unter dem Balken wegzudrehen. Achtung, es geht los!«

Schweißperlen rannen über Kasims Stirn, während er unter Aufbietung aller seiner Kräfte den Dachbalken so weit anhob, dass sich das Mädchen darunter hervorwinden konnte. Ächzend ließ er das Eisenstück los und kniete sich neben sie. Ihr Unterschenkel war gebrochen und stand in einem merkwürdigen Winkel ab. Kasim sah ein, dass er sie tragen musste. Immer noch keuchend vor Anstrengung, hob er sie hoch. Es waren gut zwanzig Fuß bis zum Ausgang. Die Kleine weinte nun laut vor Schmerz. Kasim versuchte, sie zu beruhigen, doch das machte es nur noch schlimmer. Viel zu spät bemerkte er, dass sich ihnen die Seitenwand des Gebäudes langsam zuneigte. Wie in Zeitlupe begann die Mauer einzustürzen. Reflexartig rollte Kasim sich mit dem Mädchen in einen Hohlraum, der unter einem bereits herabgestürzten Dachbalken entstanden war. Es gelang ihm kaum noch, sich schützend über sie zu legen, als auch schon eine Lawine aus Geröll und Steinbrocken auf sie herabhagelte und unter sich begrub.

Tara schrak von ihrem Stuhl hoch, als die ersten Kanonenkugeln auf dem Gelände einschlugen. Sie musste sich erst besinnen, wo sie war. Sie hatte die ganze Nacht im Lazarett verbracht. Gemeinsam mit Sibyl und anderen Freiwilligen hatte sie die Verletzten versorgt. Doktor Lloyd hatte beinahe die ganze Nacht operiert. Sibyl und sie waren unermüdlich damit beschäftigt gewesen, die Verwundeten zu ihm zu bringen und sie nach der Operation wieder abzutransportieren. So viel Blut, so viel Leid, so viel Schrecken. Schneller, als es ihr lieb war, war sie mit den Grausamkeiten eines Krieges vertraut geworden. Irgendwann hatte sie sich einfach vor Erschöpfung auf einen freien Stuhl sinken lassen und war eingeschlafen.

Nun brach um sie herum Tumult los. Eilige Schritte, laute Rufe. »Sie greifen wieder an! Schnell! Wir müssen neue Betten für die Verwundeten bereitstellen!«

Sibyl eilte auf sie zu und winkte sie energisch zu sich. Tara rappelte sich rasch hoch und folgte ihr wie in Trance. Mit kundigem Blick half Sibyl dem ebenfalls noch verschlafenen Doktor, die Verletzten ausfindig zu machen, die ihrer Meinung nach entlassen werden konnten. Tara musste die blutigen Laken entfernen und die Betten neu beziehen. Draußen ging unterdessen der Beschuss weiter. Es dauerte nicht lange, bis die ersten neuen Verwundeten ins Lazarett geschafft wurden.

Nach etwas mehr als einer Stunde war der Angriff vorüber. Erleichtert nahmen die Belagerten die Botschaft entgegen, dass die britischen Soldaten die indischen Gegner mit einem Ausfall zurückgetrieben hatten.

»Uff! Ich denke, das war's erst mal für heute.« Sibyl rieb sich über ihre schweißnasse Stirn und sank erschöpft auf einen Stuhl. »Du hast gute Arbeit geleistet, Tara. Aber nun brauchen wir alle erst einmal eine Mütze voll Schlaf. Hau dich aufs Ohr. Du wirst früh genug wieder gebraucht.«

Diesen Rat wollte Tara nur allzu gern befolgen. Sie fühlte sich wie gerädert und war immer noch zum Umfallen müde. Doch kaum wollte Tara sich auf den Weg zu ihrem Schlafplatz machen, gab es neue Aufregung.

»Doktor Lloyd! Schnell! Ihr müsst sofort zu Sir Lawrence. Es gab einen Kanoneneinschlag in seiner Kammer. Er ist verletzt worden!«

Der Arzt packte seine Sachen zusammen und eilte hinaus. Die Nachricht traf Tara wie ein Schlag. Ihr Vater verletzt?

»Mein Gott, Kind! Was ist mit dir? Du bist ja kreidebleich.« Sibyl stand auf und stützte sie.

»Ich muss zu Sir Lawrence«, stammelte Tara. »Ich muss sehen, wie es ihm geht!« Sie versuchte, in Richtung Ausgang zu gelangen. Sibyl hielt sie am Arm zurück.

»Du bist völlig erschöpft und mit den Nerven am Ende. Ich kenne das. Aber nun ist Schluss! Ich bring dich jetzt in die Unterkunft und dort schläfst du. Basta!«

Tara sah ein, dass jeglicher Widerspruch zwecklos war. Insgeheim nahm sie sich aber vor, sofort wieder aufzustehen, sobald Sibyl gegangen war. Doch kaum lag sie auf ihrem Lager, war sie auch schon eingeschlafen.

∙∾ 30 ∽∙

Es war ein Wunder, dass Kasim nicht schwerer verletzt war. Bis auf einige Prellungen und Schürfwunden war er unversehrt. Der Dachbalken hatte sie beide vor dem Schlimmsten bewahrt. Besorgt tastete er in der Dunkelheit nach dem kleinen Mädchen. Sie lag immer noch halb unter ihm.

»Wie geht es dir?«

»Mein Bein tut so weh«, schluchzte die Kleine mit herzerweichender Stimme. »Ich möchte zu meiner Mama!«

»Ganz ruhig! Es wird nicht mehr lange dauern, bis sie uns finden«, versuchte Kasim, sie zu trösten. Er gab sich zuversichtlicher, als er in Wirklichkeit war. Wenn überhaupt, dann würde man erst nach dem Angriff anfangen, in den Trümmern nach Überlebenden zu suchen. Das konnte noch Stunden dauern. Und wenn die Aufständischen die Festung einnahmen, würde man sie nie entdecken. Kasim musste gegen die aufsteigende Panik ankämpfen. Um sich abzulenken, untersuchte er den Hohlraum, in dem sie gefangen waren. Er war nicht sehr groß. Vielleicht zwei Handbreit über ihnen ertastete er den Schutt. Er war wie festzementiert. So sehr er sich auch anstrengte, es gelang ihm nicht, das Geröll zu bewegen. Womöglich türmten sich die Trümmer mehrere Fuß hoch. Große Sorgen bereitete ihm auch die Luftversorgung. Das Atmen fiel ihm schon jetzt recht schwer. Er machte sich nichts vor. Wenn man sie nicht rasch fand, würden sie ersticken. Wir müssen uns bemerkbar machen, überlegte Kasim panisch. Er griff nach einem Stein und hämmerte damit gegen den Dachbalken. Das kleine Mädchen neben ihm weinte immer mehr. Kasim musste sie irgendwie ablenken.

»Wie heißt du?«

»Elinor Swanson«, piepste das Mädchen.

»Hör zu, Elinor«, sagte Kasim eindringlich. »Ich brauche deine Hilfe. Du nimmst jetzt einen Stein und schlägst damit ebenfalls gegen den Balken. So können uns die Helfer draußen hören. Verstanden?«

Elinor schniefte noch einmal, dann tat sie, was Kasim von ihr verlangt hatte.

Tara schlug benommen die Augen auf. Es dauerte einen Augenblick, bevor sie begriff, dass sie auf ihrem Strohlager in der Sammelunterkunft lag. Wie lange hatte sie wohl geschlafen? Draußen war es noch hell. Sie setzte sich auf und sah sich nach Sibyl um. Sie konnte sie unter den anderen Frauen und Kindern im Raum nicht entdecken. Dann fiel ihr wieder der verletzte Sir Lawrence ein. Ich muss zurück ins Lazarett, dachte sie. Sie zupfte rasch die Strohhalme aus ihren Haaren und machte sich auf den Weg. Vor dem Eingang zum Lazarett traf sie auf Thomas Kavanagh. Als er sie sah, lächelte er ihr zu.

»Es freut mich, dass du dich hier bereits nützlich gemacht hast«, begrüßte er sie freundlich. »Das ist sehr anständig von dir.«

Tara spürte, wie sie rot wurde. Obwohl sie diesen Mann kaum kannte, freute sie sich über seine Worte. »Könnt Ihr mir sagen, wie es Sir Lawrence geht?«, fragte sie von seinem Lob ermutigt. Kavanaghs Miene wirkte mit einem Mal betroffen und jagte ihr Angst ein.

»Er ist sehr schwer verletzt worden«, berichtete er zögernd. »Ein Granatsplitter hat seinen linken Oberschenkel zerfetzt. Er hat viel Blut verloren.«

Tara geriet leicht ins Wanken. Das durfte einfach nicht sein!

Kavanagh sah sie verständnisvoll an. »Ich bin auf dem Weg zu ihm«, meinte er. »Ich habe nicht vergessen, worum du mich gebeten hast. Willst du mich begleiten?«

Sie nickte und lächelte schwach. Auf dem Weg erzählte Kavanagh ihr, dass man Sir Lawrence in der Zwischenzeit ins Lazarett gebracht hatte. Sein Zimmer war durch den Granateneinschlag völlig zerstört worden. Auf dem Gang trafen sie auf Doktor Lloyd. Er nickte ihnen freundlich zu.

»Wie geht es Sir Lawrence?«, erkundigte sich Kavanagh.

Das Gesicht des Arztes wurde ernst. »Wir konnten die Blutung stillen. Er schläft jetzt. Ob er sich jedoch erholt, liegt allein in Gottes Hand. Wir haben ihn in eines der Behandlungszimmer gelegt, damit er ungestört ist. Soll ich Euch benachrichtigen, wenn er aufwacht?«

»Das wäre sehr freundlich. Bis der Kommandant wieder auf

den Beinen ist, wird Colonel Inglis das Kommando übernehmen. Ich werde ihm ebenfalls als Berater zur Seite stehen.« Kavanagh zog seine Taschenuhr aus der Weste und hatte es plötzlich eilig. »Ich muss jetzt weiter. Es gibt immer noch Vermisste nach dem Überfall heute Morgen. Ich muss nachsehen, wie die Aufräumarbeiten vorangehen. Inglis' Schwester kam bei dem Angriff ums Leben. Seine Nichte, die kleine Elinor Swanson, wird noch vermisst. Ich bete darum, dass ich ihm nicht noch eine schlechte Nachricht bringen muss.«

Unschlüssig blieb Tara stehen und sah ihm hinterher. Kurz vor dem Ausgang wandte er sich noch einmal zu ihr um.

»Es tut mir leid, dass ich dir im Moment wegen deines Vaters nicht weiterhelfen kann. Aber gib die Hoffnung nicht auf! Sir Lawrence erholt sich sicherlich wieder.« Er lächelte ihr aufmunternd zu.

Tara fühlte sich plötzlich wie betäubt. Die Zuversicht, die sie die letzten Monate immer wieder angetrieben hatte, drohte sich wie ein Hauch zu verflüchtigen. Was war, wenn ihr Vater jetzt starb? Er würde nicht einmal erfahren, dass er eine Tochter besaß …

»Was ist, Tara?«, riss Doktor Lloyd sie aus ihren Gedanken. »Wollen wir uns wieder um unsere Patienten kümmern?«

Tara nickte beklommen. Nein. Sie durfte jetzt nicht aufgeben. Noch war ihr Vater am Leben. Beinahe trotzig richtete sie sich wieder auf und folgte Doktor Lloyd in die Behandlungszimmer.

Sobald sich eine Gelegenheit ergab, schlich sie zu dem Zimmer, in dem Sir Lawrence lag. Bevor sie es betrat, sah sie sich vorsichtig um. Dann öffnete sie unbemerkt die Tür und drückte sich hinein. Durch ein kleines Fenster unterhalb der Decke drang ein wenig Tageslicht in den Raum und beleuchtete die reglose Gestalt in dem Bett. Trotz der Hitze hatte man Sir Lawrence mit einem weißen Laken zugedeckt. Mit klopfendem Herzen trat sie näher an ihn heran. Beinahe ehrfürchtig begann sie, den Mann vor sich zu betrachten, der ihr Vater war. Seine Gesichtszüge waren entspannt und deuteten in keiner Weise auf die Schwere seiner Verletzungen hin. Sein schmaler Brustkorb hob und senkte sich im Rhythmus seiner schwachen, aber gleichmäßigen Atemzüge. Tara war fast ein wenig enttäuscht. Nach all den Erzählungen ihrer Mutter hatte sie sich ihren Vater immer als großen und stattlichen Mann vorgestellt, mit kantigen, klaren Gesichtszügen. Der Mann vor ihr war das genaue Gegenteil. Er war nicht besonders groß und ausgesprochen hager. Sein Gesicht war schmal und wurde von einer langen, krummen Nase beherrscht. Der zottelige graue Bart verstärkte diesen Eindruck noch. Unwillkürlich fasste sich Tara an ihre eigene Nase und stellte erleichtert fest, dass sie gerade war. Wie hatte ihre Mutter nur behaupten können, sie habe die Nase ihres Vaters geerbt! Doch was machte das schon aus. Wichtig war allein, dass sie ihren Vater endlich gefunden hatte. Mit zitternden Fingern strich sie ihm zärtlich über die knochige Hand. Ob er die Berührung spürte? Ein leises Zucken huschte über sein schlafendes Gesicht. Tara kam es wie ein Lächeln vor.

»Ich komme wieder, Vater«, flüsterte sie gerührt.

Thomas beeilte sich, zu der Unglücksstelle zu kommen. Sie lag außerhalb der Residenz in Richtung des Friedhofs. Vor dem eingestürzten Haus hatte man bereits die Toten, die man unter den Trümmern gefunden hatte, nebeneinander aufgebahrt. Erschüttert betrachtete er die staubigen, zerschundenen Körper der Frauen und Kinder. Was für ein sinnloses Gemetzel. Es war nur ein schwacher Trost, dass die Nichte des Colonels nicht darunter war. Allerdings gab es kaum noch Hoffnung, dass sie überlebt hatte. Plötzlich kam einer der Sergeanten auf ihn zugeeilt.

»Wir haben ein Klopfen unter dem Schutt gehört«, meldete er aufgeregt. »Dort muss noch ein Überlebender sein. Meine Männer schaffen das Geröll gerade beiseite.«

Thomas kletterte mit dem Soldaten über die Trümmer und ließ sich die Stelle zeigen. Dann packte er mit eigenen Händen an und half den Männern, die Steine und Balken beiseitezuräumen.

»Ich sehe ein Bein«, rief wenig später einer der Soldaten. Sie gruben unablässig weiter, bis sie schließlich eine entkräftete Stimme vernahmen. »Hier! Wir sind hier!«

»Es sind zwei«, stellte ein anderer fest. »Schnell, ein Kind ist auch dabei.«

Mit vereinten Kräften gelang es ihnen endlich, die beiden Überlebenden so von dem Schutt zu befreien, dass man sie herausziehen konnte. Thomas sah, dass es sich um einen jungen Inder und ein kleines Mädchen von vielleicht fünf Jahren handelte. Er trat näher, um sie genauer zu betrachten. Ihre Gesichter waren derart mit Staub bedeckt, dass Thomas sein Taschentuch hervorzog und damit erst dem Mädchen und dann dem jungen Mann den gröbsten Dreck aus dem Gesicht wischte.

»Das ist die Kleine von Colonel Inglis«, teilte er den Umherstehenden erleichtert mit. »Sie lebt! Gott sei Dank!«

Der Sergeant und seine Männer jubelten laut. In diesem Augenblick öffnete Elinor ihre Augen. Als sie begriff, dass sie gerettet worden war, brach sie in klägliches Weinen aus. Thomas sorgte dafür, dass sie sofort ins Lazarett gebracht wurde.

Kasim blickte in das sympathische Gesicht eines vielleicht vierzigjährigen Engländers. Obwohl er den Mann noch nie in seinem Leben gesehen hatte, hatte er etwas an sich, was ihm vertraut vorkam. Wahrscheinlich ist das so, wenn man seinem Lebensretter in die Augen blickt, dachte er dankbar. Er lächelte ihm zu. »Das war knapp«, brachte er mit rauer Stimme hervor.

»Bist du verletzt?«, erkundigte sich der Engländer besorgt. Er stellte sich ihm als Thomas Henry Kavanagh vor.

Kasim verneinte und rappelte sich mit dessen Hilfe auf. Dann fiel ihm Elinor ein. »Wo ist die Kleine? Wie geht es ihr?«

»Keine Sorge. Es geht ihr gut. Sie wird gerade ins Lazarett gebracht.« Kavanagh hob fragend die Augenbrauen. »Darf ich erfahren, was du mit ihr zu schaffen hattest?«

»Es war wohl Zufall«, meinte Kasim und erzählte kurz, was geschehen war.

»Donnerwetter«, meinte Kavanagh anerkennend. »Das

war ganz schön mutig. Colonel Inglis wird dir dafür mehr als dankbar sein. Die Kleine ist seine Nichte.«

»War doch selbstverständlich«, murmelte Kasim verlegen. »Das hätte doch jeder getan.«

»Wie auch immer! Am besten, du kommst erst einmal mit mir. Wie heißt du eigentlich?«

Kasim nannte seinen Namen und folgte Kavanagh.

»Ich habe dich hier noch nie gesehen. Seit wann bist du in Lucknow?«, fragte ihn Kavanagh weiter aus.

»Seit gestern Nacht.«

»Hm. Merkwürdig. Keiner der Wachposten hat deine Ankunft gemeldet. Fremde werden immer zuerst in die Residenz gebracht.«

Kasim machte ein halb verschmitztes, halb entschuldigendes Gesicht. »Ich bin an der Westflanke an ihnen vorbeigeschlichen«, gab er zu. »War nicht besonders schwer.«

Kavanagh schüttelte sichtlich verärgert den Kopf. »Ich habe Sir Lawrence mehrmals gewarnt und ihn auf unsere Schwachstelle im Westen hingewiesen.« Dann jedoch klopfte er Kasim auf die Schulter und fügte grinsend hinzu: »Du bist der lebende Beweis, wie recht ich hatte.«

Kasim grinste zurück. Er mochte diesen Thomas Kavanagh. Bestimmt würde er ihm auch bei seiner Suche nach Tara behilflich sein.

Tara hatte alle Hände voll zu tun. Da Sibyl anderweitig beschäftigt war, musste sie Doktor Lloyd bei der anstehenden

Operation assistieren. Ihre Patientin war die fünfjährige Elinor, die man gerade aus den Trümmern eines Hauses gerettet hatte. Ihr Bein musste gerichtet und geschient werden. Sie hatte schreckliche Schmerzen und weinte unablässig. Doktor Lloyd reichte Tara einen Becher mit einer opiumhaltigen Flüssigkeit.

»Gib ihr von dem Mohnsaft zu trinken, bis sie einschläft«, bat er sie und war mit zwei Schritten schon wieder an der Tür. »Ich sehe schnell mal nach den anderen Patienten.«

Tara versuchte, den Becher mit dem Sirup an Elinors Mund zu setzen. Doch die Kleine sträubte sich energisch.

»Ich will nicht schlafen. Ich will zu meiner Mama«, heulte sie und versuchte, Tara den Becher aus der Hand zu schlagen.

»Deine Mama wird gleich kommen«, unternahm Tara den Versuch, sie zu beruhigen. »Aber erst, wenn du das hier getrunken hast.« Die Worte fielen ihr schwer. Elinors Mutter war bei dem Angriff ums Leben gekommen. Niemand hatte es dem kleinen Mädchen bisher erzählt.

»Ich will aber nicht schlafen!«, schluchzte Elinor verzweifelt.

Tara nahm die Kleine in den Arm und strich ihr zärtlich über die Haare. Voller Kummer dachte sie an Laoise, ihre kleine Cousine, die nicht so viel Glück gehabt hatte wie Elinor. »Wenn du schläfst, spürst du die Schmerzen nicht mehr. Und wenn du aufwachst, dann geht es dir schon viel besser.«

»Versprochen?«, piepste Elinor. Sie blickte Tara aus großen, verweinten Augen erwartungsvoll an.

»Versprochen«, log sie ein weiteres schweres Mal. Endlich war Elinor überzeugt und trank ihren Saft. Schon bald wurden ihre Lider schwer und sie schlief ein. Tara hielt ihre kleine, schmutzige Hand, während sie auf Doktor Lloyd wartete.

Nachdenklich biss sie sich auf die Unterlippe. Bei allem Leid, das sie hier sah, hatte sie doch zum ersten Mal in ihrem Leben das Gefühl, dass man sie wirklich brauchte, dass sie etwas Gutes tat, das einen Sinn hatte. Die Pflege der Kranken erfüllte sie. Ein kleines, scheues Lächeln als Lohn für ein wenig Zuwendung und Trost wog hier mehr als alle Güter. Wie gerne hätte sie diese Erfahrung jetzt mit Kasim geteilt. Es tat weh, an ihn zu denken. Wie es ihm wohl ging? Ob er Shakti inzwischen wiederbekommen hatte? Ihre Hand fuhr zu dem indischen Elefanten um ihren Hals. Doch dieses Mal fühlte er sich kühl und leblos an. Ihr war bewusst, dass sie sich Kasim gegenüber töricht verhalten und ihn beleidigt hatte. Sie wünschte sich sehnlichst, sie könnte es wiedergutmachen.

In diesem Augenblick betrat Doktor Lloyd den Operationsraum. Er wirkte müde und abgekämpft. Sein breites Gesicht war von Sorgenfalten gezeichnet. Die Schürze, die er über seinem Arztkittel trug, war mit braunroten Flecken übersät.

»Ich bete darum, dass dieses sinnlose Blutvergießen endlich ein Ende hat«, bemerkte er müde. »Wir haben kaum noch Verbandsmaterial. Von den Medikamenten möchte ich gar nicht reden. Seit Tagen habe ich nicht mehr richtig geschlafen und jetzt haben wir auch schon die ersten Fälle von Ruhr. Wir müssen diese Patienten von den anderen isolieren, je schneller, desto besser. Aber nun genug der Klage. Wir müssen uns beeilen, bevor unser kleiner Patient hier wieder aufwacht.«

Mit einigen geschickten Griffen richtete er Elinors Bein und schob ihre Knochen wieder an ihren Platz.

»Mit etwas Ruhe und Geduld wird die Kleine bald wieder munter herumhüpfen können«, meinte er zufrieden, während er mit Taras Hilfe das Bein verband und schiente. »Bring sie zu den anderen Kindern. Ich sehe unterdessen nach Sir Lawrence.«

»Wie geht es ihm denn?«, erkundigte sie sich scheu.

Doktor Lloyd wog nachdenklich den Kopf. »Er ist nun wieder bei Bewusstsein. Allerdings hat er Fieber und die Wunde hat sich entzündet. Wir können nichts anderes tun, als abzuwarten.«

Taras Herz begann, schneller zu schlagen. Wenn Sir Lawrence bei Bewusstsein war, konnte sie endlich mit ihm reden. Sie musste nur noch auf die richtige Gelegenheit warten.

Beinahe euphorisch machte sie sich wieder an ihre Arbeit. Sobald sie Elinor zu den anderen Kindern gebracht hatte, wollte sie es versuchen. Sir Lawrence' Brief an ihre Mutter hatte sie in die Seitentasche des Kleides geschoben, das Sibyl ihr anstelle ihres stark ramponierten Saris besorgt hatte. Leider musste sie sich mit ihrem Besuch noch eine ganze Weile gedulden. Laufend wurden neue Patienten eingeliefert. Die meisten von ihnen litten an Erbrechen und wässrigem Durchfall. Sie mussten sofort isoliert werden. Und so schufteten Tara, Sibyl und die wenigen Freiwilligen ohne Unterlass. Endlich, es war schon längst dunkel geworden, kehrte etwas Ruhe ein. Es gab keine neuen Patienten mehr zu versorgen, und Tara konnte sich die Zeit nehmen, nach ihrem Vater zu sehen. Wieder achtete sie darauf, dass niemand sie sah. Als sie die Tür zu seinem Zimmer öffnete, schlug ihr das Herz bis zum Hals.

31

Kasim hatte zusammen mit Thomas Kavanagh die Residenz erreicht. An den Wänden und Türmen des Hauptgebäudes waren wagenradgroße Einschusslöcher von Kanonenkugeln und Granaten zu sehen. Innen war das Gebäude jedoch noch weitgehend intakt. Der Flügel, in dem sich Kavanaghs Arbeits- und Wohnraum befand, lag etwas abseits. Das Büro lag ebenerdig und führte durch eine großzügige Glastür zu einem kleinen Park, der von einer Mauer umgeben war. Neugierig sah Kasim sich um. Die Einrichtung des großen Raumes war spartanisch. Außer einem mächtigen, dunklen Schreibtisch aus Eichenholz, auf dessen Tischplatte sich Berge von Papieren stapelten, gab es nur noch ein einfaches Bett, einen Wandschrank, ein paar Stühle sowie eine Kiste, in der vermutlich Kavanaghs persönliche Sachen untergebracht waren.

»Bitte warte hier einen Augenblick«, sagte Kavanagh und bot Kasim einen Sitzplatz an. »Ich werde gleich nachsehen, ob Colonel Inglis jetzt Zeit hat. Er besteht darauf, sich bei dir persönlich für Elinors Rettung zu bedanken.«

»Das ist wirklich nicht nötig, Sir«, wehrte Kasim ab. Es war ihm peinlich, dass man so viel Aufhebens um ihn machte. Er wollte viel lieber herausfinden, wo Tara war.

Als hätte er seine Gedanken erraten, fragte Kavanagh prompt, was er in Lucknow zu schaffen habe. »Der Colonel wird wissen wollen, wer das Leben seiner Nichte gerettet hat«, versuchte er, seine Neugier zu entschuldigen.

Kasim überlegte gerade, was er Kavanagh antworten sollte, als er plötzlich Lola vor dem Fenster erblickte. Sie hielt etwas in den Händen und hüpfte aufgeregt auf und ab. Dann begann sie auch noch, wild an die Scheibe zu klopfen.

»Was will denn dieser verrückte Affe?« Kavanagh schüttelte verärgert den Kopf. »Der führt sich ja gerade so auf, als hätte er die Tollwut.«

»Das ist Lola! Gott sei Dank! Ich dachte schon, ihr sei etwas zugestoßen«, antwortete Kasim lachend und sprang auf, um den Affen hereinzulassen. Kaum war Lola in dem Zimmer, hüpfte sie auf Kasims Arm und legte ihren Kopf zärtlich an seine Schulter. Er streichelte sie und murmelte beruhigende Worte. Dabei entwand er ihr sanft die Papiertüte, die sie in den Händen hielt. An der Aufschrift erkannte er, dass es Garnisonseigentum war.

»Wo hast du das denn wieder stibitzt, du diebischer Affe!«, schimpfte er. Mit einem bedauernden Lächeln überreichte er die Tüte Kavanagh, der sie abwesend entgegennahm.

»Ein zahmer Affe, der klaut«, stellte er fasziniert fest. Dann lachte er laut auf. Dabei zeigten sich auf seinem kantigen Gesicht zwei Grübchen. »Donnerwetter. So einen Begleiter hätte ich auch gern. Das ist doch einer dieser Tempelaffen. Wo hast du ihn her?«

»Lola gehört mir nicht«, erklärte Kasim. »Sie ist mir mehr oder weniger zugelaufen. Sie entscheidet selbst, wo sie bleiben will.«

Kavanagh sah auf die Tüte in seinen Händen. Verblüfft betrachtete er die Aufschrift und warf dann einen Blick hinein. »Aber das sind ja getrocknete Früchte!« Seine Augen weiteten sich überrascht. »Die gibt es hier schon seit Wochen nicht mehr!« Er sah Kasim fassungslos an. »Weißt du, was das bedeutet?«

»Keine Ahnung, Sir. Wahrscheinlich hat Euer Proviantmeister noch einen geheimen Vorrat entdeckt?«, schlug er vor.

»Der Proviantmeister bin ich selbst«, gab Kavanagh kopfschüttelnd zurück. Dann begann er zu erklären. »Sir Lawrence sah schon im Mai voraus, dass Lucknow wie viele andere Städte in Avadh belagert werden würde. Im Gegensatz zu den anderen Kommandanten war er umsichtig genug, Vorräte anzulegen. Damit sie nicht geplündert wurden, ließ er die Lebensmittel heimlich an unterschiedlichen Orten vergraben. Es war eine ziemlich chaotische Situation. Der damalige Proviantmeister, einer dieser jungen Offiziere ohne Erfahrung, vergaß, die Depotplätze zu notieren. Später fiel er in einem Gefecht. Es war mühselig, die Männer zu befragen, die an der Aktion beteiligt gewesen waren. Schließlich glaubten wir, alle Depots gefunden zu haben. Unsere Vorräte sind mittlerweile so gut wie erschöpft. Und jetzt tauchen wie durch ein Wunder diese Früchte hier auf!«

Kasim verstand sofort, was Kavanagh damit sagen wollte. »Ihr meint also, dass Lola möglicherweise ein Depot entdeckt hat, das Eure Leute übersehen haben!«

Kavanagh nickte. »Genau so könnte es sein.«

Kasim hatte eine Idee. »Darf ich?« Er bat um eine Dattel aus der Tüte. Dann setzte er Lola auf den Boden, hockte sich vor sie hin und hielt ihr die Frucht vor die Augen. »Zeigst du mir, wo du die herhast?«, fragte er mit sanfter Stimme.

Lola legte abwartend den Kopf schief. Blitzschnell versuchte sie, nach der Dattel zu greifen. Doch Kasim war schneller und zog die Hand zurück. Lola bleckte ärgerlich die Zähne.

»Ruhig! Du bekommst die Frucht ja. Aber erst zeigst du mir, wo du sie herhast, okay?« Er stand auf und deutete nochmals auf die Frucht. »Bring mich dorthin!«

Lola schien verstanden zu haben. Sie keckerte und sprang mit ein paar Sätzen hinaus in den Park. Dort drehte sie sich abwartend um. Kasim folgte ihr eilig. Auch Kavanagh schloss sich ihnen an. Lola führte sie zwischen einigen Bäumen und Sträuchern hindurch zu einem kleinen Teich, hinter dem auf einem Hügel ein Schrein der Göttin Lakshmi stand. Dahinter erhob sich die Mauer, die den Park umgab. Die steinerne Figur, die in zweien ihrer vier Hände Lotusblüten trug, stand in einer Felsengrotte und betrachtete sie mit einem geheimnisvollen Lächeln. Lola umrundete kurzerhand den Schrein und war plötzlich verschwunden. Kasim und Kavanagh sahen sich zweifelnd an. Hinter der Grotte war nur die Mauer. Keine zwei Minuten später tauchte die Affendame wieder auf. Und tatsächlich hielt sie eine neue Tüte mit Trockenfrüchten in den Händen.

Kasim zögerte nicht länger und umrundete die Grotte mit der Statue. »Hier sind Stufen zwischen den Büschen!«, rief er Kavanagh über die Schulter zu. »Ich vermute mal, dass sie in eine Art Tempelkammer führen. Früher hat man die Opfergaben oft in einem Raum unter dem Schrein aufbewahrt.« Die Holztür, die in die Kammer führte, war jedoch verriegelt. Allerdings gab es daneben einen Durchschlupf, der gerade groß genug war, dass Lola hindurchpasste.

»Ich bin mir sicher, dort muss es sein«, meinte Kasim aufgeregt.

Kavanagh lief zurück, um Lampen und einen Eisenhebel zu besorgen. Kaum war er wieder da, brachen sie gemeinsam die Tür auf und betraten die Kammer. Sie maß vielleicht fünfzehn Fuß in der Länge wie in der Breite. Kisten und Säcke stapelten sich an den Wänden.

»Gut gemacht, Lola«, lobte Kasim die Affendame und kraulte sie am Hals. Unterdessen machte sich Kavanagh an die Bestandsaufnahme.

»Es ist leider nicht so viel, wie ich gehofft habe«, meinte er etwas enttäuscht. »Aber immerhin sind es einige Dutzend Säcke Mehl, Reis und Bohnen. Ich habe vier Kisten mit Trockenfleisch entdeckt, ebenso einen Sack mit abgepackten Trockenfrüchten, Zucker und Tee. Das wird für die nächsten Wochen reichen.« Mit einem schiefen Grinsen klopfte er Kasim auf die Schulter. »Du bringst uns Glück, mein Junge! Erst rettest du die Nichte des Colonels und jetzt das! Was ist? Möchtest du mir helfen, die ganzen Waren zu bergen und den Bestand zu notieren? Ich könnte einen anständigen Gehilfen gebrauchen! Du könntest in meinem Quartier wohnen.«

»Das ist sehr freundlich, Sir«, meinte Kasim zurückhaltend. »Ich würde Euch sehr gerne behilflich sein, allerdings …« Er zögerte. »Allerdings muss ich erst noch etwas erledigen. Ich suche ein englisches Mädchen. Sie muss ebenfalls gestern hier eingetroffen sein. Sie … sie sucht ihren Vater.«

»Falls du Tara meinst, ja, die ist hier!«, antwortete Kavanagh zu Kasims großer Überraschung. »Eine sehr beharrliche junge Dame. Sie wollte unbedingt mit Sir Lawrence reden. Sie nimmt an, dass er etwas über ihren Vater weiß.«

»Aber Sir Lawrence ist doch ihr Vater«, antwortete Kasim irritiert.

Nun war es an Kavanagh, erstaunt dreinzublicken. Doch dann schüttelte er energisch den Kopf. »Das ist unmöglich. Sir Lawrence' Familie weilt in England. Er hat mir nie von einer Tochter erzählt. Sie muss sich täuschen!«

Kasim zögerte erneut. Er wusste nicht einzuschätzen, ob es falsch war, wenn er Taras Geheimnisse preisgab. Auf der anderen Seite konnte Kavanagh ihr vielleicht helfen. Außerdem war ihm der Mann sympathisch. Obwohl er ein hoher Zivilbeamter war, behandelte er ihn fair. Dass er ein Mischling war, schien ihn nicht zu stören. Warum sollte er ihm nicht Taras Geschichte erzählen?

Kavanagh hörte Kasims Schilderungen aufmerksam zu. Immer wieder schüttelte er entsetzt den Kopf, vor allem als Kasim erzählte, dass Tara weite Strecken ihrer Reise als Junge verkleidet zurückgelegt hatte.

Er hüstelte trocken. »Dieses Mädchen ist wirklich in mancherlei Hinsicht außergewöhnlich«, meinte er. Dabei fuhr er sich mehrmals fahrig mit der Hand durch seine dunklen Haare. »Sie arbeitet übrigens im Lazarett. Du kannst sie sicherlich dort finden, sobald du Colonel Inglis deine Aufwartung gemacht hast.«

32

»Du kannst leider nicht meine Tochter sein. Auch wenn ich in Anbetracht deines Mutes wirklich nichts dagegen hätte!«

Während Sir Lawrence sprach, brach für Tara eine Welt zusammen. Und dennoch wollte sie es nicht wahrhaben.

»Aber der Brief!«, stotterte sie unbeholfen. »Er ist mit Eurem Namen unterzeichnet. Ihr müsst ihn geschrieben haben!«

Sie saß auf einem Stuhl neben dem Fiebernden und wünschte sich so sehr, dass er es endlich zugeben würde. Und doch hatte sie es irgendwie geahnt. Mit schmerzverzerrtem Gesicht richtete sich Sir Lawrence in seinem Bett auf. Sein Gesicht glühte vor Fieber, während er sie eindringlich musterte.

»Du hast sehr viel auf dich genommen, um hierherzukommen!« Die Worte fielen ihm sichtlich schwer, aber er sprach mit klarem Verstand. Tara hörte Mitleid aus ihnen heraus. Das schmerzte sie fast noch mehr als die Tatsache, dass ihr Traum, dieser Mann könne ihr Vater sein, sich nicht erfüllt hatte.

»Diesen Brief habe ich nie geschrieben«, fuhr er fort. »Ich

kenne keine Lucy Harley, ja ich war zu der fraglichen Zeit noch nicht einmal in Irland. Es tut mir leid!« Er griff nach ihrer Hand und tätschelte sie ungeschickt.

Enttäuscht starrte sie auf den schmächtigen, ausgezehrten Mann auf dem Bett. Sie hatte ja schon bei ihrem ersten Besuch gesehen, dass sie beide keinerlei Gemeinsamkeiten hatten. Jetzt hatte sie sich blamiert und überdies diesen schwer kranken Menschen unnötig in Aufregung versetzt. In ihrem Kopf begann sich alles zu drehen. All die Anstrengungen, all die Mühen, sie waren alle umsonst gewesen!

Sie ließ den Brief ihres Vaters, der nun keinerlei Bedeutung mehr für sie hatte, aus den Händen gleiten und stürzte Hals über Kopf aus dem Zimmer. Mit eiligen Schritten verließ sie das Lazarett, ohne sich noch einmal umzusehen.

So schnell es ging, strebte sie über den Innenhof zum Ausgangstor der Residenz. Sie fühlte sich wie getrieben. Raus aus Lucknow, dachte sie, nur weg von hier! Doch so einfach sie hereingekommen war, so schwierig war es, die Festung wieder zu verlassen. Überall standen Wachposten. Die Linien waren mittlerweile geschlossen. *Hat sich jetzt die ganze Welt gegen mich verschworen?*

Angetrieben von ihrer Unruhe und Verzweiflung, irrte sie auf dem Festungsgelände umher, bis sie unverhofft auf einen kleinen Tempelbezirk stieß, der ihr bislang nicht aufgefallen war. Eine hohe Mauer, die bis zum Fluss Gomti hinunterreichte, sicherte den Ort. Jetzt lag alles verlassen da. Die meisten Hindus hatten Lucknow noch vor der Belagerung verlassen. Als sie sich der heiligen Stätte näherte, spürte Tara ein inneres Vibrieren. Es war eine eigenartige Faszination, die dieser Ort ausstrahlte. Etwas, was sie magisch anzog. Wie von selbst trat sie durch den gemauerten Torbogen und steuerte geradewegs auf einen Tempel zu, dessen Heiligtum nur über zahlreiche Treppen zu erreichen war. Welch eine Ruhe von diesem Ort ausging! Das leise, fremd klingende Schlagen von Zimbeln klang in ihren Ohren. Sie hatte es so lange nicht gehört.

»Folge deinem Herzen. Dann wirst du Ruhe finden!«

Es war die Stimme des Elefanten, die sie nun hörte. Warm und wohltuend legten sich seine Worte über ihr aufgewühltes Gemüt. Tara konnte nicht anders, sie schritt die Stufen zum Tempel hoch und gelangte zu einem steinernen Vorplatz. Für gewöhnlich mochte hier das rege Treiben von Gläubigen herrschen, die den Göttern ihre Opfergaben darbrachten, doch jetzt war sie allein. Etwas zögerlich ging sie ins Innere des Tempels. Die Dunkelheit erschreckte sie ein wenig. Ein schmaler Gang führte um das eigentliche Heiligtum herum. Vorsichtig tastete sich Tara voran, bis sie auf einen schmalen Eingang stieß. Durch ihn betrat sie das höhlenartige Heiligtum. Zu ihrer Überraschung beleuchteten einige Öllämpchen den Raum. Ihr flackerndes Licht beschien eine überlebensgroße hölzerne Figur, die bunt bemalt war. Sie stellte den mächtigen Shiva dar, einen der drei höchsten Götter der Hindus. Als großer Weltenzerstörer war er gleichzeitig auch der Garant für einen Neubeginn. Tara wusste dies alles von Kasim, der den starken Gott sehr verehrte. Ihr allerdings graute es vor der furchterregenden Gestalt, um dessen Hals eine Kette mit menschlichen Totenköpfen baumelte. Selbstbewusst hielt der Gott einen goldenen Dreizack in seiner Hand. Um seine Lenden war ein Tigerfell geschlungen. Seine Augen funkelten bedrohlich und flößten Tara Angst ein.

Sie verließ den Raum rasch wieder und folgte dem Gang, der rund um Shivas Höhle führte. Nicht weit entfernt befand sich eine größere Nische, in der Shivas Gattin Parvati verehrt wurde. Auch hier stand eine überlebensgroße, bemalte Figur. Sie stellte eine dunkelhäutige, schöne Frau dar, die mit zahlreichen Perlen und glitzernden Steinen geschmückt war. Verwelkte Blumen und abgebrannte Räucherstäbchen zeigten, dass sie von den Gläubigen sehr verehrt wurde. Tara war ein wenig unheimlich zumute, denn die Augen der göttlichen Statue waren stets auf sie gerichtet. Der Blick der Göttin schien sie zu verfolgen, egal an welcher Stelle sie gerade stand.

Es trieb sie weiter, und so stieß sie auf einen Durchgang, der zu einer kleinen Aussichtsplattform führte. Direkt unter ihr lag der Fluss Gomti. Der Regen hatte die Flussufer übertreten lassen und in unwegsame Sumpflandschaften verwandelt. Tara konnte am Horizont sogar die Feuer der Aufständischen leuchten sehen. Dann wurde ihre Aufmerksamkeit auf einen steinernen Sockel gelenkt, auf dem der Elefantengott Ganesh im Schneidersitz thronte. Er war der Sohn von Shiva und Parvati. Dieser merkwürdige Gott besaß die Gestalt eines Menschen und den Kopf eines Elefanten. Im Gegensatz zu Shiva und Parvati war Ganesh aus Stein gemeißelt. Ein freundliches Lächeln umspielte seine Züge, so als wolle er Tara begrüßen. Überhaupt kam ihr die Statue merkwürdig belebt vor. Konnte es sein, dass Ganesh ihr zublinzelte? Tara vertiefte sich immer mehr in seinen Anblick. Die kleinen, verschmitzten Augen, der lange, mit Ornamenten verzierte

Rüssel und die Ohren, die – nein, es war keine Einbildung, oder doch? – plötzlich zu wackeln begannen. Sie musste in einem Traum gefangen sein. Eine Illusion, die sich nur durch Schlafmangel und Kummer erklären ließ. Und doch hatte sie mit einem Mal das Gefühl, etwas leichter atmen zu können. Die Unruhe, die Enttäuschung, ja selbst die Verzweiflung schreckten sie nicht mehr mit derselben Heftigkeit wie zuvor. Hinzu kam das sanfte, anschwellende Summen fremdartiger Musik. Sie legte sich wie Balsam auf ihre Seele. Tara ließ sich erschöpft auf den Boden gleiten. Mit dem Rücken an die Wand gelehnt, lauschte sie den berührenden Klängen.

»Alles wird gut«, ertönte die wohlbekannte sanfte Stimme in ihrem Kopf. Obwohl sie wusste, dass nichts gut war, wollte sie der geheimnisvollen Stimme wenigstens diesen einen Augenblick Glauben schenken.

Thomas saß an seinem Schreibtisch und versuchte vergeblich, die wichtigsten Aufgaben zu erledigen. Allmählich wuchs ihm alles über den Kopf. So vieles musste bedacht und organisiert werden. Er hatte Colonel Inglis bereits über das entdeckte Depot Bericht erstattet. Nun galt es, die Verteilung der Vorräte vorzubereiten. Normalerweise hätte er sich mit Eifer in diese Arbeit gestürzt. Doch heute spukte ihm die Geschichte, die Kasim über Tara erzählt hatte, im Kopf herum und lenkte ihn ab. Taras Schicksal hatte ihn aufgewühlt. Welch ein mutiges, bemerkenswertes Mädchen sie doch war! Auf schmerzliche Weise brachte sie ihm eine Erinnerung zurück, die er jahrelang tief in sein Innerstes verbannt hatte. Die Erinnerung an eine ganz besondere Frau.

»Was bin ich doch für ein Idiot«, schimpfte er vor sich hin und versuchte, sich wieder auf seine Arbeit zu konzentrieren. Vergeblich. Ungeduldig legte er seinen Federkiel beiseite. Sein Blick glitt über das silberne Medaillon am Rande der Tischplatte. Er griff danach und öffnete es gedankenverloren. Elizabeths strenges Konterfei sprang ihm wie ein Vorwurf entgegen. Schnell klappte er den Deckel wieder zu. Er hatte seine Frau schon seit fast drei Jahren nicht mehr gesehen. Er vermisste sie auch nicht. Ihre seltenen Briefe waren oberflächlich, kühl und nichtssagend. Manchmal hatte er den Eindruck, dass er in ihrem Leben überhaupt keine Rolle spielte. Jahrelang hatte sich Thomas keine großen Gedanken darüber gemacht, wie wenig Liebe es eigentlich in seinem Leben gab. Jetzt wurde es ihm mit einem Mal schmerzlich bewusst. Er hatte seine große Liebe der Karriere geopfert. War es das wirklich wert gewesen?

Seine Gedanken wurden durch ein kurzes, energisches Klopfen jäh unterbrochen. Die Tür sprang auf und Colonel Inglis betrat sein Quartier. Er war sichtlich aufgewühlt.

»Habt Ihr es schon gehört?«, verkündete er bestürzt. »Die Rebellen haben ihre ganzen Kräfte gebündelt. Über achttausend Kämpfer machen sich bereit, Lucknow zu überrollen. Wir müssen Vorkehrungen treffen.«

Thomas sprang erschrocken von seinem Stuhl auf. »Wir müssen sofort Sir Lawrence informieren.«

Das Gesicht des Colonels verdüsterte sich noch mehr. »Das ist die nächste schlechte Nachricht. Sir Lawrence ist tot. Er ist vor wenigen Minuten seinen schweren Verletzungen erlegen.«

Colonel Inglis winkte den bestürzten Thomas zu sich.

»Kommt! Wir müssen dem Kommandanten im Lazarett die letzte Ehre erweisen, wie es sich für Gentlemen gehört. Danach gebe ich neue Befehle aus.«

Auf dem Weg zum Lazarett unterrichtete der Colonel Thomas über die letzten Ereignisse. »Vor wenigen Stunden ist es einem Boten von Generalmajor Havelock gelungen, sich durch die feindlichen Linien zu schleichen«, berichtete er. »Er hat uns die dringende Bitte überbracht, dass wir Lucknow evakuieren sollen. Was haltet Ihr davon?«

Thomas musste nicht lange überlegen. »Das ist unmöglich, Sir. Wir haben nicht genügend einsatzfähige Männer, um den Abzug der Zivilpersonen zu sichern. Denkt an die vielen Verletzten. Wir brauchen Soldaten, die uns den Rücken freihalten, wenn Ihr meine Meinung hören wollt.«

Colonel Inglis strich sich unglücklich über seinen weißen Backenbart. »Das sehe ich genauso, Kavanagh«, brummte er zustimmend. »Leider sieht es im Moment nicht gut aus. Die Aufständischen haben bereits begonnen, unsere Schutzwälle zu untergraben. Nicht mehr lange – und sie werden uns überrennen.«

Kasim saß mit Lola unter einem Baum und dachte nach. Er fühlte sich geehrt. Thomas Kavanagh hatte ihm vor wenigen Stunden angeboten, ihn offiziell als Handelslehrling auszubilden, gewissermaßen als Dank für seine geleisteten Dienste. Von solch einer Zukunft hatte er immer geträumt. Sobald die Belagerung vorüber war, würde er im Kontor der Ostindischen Handelsgesellschaft arbeiten und hoffentlich mehr über die Hintergründe der Handelsgeschäfte erfahren. Der Kauf und Verkauf von Waren hatte ihn schon als kleiner Junge interessiert, und von dem Lohn, den er bekam, würde er recht gut leben können. Der einzige Wermutstropfen war, dass er sein ganzes Leben lang ein niedrig gestellter Gehilfe bleiben würde. Die Ausbildung zum höheren Zivilbeamten der Handelsgesellschaft war für Inder nahezu unmöglich. Dazu musste man zwei Jahre lang in London eine teure Schule besuchen. Was für eine verrückte Welt, schoss es Kasim durch den Kopf. Noch vor wenigen Wochen habe ich im Gefolge Rahuls dafür gesorgt, dass die Aufständischen Waffen bekommen, und jetzt helfe ich auf der anderen Seite den Engländern, die Belagerung zu überstehen, und trete sogar in ihre Dienste. Was Tara wohl dazu sagen würde? Sie ging ihm einfach nicht aus dem Kopf. Er wollte sich endlich mit ihr versöhnen. Die Zeit, bis der Colonel ihn empfangen hatte, war ihm unendlich lang vorgekommen. Doch jetzt hatte er es hinter sich und konnte Tara suchen. Er lockte Lola zu sich und machte sich auf den Weg.

Leider traf er Tara im Lazarett nicht an. Eine der Pflegerinnen hatte jedoch gesehen, wie sie übereilt die Krankenstation verlassen hatte. Kasim musste nicht lange überlegen. Das konnte nur eines bedeuten: Sir Lawrence wollte sich nicht zu ihr bekennen. Arme Tara! Und doch war es zu erwarten gewesen. Er konnte sich nur zu gut vorstellen, wie schrecklich sie sich fühlen musste, wo sie sich doch immer so große Hoffnungen gemacht hatte! Er musste sie so schnell wie möglich finden, um ihr beizustehen.

In ihrer Unterkunft war sie ebenfalls nicht. Wohin konnte sie nur verschwunden sein? Aus der Festung kam derzeit niemand hinaus. Also musste sie irgendwo auf dem Gelände stecken. Er beschloss, alles abzusuchen. Da spürte er plötzlich Lolas Zupfen an seinem Ärmel. Als könne die Affendame seine Gedanken lesen, zog sie ihn in eine bestimmte Richtung. Kasim wusste längst, dass er dem Instinkt des Affen vertrauen konnte, und folgte ihm. Wenig später entdeckte er Tara schlafend im Shiva-Tempel. Zusammengerollt lag sie vor der Statue des Elefantengottes Ganesh. Obwohl noch Spuren ihrer Tränen zu sehen waren, war ihr Gesicht entspannt. Es sah sogar beinahe glücklich aus. Kasim wusste, dass sich das viel zu schnell ändern würde. Deshalb setzte er sich einfach neben sie und wartete, bis sie von selbst aufwachte.

Als Tara die Augen aufschlug, war der Zauber vorüber. Die sphärischen Klänge, die beruhigende Stimme, ihre zart sprießende Zuversicht, sie waren wie weggeblasen. Dafür stand die Angst vor ihrer Zukunft wie eine kalte Wand vor ihr. Was sollte sie jetzt tun? Sie bewegte ihre steif gewordenen Beine und stieß gegen einen menschlichen Körper. Sofort rappelte sie sich auf. Ihr Herz machte einen Satz, als sie Kasim neben sich sitzen sah.

»Wie lange bist du schon hier?«

Statt einer Antwort schenkte er ihr ein schüchternes Lächeln. Sie erwiderte es zaghaft. Keiner von ihnen wagte, etwas zu sagen. Dann fingen sie gleichzeitig an.

»Es tut mir leid.« – »Ich war ungerecht zu dir!« – »Du glaubst ja nicht, wie ich mich über mich selbst geärgert habe!« – »Nein, ich muss mich entschuldigen. Wenn ich nicht so dumm gewesen wäre …« Sie mussten beide lachen. Dann schwiegen sie wieder verlegen. Als Kasim sanft ihre Hand in die seine nahm, begann Tara zu erzählen.

»Du kannst dir nicht vorstellen, wie töricht ich mir jetzt vorkomme«, schloss sie schließlich mit Tränen in den Augen. »Ich habe den ganzen Weg umsonst auf mich genommen.«

»Hast du nicht«, widersprach ihr Kasim lebhaft. Seine grünen Augen leuchteten voller Zärtlichkeit. »Wir hätten uns sonst nie kennengelernt.«

Mit einem kleinen Lächeln auf den Lippen legte sie ihren Kopf an seine Schulter. Es tat so gut, seine Nähe zu spüren.

»Weißt du, was ich nicht verstehe?«, fragte Kasim schließlich. »Weshalb hat dein Vater mit Henry Lawrence unterschrieben, wenn er gar nicht Henry Lawrence war? Vielleicht lügt dieser Lawrence ja. Wir müssen seine Handschrift mit deinem Brief vergleichen. Bei Kavanagh im Büro sind sicherlich schriftliche Anweisungen von Lawrence zu finden. Ich werde sie vergleichen. Gib mir den Brief! So leicht lassen wir den Feigling nicht davonkommen.« Er versuchte, Tara hochzuziehen. Doch sie schüttelte nur den Kopf.

»Sir Lawrence ist nicht mein Vater«, sagte sie fest. »Alles, was er sagte, klang aufrichtig und ehrlich. Ich bin mir sicher, dass er es zugegeben hätte, wenn es so wäre.«

Wie ein Häuflein Elend sackte sie erneut in sich zusammen. Kasim nahm sie in die Arme und dankbar schmiegte sich Tara für einen Augenblick eng an ihn. Dann machte sie sich mit einem energischen Ruck von ihm frei.

»Schluss jetzt mit der Heulerei«, meinte sie tapfer. »Meine Mutter hat immer gesagt: ›Jammern nutzt nichts.‹ Erzähl du mir lieber, wie es dir ergangen ist.«

Staunend folgte sie Kasims Ausführungen. Sie war stolz auf ihn, dass er das kleine Mädchen gerettet hatte, und freute sich über das entdeckte Lebensmitteldepot. Nur als er ihr erzählte, dass er sogar eine Anstellung als Handelsgehilfe bei Thomas Kavanagh bekommen hatte, verspürte Tara einen kleinen Anflug von Neid. Warum war für einen Jungen immer alles so einfach? Sie wusste, so zu denken war ungerecht. Natürlich freute sie sich für Kasim. Aber was wurde nun aus ihr?

Kasim schien ihre Gedanken zu erraten. »Du denkst über die Zukunft nach, stimmt's?«, fragte er.

Tara schluckte ihre Missstimmung hinunter und gab sich betont unbekümmert. »Ich werde bestimmt noch eine Weile im Lazarett gebraucht. Doktor Lloyd und Sybil werden sicher schon auf mich warten«, meinte sie und stand auf. »Wir werden sehen, was sich nach der Belagerung ergibt.«

Sie setzte sich in Bewegung. Kasim folgte ihr.

»Wo hat man dich untergebracht?«, fragte sie, als sie sich vor dem Eingang des Lazaretts verabschiedeten.

»Ich kann bei Kavanagh im Quartier schlafen«, verkündete Kasim. »Kommst du mich später besuchen?«

Ein eifersüchtiger Stich durchzuckte sie bei dem Gedanken

an die offensichtliche Vertrautheit zwischen Kasim und Kavanagh. »Ich werde sehen, was sich machen lässt«, antwortete Tara zurückhaltend.

Als die beiden Männer das Sterbezimmer des Kommandanten betraten, waren Sibyl und eine weitere Krankenpflegerin gerade dabei, letzte Hand an Sir Lawrence' Ausgehuniform zu legen. Auf eine Bahre gebettet, wartete der Tote nun darauf, dass man ihm die letzte Ehre erwies. Wegen des schwülen, heißen Wetters war Eile geboten. Die Verwesung setzte bei diesem Klima schnell ein, deshalb musste er noch am selben Tag beerdigt werden.

Colonel Inglis hatte seinen Helm abgenommen und salutierte ehrfurchtsvoll vor seinem ehemaligen Vorgesetzten. Auch Thomas hielt seinen Schlapphut in der Hand und verneigte sich. Eine Weile gedachten sie still des Verstorbenen. Schließlich war es Colonel Inglis, der sich räusperte.

»Es wird Zeit, an die Arbeit zu gehen«, meinte er knapp und verabschiedete sich.

Thomas wollte ihm folgen, doch Sibyl hielt ihn zurück.

»Einen Augenblick noch, Sir. Dieser Brief hier«, sagte sie und streckte ihm ein gefaltetes Blatt Papier entgegen, »lag vor Sir Lawrence' Bett. Ich kann leider nicht lesen, aber er gehört bestimmt zu seinen Sachen. Was soll mit ihm geschehen?«

»Gebt ihn mir. Ich werde mich darum kümmern.« Er nahm den stark abgegriffenen Brief entgegen und steckte ihn in seine Jackentasche. Dann ging er zurück in sein Büro, um endlich die liegen gebliebenen Schreibarbeiten zu erledigen. Da es im Moment nicht so aussah, als würde die Belagerung schnell ein Ende finden, mussten sie noch umsichtiger mit ihren Vorräten umgehen. Am besten würde Kasim sofort nach seiner Rückkehr eine genaue Aufstellung der vorhandenen Lebensmittel machen. Er selbst arbeitete einen Plan aus, wie die Güter verteilt werden sollten. So in die Arbeit vertieft, vergaß er den Brief, den Sibyl ihm gegeben hatte.

33

In den nächsten Wochen spitzte sich die Lage in Lucknow weiter zu. Die Lebensmittelvorräte gingen nun endgültig zur Neige. Immer mehr Aufständische sammelten sich in den Stützpunkten außerhalb der Festung. Der dauerhafte Angriff auf die Stadt zermürbte die Belagerten. Hinzu kam, dass aufgrund der sich verschlechternden hygienischen Verhältnisse auch noch die Cholera ausbrach. Die Krankheiten forderten bald ähnlich viele Opfer wie der Beschuss durch die aufständischen indischen Truppen. Von einst achthundertfünfundfünfzig britischen Offizieren und Soldaten und mehr als vierzehnhundert britischen Zivilisten verteidigten Ende August nur noch sechshundertfünfzig Mann die Garnison. Von den Frauen und Kindern lebten nur noch vierhundertfünfzig.

Tara hatte sich inzwischen damit abgefunden, dass sie wohl nie erfahren würde, wer ihr Vater war. Kasim hatte recht. Sie war auch ohne Vater gut in ihrem Leben klargekommen. Außerdem hatte sich herausgestellt, dass er ein feiger Betrüger war. Viel wichtiger war, dass sie sich auf ihre eigene Zukunft konzentrierte. Je länger sie in dem Lazarett aushalf, desto sicherer wusste sie, dass sie sich auch nach diesem fürchterlichen Krieg um Kranke und Bedürftige kümmern wollte, sofern sie das alles überleben sollte. Sibyl hatte ihr erzählt, dass es in Kalkutta ein englisches Krankenhaus gab, das auch Pflegerinnen ausbildete. Dorthin wollte sie gehen. Kasim fand ihre Idee wunderbar und so schmiedeten sie trotz der misslichen Lage bereits gemeinsame Pläne.

»Kavanagh und ich werden voraussichtlich nach der Belagerung ebenfalls nach Kalkutta gehen. Wir können uns dann regelmäßig sehen und irgendwann können wir …« Plötzlich war er sehr verlegen geworden und hatte sich unterbrochen.

Tara war es nicht anders ergangen, denn sie ahnte, was er sagen wollte. Doch bevor er es aussprechen konnte, waren sie von Sibyl unterbrochen worden. Seither hatten sie nicht mehr darüber gesprochen. Aber seine Blicke und versteckten Zärtlichkeiten sagten mehr als tausend Worte. Tara hätte so gerne mehr Zeit mit Kasim verbracht. Leider hatten sie viel zu selten die Gelegenheit dazu. Und wenn sie sich trafen, waren sie meist nicht allein. Kasim wurde von Thomas Kavanagh vollständig in Beschlag genommen. Tara sah, wie er zusehends auflebte. Kavanagh schien sehr zufrieden mit ihm und übertrug ihm zunehmend verantwortungsvollere Aufgaben. Sie war immer noch ein wenig eifersüchtig, aber sie war auch froh, dass sie ihr eigenes Betätigungsfeld im Lazarett hatte. Es gab zum Glück so viel zu tun, dass sie meist gar keine Zeit zum Grübeln hatte. Ihre Arbeit war zwar oft traurig und schwer zu tragen, aber das Lächeln und die Dankbarkeit ihrer Patienten erfüllten sie mit Freude. Elinor wuchs ihr dabei besonders ans Herz. Die Kleine verkraftete den Tod ihrer Mutter nur schwer. Zwar heilte ihr Bein ohne Komplikationen, doch das Trauma der Verschüttung und der Verlust ihrer Mutter machten das kleine Mädchen schwermütig. Sie aß kaum und sprach so gut wie kein Wort. Nur wenn Tara und Kasim sie besuchten, kehrte etwas von ihrem Lebensmut zurück.

»Was geschieht mit Elinor, wenn sie entlassen wird?«, fragte Kasim eines Tages. Er hatte zwischen zwei Botengängen schnell einen Abstecher zu Tara und Elinor ins Lazarett gemacht.

»Sie soll in das Quartier von Colonel Inglis gebracht werden«, antwortete Tara mit belegter Stimme. »Das findet sie ganz schrecklich. Sie kennt ihren Onkel kaum und fürchtet sich vor dem Alleinsein. Elinor braucht jemanden, der sich richtig um sie kümmert. Leider werde ich ihr dabei wohl nicht helfen können.«

Ein paar Tage später wurde Elinor entlassen. Ihr Onkel holte sie persönlich aus dem Lazarett ab. Traurig sah Tara dem kleinen Mädchen nach, das so tapfer an seinen zwei Krücken davonhumpelte. Was für eine Ungerechtigkeit es doch war, so früh ohne Eltern leben zu müssen.

Unterdessen warteten die Menschen in Lucknow vergeblich auf Verstärkung durch britische Truppen. Erst Ende September zeichnete sich ein Hoffnungsschimmer ab. Generalmajor Havelock rückte mit seinen Soldaten bis auf vier Meilen nach Lucknow vor. Durch einen geschickten Schachzug gelang es seinen Truppen, die Aufständischen aus ihrer Stellung, einem ummauerten Park, zu vertreiben. Endlich konnte der Vormarsch auf Lucknow beginnen.

»Wir werden bald alle evakuiert werden«, verkündete Kasim eines Tages jubelnd die gute Nachricht. Er war deswegen eigens ins Lazarett geeilt. Er war so aufgedreht, dass er Tara um die Hüften fasste und sie herumwirbelte.

Tara fühlte sich ganz schwindlig, als er sie danach auch noch stürmisch küsste. Seine Freude wirkte so ansteckend.

»Wohin werden wir gebracht?«, fragte sie.

Kasims Augen blitzten, als er ihr antwortete: »Nach Kanpur. Die Stadt ist mittlerweile fest in britischer Hand.«

Sibyl, die gerade zur Tür hereingekommen war, schlug entsetzt die Hände vor ihr Gesicht. »Nicht nach Kanpur«, stöhnte sie gequält.

Tara berührte voller Mitgefühl ihre Schulter. Sibyl war ihr inzwischen eine gute Freundin geworden. Sie wusste, dass sie an das schreckliche Massaker dachte. »Dieses Mal wird es in Kanpur friedlich und sicher sein«, versprach sie.

Kaum dass sie die Worte ausgesprochen hatte, wurde ihr bewusst, dass auch sie sich nach nichts mehr sehnte als nach Frieden und Sicherheit.

Nur wenige Tage später mussten sie erfahren, dass ihre Sehnsucht vorerst unerfüllt bleiben würde. Den beiden Befehlshabern der Truppen, die Lucknow befreien sollten, war ein tragischer Fehler unterlaufen, wie Kasim ihr am Abend des verhängnisvollen Tages berichtete. »Lucknow ist nun beinahe vollständig in der Hand der Rebellen. Unsere Festung mit der Residenz liegt wie eine einsame Insel inmitten der Feinde.«

»Aber das ist ja schrecklich«, rief Tara entsetzt. »Wie konnte das nur geschehen?«

Kasim zuckte hilflos mit den Schultern. »Der Plan der Generäle hatte vorgesehen, Lucknow in einer Zangenbewegung einzunehmen«, versuchte er zu erklären. »Zwar hatten Havelocks und Outrams Soldaten eine günstige Ausgangslage, doch wegen des starken Regens sind mittlerweile weite Teile rund um die Stadt überflutet und haben das Einkesseln unmöglich gemacht. Statt abzuwarten, bis der Wasserstand wieder sinkt, haben die Generäle beschlossen, den direkten Weg auf die Residenz zu nehmen. Dazu mussten sie sich in gerader Linie mitten durch die feindliche Stadt kämpfen. Die Marschroute führte durch schmale Straßen, in denen sie auf heftigen Widerstand stießen. Scharfschützen lauerten ihnen aus sicheren Verstecken auf.« Kasim schluckte und warf Tara einen düsteren Blick zu. »Wie du ja weißt, gab es zahlreiche Tote und Verwundete auf englischer Seite. Als die Truppen schließlich die Residenz hier erreicht hatten, waren sie so geschwächt, dass es unmöglich ist, uns sicher aus der Stadt zu bringen. Ich fürchte, wir müssen noch länger hier ausharren.«

Kaum hatte Kasim seinen Bericht beendet, sackte Tara in sich zusammen. Das Einzige, was ihr in Stunden wie diesen Halt und Zuversicht gab, war Kasims Nähe. Hoffentlich würden diese aussichtslosen Tage bald ein Ende finden.

Eines Morgens stand Elinor plötzlich mit ihren Krücken im Krankensaal.

»Wie schön, dass du mich besuchen kommst!«, sagte Tara erfreut. Als sie sah, wie unglücklich die Kleine war, nahm sie sie mit sich in ein Behandlungszimmer.

»Was ist los?«, wollte sie wissen. Elinor sah sie nur aus großen Augen an, die sich langsam mit Tränen füllten. Tara ahnte den Grund. »Du bist weggelaufen«, stellte sie fest.

Elinor nickte. »Ich bin immer allein«, schluchzte sie. »Mama fehlt mir so. Kann ich nicht einfach hierbleiben?«

Tara streichelte zärtlich ihre Wange. So leid ihr das Mädchen auch tat, das konnte sie nicht zulassen. Colonel Inglis würde sich fürchterliche Sorgen machen und hier im Krankenhaus konnte sie ohnehin nicht bleiben. Sie überlegte, was sie für Elinor tun konnte. Vielleicht gab es ja jemanden mit Kindern, der die Kleine aufnahm. Thomas Kavanagh kannte die Menschen in der Garnison wie kein anderer. Vielleicht konnte er ja helfen.

»Komm! Wir gehen zu Master Kavanagh«, entschied sie kurzerhand. Sie schilderte Doktor Lloyd geschwind den Sachverhalt, dann machte sie sich mit Elinor auf den Weg.

Sie trafen ihn bereits im Innenhof. Als er sie beide sah, runzelte er verwundert die Stirn.

»Ist Elinor krank?«, erkundigte er sich besorgt.

»Nein. Sie ist von zu Hause weggelaufen«, teilte Tara unverblümt mit. In knappen Worten erzählte sie auch ihm von Elinors Einsamkeit. »Kennt Ihr nicht eine Familie, die sie bei sich aufnehmen könnte? Dann hätte Elinor wenigstens Gesellschaft.«

Kavanagh seufzte bedauernd. »Ich glaube kaum, dass jemand im Moment freiwillig ein kleines Kind bei sich aufnimmt. Die Menschen haben viel zu viel mit sich selbst zu tun. Elinor hat es doch gut. Sie wird mit allem versorgt und kann sogar in einem sauberen Bett schlafen. Sie wird sich eben damit arrangieren müssen.«

Er nickte ihnen zum Abschied freundlich zu. Doch Tara ließ nicht locker. Sie hatte plötzlich eine Idee.

»Noch eine Minute, Master Kavanagh«, hielt sie ihn auf. »Habt Ihr nicht kürzlich erwähnt, dass Ihr eine Lösung finden müsst, was mit all den Waisenkindern geschehen soll?«

Tara wusste, dass die Waisenkinder im Augenblick willkürlich auf alle Unterkünfte verteilt waren. Keiner kümmerte sich so richtig um sie. Bei den Essenszuteilungen kamen sie oft zu kurz.

»Das stimmt«, antwortete Kavanagh und warf ihr einen erstaunten Blick zu.

»Ich möchte Euch einen Vorschlag machen, Sir«, sagte Tara forsch. »Wir könnten alle Waisenkinder zusammenlegen. Ich würde mich gerne um sie kümmern. Im Krankenhaus kommen sie im Moment auch ohne mich ganz gut klar.«

Kavanaghs Augenbrauen schnellten überrascht in die Höhe, aber dann schüttelte er den Kopf. »Keine schlechte Idee! Leider haben wir für die Kinder keinen gesonderten Raum zur Verfügung. Durch die zusätzlichen Soldaten ist unser Platz noch beengter geworden. Mir fällt da beim besten Willen keine Lösung ein. Tut mir leid!«

»Aber ich wüsste da vielleicht was, Sir!«, sagte Tara schon fast triumphierend. »Kasim hat neulich erwähnt, dass es hinter Eurem Quartier noch eine geräumige Abstellkammer gibt. Darin steht nichts als unnützes Gerümpel. Wir könnten sie leer räumen und die Kinder dort unterbringen.«

»In dem Raum sind alle wichtigen Akten. Die kann man nicht einfach wegräumen«, wehrte Kavanagh energisch ab. Tara ließ enttäuscht die Schultern sinken. »Allerdings …«

Nun schien er sich doch noch einmal zu besinnen und Tara schöpfte sofort wieder Hoffnung. »Allerdings könnte man die Akten auch in mein Quartier bringen, dort steht noch ein leerer Wandschrank«, gab er zu und schenkte ihr ein anerkennendes Lächeln.

Tara errötete vor Freude. Plötzlich spürte sie Elinors kleine Hand an ihrem Kleid zupfen.

»Und was ist mit mir?«, fragte die Kleine mit tränenerfüllter Stimme.

Tara drückte ihre Hand und lächelte ihr aufmunternd zu. »Master Kavanagh. Da wäre noch etwas. Könntet Ihr vielleicht bei Colonel Inglis ein gutes Wort für Elinor einlegen?«, bat sie. »Er könnte ihr erlauben, wenigstens tagsüber mit den anderen Kindern zusammen zu sein. Dann müsste sie sich nicht mehr so einsam fühlen.«

»Du gibst wohl nie auf, was?«, sagte er lachend. »Aber gut, ich will sehen, was ich machen kann.«

34

Thomas setzte schwungvoll seine Unterschrift unter einen Bericht, streute etwas Sand auf die noch feuchte Tinte und legte die Feder beiseite. Für heute hatte er genug erledigt. Es war längst dunkel. Von dem Raum hinter seinem Quartier drang aufgeregtes Geplapper und Gelächter zu ihm hinüber.

Wären die Umstände nicht so grauenvoll, könnte man meinen, wir wären eine große Familie, ging ihm durch den Kopf. Er lehnte sich in seinem Stuhl zurück und zündete sich zur Entspannung eine Pfeife an. Ihre Lage hatte sich in den letzten sechs Wochen keineswegs verbessert, und doch war etwas Hoffnung in die Residenz gezogen, seitdem die Waisenkinder hier wohnten. Mit ihrer quirligen Unruhe brachten sie Leben in den tristen Alltag. Obwohl Tara streng darauf achtete, dass die Kinder nicht die Arbeit der Offiziere störten oder gar wild durch die Gänge tobten, so waren doch immer wieder ihr Gelächter und ihr Geschrei zu hören. Thomas störte es nicht. Im Gegenteil. Er genoss es sogar. Das muntere Treiben der Kinder wirkte sich auch auf ihn positiv aus.

Zufrieden sah er dem sich kräuselnden Rauch seiner Pfeife nach. Draußen prasselte einer der letzten Monsunregenschauer gegen die Fenster. Ihn fröstelte. Er stand auf, um das Feuer im Kamin anzuschüren. Als er sich von seinem Stuhl erhob, rutschte er fast auf einem zusammengefalteten Blatt Papier aus, das auf dem Boden lag. Er hob es auf, um es auf den Tisch zurückzulegen. Dabei fiel ihm ein, dass dies der Brief sein musste, den ihm Sibyl schon vor Wochen nach Lawrence' Tod übergeben hatte. Den habe ich ganz vergessen, dachte er mit einem Anflug von schlechtem Gewissen, er muss mir schon vor längerer Zeit aus der Jackentasche gefallen sein. Vorsichtig faltete er das Papier auseinander, um einen Blick darauf zu werfen.

»Liebe Lucy«, las er. Dabei durchfuhr es ihn, als hätte ihn der Blitz getroffen. Fassungslos ließ er sich zurück auf seinen Stuhl fallen. Seine Hände zitterten. Das konnte doch nicht wahr sein! Unmöglich! Kalter Schweiß stand auf seiner Stirn, als er den Inhalt überflog. Mit jedem Wort, das er las, wurden seine Befürchtungen mehr zur Gewissheit.

Dieser Brief stammte von ihm selbst!

Seine Gefühle schlugen wie eine mächtige Welle über ihm zusammen.

»Lucy«, stieß er hervor. »Ach, Lucy!« Seine Stimme war kaum mehr als ein heiseres Flüstern.

Was hatte er ihr nur angetan? Diese Frau war seine große Liebe gewesen! Das einzige Glück, das er jemals erfahren hatte! Und er hatte sie schändlich verraten. Oh, wie oft er das schon bereut hatte. Sein Gesicht in den Händen vergraben, dachte er an die wundervolle Zeit, die sie beide miteinander verbracht hatten.

Es musste vor etwa achtzehn Jahren gewesen sein, als er sie bei einem Dorffest in Irland kennengelernt hatte. Damals war er für einige Wochen zu Besuch bei Verwandten gewesen. Seine Ausbildung zum Zivilbeamten der Ostindischen Handelsgesellschaft hatte er gerade begonnen. Der Vater seiner Verlobten Elizabeth hatte ihm dafür viel Geld geliehen. Es war gewissermaßen ihre Mitgift. Nur dank dieser großzügigen Unterstützung hatte er den verhassten Militärdienst quittieren können. Sobald er und Elizabeth geheiratet hätten, sollte er einen hohen Posten in Kalkutta bekleiden.

Doch dann war er Lucy begegnet. Sie war wie ein Leuchtfeuer in sein Leben gewirbelt und hatte alles verändert. Schon als er sie zum ersten Mal im Kreise ihrer Freundinnen auf dem Kirchplatz erblickt hatte, war es um ihn geschehen. Ihr unbekümmertes Lachen, die hohe Stirn mit den klaren Veilchenaugen und ihre offene, natürliche Art hatten ihn sofort in ihren Bann gezogen. Er musste sie einfach kennenlernen. Als die Musiker aufspielten, war er der Erste, der sie zum Tanz aufgefordert hatte. Danach gab er sie nicht mehr her. Es war bei beiden Liebe auf den ersten Blick gewesen. Sie hatten sich von Anfang an ohne Worte verstanden. Sie lachten über dieselben Witze und mochten dieselben Dinge. Als er sie schließlich spät in der Nacht nach Hause begleitete, tauschten sie ihre ersten zärtlichen Küsse aus. Von da an war alles wie ein Rausch. Er traf Lucy regelmäßig und machte ihr und auch sich selbst Hoffnungen, obwohl die Hochzeit mit Elizabeth kurz bevorstand. In der ersten Zeit war es ihm gelungen, die Gedanken an seine Verlobte erfolgreich beiseitezuschieben. Sie war im Grunde genommen unwichtig für ihn.

Er kannte sie ja kaum. Lucy dagegen war so präsent, so lebendig. Jede Minute, die er mit ihr verbrachte, war aufregend. Er hatte solche Gefühle noch nie erlebt. Hinzu kam der Reiz des Heimlichen. Lucys Eltern durften von ihrer Bekanntschaft nichts erfahren, ebenso wenig wie seine Verwandten. Sie kamen sich immer näher, wurden einander immer vertrauter. Eines Tages war sie sogar bereit gewesen, ihm ihre Unschuld zu opfern. Er hatte Lucy so geliebt, wie er noch nie eine Frau geliebt hatte – und auch wohl nie wieder würde lieben können. Solange er in Irland gewesen war, hatte er nie an ihrer gemeinsamen Zukunft gezweifelt. Er hatte sich eingeredet, dass alles zwischen ihnen gut würde. Doch dann war er das Opfer seiner eigenen Lügen geworden. Er hatte sie von Anfang an belogen. Er hatte ihr nicht nur seine Verlobung mit Elizabeth verschwiegen, sondern ihr auch einen falschen Namen genannt. Henry war sein zweiter Vorname. Als Kind war er von seinen Freunden so gerufen worden. Und weil ihm damals nichts Besseres eingefallen war, hatte er sich wie sein ehemaliger Vorgesetzter beim Militär Lawrence genannt. Wie jener Henry Lawrence, der vor wenigen Wochen gestorben war. Was für eine Ironie des Schicksals, dachte Thomas bestürzt. Und er hatte behauptet, dass er immer noch Soldat war. Einmal mit den Unwahrheiten angefangen, entwickelte sich daraus bald ein Lügengespinst. Je näher Lucy und er sich kamen, desto weniger wagte er, ihr die Wahrheit zu gestehen. Natürlich hatte ihn sein schlechtes Gewissen geplagt. Doch er war zu feige gewesen, ihr alles zu offenbaren. Dann war die Stunde des Abschieds gekommen. Man erwartete ihn zurück in London. Lucy und er hatten sich weinend in den

Armen gelegen. Er hatte ihr geschworen, bald wiederzukommen – und es selber geglaubt. Und doch war alles ganz anders gekommen.

In London hatte ihn die Realität mit aller Härte eingeholt. Nachdem er sich seinem Vater und seinem älteren Bruder anvertraut hatte, machten diese ihm schnell klar, dass er die Verlobung mit Elizabeth nicht so einfach lösen konnte. Sein angehender Schwiegervater hatte ihm eine beträchtliche Summe Geld geliehen und würde darauf bestehen, dass er diese zurückbezahlte. Doch was ebenso schwer wog, war die Tatsache, dass es schon immer sein großer Traum gewesen war, ein einflussreicher Handelsbeamter zu werden. Er fühlte, dass dies seine Berufung war. Wenn er mit Lucy leben wollte, würde er nicht nur auf einem Berg Schulden sitzen, sondern hätte zudem keine Arbeit. Er würde ihr nie ein sorgenfreies, angenehmes Leben bieten können. Damals hatte er lange mit sich gerungen. Schließlich hatten Ehrgeiz und Vernunft über seine Gefühle gesiegt. Schweren Herzens hatte er ebenjenen Brief verfasst, den er nun in seinen Händen hielt.

Oh, Lucy! Was habe ich nur getan!

Nur langsam tauchten Thomas' Gedanken aus der Vergangenheit auf. Verschämt wischte er die Tränen aus seinen Augenwinkeln, als es an der Tür klopfte. Es war der Adjutant von Colonel Inglis.

»Es gibt Neuigkeiten«, berichtete er knapp. »Die Herren Kommandanten treffen sich gerade zu einer Besprechung. Colonel Inglis wünscht, Euch dabeizuhaben.«

Kasim kam an diesem Abend erst spät in die Unterkunft, die er sich mit Thomas Kavanagh teilte. Er war müde, denn er hatte seit dem frühen Morgen den Männern geholfen, die beschädigten Schutzwälle wieder aufzufüllen, die die Aufständischen untergraben hatten. Im Moment wurde jede Hand gebraucht. Deswegen hatte Kavanagh ihn von seinen üblichen Pflichten freigestellt. Eine schweißtreibende Arbeit, die ihn sehr angestrengt hatte, vor allem weil es stundenlang geregnet hatte.

Kasim goss Wasser in die Waschschüssel und wusch sich erst einmal gründlich. Dann machte er sich über die Essensration her, die er auf dem Heimweg abgeholt hatte. Die Linsensuppe war längst kalt, doch das kümmerte ihn wenig. An der Tür hörte er ein Kratzen. Es war Lola, die ihn begrüßen wollte. Er hatte sie den ganzen Tag über nicht gesehen. Als er ihr die Tür öffnete, sprang sie munter keckernd an ihm vorbei und direkt auf Thomas' Schreibtisch hinauf. Blätter wirbelten auf und segelten zu Boden.

»Runter, du Frechdachs!«, schimpfte Kasim und scheuchte Lola von ihrem Platz. Die stibitzte im Vorbeigehen sein Brot und verkrümelte sich damit auf seine Matratze. »Eines Tages drehe ich dir doch noch den Hals um. Während du dich von den Kindern und Tara verwöhnen lässt, muss ich draußen im Regen schuften. Und dann klaust du mir auch noch mein Essen.«

Lola kreuzte schuldbewusst ihre langen Arme und versteckte ihren Kopf darunter. Sie sah aus wie das buchstäbliche schlechte Gewissen. Kasim vergaß seinen Ärger und lachte. Dieser Affe war wirklich unmöglich.

Eilig machte er sich daran, die herabgefallenen Papierbögen wieder aufzusammeln und in die richtige Ordnung zu bringen. Kavanagh war in dieser Hinsicht ein Pedant. Er ließ niemanden an seinen Schreibtisch. Selbst Kasim durfte nichts anrühren. Um die Schriftstücke richtig zuordnen zu können, musste er ihren Inhalt studieren. Dabei fiel ihm auch der wohlbekannte Brief an Taras Mutter in die Hände. Kasim stutzte. Nicht so sehr, weil er Taras Eigentum auf Kavanaghs Schreibtisch gefunden hatte, sondern weil ihm plötzlich etwas auffiel. Mehrmals huschte sein Blick von Taras Brief zu einem beliebigen Schriftstück, das Kavanagh verfasst hatte, und wieder zurück. Es gab keinen Zweifel. Beide Schriftstücke stammten von ein und demselben Verfasser. Kasim atmete tief ein. Das musste er Tara sofort zeigen.

35

»Meine Herren! Es gibt Neuigkeiten«, eröffnete Generalmajor James Outram die Besprechung. Er war der ranghöchste Offizier in der Runde. Außer ihm waren noch der zweite Generalmajor Henry Havelock sowie Colonel Inglis und Doktor Lloyd anwesend. Sie hatten sich in der Offiziersmesse zusammengefunden. Um die Wichtigkeit seiner Person zu unterstreichen, zwirbelte Outram die Enden seines buschigen Schnurrbarts gewichtig nach oben und wippte dabei leicht mit den Zehenspitzen auf und ab. Thomas kam nicht umhin, ein kleines Schmunzeln zu unterdrücken.

»Delhi und Kanpur sind zum Glück wieder fest in britischer Hand«, teilte er mit. »Bedauerlicherweise spitzt sich unsere Lage weiterhin zu. Mittlerweile sind nicht nur die aufständischen Sepoys unser Problem. Unsere neuen Feinde heißen Ruhr und Cholera. Was mir aber besonders Bauchgrimmen verursacht, sind unsere schwindenden Vorräte. Mister Kavanagh, seid Ihr so freundlich, uns über die vorhandenen Bestände aufzuklären?«

Mit einem Kopfnicken erteilte er Thomas das Wort. In

knappen Worten berichtete er, dass ihre Vorräte nur noch für gut eine Woche bemessen waren. »Wir werden in den nächsten Tagen damit beginnen müssen, unsere Pferde zu schlachten«, beendete er seine Ausführungen.

»Nun«, fuhr Outram fort. »Vor wenigen Stunden erreichte mich die Nachricht, dass Sir Colin Campbell höchstpersönlich auf dem Weg nach Lucknow ist. Er hat sämtliche verfügbaren Truppen bei sich und ist fest entschlossen, Lucknow zu erobern.«

»Dann gibt es also Hoffnung«, freute sich Doktor Lloyd. »Endlich!«

»Schön wär's«, brummte Havelock und zupfte an seinem breiten Backenbart. »Sir Campbell steht vor denselben Problemen wie wir vor wenigen Wochen. Die Überschwemmungen durch den Monsun verhindern weiterhin, dass die Stadt in einer Zangenbewegung eingenommen werden kann. Er muss sich genau wie wir durch die engen Straßen der Stadt kämpfen. Die Aufständischen sind in großer Überzahl. Sie werden leichtes Spiel haben und unsere Soldaten aus dem Hinterhalt erschießen.«

»Ja, er müsste mit einer anderen Taktik herangehen«, stimmte Outram zu. »Seine einzige Chance besteht darin, die Feinde gezielt anzugreifen. Dazu müsste er allerdings die einzelnen Stellungen kennen.«

»Und genau das ist nicht der Fall«, stellte Havelock bitter fest. »Sir Campbell sind die Hände gebunden. Ich hoffe nur, dass er nicht denselben Fehler macht wie wir!«

»Weiß er denn von den Gefahren?«, wollte Colonel Inglis wissen.

Havelock schüttelte den Kopf. »Im Moment ist es unmöglich, einen zuverlässigen Boten durch die Linien zu schleusen. Allenfalls Einheimische schaffen es noch, weil sie nicht auffallen.«

»Also bleibt alles beim Status quo«, stellte Outram abschließend fest. »Uns bleibt nichts anderes übrig, als weiterhin auszuharren. Wir müssen die Lebensmittelrationen nochmals einschränken.«

»Darf ich eine Frage stellen, Gentlemen?«, mischte sich Thomas ein. Er verstand nicht, dass die Offiziere sich so schnell den Wind aus den Segeln nehmen ließen. »Wenn ich es richtig verstanden habe, dann kennt Ihr die Stellungen der Aufständischen sehr genau, nicht aber Sir Campbell. Richtig?«

»Was wollt Ihr damit sagen, Master Kavanagh?«, fragte Inglis interessiert.

»Wir könnten wenigstens versuchen, einen Boten mit diesen Informationen durch die Linien zu schleusen. Es ist eine Chance, die man unbedingt ergreifen sollte.« Thomas sah betont selbstbewusst in die Runde. Er wusste, dass es geradezu dreist war, als Zivilist einen militärischen Vorschlag zu machen. Havelock bedachte ihn prompt mit einem überheblichen Lächeln.

»Natürlich kennen wir ihre Stellungen«, antwortete Outram ungehalten. »Wenn Ihr jedoch vorhin General Havelock besser zugehört hättet, dann wüsstet Ihr, dass im Augenblick keiner unserer Soldaten durch die Linien gelangen kann.«

»Aber Sir Havelock erwähnte auch, dass es einem Inder wohl gelingen könnte«, widersprach Thomas unbeirrt.

Havelock verlor sich in einem neuen, gekünstelten Lachen. »Mein lieber Kavanagh«, meinte er von oben herab. »Nennt mir einen unserer indischen Leute, dem wir blind vertrauen können. Einmal ganz davon abgesehen, dass Sir Campbell wohl kaum einem Inder glauben würde. Er würde ihn für einen Feind halten.«

»Dann muss sich eben einer von uns als Inder ausgeben«, beharrte Thomas. Er dachte plötzlich an die vielen Menschen, die sterben würden, wenn sie nichts unternahmen, und traf eine Entscheidung. »Ich würde mich als Bote zur Verfügung stellen. Ich spreche fließend Hindi und Urdu und kenne mich mit den Sitten aus. Lasst es mich wagen!«

»Euer Mut ehrt Euch«, brummte Inglis anerkennend.

Outram dagegen schnaubte nur. »Ich lehne dieses sinnlose Opfer entschieden ab. Ein Engländer kann niemals als Inder durchgehen. Allein Eure Statur würde Euch verraten, selbst wenn Ihr Eure Haut mit Farbe beschmiert.«

»Ich schließe mich General Outram an«, meinte Havelock blasiert. »Ein noch dazu blauäugiger Zivilist würde mehr Schaden als Nutzen anrichten.«

»Dann lasst es mich Euch beweisen!« Thomas blickte herausfordernd in die Runde.

»Unfug!«, knurrte Havelock. »Spart Euch Eure Späße für bessere Zeiten.«

Damit war die Diskussion für die Generäle beendet.

Outram befahl einem indischen Bediensteten, ihm eine Flasche Whiskey zu bringen. »Auch wenn es keinen Grund zum Feiern gibt, sollten wir nicht mit trockenen Kehlen nach Hause gehen!«

Während es sich die Offiziere auf den Sesseln bequem machten, entschuldigte sich Thomas. »Verzeiht! Aber ich habe noch etwas Wichtiges zu erledigen.«

Wie jeden Abend las Tara den Waisenkindern aus ihrem Lieblingsbuch *Robinson Crusoe* vor. Sie hatte es in Thomas Kavanaghs Bibliothek entdeckt. Etwa zwanzig Kinder zwischen zwei und vierzehn Jahren hatten es sich auf ihren Strohlagern bequem gemacht und lauschten aufmerksam ihren Worten. Gerade waren sie an die Stelle gelangt, als Robinson die Fußabdrücke der Wilden entdeckt, da tauchte Kasim in ihrem Quartier auf.

Tara war angenehm überrascht, ihn jetzt noch zu sehen. Für gewöhnlich kam er um diese Zeit nicht mehr vorbei. Als er sich jedoch nicht zu ihnen setzte, sondern abwartend im Türrahmen stehen blieb, begriff sie, dass er mit ihr reden wollte. Sie las noch bis zum nächsten Absatz, dann klappte sie unter dem lebhaften Protest der Kinder das Buch zu.

»Zeit zu schlafen«, meinte sie streng. »Morgen ist auch noch ein Tag.« Sie sorgte dafür, dass sich die Kinder auf ihre Schlafplätze zurückzogen, und begab sich dann zu Kasim.

»Du hast ein gutes Gespür für Kinder.«

Seine anerkennenden Worte verursachten einen angenehm prickelnden Schauer auf ihrem Rücken.

»Es macht mir eben Freude«, antwortete sie verlegen. Sie sah ihn herausfordernd an. »Bist du etwa nur gekommen, um mir das zu sagen?«

Kasim hielt ihrem Blick stand. Erst jetzt fiel ihr auf, dass er ungewöhnlich ernst aussah. »Nein«, antwortete er zögernd. »Aber ich habe vorhin etwas entdeckt, was dich sicher interessieren wird.« Er überreichte ihr ein Schriftstück.

»Der Brief meines Vaters«, stellte sie nach einem kurzen Blick darauf fest. Unwillig zog sie ihre Stirn kraus. »Ich brauche ihn nicht mehr.«

»Was würdest du tun, wenn ich dir sagen würde, dass ich weiß, wer diesen Brief geschrieben hat?«, spannte Kasim sie weiter auf die Folter.

Tara zuckte mit den Schultern. »Abgesehen davon, dass du es gar nicht wissen kannst, würde ich es auch nicht wissen wollen. Dieser Mann ist ein Lügner. Er hat meine Mutter hintergangen. Er hat ihr nicht einmal seinen wahren Namen anvertraut!«

»Solltest du ihn nicht erst einmal nach seinen Gründen fragen?« Die Art, wie Kasim sie ansah, ließ sie nun doch aufmerken.

»Was weißt du?« Ihre Neugier war mit einem Mal geweckt. Kasim überreichte ihr einen weiteren beschriebenen Papierbogen mit Warenaufstellungen.

»Eine Liste? Was soll das?«

»Sieh dir die Schrift doch mal genauer an!«, forderte er sie auf.

Erst jetzt fiel ihr auf, dass die schwungvolle Schrift dieselbe war wie in dem Brief, den ihr Vater verfasst hatte. Sie starrte Kasim ungläubig an.

»Der Brief und die Liste stammen von Thomas Kavanaghs Schreibtisch«, erklärte dieser. »Lola hat mal wieder Unsinn gemacht und die Papiere durcheinandergebracht. Beim Aufräumen ist mir der Brief zufällig in die Hände gefallen. Es gibt keinen Zweifel, dass Kavanagh der Verfasser ist.«

Tara wurde schwindlig. Sie versuchte, sich an der Wand abzustützen, doch Kasim kam ihr zuvor und hielt sie fest. Es tat gut, seine kräftigen Arme zu spüren.

»Thomas Kavanagh soll mein Vater sein?«, flüsterte sie fassungslos. Sie schüttelte energisch den Kopf. »Das kann gar nicht sein! Bestimmt ist es nur wieder eine Verwechslung.«

»Ausgeschlossen«, widersprach Kasim. Er strich ihr sanft über das Haar. »Schon als ich Kavanagh das erste Mal gesehen habe, kam er mir irgendwie bekannt vor«, gestand er ihr. »Er hat dieselben Grübchen in den Wangen wie du, wenn er lacht. Außerdem hast du seine Nase!«

»Das ist absoluter Unsinn!«, widersprach sie. Sie war ganz aufgewühlt und machte sich aus seiner Umarmung frei. Sie wollte einfach nicht, dass Thomas Kavanagh ihr Vater war. Dafür mochte sie ihn viel zu gern. Thomas war ein ehrlicher Mann, den sie in den letzten Wochen sehr zu schätzen gelernt hatte. Wenn er ihr Vater war, dann war er ja auch der Verräter, der ihre Mutter so schändlich belogen hatte. Das waren zwei Dinge, die für sie nicht zusammenpassten. Oder doch?

»Was für ein verdammtes, ungerechtes Leben«, schimpfte sie empört. Plötzlich richtete sich ihre Fassungslosigkeit gegen Kasim. »Warum hast du es mir nicht einfach verschwiegen? Jetzt muss ich Kavanagh dafür hassen, dass er mein Vater ist!«

»Aber ich dachte … Ich wollte doch nicht …« Ihre Vorwürfe machten Kasim sprachlos.

»Es tut mir leid, Kasim. Das war ungerecht von mir.« Tara winkte ab. Sie war plötzlich nur noch erschöpft. »Ich habe es nicht so gemeint. Es ist nur so, dass ich einfach nicht weiß, wie ich mit dieser Nachricht umgehen soll.« Sie fühlte sich wie ein Ballon, dem die Luft entwichen war.

»Ach, Kasim!«, seufzte sie nach einer Weile. »Was soll ich denn jetzt nur tun?«

»Du musst mit Kavanagh reden«, antwortete Kasim ohne Zögern. Seine grünen Augen huschten forschend über ihr Gesicht. »Verurteile ihn nicht, bevor er sich nicht gerechtfertigt hat. Hör ihm zu. Vielleicht war ja alles ganz anders, als du denkst!«

»Er hat meine Mutter hintergangen!« Das war und blieb als Tatsache stehen. Tara würde es ihm nicht verzeihen können. »Dieser Mann hat ihr Leben zerstört. Er hat uns schon einmal im Stich gelassen. Warum sollte er jetzt anders handeln?«

»Gib ihm wenigstens die Chance, es dir zu erklären«, drängte Kasim sie erneut. »Du warst immer überzeugt, dass dein Vater deine Mutter geliebt hat. Warum zweifelst du jetzt daran? Mach nicht denselben Fehler wie ich!«

Tara straffte ihre Schultern und sah ihn widerwillig an. Kasim hatte ja recht. Nur der Glaube an diese Liebe hatte sie so weit getragen. Wie zur Bestätigung spürte sie zum ersten Mal seit längerer Zeit die pulsierende Wärme ihres Talismans auf der Brust. Sie umfasste ihn mit ihrer Hand und fühlte sich gleich wieder besser. Sie war so weit gereist und hatte so viele gefährliche Abenteuer überstanden, nur um ihren Vater zu finden. Sie hatte es getan, weil sie in dem Brief die Liebe ihres Vaters gespürt hatte. Selbst ihre Mutter hatte nie an ihm gezweifelt und nie ein böses Wort über ihn verloren.

»Vielleicht hast du recht«, meinte sie mit plötzlicher Entschiedenheit. »Ich werde ihm eine Chance geben. Aber nur diese eine!«

Sie nahm den indischen Elefanten, den sie unter ihrem Kleid verborgen trug, von ihrem Hals und übergab ihn Kasim.

»Wirst du mir einen Gefallen tun?«, bat sie ihn.

»Jeden, den du willst!« Kasims grüne Augen strahlten sie voller warmer Zuversicht an. Tara fühlte sich leicht und schon viel mutiger.

»Geh zu Thomas Kavanagh und überreiche ihm den Elefanten in meinem Namen. Er hat den Talisman einst meiner Mutter geschenkt. Er soll selbst entscheiden, ob er etwas mit mir zu tun haben will. Und sag ihm, dass ich ihn niemals bedrängen werde. Wenn er nichts von mir wissen will, soll er so tun, als hätte er die Information nie erhalten.«

Zur gleichen Zeit saßen Havelock, Outram und Inglis immer noch bei Whiskey und Zigarren beieinander. Die Offiziersmesse hatte sich unterdessen mit Soldaten gefüllt. Die drei Kommandanten hatten nochmals ausführlich die Lage besprochen und waren sich einig: Wenn Campbell die Befreiung von Lucknow nicht gelang, dann würde das Schicksal ihnen zwei gleichermaßen fatale Wege aufzeigen. Sie würden die Wahl haben zwischen Kapitulation und Hungertod.

»Wir brauchen uns nichts vorzumachen, meine Herren«,

prophezeite Outram düster. »Die Sepoys werden uns bei einer Kapitulation garantiert nicht ungeschoren abziehen lassen. Sie werden uns genauso abschlachten wie die Menschen in Kanpur.«

»Dann heißt unsere Parole also Durchhalten! Darauf trinken wir! He, du da!« Havelock winkte einem Bediensteten zu. »Bring uns noch eine Runde Whiskey.«

Der Inder verbeugte sich und huschte eilig davon. Wenig später kam er mit einem Tablett zurück, auf dem zwei gefüllte Whiskeygläser standen. Er stellte das Tablett unbeholfen auf den Tisch und wollte sich wieder davonstehlen.

»Kannst du nicht zählen, du Tölpel«, hielt Outram ihn ungehalten zurück. »Ich sehe hier drei Gentlemen, aber nur zwei Whiskey. Nimm die Beine in die Hand und bring uns den fehlenden. Aber dalli! Wie heißt du überhaupt? Ich habe dich noch nie hier gesehen.«

»Mein Name Abdullah«, verneigte sich der Inder gleich mehrmals unterwürfig. Er zitterte, weil ihn Outram so angefahren hatte. »Nicht schimpfen. Gleich kommen!« Dann eilte er beflissen davon.

»Diese dunkelhäutigen Bengalen sind doch alle gleich«, schimpfte Havelock. »Faul und dreist obendrein. Sie sind es gar nicht wert, dass man sich so viel Mühe mit ihnen gibt.«

Die beiden anderen stimmten ihm zu. Vor allem als Abdullah erneut mit zwei Whiskeygläsern zurückkehrte und sie auf den Tisch stellte.

»Das ist doch die Höhe!«, polterte Outram los. »Jetzt bringt uns der Kerl ein Glas zu viel. Wie viele Männer siehst du hier an unserem Tisch?«

»Drei, Sahib«, antwortete Abdullah rasch.

»Und wieso bringst du uns dann vier Gläser?«

»Ich denken gut vier Gläser. Eines vielleicht für mich?«

»Das schlägt dem Fass den Boden aus«, erregte sich Havelock. »Ich werde dafür sorgen, dass man diesen dummen Kerl sofort aus der Offiziersmesse entfernen lässt.«

Vergeblich sah er sich nach dem Offizier um, der die Verantwortung für die Messe hatte. Unterdessen setzte sich der Inder einfach neben Inglis und nippte an dessen Whiskeyglas. Empört entriss Inglis ihm das Glas und hob seine Hand, um ihn zu schlagen. Doch Abdullah fing den Arm ab. Havelock griff nach seinem Säbel. Auch Outram brachte sich in Position.

»Nicht doch, Gentlemen«, protestierte Abdullah in perfektem Englisch. »Wir werden uns doch nicht gegenseitig bekämpfen!«

»Kavanagh!« Havelock hauchte mehr, als dass er sprach. »Ihr habt uns an der Nase herumgeführt!«

»Was zum Teufel soll das?« Selbst Outram war für einen Augenblick sprachlos.

»Ich wollte Euch beweisen, dass nicht einmal Ihr bemerken könnt, dass ich kein Inder bin. Dabei hattet Ihr allen Grund, mich genauer unter die Lupe zu nehmen. Schließlich habe ich mich reichlich ungeschickt angestellt. Wollt Ihr mir nun glauben, dass ich als Bote geeignet bin?«

»Ihr seid ein Teufelsbraten! Das glaube ich allerdings!« Outram brach in polterndes Lachen aus. »Also mich habt Ihr überzeugt. Havelock? Inglis? Was meint Ihr? Wollen wir Kavanagh diese fast unmögliche Mission anvertrauen?«

Inglis war sofort einverstanden. »Kavanagh ist einer der besten Männer in der Garnison, ja vielleicht sogar der beste. Wenn einer das Unmögliche schafft, dann er!«

Selbst Havelock zeigte sich als guter Verlierer. »Ich wünsche Euch viel Erfolg, Kavanagh«, brummte er.

»Dann lasst uns keine Zeit verlieren!«

36

Kasim war immer noch auf der Suche nach Thomas Kavanagh. In seinen Händen hielt er den indischen Elefanten. Egal wo er gewesen war, niemand hatte Kavanagh in den letzten Stunden gesehen. Ich werde in unserem Quartier auf ihn warten, beschloss er schließlich und machte sich auf den Heimweg. Er befand sich gerade in der Nähe der Lagerräume, als der Elefant in seiner Hand plötzlich unangenehm zu pochen begann. Gleichzeitig wurde er auf zwei Männer aufmerksam, die den Innenhof der Residenz durchquerten und auf den Ausgang zuhielten. Im fahlen Licht der Laternen erkannte er, dass es sich um Colonel Inglis und einen Inder handelte, den er noch nie zuvor gesehen hatte. Da er im Schatten eines Gebäudes stand, entdeckten sie ihn nicht, als sie direkt an ihm vorüberliefen.

»Ich werde es schon schaffen, Colonel«, meinte der Inder in erstaunlich akzentfreiem Englisch.

Kasim stutzte, als er die Stimme von Thomas Kavanagh erkannte. Warum zum Teufel hatte er sich als Inder verkleidet? Seine Neugier war geweckt. Die beiden Männer eilten zielstrebig auf den westlichen Schutzwall zu. Kasim schlich unbemerkt hinterher. Im Schutz der Büsche und Schatten der Hauswände kam er ihnen so nahe, dass er einige Gesprächsfetzen aufschnappen konnte. So bekam er mit, dass Kavanagh vorhatte, die feindlichen Linien zu durchqueren. Das erklärte auch seine Verkleidung. In den weiten, schmuddeligen Baumwollhosen und dem knielangen Hemd sah Kavanagh wie ein einfacher indischer Bauer aus. Um seinen Kopf hatte er ein schmales, langes Tuch gewunden, das ihm weit in die Stirn reichte. Gesicht, Brust, Arme und Beine waren mit einer Mischung aus Schuhwichse und Ockersand braun gefärbt. Selbst seine Haltung verriet ihn nicht als Engländer. Mit leicht gekrümmtem Rücken und vorgezogenen Schultern schien er kleiner zu sein als in Wirklichkeit. Beim Wachposten, der am westlichen Ende der Festungsmauer postiert war, verabschiedete sich Colonel Inglis von Kavanagh mit einem Schulterklopfen. Während der Colonel sich noch mit dem Soldaten unterhielt, eilte Kavanagh in die Dunkelheit davon.

Um General Campbells Truppen zu erreichen, musste Thomas einen großen Bogen um die Lager der Aufständischen schlagen. Die größte Schwierigkeit dabei war, einen Weg zu finden, auf dem er ungesehen über den Fluss kam. Der Gomti war aufgrund der starken Regenfälle in den letzten Wochen mächtig über seine Ufer getreten. Weite Flächen hatten sich in gefährliche Sumpflandschaften verwandelt. Es war schwer, sich in diesem Wirrwarr aus Wasserläufen und Kanälen zu orientieren, zumal es dunkel war. Thomas versuchte, seine Richtung nach den Sternen zu bestimmen. Das war nicht einfach, denn immer wieder schoben sich graue Wolken vor die Himmelslichter. Mühsam quälte er sich durch das sumpfige Gelände, bis er auf einigermaßen begehbaren Untergrund stieß. Allerdings schienen auch hier die Aufständischen unterwegs zu sein. Immer wieder hörte er Pferdegetrappel ganz in seiner Nähe. Einmal gelang es ihm nur in letzter Minute, sich hinter einem größeren Felsen zu verbergen. Ein Trupp bis an die Zähne bewaffneter Sepoys zog keine zehn Schritte entfernt an ihm vorüber. Thomas atmete vor Erleichterung tief durch, als sie aus seinem Blickfeld verschwunden waren. Aber sein Weg war noch weit. Wenn die Mission gelingen sollte, musste er sein Ziel noch vor dem Morgengrauen erreichen. Und selbst dann bestand noch die Gefahr, von seinen eigenen Leuten erschossen zu werden. Alle hielten ihn schließlich für einen Inder. Doch solange er unterwegs war, war die Dunkelheit sein Schutz. Einige Male vernahm er das verdächtige Knacken von Zweigen ganz in seiner Nähe. Thomas hielt inne und versteckte sich. Als er jedoch niemanden entdeckte, überlegte er, dass es wohl ein wildes Tier sein musste, das seinen Weg kreuzte. In den Sümpfen des über die Ufer getretenen Gomti war die Luft schwül. Hunderte von Mücken machten ihm das Vorwärtskommen zur Qual. Schließlich hatte er das Ufer des Flusses wieder erreicht.

Der Gomti war normalerweise weder schnell noch besonders tief. Doch durch den Monsun hatte er sich zu einem reißenden Strom entwickelt. Thomas suchte sich einen kräftigen Ast, den er als Stab benutzen konnte. Dann wagte er sich in die Fluten. Als er fast die Mitte des Flusses erreicht hatte, vernahm er plötzlich ein unheimliches Gurgeln. Es näherte sich mit rascher Geschwindigkeit. Im dunklen Schein der Sterne nahm er eine schwarze, bedrohliche Wand wahr. Sie schwamm direkt auf ihn zu. Ein umgestürzter Baum, schoss es ihm durch den Kopf. Dann hatte ihn das Ungetüm auch schon erreicht und von den Füßen gerissen. Er versuchte, sich irgendwo festzuhalten, aber der Stamm verhakte sich an einem Felsen, drückte ihn unter Wasser und hielt ihn dort auf dem Grund fest. Mit all seinen Kräften versuchte er, sich zu befreien. Die Luft wurde immer knapper. Der Baum über ihm bewegte sich keinen Zoll. Als der Druck auf seiner Brust immer größer wurde und sich schwarzer Nebel über seinen Verstand legte, gab er auf.

Als Kasim sah, dass Kavanagh beabsichtigte, den Fluss zu überqueren, verfluchte er seine Entscheidung, ihm gefolgt zu sein. Er hasste Wasser und erinnerte sich mit Schaudern daran, wie er vor gar nicht so langer Zeit beinahe ertrunken wäre. Er wollte auf keinen Fall weitergehen! Es war schon verrückt genug, dass er Kavanagh bis hierher gefolgt war, nur weil ihn dieser verdammte Talisman nicht in Ruhe gelassen hatte. »Folge ihm!« Wie ein unablässiges Hämmern hatte der Elefant diese Worte in seinen Kopf geschickt. Je mehr er versuchte, sie zu ignorieren, desto weniger wollte es ihm gelingen. Dazu kam das immer stärker werdende Pochen in seiner Hand. Es hatte sich auf seinen ganzen Körper übertragen.

Ihm war gar nichts anderes übrig geblieben, als Kavanagh hinterherzuschleichen, obwohl sein Verstand ihm eindeutig davon abgeraten hatte. Aber nun war Schluss. In dieses Wasser würde ihn nicht einmal ein ganzes Heer von magischen Elefanten bringen. Zu seiner Erleichterung schien der Talisman dieses Mal nichts dagegen zu haben. Er hing ruhig und friedlich an dem Lederband, das er sich um den Hals gelegt hatte, um den Elefanten nicht zu verlieren.

Mittlerweile hatten die Wolken sich verzogen. Der Mond war aufgegangen und beleuchtete Kavanaghs Silhouette. Dann hörte Kasim ein unheimliches Gurgeln und entdeckte gleichzeitig einen mächtigen Baumstamm, der direkt auf den ahnungslosen Mann zuschoss. Er versuchte noch, Kavanagh durch Rufe zu warnen, da hatte das Ungetüm ihn auch schon erreicht und unter Wasser gedrückt.

»Bei Shiva, Vishnu und Brahma! Warum nur immer ich?« Kasim verwünschte sein Schicksal. Dennoch zögerte er nur einen winzigen Augenblick, bevor er nach einem dicken Ast griff, um Kavanagh zu retten. Was hatte er nur für eine verdammte Angst vor diesem Wasser! Indem er sich fest auf seinen Stock aufstützte, kämpfte er sich durch die Strömung auf die Unglücksstelle zu. Erleichtert stellte er fest, dass das Wasser zwar reißend, aber nicht sehr tief war. Es ging ihm gerade mal bis zur Hüfte. Mit aller Kraft stemmte er seinen Ast unter den Baumstamm, der sich zwischen zwei Felsen verhakt hatte. Kavanagh war nirgends zu sehen. Lebte er überhaupt noch? Nach etlichen vergeblichen Versuchen gelang es ihm endlich, den Baumstamm von den Felsen zu lösen. Er geriet strudelnd in Bewegung, ehe er mit einem Rauschen zurück in die Strömung glitt. Um ein Haar hätte Kasim dabei den Halt verloren. Dann sah er, wie Kavanagh wie ein Korken vor ihm auftauchte. Er japste wild strampelnd nach Luft und kämpfte gegen die reißende Strömung. Kasim ließ seinen Ast fahren, packte ihn am Kragen und zog ihn zu sich heran. Nachdem er ein paarmal auf dem schlammigen Untergrund ausgerutscht war, gelang es Kavanagh, wieder auf die Füße zu kommen. Kasim stützte ihn, so gut er konnte, während sie sich Schritt für Schritt ans andere Ufer kämpften. Dort ließen sie sich erst einmal der Länge nach in den Ufersand fallen.

»Donnerwetter«, keuchte Kavanagh immer noch um Luft ringend. »Das war verdammt knapp!« Erst dann schien er zu realisieren, dass es tatsächlich Kasim war, der ihn aus den Fluten gerettet hatte. »Was zum Teufel machst du hier?«

»Ich war hier, um Euch zu retten, Sir«, meinte Kasim so beiläufig, als wäre es das Selbstverständlichste auf der Welt.

»Bist du völlig verrückt geworden?« Langsam setzte Kavanaghs Verstand wieder ein. »Hier sind überall Sepoys. Das ist kein harmloser Ausflug!« Er rappelte sich auf und sah besorgt auf den untergehenden Mond. »In wenigen Stunden wird es hell. Ich muss rasch weiter.«

»Ich begleite Euch«, meinte Kasim selbstbewusst.

Kavanagh überlegte kurz. »Okay«, meinte er widerwillig. »Der Weg zurück nach Lucknow ist genauso gefährlich wie der Weg, der vor uns liegt. Da können wir genauso gut beieinanderbleiben.«

Kasim erinnerte sich an Taras Auftrag und wollte gerade Kavanagh den Talisman übergeben. Doch dieser lauschte in die Nacht und gab ihm das Zeichen, still zu sein. Kasim hörte es nun auch. Da näherte sich in raschem Tempo ein ganzer Trupp Reiter der Furt, die sie gerade durchquert hatten. Es waren ohne Zweifel feindliche Sepoys. Sie sahen sich eilig nach einem geeigneten Versteck um. Das nächste Gebüsch lag über zweihundert Fuß entfernt – zu weit, um es noch rechtzeitig zu erreichen. Ihnen blieb nichts anderes übrig, als sich der Situation zu stellen.

»Wir sagen ihnen, dass uns das Vieh weggelaufen ist«, überlegte Kavanagh fieberhaft. »Sie dürfen keine Zweifel haben. Hörst du?«

»Das geht nicht, Sir! Schaut Euch an. Das Wasser hat die meiste Farbe weggespült! Jeder wird Euch als Engländer erkennen.«

Kavanagh sah an sich herab. »Verdammt!«, fluchte er. Dann griff er nach seiner Pistole. »Hier, nimm!«, sagte er mit drängender Stimme. »Sag ihnen, dass du einer von ihnen bist und einen englischen Spion entlarvt hast. Sie werden dir glauben. So kannst wenigstens du dein Leben retten.« Er drückte ihm die Pistole in die Hand.

Kasim nahm sie nur widerwillig. »Sie werden Euch töten«, meinte er und fühlte, wie ihm ganz flau im Magen wurde.

Kavanagh nickte. »Schon möglich. Aber mit einer kleinen Portion Glück warten sie noch ein wenig damit.« Er lächelte ihm aufmunternd zu. »Du schaffst das schon.«

Mittlerweile waren sie von etwa vierzig Sepoys umzingelt. Sie hatten alle ihre Gewehre auf sie gerichtet. Kasim hob beschwichtigend eine Hand.

»Verzeiht«, murmelte er in Kavanaghs Richtung, dann versetzte er ihm einen so kräftigen Fußtritt, dass dieser in die

Knie ging. Mit der Pistole in der Hand zielte er auf seinen Kopf.

»Ich habe einen englischen Spion gefangen«, rief er in die Runde. »Ich bin froh, dass ihr gekommen seid, um ihn mir abzunehmen.«

Der Anführer der Sepoys, ein älterer, kräftig gebauter Bengale, blickte ihn misstrauisch an. »Wenn du einer von uns bist, dann nenn mir das Kennwort.«

Kasim fühlte, wie ihm der kalte Schweiß ausbrach. Verdammt! Was sollte er jetzt tun? Als er zögerte, zog der Bengale sein Schwert und ließ sein Pferd einige Schritte auf Kasim und Kavanagh zulaufen. »Lass die Pistole fallen«, befahl er drohend. »Ich habe mir gleich gedacht, dass du keiner von uns bist. Nehmt die beiden gefangen. Wir nehmen sie mit zu Rahul.«

Bei der Erwähnung von Rahuls Namen wurde Kasim noch mulmiger zumute. Der Rajpute würde nicht eine Minute zögern, ihn einen Kopf kürzer zu machen. Gleichzeitig schoss ihm ein rettender Gedanke durch den Kopf.

»Die Losung lautet Vijay Hanuman«, versuchte Kasim sein Glück. Es gelang ihm nur schwer, das Zittern seiner Stimme unter Kontrolle zu bekommen. Was, wenn Rahul die Parole geändert hatte? Der Bengale bedachte sowohl Kasim als auch Kavanagh nochmals mit einem abschätzenden Blick, dann ließ er seinen Säbel sinken.

»Dann gehörst du also zu Rahuls Männern?«, fragte er eine Spur freundlicher. Kasim nickte. »Wir erwarten ihn und seine Männer hier. Weißt du, wann er kommen wird?«

»Es kann nicht mehr lange dauern«, meinte Kasim vage.

»Ich wollte auch hier auf ihn warten, um ihm«, er deutete mit dem Kopf zu Kavanagh, »diesen verdammten Engländer zu übergeben. Er wird es mir gut entlohnen.«

»Was wolltest du in unseren Reihen?«, wandte sich der Bengale nun an Kavanagh, der immer noch auf dem Boden kniete. Dieser hob den Kopf und blickte ihm trotzig in die Augen. Kein Wort kam über seine Lippen. Der Bengale versetzte ihm von seinem Pferd aus einen derben Fußtritt. Kavanagh sank mit leisem Stöhnen zu Boden. Kasim befürchtete schon, dass die Sepoys gleich kurzen Prozess mit ihm machen würden. Doch der Anführer befahl seinen Männern abzusitzen.

»Wir werden mit dir auf Rahul warten. Von mir aus soll er sich mit dem Engländer vergnügen. Ich möchte einem Verbündeten nicht die Freude verderben, ihn selbst zum Reden zu bringen!« Er ließ ein grobes Lachen hören. »Fesselt ihn. Und du da …«, er wandte sich wieder an Kasim, »… du sorgst dafür, dass er nicht davonläuft. Verstanden?«

Die Sepoys banden ihre Pferde an und setzten sich auf den kiesigen Boden, ebenso wie Kasim und der inzwischen gefesselte Kavanagh. Niemand sprach mit ihnen. Doch es war offensichtlich, dass man sie nicht aus den Augen ließ. Das immer hitziger werdende Gespräch der Männer drehte sich hauptsächlich um eine Großoffensive, die demnächst starten sollte. Es gab wohl mehrere Pläne, doch noch waren sich die unterschiedlichen Truppenverbände der Aufständischen nicht einig, welche Strategie wohl am besten geeignet wäre. Nun standen Verhandlungen mit Rahul als Gewährsmann der Rana von Jhansi an.

Je länger sie warteten, desto unruhiger wurde Kasim.

»Was macht dich so nervös?«, flüsterte Kavanagh, dem nicht entgangen war, dass dessen Hände nervös mit den Kieselsteinen spielten.

»Wir müssen fliehen, bevor Rahul da ist«, raunte Kasim. »Wenn er mich sieht, dann fliegt unsere schöne Tarnung auf.«

»Du kennst Aufständische?« Kavanagh richtete sich trotz seiner misslichen Lage auf. Kasim konnte das Misstrauen in seinen Augen sehen. »Was hast du mit ihnen zu schaffen? Bist du etwa ein Spion?«

»Bin ich nicht!«, entgegnete ihm Kasim mit Nachdruck. Er sah sich hastig um. Von der gegenüberliegenden Flussseite klang das Klappern von Pferdehufen zu ihnen herüber. Das musste Rahul mit seinen Männern sein. Kasim nutzte den Moment, als sich die Aufmerksamkeit der Männer auf die Ankömmlinge richtete. Er zog sein Messer aus seinem Hosenbund und machte sich daran, Kavanaghs Fesseln zu durchtrennen. »Glaubt Ihr mir jetzt, dass ich auf Eurer Seite stehe?«, flüsterte er.

»Wir müssen den Tumult nutzen, wenn die ersten Reiter unser Ufer erreichen«, meinte Kavanagh, ohne weiter darauf einzugehen. »Wir müssen versuchen, möglichst ungesehen hinter die Pferde zu kommen. Wenn ich mich nicht täusche, sind es nur noch zwei Meilen bis zu General Campbells Truppen.«

Sobald Rahuls Reiter zu den Sepoys am Flussufer stießen, entstand ein großes Durcheinander. Die meisten von ihnen gingen ihren Verbündeten entgegen, um sie zu begrüßen. Auch Kasims und Kavanaghs Bewacher hatten sich erhoben, blieben jedoch abwartend in ihrer Nähe stehen. Kostbare

Zeit verstrich. Wenn sie nicht bald handelten, mussten sie ihren Plan fallen lassen.

Das Glück war mit ihnen, als der spektakuläre Sturz eines Reiters die Aufmerksamkeit der Männer auf sich zog. Eines der Pferde, die die Furt durchquerten, war ins Stolpern geraten und gestürzt. Es hatte seinen Reiter unter sich begraben. Nun wurde jede Hand gebraucht, um ihn aus seiner misslichen Lage zu befreien.

Als Kavanagh ihre Aufpasser auf die Männer im Fluss zulaufen sah, raunte er: »Los!«, und huschte als Erster zu den Pferden. Kasim folgte ihm. Hinter den leise schnaubenden Reittieren befand sich eine breite Reihe dichter, aber dorniger Büsche. Mit zusammengebissenen Zähnen krochen sie in das unwirtliche Gestrüpp, und Kasim betete zu den Göttern, dass man ihr Verschwinden möglichst spät entdeckte.

»Wir müssen weiter«, drängte Kavangh zur Eile. »Hier sitzen wir in der Falle. Uns bleibt nur die Flucht über das Weideland.«

Hinter der schützenden Hecke endete das Uferwäldchen und mündete in ein weitläufiges, flaches Weideland, auf dem außer einer Schafherde nichts weiter zu sehen war. Dahinter erhob sich die Hügelkette, in der die Truppen von General Campbell Stellung bezogen hatten. Die Ebene dazwischen erstreckte sich über mehr als eine Meile. Wegen des hellen Mondlichts war sie leicht zu überblicken.

»Aber dort haben wir keinerlei Schutz«, gab Kasim zu bedenken. »Auf dem freien Feld sind wir ein gefundenes Fressen für ihre Gewehre.«

Inzwischen hatte man ihre Flucht bemerkt. Kavanagh gab

ein gequältes Stöhnen von sich, als die aufgebrachten Stimmen der Männer durch die Nacht hallten.

»Wir könnten im Schutz des Unterholzes weiter nach Westen fliehen, bis zum Ende der Weideflächen, und uns erst dort in Richtung Norden schlagen«, schlug Kasim vor, doch Kavanagh schüttelte den Kopf.

»Damit verlieren wir viel zu viel Zeit. Ich muss General Campbell noch vor Sonnenaufgang erreichen. Los jetzt! Jede Sekunde zählt.«

Kasim hatte Mühe, Kavanagh hinterherzulaufen, obwohl der Engländer viel älter war als er. Er war noch nie ein guter Läufer gewesen und kam schon bald aus der Puste. Seine Lungen brannten wie Feuer und der Schmerz in seiner Seite raubte ihm fast den Verstand. Dennoch zwang er sich weiterzurennen. Das laute Rufen, das am Fluss erklang, deutete darauf hin, dass man sie entdeckt hatte. Nun würde es nicht mehr lange dauern, bis ihre Verfolger sich auf die Pferde geschwungen hatten.

»Die Schafherde!«, keuchte Kavanagh. »Wir müssen uns zwischen den Tieren verstecken!« Auch er war mittlerweile ganz schön aus der Puste gekommen.

Kasim hörte ihn kaum, so laut war das Rauschen seines eigenen Blutes in den Ohren. Er mobilisierte noch einmal alle seine Kräfte und hetzte Kavanagh hinterher. Die Schafherde war etwa zweihundert Yards von ihnen entfernt. Sie hatten sie kaum erreicht und zwischen den Schafen Deckung gesucht, als die ersten Schüsse auf sie abgegeben wurden. Mit lautem, erschrockenem Blöken stoben die Tiere auseinander, um sich gleich darauf wieder dicht aneinanderzudrängen. Kasim und Kavanagh hatten Mühe, nicht von den groß gewachsenen, stämmigen Fettschwanzschafen umgestoßen zu werden. Weitere Schüsse zischten um ihre Köpfe. Es war nur eine Frage der Zeit, bis einer von ihnen getroffen wurde. Kasim erinnerte sich plötzlich an die Hirtenkinder in Surat, wenn sie Verstecken spielten. Um nicht gesehen zu werden, klammerten sie sich von unten an den Bäuchen der großen Schafe fest.

»Versucht, Euch an den Schafen festzuhalten, damit sie Euch Deckung geben!«, rief er Kavanagh zu. Gleichzeitig packte er einen der flüchtenden Vierbeiner und verkrallte sich in seinem Fell. Das Tier versuchte, ihn abzuschütteln, doch irgendwie gelang es Kasim, sich an ihm festzuhalten. Kavanagh tat es ihm nach. Für eine Weile boten die Schafe ihren Körpern so Schutz. Doch es war unausweichlich, dass man sie früher oder später entdeckte.

Das Hufgetrappel der Reiter kam immer näher, und prompt traf ein Schuss das Schaf, an das sich Kasim geklammert hatte. Es sank um und begrub ihn halb unter sich. Kasim machte sich nichts vor. Gleich war ihre Flucht zu Ende.

Da erscholl lautes Trompeten von den Hügeln. War das ihre Rettung? Kasim hörte mehr, als dass er sah, wie ein Trupp britischer Soldaten auf die Sepoys zugaloppierte. Er befreite sich rasch aus seiner misslichen Lage und bekam gerade noch mit, wie ihre Verfolger plötzlich kehrtmachten und verschwanden.

»Sie ziehen ab!«, jubelte er erleichtert. Er versuchte, durch wildes Winken auf sich aufmerksam zu machen. Tatsächlich entdeckten ihn die Soldaten.

»Hör sofort auf, du Idiot!«, rief ihm Kavanagh entsetzt zu. Er versuchte, Kasim zu Boden zu reißen.

Doch da war es schon zu spät. Mehrere Schüsse hallten durch die Nacht. Kasim fühlte plötzlich einen brennenden Schmerz an der Schläfe. Grellweiße Blitze zuckten vor seinen Augen, bevor ihn tiefe Schwärze wie ein dichter Mantel umfing.

37

»Sie kommen!« Sibyls mächtiger Busen bebte vor Aufregung, als sie mit der kleinen Elinor an der Hand in das Quartier der Waisenkinder stürmte. »General Campbell und seine Armee kämpfen um die Stadt! Wir werden endlich befreit!«

Tara war sofort hellwach. Jetzt hörte auch sie die Kanonenschüsse und das Artilleriefeuer ganz in ihrer Nähe. Einige der Waisenkinder rieben sich verschlafen die Augen. Es war noch nicht einmal richtig hell.

»Beeil dich!«, drängte Sibyl ungeduldig und schob Elinor in Taras Richtung. »Colonel Inglis möchte, dass du dich auch um seine Nichte kümmerst. Die Residenz soll so bald wie möglich evakuiert werden. Versammle deine Kinder und folge mir zum Lazarett. Ich muss mich um den Transport der Kranken und Verletzten kümmern.«

Tara nahm Elinor an die Hand und rief die anderen Kinder zu sich. In diesem Moment schlug mit lautem Donnern eine Granate in das Gebäude ein. Die Wände bebten und der Putz bröckelte von der Decke. Einige Kinder schrien vor Schreck auf und hielten sich aneinander fest. Zum Glück war nichts

Schlimmeres geschehen. Die meisten Kinder beruhigten sich schnell und folgten zügig Taras Anweisungen. Nur Elinor zitterte wie Espenlaub. Die kleine Nichte des Colonels stand offensichtlich unter Schock.

»Du musst keine Angst haben«, versuchte Tara, sie zu trösten. Sie verstand nur allzu gut, was Elinor gerade durchmachte. Sie dachte an den letzten Angriff, den sie nur mit viel Glück überlebt hatte. »Alles wird gut! Wir gehen jetzt hinaus auf den Hof zu den anderen.«

Mit sanfter Gewalt wollte Tara sie hinausschieben, doch die Kleine blieb wie angewurzelt stehen und starrte mit großen, leeren Augen an ihr vorbei. Je mehr Tara auf sie einredete, desto verkrampfter wurde sie. Erst als Lola zu ihr trat und mit leisem Keckern nach ihrer Hand griff, löste sich Elinors Starre. Sie blinzelte verwirrt und wagte sogar ein winziges Lächeln. Dem Affen wollte sie wohl folgen.

Als Tara mit den Kindern den Innenhof der Residenz betrat, hing der dichte Rauch von Geschützfeuer in der Luft. Sämtliche Bewohner drängten aufgeregt zu dem bereits überfüllten Platz, mit dem wenigen Hab und Gut, das ihnen geblieben war. Tara hatte Mühe, ihre Kinder nicht aus den Augen zu verlieren. Dann erschütterte eine neue gewaltige Detonation ganz in ihrer Nähe die Mauern der Festung. Gesteinsbrocken und Erde flogen durch die Luft. Die Menschen schrien entsetzt auf. Panik machte sich breit.

»Ruhig! Immer schön ruhig bleiben!«, hallte es aus dem ersten Stockwerk des Hauptgebäudes. Colonel Inglis stand in einem der großen Fenster und versuchte mit seiner ganzen Autorität, sich Gehör zu verschaffen. »Die Explosion wurde von General Havelock und General Outram höchstpersönlich angeordnet. Wir mussten einen Teil unserer Verteidigungswälle sprengen lassen, damit General Campbells Truppen hier einmarschieren können.«

»Das ist Wahnsinn«, rief einer der Zivilisten, ein Mann namens Evans, mit dröhnender Stimme. Tara wusste, er war schon oft als unangenehmer Aufwiegler und Wortführer in Erscheinung getreten. »Outram und Havelock haben schon wieder eine Fehlentscheidung getroffen. Jetzt stehen den Rebellen Tür und Tor offen. Wir müssen über den Fluss fliehen, sage ich euch, bevor die Aufständischen die Residenz stürmen. Lasst uns sofort aufbrechen!«

Eine erhitzte Diskussion setzte ein. Viele gaben Evans recht. Immer mehr Menschen schlossen sich seiner Meinung an und bewegten sich in Richtung Ausgang. Erst eine Gewehrsalve über ihre Köpfe hinweg ließ sie schließlich innehalten.

»Niemandem ist geholfen, wenn jetzt Panik ausbricht!«, donnerte Colonel Inglis und verschaffte sich erneut Gehör. »Die Evakuierung kann nur gelingen, wenn alle sich geordnet verhalten. Jedermann hier befolgt meinen Befehl! Sobald die Lage gesichert ist, werden wir über den Dilkusha Park in Richtung Allahabad aufbrechen. Alle bleiben zusammen und halten sich an die Anweisungen meiner Soldaten. Wer sich widersetzt, wird standrechtlich erschossen. Auch Ihr, Mister Evans!« Er deutete mit seinem Arm auf den Unruhestifter und funkelte ihn zornig an.

Seine Warnung zeigte Erfolg. Murrend fügten sich Evans und seine Anhänger nun den Anweisungen der Offiziere.

Tara versuchte, in der Menge Kasim ausfindig zu machen. Sie konnte ihn nirgendwo entdecken. Wo steckt er nur?, fragte sie sich. Sie hatte die halbe Nacht auf ihn gewartet. Seitdem sie ihn mit dem Elefanten zu Kavanagh geschickt hatte, war er nicht mehr aufgetaucht. Bestimmt möchte er mir nicht unter die Augen treten, weil mein Vater nichts von mir wissen will, dachte sie verbittert. Laute Rufe rissen sie aus ihren Gedanken.

»Es geht los!«

»Die Soldaten haben unsere Festung erreicht.«

Endlich kam Bewegung in die wartende Menschenmenge. Männer, Frauen, Kinder und die Gruppe mit den Verwundeten bildeten einen Tross. Nach beinahe einem halben Jahr sollten sie endlich die Residenz verlassen. Das war keinesfalls einfach, denn der benachbarte Qaisarbagh-Palast war immer noch von den Aufständischen besetzt. Von dort aus waren die Menschen deutlich zu sehen. Tara war sich der Gefahr bewusst, dass jederzeit Scharfschützen auf die Menschen schießen konnten. Doch um das zu verhindern, hatte General Campbell sich eine List einfallen lassen. Erstaunt blickte Tara auf die riesigen Stoffwände, die der General hatte aufspannen lassen, um den Feinden die Sicht auf die Flüchtenden zu versperren. Hinter diesem Sichtschutz gelangten sie sicher in den Dilkusha Park. Während Campbells Artillerie den Palast der Feinde bombardierte, zogen die Bewohner von Lucknow aus der Residenz ab.

Einmal aus der Stadt gelangt, hatte Tara alle Hände voll zu tun, dass keiner ihrer Schützlinge zurückblieb oder gar unterwegs verloren ging. Einige der jüngeren Kinder mussten abwechselnd von den älteren getragen werden, weil der lange Marsch zu anstrengend für sie war. Trotz der immer größer werdenden allgemeinen Erschöpfung trieben die Offiziere die Flüchtenden weiter zur Eile an. Erst kurz vor Sonnenuntergang wurde der Befehl erteilt, ein Nachtlager aufzuschlagen. Die meisten von Taras Schutzbefohlenen waren so erschöpft, dass sie sich nicht einmal die Mühe machten, eine bequeme Schlafstelle zu suchen. Sie ließen sich einfach an Ort und Stelle zu Boden sinken. Tara tat jeder Knochen weh. Auch sie war zum Umfallen müde. Aber die Kinder hatten Hunger und brauchten etwas zu trinken. Sie hielt nach Sibyl Ausschau, die gemeinsam mit Doktor Lloyd die Verwundeten begleitet hatte. Es war nicht leicht, sie in dem unüberschaubaren Durcheinander der Menge zu finden. In der Nähe eines Kochfeuers entdeckte sie endlich ihre Freundin. Auch ihr sah man die Anstrengung des Tages an. Dennoch strahlte sie ihre gewohnte Zuversicht aus.

»Bald wird es Suppe und Brot geben«, informierte sie Tara und reichte ihr eine Kelle mit frischem Wasser. »Die Soldaten haben aus den umliegenden Dörfern genügend Proviant besorgt. Endlich hat das Hungern ein Ende!«

Tara trank gierig und fragte nach mehr Wasser für die Kinder. Sibyl zeigte ihr eine Wasserstelle ganz in der Nähe.

»Bring die Kinder am besten zu uns«, schlug sie vor. »Hier ist noch genügend Platz.« Tara befolgte diesen Rat nur zu gern.

Als sie wenig später mit gefüllten Bäuchen noch beieinandersaßen, begann Sibyl, das Gespräch auf die Zukunft zu lenken. »Sobald wir uns in Allahabad einigermaßen erholt haben, können wir weiter nach Kalkutta reisen«, berichtete sie munter. »Die Ostindische Handelsgesellschaft übernimmt die Reisekosten in die Hauptstadt. Vielleicht bezahlt sie sogar eine kleine Entschädigung. Ich werde mit Doktor Lloyd in eines der Krankenhäuser gehen, um dort als Pflegekraft zu arbeiten.« Sie sah Tara prüfend an. »Was ist? Hast du es dir schon überlegt? Doktor Lloyd hat dir doch bereits ein Empfehlungsschreiben übergeben. Er meint es ernst. Er wird gerne auch ein gutes Wort für dich einlegen. Du kannst sehr gut mit kranken Menschen umgehen.«

»Das ist eine wunderbare Vorstellung«, antwortete Tara ausweichend. Einerseits erfreuten sie Sibyls Worte. Sie wollte gerne Krankenpflegerin werden. Es gab keine schönere Beschäftigung, die sie sich vorstellen konnte. Auf der anderen Seite musste sie sich eingestehen, dass da immer noch ein Fünkchen Hoffnung in ihr schlummerte, dass Thomas Kavanagh sich zu ihr bekennen würde. Erst wenn er ihr eindeutig zu verstehen gab, dass er nichts von ihr wissen wollte, war der Weg für sie frei.

»Weißt du, wo Master Kavanagh steckt? Oder Kasim?«, fragte sie möglichst beiläufig. »Ich habe beide den ganzen Tag noch nicht gesehen.«

38

»Wo bin ich?«

Kasim blinzelte und wartete darauf, dass sich sein verschwommener Blick wieder schärfte. Als er versuchte, seinen Kopf zu heben, durchzuckte ihn ein brennender Schmerz und er sank zurück.

»Du hast ganz schön Glück gehabt«, bemerkte der Mann, der an seiner Lagerstatt stand. Er trug einen weißen Kittel über der Uniform. »Die Kugel hat dich nur gestreift. In ein paar Tagen wirst du kaum noch etwas davon spüren.«

Kasim blinzelte noch ein paarmal. Nun konnte er den Arzt deutlich erkennen. Nach und nach fiel ihm alles wieder ein.

»Wo ist Master Kavanagh?«, fragte er schließlich. »Ich muss ihn sofort sprechen!«

Seine Finger tasteten zu dem Elefanten an seinem Hals. Ein Glück, dass er ihn nicht verloren hatte.

»Du kannst ihn jetzt nicht sprechen«, bedauerte der Arzt. »Master Kavanagh kämpft mit General Campbell um die Eroberung von Lucknow.«

»Dann muss ich ihm nach!« Kasim versuchte aufzustehen.

Doch kaum war er auf den Beinen, sackten ihm die Knie weg. Der Arzt fing ihn auf und drückte ihn sanft, aber bestimmt wieder auf sein Lager.

»Du kannst jetzt nirgendwo hin«, meinte er streng. »Du brauchst dringend ein paar Tage Ruhe. Master Kavanagh muss warten.«

»Aber ich muss ihm etwas geben!« Kasim versuchte es ein drittes Mal. Nun gelang es ihm nicht einmal mehr, den Kopf zu heben, so schwindlig und übel wurde ihm davon. Ihm blieb nichts anderes übrig, als die Augen zu schließen und abzuwarten.

Am übernächsten Tag nach ihrer Evakuierung erfuhr Tara über Doktor Lloyd von Thomas Kavanaghs und Kasims tapferer Heldentat.

»Die beiden Teufelskerle haben sich verkleidet durch die feindlichen Linien geschlagen«, erzählte Doktor Lloyd mit einem Schmunzeln auf den Lippen. »Ohne ihren mutigen Einsatz wäre die Eroberung von Lucknow niemals gelungen. Wenn Kavanagh General Campbell nicht die genauen Stellungen der Rebellen verraten hätte, wäre es seinen Soldaten niemals gelungen, sie zu überwältigen. Die beiden sind bereits in aller Munde und werden wie Helden gefeiert.«

»Kasim ist also bei Master Kavanagh?«, fragte Tara aufgeregt nach.

»Ich bin sicher, dass wir ihnen in Allahabad wieder begegnen werden«, meinte er mit einem Augenzwinkern.

Tara spürte, wie sie rot wurde. Sie war tatsächlich sehr erleichtert, dass sie wusste, wo Kasim sich aufhielt. Sie musste unbedingt wissen, wie es ihm ergangen war. Doch fürs Erste musste sie sich noch etwas gedulden.

Eine Woche später erreichten sie unter dem Schutz von dreitausend Soldaten die Stadt Allahabad. Die Flüchtlinge wurden in einer Garnison untergebracht und mit dem Notwendigsten versorgt. In spätestens einem Monat sollten sie in die Hauptstadt Kalkutta gebracht werden. Tara bot sich an, bei den Waisenkindern zu bleiben. Sie wartete ungeduldig auf Kasim und insgeheim auch auf Thomas Kavanagh. Doch keiner von beiden ließ sich in den nächsten Wochen sehen. Unruhe und Sorge machten sich in ihr breit. Hoffentlich war Kasim nichts geschehen.

Nach und nach wurde die Gruppe mit den Waisenkindern immer kleiner. Viele der Kinder wurden von englischen Familien aufgenommen, andere wurden zu Verwandten gebracht. Kurz vor ihrem Aufbruch nach Kalkutta wurde als Letzte Elinor abgeholt. Sie sollte zurück nach England reisen, um dort bei einer Schwester ihres Vaters zu leben. Tara fiel der Abschied von der Kleinen mindestens so schwer wie Elinor selbst. Als sie sich weinend von ihr verabschiedete, musste auch Tara gegen die Tränen ankämpfen. Noch lange stand sie auf der Straße und sah der abfahrenden Kutsche nach. Um sich abzulenken, beschloss Tara, ein wenig durch die Stadt zu schlendern. Sie hatte keine Lust, in die leeren Räume zurückzukehren, die vor Kurzem noch von fröhlichem Kinderlachen erfüllt gewesen waren. An dem prächtigen Fort mit seinen runden Türmen und Pavillons vorbei ging sie hinunter zum Ganges, dem Fluss, der den Menschen hier heilig war. Dort setzte sie sich für eine Weile auf die Stufen eines Ghats und beobachtete die Frauen beim Waschen ihrer bunten Wäsche. Der breite Lauf des mächtigen Stroms schimmerte goldgelb im späten Winterlicht. Wie so oft in den vergangenen Wochen gingen ihre Gedanken zu Kasim. Sie hatte so lange nichts von ihm gehört und vermisste ihn schrecklich. Wieso suchte er sie nicht? Er musste doch wissen, wo sie war! War sie ihm etwa gleichgültig geworden, jetzt wo er als Held gefeiert wurde? Sie schämte sich für ihre Zweifel, konnte aber nichts dagegen tun. Missmutig machte sie sich wieder auf den Weg zur Garnison.

Als sie den Kasernenhof betrat, sah sie, wie Thomas Kavanagh und Colonel Inglis aus dem Gebäude traten, in dem sich die Kommandatur befand. Die beiden Männer verabschiedeten sich gerade voneinander. Tara war so überrascht, dass sie stehen blieb. Ihr Herz setzte für einen Moment aus, als Kavanagh sie entdeckte und direkt auf sie zusteuerte.

»Tara! Wie schön, dich zu sehen!«, begrüßte er sie herzlich. Mit einem Mal begann ihr Herz wieder zu rasen. Er ist wegen mir hier, schoss es ihr freudig durch den Kopf. Er bekennt sich dazu, dass ich seine Tochter bin! Ihr wurde schwindlig. Vor Aufregung brachte sie kaum ein Wort heraus.

»Ich … freue mich auch«, stammelte sie verlegen. Sie wartete darauf, dass er den Talisman oder ihre Mutter erwähnte. Doch die Ernüchterung folgte auf dem Fuße, als Kavanagh sich stattdessen nur freundlich nach Sibyl, Doktor Lloyd und den Waisenkindern erkundigte. Ja selbst an Elinors Wohlergehen zeigte er Interesse. Nur mit Mühe gelang es Tara, die Ereignisse der letzten Wochen zu schildern.

»Und du, was wirst du in Kalkutta tun?«, kam er nach einer Weile schließlich doch auf sie zu sprechen. »Willst du weiter nach deinem verschollenen Vater suchen?«

Seine Worte waren wie ein Schlag ins Gesicht. Sprachlos starrte Tara ihn an. Gleichzeitig krampfte sich ihr Magen zusammen. Nun hatte sie also Gewissheit. Thomas Kavanagh dachte nicht daran, sie als Tochter anzuerkennen. Und er machte es ihr auf eine Art klar, die man nur als gefühlskalt bezeichnen konnte. In heißer Scham schoss ihr das Blut ins Gesicht. Am liebsten hätte sie sich in Luft aufgelöst.

»Ich habe zu tun«, stammelte sie mühsam. Dann hastete sie überstürzt davon.

»Was ist denn plötzlich los?«, rief Kavanagh ihr verwundert hinterher. »Willst du denn gar nicht wissen, wie es Kasim ergangen ist?«

Kasim! Natürlich wollte Tara wissen, wo er steckte. Doch sie hatte nicht die Kraft, sich noch mal zu Thomas Kavanagh umzuwenden.

39

»Tara ist nicht mehr da?« Kasim konnte seine Enttäuschung nicht verbergen. Er hatte sich so auf ihr Wiedersehen gefreut. Wieso hatte sie nicht auf ihn gewartet? »Weißt du wenigstens, wohin sie gegangen ist?«

Mit verletzter Miene zog Sibyl die Schultern hoch.

»Sie ist gestern Nachmittag einfach davongelaufen. Ohne vorher mit einem von uns zu reden. Ich nehme an, sie ist in Richtung Kalkutta unterwegs. Dabei hatten wir ausgemacht, dass wir zusammen reisen. Doktor Lloyd hat noch gesehen, wie sie kurz mit Master Kavanagh gesprochen hat. Danach hat sie niemand mehr zu Gesicht bekommen.«

»Master Kavanagh ist schon hier? Ich dachte, er hätte noch in Delhi zu tun!« Kasim griff sich bestürzt an den Kopf. Ihm war ein wenig schwindlig. Die Reise vom Lazarett in Fathepur nach Allahabad hatte ihn mehr angestrengt, als er zugeben wollte. Und jetzt das. Er kannte Tara gut genug, um zu wissen, was in ihr vorging. Sie nahm an, dass er längst mit Kavanagh gesprochen hatte. Doch dazu hatte er noch keine Gelegenheit gehabt. Er hatte Taras Vater seit seiner Schussverletzung nicht mehr wiedergesehen. Kavanagh hatte Tara also nicht mehr Beachtung geschenkt als sonst auch. Sie würde daraus den Schluss ziehen, dass er nichts von ihr als Tochter wissen wollte. Verdammt! Tara war sehr impulsiv. Bestimmt war sie deswegen Hals über Kopf geflohen. Es wurde höchste Zeit, dass er die Sache endlich klärte.

Thomas war spät dran. General Campbell und einige hochgestellte Offiziere erwarteten ihn zum Dinner. Eilig hatte er sich ein frisches Hemd übergezogen und versuchte nun vor dem Spiegel, die Halsbinde ordentlich unter dem Kragen zu drapieren. Da klopfte es an der Tür.

»Herein«, rief er ungeduldig. Als jedoch Kasim eintrat, zog er freudig überrascht die Augenbrauen in die Höhe.

»Kasim! Du bist wieder auf den Beinen. Gott sei Dank! Ich habe mich noch gar nicht bei dir bedankt.« Er freute sich aufrichtig darüber, dass Kasim hier war, und umarmte ihn herzlich. »Wie schön, dich zu sehen! Ich habe leider überhaupt keine Zeit. General Campbell erwartet mich zum Dinner. Stell dir vor, sie haben mich für das Victoria-Kreuz vorgeschlagen!«

Er rieb sich vergnügt die Hände, als er Kasims zurückhaltendes Gesicht wahrnahm. »Keine Angst! Ich habe nicht vergessen, welch großen Anteil du an der Sache gehabt hast. Im Hof wartet eine Überraschung auf dich. Ich habe deine Stute von den Bauern zurückgekauft. Du hast mir einmal erzählt, wie sehr du an dem Tier hängst. Nimm es als Dank und Anerkennung für deinen Mut!«

»Das ist sehr freundlich, Master«, meinte Kasim höflich. Thomas sah ihn etwas enttäuscht an. »Ehrlich gesagt dachte ich, dass du dich mehr darüber freust!«

»Oh, das tue ich, Sir«, entgegnete Kasim. »Aber da ist noch etwas, worüber ich mit Euch reden muss und das keinen weiteren Aufschub mehr duldet.« Er räusperte sich.

Thomas sah ihn verwundert an. »Nun, dann lass uns das alles morgen in Ruhe besprechen«, schlug er vor. Er warf einen Blick auf seine Taschenuhr und griff nach seinem Gehrock. »Ich muss jetzt wirklich los. Es ist äußerst unhöflich, die hohen Herren länger warten zu lassen. Ich hoffe, du verstehst das.« Er versuchte, Kasim beiseitezuschieben. Doch der Junge blieb eisern stehen.

»Verzeiht, Sir! Aber diese Angelegenheit kann wirklich nicht länger warten. Ihr müsst einen Blick darauf werfen!« Kasim hielt ihm ein Amulett vor die Nase. »Dieser Talisman gehört Tara. Er ist ein Erbstück ihrer verstorbenen Mutter. Ich soll Euch ausrichten, dass Ihr Euch dadurch zu nichts verpflichtet fühlen müsst.«

»Wie bitte?« Thomas zog verärgert die Stirn in Falten. Bei aller Sympathie, die er für Kasim empfand, jetzt ging der Bursche zu weit. Widerwillig warf er dennoch einen kurzen Blick auf den Anhänger. Was er sah, war ein kunstvoll gearbeiteter Jadeelefant mit unzähligen feinen Schriftzeichen auf seinem Körper. Er wollte ihn schon ungehalten wegschieben, als er plötzlich ein schwaches grünliches Pulsieren wahrnahm, das von ihm ausging. Das leise Flackern bannte seinen Blick. Dann traf ihn die Erkenntnis wie ein Blitzschlag. Der Elefant war einmal sein Eigentum gewesen! Den Talisman hatte er einst von Prinzessin Sujata erhalten, als er sie als junger Offizier aus den Fängen eines Räubers befreit hatte. Später hatte er den Elefanten seiner großen Liebe Lucy zum Abschied geschenkt. Er sollte sie beschützen, ebenso wie er ihn selbst lange beschützt hatte. Längst verschollen geglaubte Bilder tauchten wie helle Blitze vor seinem inneren Auge auf. Irland, die grüne Insel – er und Lucy, das schönste Mädchen auf der Insel – ihre verbotene Liebe – die Leidenschaft, mit der sie sich ihm hingegeben hatte – der Schmerz und die Scham, ihre Liebe verraten zu haben –, und das alles nur wegen Elizabeth und ihrem glanzlosen Reichtum, der ihn nie glücklich gemacht hatte! Und jetzt war Lucy tot und er konnte nichts wiedergutmachen! Seine Gefühle wurden so übermächtig, dass ihm Tränen in die Augen stiegen. Der Schutzwall des Verdrängens, den er sich mühsam aufgebaut hatte, stürzte in sich zusammen wie ein Kartenhaus. Für einen Moment geriet Thomas ins Schwanken. Er stützte sich an der Lehne eines Sessels ab und schüttelte benommen den Kopf. Vergessen waren General Campbell und das Dinner. Vergessen waren der Ruhm und die Ehre, die ihm erwiesen werden sollten. Er war einfach nur erschüttert, weil er in seinem Leben so kläglich versagt hatte.

Kasim, dem seine Betroffenheit nicht entgangen war, wollte ihm ein Glas Wasser reichen. Thomas winkte ab. Dann erinnerte er sich wieder an Kasims Worte.

»Der Talisman gehört Tara?«, fragte er.

»Ja, er ist ein Erbstück ihrer Mutter«, bestätigte Kasim. »Vor ihrem Tod erzählte sie Tara, dass sie ihn einst von ihrem Vater bekommen hatte.«

Nun fiel es Thomas wie Schuppen von den Augen. Fassungslos schaute er immer wieder von Kasim zu dem Talisman. Der Brief fiel ihm ein, den Sibyl in Sir Lawrence' Sterbezimmer gefunden hatte. Alles ergab plötzlich einen Sinn. Er holte tief Luft, bevor er sich seiner Erkenntnis stellte. Lucy mochte tot sein. Er würde wohl sein Leben lang um sie trauern. Aber sie hatte ihm auch etwas Wertvolles hinterlassen. Mit zitternden Händen griff er nach dem Talisman. Sobald er ihn berührte, spürte er seine magische Kraft. Es war ein Pulsieren, das sich auf seinen ganzen Körper übertrug. Er spürte, wie diese reinigende Kraft ihn durchdrang. Sie machte ihm Mut, neue Entscheidungen zu treffen. Er hatte so viele Fehler in seinem Leben begangen. Jetzt war es an der Zeit, sie wiedergutzumachen.

40

Tara kauerte auf der Pritsche eines Eselkarrens. Der Bauer, der bereit gewesen war, sie und Lola ein Stück mitzunehmen, saß vorne auf dem Kutschbock. Ihr Ziel war Kalkutta. Mit dem Empfehlungsschreiben von Doktor Lloyd hoffte sie, dort eine Anstellung in einem der Krankenhäuser zu bekommen. Sie hatte nicht warten wollen, bis auch Sibyl und der Doktor aufbrachen. Allein der Gedanke, in der Nähe von Thomas Kavanagh bleiben zu müssen, quälte sie mehr als die Furcht, die weite Reise allein anzutreten. Auch auf Kasim konnte sie nicht mehr zählen. Sie hatte vier Wochen vergeblich darauf gewartet, dass er sie besuchte. Aber selbst wenn er zu ihr zurückgekehrt wäre, hätten sie keine gemeinsame Zukunft gehabt. Nicht, wenn Kasim als Lehrling bei Kavanagh blieb. Und gerade das war seine große Chance, aus seinem Leben etwas Anständiges zu machen. Sie durfte ihm das nicht verbauen. Gedankenverloren betrachtete Tara die untergehende Sonne. Wie ein großer leuchtend roter Ball stand sie eine Handbreit über dem dunstigen Horizont. Lola schmiegte sich eng an ihren Körper. Tara quittierte es mit einem dankbaren Kraulen. Es war ein Trost, den Affen an ihrer Seite zu wissen. Bei aller Trauer und Enttäuschung empfand Tara fast so etwas wie Zuversicht. Sie würde sich nicht unterkriegen lassen. Die lange, gefahrvolle Reise und vor allem die Belagerung von Lucknow hatten auch ihr Gutes gehabt. Sie hatte erkannt, dass es ihr Freude machte, bedürftigen Menschen zu helfen. Es war nur ein kleiner Trost, aber er hielt sie aufrecht.

So in ihre Gedanken versunken, bemerkte sie den heranpreschenden Reiter nicht. Erst als Lola aufsprang und eifrig keckernd an ihrer Bluse zupfte, wurde sie auf ihn aufmerksam. Der Reiter verlangsamte sein Tempo und brachte sein Pferd dazu, neben dem Wagen herzutraben. Völlig perplex erkannte sie, dass es sich um Kasim handelte. Und beinahe genauso erstaunlich war, dass er auf Shakti saß.

»Läufst du etwa schon wieder davon?«, begrüßte er sie. Seine grünen Augen sahen sie tadelnd an. Gleichzeitig sprach sein lächelnder Mund von der Freude, sie endlich wiederzusehen. Als Tara den Verband um seinen Kopf sah, erschrak sie.

»Was ist geschehen?«, fragte sie besorgt.

»Ein einfacher Kratzer, kaum der Rede wert! Wegen ihm wurde ich allerdings etwas aufgehalten.«

Tara bekam ein schlechtes Gewissen. Wie hatte sie nur an Kasim zweifeln können? »Dann bist du also meinetwegen hier?«, erkundigte sie sich beklommen.

Kasim zuckte mit den Schultern, aber sein Blick wurde noch intensiver. Die Art, wie er sie ansah, ließ Taras Herz aus dem Rhythmus kommen.

»Ich soll dir etwas zurückgeben«, verkündete er statt einer

eindeutigen Antwort. Er überreichte ihr den Anhänger mit dem indischen Elefanten. Tara nahm ihn nur widerwillig entgegen.

»Was soll ich noch damit?«, meinte sie enttäuscht. »Für mich besitzt er keinen Wert mehr.« Während sie es sagte, spürte sie, wie der Elefant in ihrer Hand warm zu werden begann. Fast so, als wolle er gegen ihre Worte protestieren. Es tat gut, ihn zu spüren. Unwillkürlich zauberte dieses Gefühl ein kleines Lächeln auf ihr Gesicht.

»So gefällst du mir schon viel besser«, bemerkte Kasim zufrieden. »Thomas Kavanagh möchte, dass du ihn behältst.«

»Ich möchte diesen Namen niemals wieder hören«, gab Tara erbost zurück. »Und überhaupt! Es ist besser, wenn du gleich wieder zu ihm zurückkehrst. Wir können nicht gemeinsam nach Kalkutta gehen!«

Statt ihr zu widersprechen, gab Kasim dem Bauern das Zeichen anzuhalten.

»Was soll das?«, fragte Tara unsicher. »Ich werde auch nicht mit dir nach Allahabad zurückkehren.«

»Das brauchst du gar nicht. *Wir* werden mit dir nach Kalkutta gehen.«

»Wir?« Tara sah sich um. »Du meinst, Shakti und du?«

»Ja, die auch! Aber da ist noch jemand, der uns begleiten wird.« Kasim deutete auf einen Banyanbaum in der Nähe.

Tara musste blinzeln, weil er gegen das gleißende Licht der untergehenden Sonne stand. Eine Gestalt löste sich aus dem Schatten des Baumes und kam auf sie zu. Tara konnte lange nur ihre Schemen erkennen.

»Hallo, Tara!«

Für einen winzigen Augenblick krampfte sich ihr Herz zusammen. Die Stimme war ihr wohlbekannt.

»Ich hoffe, die Pläne meiner Tochter sehen auch Platz für ihren Vater vor«, sagte Thomas Kavanagh mit leicht zitternder Stimme. Und dann war er endlich auch für Tara zu sehen.

Nachwort

Indien ist ein sehr farbenfrohes und vielfältiges Land mit alten Kulturen, unterschiedlichen Religionen und einem bunten Völkergemisch. Märchenhafte Geschichten und tief verwurzelter Aberglaube gehören genauso zum Leben der Inder wie der Glaube an Zauberei und Magie. Beinahe jedes Kind erhält ein Amulett, dessen Zauberkraft sein Leben beeinflussen soll. Um solch ein Amulett handelt es sich auch bei dem Jadeelefanten, den Taras Vater von Prinzessin Sujata geschenkt bekommen hat.

Auch wenn Tara und Kasim nicht wirklich gelebt haben, spielt ihre Geschichte vor historischen Ereignissen. Um 1850 hatten die Engländer Indien weitgehend unter ihren Einfluss gebracht. Als mächtige Handelsmacht schufen sie in dem riesigen Land Ordnung und Frieden. Eine Armee aus englischen Offizieren und einfachen indischen Soldaten, den Sepoys, sorgte viele Jahre dafür, dass die vielen kleineren und größeren Fürstentümer untereinander Frieden hielten. Für diesen militärischen Schutz verlangten die Engländer von den Fürsten und ihren Untergebenen immer höhere Steuern. Je höher die Steuern wurden, desto größer wurde der Unmut in der indischen Bevölkerung. Hinzu kam, dass die Engländer die religiösen Sitten und traditionellen Gebräuche der Inder mit Füßen traten. Im Jahr 1857 kam es dann zu dem blutigen Sepoy-Aufstand, der auch Teil von Taras Geschichte ist. Die Rana von Jhansi (1828–1858) und Thomas Henry Kavanagh (1821–1882) haben tatsächlich gelebt. Kavanaghs Mut und seiner Umsicht ist es zu verdanken, dass Lucknow doch noch befreit wurde. Ein abenteuerliches Meisterstück, das ich hier frei nacherzählt habe.

Zum Abschluss möchte ich noch gern meinem indischen Freund Mukesh Saharan danken. Durch ihn habe ich Indien lieben gelernt.

Worterklärungen

Aja: indisches Kindermädchen

Back: Tisch in den Mannschaftsquartieren eines Handelsschiffes. Dort nahmen die Matrosen die Mahlzeiten ein. Der Verantwortliche eines Tisches war der Backvorsteher oder Backälteste.

Brahmane: indischer Priester und Gelehrter. Im indischen Kastensystem stehen die Brahmanen an der Spitze der Gesellschaft. Unter ihnen sind die Fürsten (Kshatriya), die Händler und Bauern (Vaishya) und die Diener (Shudra).

Fuß: englisches Längenmaß. Ein Fuß entspricht heute 30,48 cm.

Ganesh: beliebter hinduistischer Gott. Mit dem Körper eines Menschen und dem Kopf eines Elefanten ausgestattet, gilt er als »Herr der Hindernisse«. Er kann sie beseitigen oder aber auch setzen, wenn sich jemand ihm gegenüber respektlos verhält. Außerdem ist er der Sohn Shivas und Parvatis, mit denen er zusammen das Idealbild einer Hindu-Familie verkörpert.

Ghat: bezeichnet eine zu einem Gewässer hinunterführende Treppe in Indien. Sie sind häufig wichtige Badestellen für rituelle Waschungen der Hindus.

Hakim: Bezeichnung für einen Arzt

Lakshmi: hinduistische Göttin der Liebe, des Glücks und der Fruchtbarkeit

Lassi: erfrischendes indisches Joghurtgetränk, das oft mit püriertem Obst vermischt wird

Maharadscha: hinduistischer Fürstentitel in Indien

Meile: englisches Längenmaß. Eine Meile = 1,609344 km

Naan: fladenartiges Brot aus gesäuertem Teig. Es wird über offener Glut gebacken.

Nawab: muslimischer Fürstentitel in Indien

Papadam: frittierter Brotfladen aus Linsenmehl

Parvati: hinduistische Muttergöttin. Sie ist die Frau von Shiva und die Mutter Ganeshs. Sie gilt als liebevoll, fürsorglich und als Beschützerin der Familie.

Rajasthan: »Land der Könige«. Landschaft im Norden von Indien. Heute ist Rajasthan ein Bundesstaat.

Rana: hinduistische Fürstin

Sadhu: asketisch lebende hinduistische Mönche. Sie entsagen allen weltlichen Gütern und ziehen oft als Bettelmönche durch das Land.

Sari: bis zu neun Meter lange, rechteckige Stoffbahn, die als Kleidungsstück um den Körper gewickelt wird.

Shiva: »Der Glückverheißende«. Er zählt mit Brahma (Welterschaffer) und Vishnu (Weltbewahrer) zu den drei höchsten hinduistischen

Göttern. Er steht für Schöpfung und Neubeginn, für Erhaltung und Zerstörung der Welt. Seine Frau ist Parvati, sein Sohn Ganesh.

Sikh: Anhänger des Sikhismus. Der Sikhismus ist eine monotheistische Religion in Indien, in der es einen gestaltlosen Gott gibt, der weder Mann noch Frau ist. Weitere Merkmale sind die Abkehr vom Aberglauben und von traditionellen religiösen Riten. Gläubige Sikhs erkennt man an ihrem kunstvoll gebundenen Turban und den ungeschnittenen Haaren.

Yard: englisches Längenmaß. 1 Yard = 0,9144 m

Zimbel: Musikinstrument. Meist zwei kreisförmige, aufgebogene Metallschalen, die man aneinanderschlägt.

Patricia Mennen, geboren 1961 in Augsburg, machte ihren Magister in Germanistik und Kunstgeschichte in München, bevor sie einige Jahre als Redakteurin in einem Kinderbuchverlag arbeitete. Als Tochter eines Erfinders kam sie schon als Kind viel in der Weltgeschichte herum und entdeckte dort ihre Lust am Geschichtenerzählen. Als ihre erste Tochter geboren wurde, machte sie ihr Hobby zum Beruf. Gemeinsam mit ihrer Familie lebt die Autorin abwechselnd in der Nähe des Bodensees und in der Provence.

Laila El Omari
Schattenmädchen – Das Geheimnis einer Familie
320 Seiten/Hardcover/Jugendbuch
ISBN 978-3-649-61527-9
Auch als @book erhältlich:
ISBN 978-3-649-61798-3

Ceylon 1859. Mit dem plötzlichen Auftauchen des charismatischen Engländers Adrian Frost gerät das eintönige Leben der wohlbehütet aufgewachsenen Maya Cameron völlig aus den Fugen. Doch auch wenn sich Maya in ihren romantischen Gefühlen für den reichen Erben der Frost-Ländereien verliert, so spürt sie gleichzeitig eine scheinbar undurchdringliche Düsternis, die mit Adrian Einzug auf Leighs End, der Teeplantage ihrer Familie, hält. Maya glaubt nicht an Zufall, und schon bald kommt sie einem lang gehüteten Geheimnis auf die Spur, das ihre heile Welt Stück für Stück zerbrechen lässt …